La Casa
de la Laguna

Para Alma y
Arcadio,
Con un abrazo de
Rosario,

Rosario Ferré

La Casa
de la Laguna

Emecé Editores

ISBN: 84-7888-324-X

Depósito legal: B-14.416-1997

2ª edición

Printed in Spain

Impresión: Romanyà-Valls, Pl. Verdaguer 1
08786 Capellades, Barcelona

«*Aquel de los difuntos a quien permitieres que se
acerque a la sangre, te dará noticias ciertas;
aquel a quien se lo negares, se volverá enseguida.*»

Homero
Odisea, XI

«*Antes que me hubiera apasionado por mujer alguna,
jugué mi corazón al azar y me ganó la Violencia.*»

José Eustasio RIVERA
La vorágine

ÁRBOL FAMILIAR

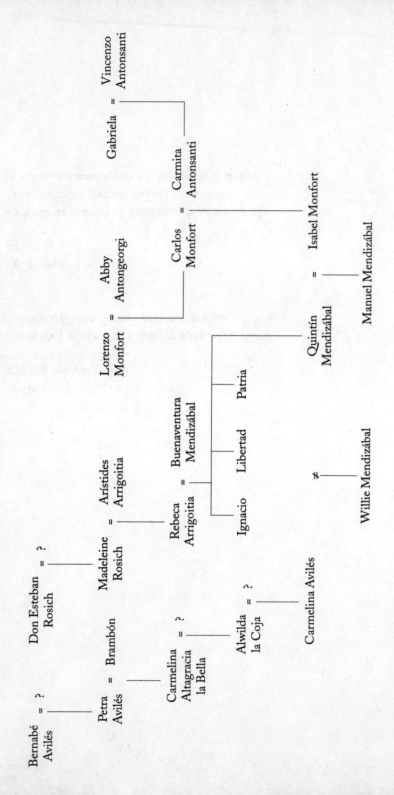

La Casa
de la Laguna

El pacto entre Isabel y Quintín

Mi abuela siempre decía que, cuando una se enamora, hay que mirar muy bien cómo es toda la familia, porque de los palos suelen nacer las astillas y una desgraciadamente no se casa con el novio nada más, sino con los padres, los abuelos, los bisabuelos y toda la maldita madeja genética que lo antecede. Yo me resistía a creerlo a pesar de lo que sucedió en una ocasión, cuando Quintín Mendizábal y yo todavía éramos novios.

Quintín se encontraba de visita una tarde en nuestra casa de Ponce. Estábamos sentados en el sofá de mimbre de la terraza, pelando la pava, como todos los novios de entonces, cuando un joven empezó a cantar coplas de amor en la acera de enfrente. El joven, un muchacho de dieciséis años, pertenecía a una familia conocida, y había estado enamorado secretamente de mí por algún tiempo, aunque no se había atrevido nunca a dirigirme la palabra. Yo lo había visto de lejos algunas veces, cruzando las calles de Ponce y en algunas fiestas, pero nunca nos habían presentado. Cuando una foto mía salió publicada en los periódicos anunciando mi compromiso con Quintín, el infeliz descubrió cuál era mi nombre. Averiguar la dirección de mi casa fue cosa fácil, ya que Ponce es una ciudad pequeña en donde todo el mundo se conoce.

Al leer la noticia, el joven cayó en una depresión profunda, y lo único que lo aliviaba era sentarse bajo el roble rosado que crecía frente a mi casa de la calle Aurora, a cantar Quiéreme mucho, *con una voz tan hermosa que parecía que venía del otro mundo. Esa noche era la tercera vez que cantaba y, por mala suerte, coincidió con la visita de Quintín. Sentada en el sofá tapizado con amapolas de cretona, me sentí hipnotizada por aquella melodía que se filtraba por*

15

las volutas blancas de las rejas como un rayo de plata agonizante, y pensé que, si era cierto que existían los ángeles, seguramente cantarían con una voz como aquélla.

Cuando Quintín escuchó aquella serenata inesperada, le dio uno de los arrebatos de ira que había heredado de sus antepasados extremeños. Se quitó el cinturón de cordobán y se levantó del sofá; caminó sin prisa hasta la puerta, atravesó el jardín, sembrado de crotones y de trinitarias púrpura, y empezó a azotar al infortunado bardo. Salí corriendo tras él, gritándole que se detuviera, pero todo fue en vano. Quintín lo siguió golpeando con la hebilla de bronce, que silbaba al final de su correa, y mientras le pegaba, contaba fríamente los golpes en voz alta. A pesar de que yo le rogaba al joven que se levantara y se defendiera, no quiso hacerlo. Permaneció sentado en la acera, cantando Quiéreme mucho *hasta que se desplomó inconsciente sobre el piso de ladrillos salpicado de sangre. Fue necesario llamar una ambulancia para que lo llevaran al hospital.*

Poco después de esto, el joven se cortó las venas con una navaja, sin intentar nunca comunicarse conmigo. Me sentí terriblemente culpable, y durante varias semanas estuve resentida con Quintín por su innecesaria crueldad. Cuando venía a visitarme rehusaba verlo, y me negaba a contestar sus llamadas, hasta que un día se presentó en la casa con un enorme ramo de orquídeas blancas.

—Dígale que cada orquídea es una súplica para que me perdone —le dijo a mi madre cuando ésta le abrió la puerta, encomendándole que me lo entregara.

Al fin y al cabo, terminé perdonando a Quintín, pero a mi familia le tomó bastante tiempo reponerse del incidente.

Mi abuela, doña Valentina Monfort, desde entonces se opuso a nuestro matrimonio.

—Te vas a arrepentir; es todo lo que te digo —me repetía—. En el mundo, todavía quedan bastantes hombres buenos, para que tú vayas a parar a los brazos de un Juan Haldudo cualquiera.

Abuela, a quien yo llamaba cariñosamente Abby, se había casado con el hijo de un francés, y por eso, quizá, le disgustaban tanto los españoles. En los meses que siguieron a la golpiza le gustaba repetirle a Quintín que sus antepasados pertenecían al pueblo más retrógrado de la Tierra, y que a ella sólo le interesaba visitar España «para hacer una precisa y marcharse».

—España nunca tuvo una revolución política ni una revolución industrial—me decía con una expresión severa—, y tu abuelo, que en paz descanse, siempre lamentó la tragedia de que fueran los españoles los que nos colonizaran.

El episodio se me quedó grabado durante mucho tiempo, aunque me negué a verlo como un mal presagio en aquel momento. Años después, todavía no podía escuchar aquella canción sin que los ojos se me llenaran de lágrimas. Me recordaba a aquel muchacho de corazón inocente que quiso prodigarme, en la tranquilidad de una noche de verano, el bálsamo de su canto. Debí hacerle caso a Abby, y tener más presente la historia terrible de los Mendizábal, antes de desfilar hasta el altar junto a Quintín el 4 de junio de 1955, el día de nuestra boda.

Quintín estaba profundamente enamorado de mí por aquel entonces. Después del suicidio del joven bardo, sufrió una crisis de nervios y, en las noches, no lograba conciliar el sueño. Se despertaba temblando y bañado en sudor, con el corazón desbocado. Un día me vino a visitar, se sentó a mi lado en el sofá y se echó a llorar como un niño. Me rogó que lo perdonara por lo que había hecho. Cuando le daban aquellos prontos, era como si se le metiera el diablo por dentro. Él no quería ser como su padre, su abuelo y su bisabuelo, quienes todos habían heredado el genio atravesado de los conquistadores y, lo que era peor, lo tenían a mucha honra. La genética lo hundiría a él también en su odioso marasmo, a menos que yo lo ayudara a salvarse.

Quintín y yo hablábamos de estas cosas a la hora de la siesta, cuando todos en la casa dormían. Terminado el almuerzo, se tendían sobre las colchas de sus camas sin molestarse en quitarse la ropa. El calor de Ponce, la inercia de las calles a las dos de la tarde, inducían al desmayo de amor sobre las amapolas de cretona del sofá. Cada beso era un paro, un detente a la desilusión y a la muerte, que aguardaba acechando por detrás de las puertas.

—El amor es el único antídoto seguro contra la violencia—me dijo Quintín un día—. En la familia Mendizábal han sucedido cosas terribles, que se me hace difícil olvidar.

Fue entonces que juramos nuestro pacto. Examinaríamos minuciosamente las causas de la violencia en cada una de nuestras familias y evitaríamos así, en la vida que íbamos a compartir, cometer los mismos errores que nuestros antepasados. El resto de aquel verano, Quintín y yo pasamos muchas tardes en el sofá de la calle Aurora, tomados de la mano y contándonos en susurros las historias terribles de nuestras familias, mientras Abby iba y venía taconeando alerta por los pasillos de la casa, desempeñando sus acostumbrados quehaceres.

Muchos años después, cuando ya vivíamos en la casa de la laguna, comencé a escribir algunas de aquellas historias. Mi propósito original fue tejer, a los recuerdos de Quintín, las memorias de mi propia familia, pero lo que escribí finalmente fue algo muy distinto.

PRIMERA PARTE

LOS CIMIENTOS

1

El manantial de Buenaventura

Cuando Buenaventura Mendizábal, el padre de Quintín, llegó a la Isla, construyó una cabaña de tablones de madera y techo de zinc a orillas de la laguna de Alamares, en un terreno abandonado y recubierto de malezas, y se mudó a vivir allí. Había un manantial cercano, y en el pasado los residentes lo utilizaban para aprovisionarse de agua. Una fuente de piedra fue construida en el lugar, y un cuidador se ocupaba de mantenerla limpia, porque se consideraba propiedad pública. Con el tiempo, sin embargo, la gente dejó de usarla, cuando las casas de Alamares quedaron conectadas a la servidumbre de agua de la ciudad. El cuidador, un viejo artrítico que vivía cerca de allí, permitió que la fuente cayera en el abandono y, muy pronto, el mangle cercano la arropó por completo.

A medio kilómetro de distancia se divisaban las hermosas casas de Alamares, uno de los suburbios más elegantes de San Juan. Alamares ocupaba una estrecha lengüeta de tierra, atravesada de extremo a extremo por la avenida Ponce de León, y tenía, como quien dice, dos caras. Una de ellas, la más pública, daba por el norte al océano Atlántico y a una hermosa playa de arena blanca; la más privada y tranquila daba hacia el sur, hacia la laguna de Alamares, y no tenía playa. Por el lado de la laguna, la avenida colindaba con un enorme manglar, del que sólo se adivinaba el comienzo. En aquel lugar retirado y oculto, donde la laguna moría en el manglar, edificó Buenaventura Mendizábal su cabaña al llegar a Puerto Rico.

La avenida Ponce de León estaba entonces sembrada de palmas reales a ambos lados. Comenzaba en el Puente del Agua, cruzaba el barrio Dos Hermanos y convergía en el suburbio de Alamares, antes de internarse hacia las montañas azules del interior de la Isla. Por allí se paseaban las calesas de caballo descapotables, así como los Stutz Bear Cats, los Packards y los Bentleys, cuyos dueños se saludaban cortésmente, protegidos por unos amplios gabanes de algodón blanco y anteojos de conducir redondos y negros, los cuales les daban un aire de búhos atentos al progreso de la civilización.

En las tardes, las niñeras preferían pasearse con sus críos por el sendero que bordeaba la avenida, a pesar de que el viento juguetón del Atlántico les volaba continuamente las cofias y los delantales de organza. Allí, el océano arremetía contra los bañistas que nadaban vigorosamente, luchando por mantener la cabeza fuera del agua. Pero cuando al atardecer las niñeras regresaban por el camino que bordeaba la laguna, el olor a marisma podrida que subía de los mangles las ponía intranquilas. Cuando el sol empezaba a declinar, decían que se escuchaban unos gemidos saliendo del fango, como de seres agonizantes o a punto de nacer, y juraban que de la vegetación circundante se veían brotar misteriosas fosforescencias. Por esta razón, a la hora del crepúsculo, poca gente se aventuraba a caminar en dirección a la cabaña de Buenaventura, semioculta por la maleza a un extremo de la laguna.

El manglar era un lugar extraño, poblado de especímenes botánicos exóticos y por una fauna semianfibia y semiterrestre. La vegetación era espesa, y en ella anidaba todo tipo de pájaros. Las garzas se alojaban allí por centenares y, al atardecer, sus ramas parecían barridas por una tormenta de nieve. Los pelícanos a menudo sobrevolaban el lugar, buscando un sitio seguro donde pasar la noche, y, de vez en cuando, se veía también algún guaraguao ojo de tigre encaramado en la rama más alta. Pero el manglar era también un universo acuático, y esparcía sobre el agua sus nudos y tendones por varias millas. Dentro de ese extenso laberinto de raíces, una muchedumbre de crustáceos, moluscos y peces prosperaba, al amparo de los cartílagos musgosos de los troncos.

22

Era un lugar complicado para navegar, aunque tenía varios canales que lo cruzaban de extremo a extremo. Si uno se perdía dentro de su maraña, difícilmente encontraba la salida. Siguiendo los canales más amplios, uno llegaba finalmente a la laguna de Marismas, nombrada así por los españoles hace varios siglos. En el siglo XIX, una destilería de ron, la central Oro Miel, se había establecido en sus riberas, y vaciaba allí un mosto hediondo que transformó la laguna en una ciénaga. La central azucarera tuvo que cerrar a comienzos del siglo XX, pero las aguas permanecieron contaminadas. Muchos de los acueductos de la ciudad desaguaban en ella; era más económico deshacerse allí de las aguas negras que acarrearlas hasta las playas de arena blanca, las cuales los turistas empezaban a visitar. A orillas de la laguna de Marismas prosperaba el arrabal Las Minas, uno de los lugares más deprimentes de la ciudad. Casi todos los sirvientes que trabajaban en las casas del elegante suburbio de Alamares vivían en aquel lugar y, a menudo, cruzaban en bote el laberinto de los mangles para llegar hasta allí.

Un día, el cuidador de la fuente de Alamares amaneció muerto de un golpe misterioso en el cráneo, tendido junto al manantial. Una pequeña nota apareció en los periódicos pero nadie le puso atención, y el suceso se olvidó pronto. Buenaventura Mendizábal se mudó a la casa del cuidador sin que nadie lo objetara. Limpió la fuente de arbustos y la volvió a poner en uso; y desmontó la propiedad circundante de malezas. A aquel modesto bungaló de piedra se fue a vivir Rebeca Arrigoitia después de su boda con Buenaventura, sin que echara de menos para nada la lujosa mansión de sus padres, de tan enamorada que estaba de su marido por aquel entonces.

La muerte del cuidador fue un golpe de suerte para el extremeño. A comienzos de la primera guerra mundial, la bahía de San Juan se llenó de buques mercantes, así como de navíos de guerra de la marina norteamericana, que navegaban frente a las murallas de San Felipe del Morro, y anclaban relativamente cerca de la laguna de Alamares. Los buques eran tantos que el acueducto municipal no daba abasto para aprovisionarlos de agua, y muy pronto los capitanes de los barcos mercantes españoles, como el *Virgen de Purrúa* y el *Virgen de Covadonga*, acudieron a casa de Buenaventura a preguntarle si podía venderles agua de su manantial. Buenaventura pensó que era su deber ayudarlos, e hizo todo lo que pudo por complacerlos. No había otra fuente de agua potable en veinte millas a la redonda, y a los barcos mercantes españoles siempre los dejaban para lo último, ya que la autoridad de acueductos se preocupaba por aprovisionar en primer lugar a aquellos barcos que navegaban bajo la bandera norteamericana. Resultaba imposible erradicar por completo el comercio con España, a pesar de que la influencia americana era cada vez mayor. La gente bien seguía prefiriendo la paella valenciana, las sobrasadas de Segovia, las ensaimadas de Mallorca y otros platos suculentos como aquéllos, a las insulsas comidas norteamericanas.

Buenaventura era, ante todo, un buen ciudadano español, y nunca les exigía a sus paisanos que le pagaran de contado. Prefería intercambiar el agua del manantial que recogía en bidones de madera por las cajas de Riojas y de Logroños que los capitanes españoles le traían de regalo, y que él, luego, vendía en la ciudad a buen precio. Tanto éxito tuvo con su amistoso trueque que, a pocos meses de llegar a la Isla, había ahorrado suficiente dinero para construirse un pequeño almacén junto a la casa. Allí almacenaba sus vinos; los jamones que empezó a importar de Valdeverdeja, su pueblo natal; los espárragos blancos de Aranjuez; los mazapanes y turrones que le llegaban desde Alicante, y las exquisitas aceitunas aliñadas de Sevilla —rellenas de pimiento morrón, cebollín o almendra—, cuyos ojillos verdes con pupilas rojas y blancas tanto lo alegraban cuando las veía alineadas en sus tarros sobre los estantes.

Buenaventura introducía ilegalmente casi todos sus productos a la Isla en barcazas de poco calado, que recogían la mercancía en la playa de Lucumí, donde los barcos españoles anclaban por unas horas antes de proseguir hasta el puerto de San Juan. Luego, éstos se adentraban por entre los mangles hasta llegar a la laguna de Alamares, donde Buenaventura desembarcaba sus productos y los guardaba cuidadosamente en su bodega.

24

2

Buenaventura llega a la Isla

Buenaventura desembarcó del Virgen de Covadonga con veintitrés años recién cumplidos y sin un centavo en el bolsillo. Huérfano de padre y madre desde los quince años, había sido criado por dos tías solteronas ya ancianas, a las que había dejado atrás en España. Era un joven muy bien parecido. Medía uno ochenta de estatura, tenía la piel bronceada y unos ojos tan azules que daban ganas de nadar mar afuera cada vez que una los miraba. Cuando éramos novios, Quintín me contó la historia de su llegada y, muchos años después, se la repetía de vez en cuando a nuestros hijos, para recordarles quiénes eran y de dónde venían.

Durante su travesía por el Atlántico, Buenaventura se preguntaba cómo sería la isla de Puerto Rico. Había leído algo sobre la historia del Caribe antes de zarpar de Cádiz, pero también se enteró de muchas cosas de primera mano, conversando con personas que habían viajado por el área. La guerra hispanoamericana había llegado a su fin hacía ya diecinueve años, pero se encontraba —todavía— fresca en la mente de muchos españoles. Buenaventura sabía que España había peleado con uñas y dientes por retener a Cuba, la joya más preciada de la Corona. Al finalizar la Guerra de los Siete Años, en 1763, España intercambió Cuba, que se encontraba entonces en manos de los ingleses, por la Florida. Un siglo después, miles de españoles murieron en Punta Brava, Dos Ríos y Camagüey, abatidos en combate sangriento por los rebeldes cubanos durante la

25

revolución. Pero cuando España perdió a Cuba, dejó ir también a Puerto Rico. «¿Será una isla tan pobre que no vale la pena luchar por ella? —se preguntaba Buenaventura—. ¿O estaría España tan exhausta al final de la guerra hispanoamericana que no le fue posible seguir luchando?»

Buenaventura llegó al puerto de San Juan el 4 de julio de 1917. El presidente Wilson acababa de firmar la Ley Jones por aquellos días, y había mandado a buscar para ello la pluma de oro de don Luis Muñoz Rivera, el Comisionado Residente en Washington, que acababa de fallecer. Luis Muñoz Rivera fue un poeta muy querido en la Isla, y, en el Congreso norteamericano, logró cultivar las artes malabaristas más complejas, para mantener contentos a los extranjeros mientras apuraba, solapadamente, la yegüita de la independencia.

Mientras el *Virgen de Covadonga* se acercaba al puerto, se daba inicio —con bombos y platillos— a las festividades que celebraban aquel magno suceso. Cada puertorriqueño tendría ahora derecho a un pasaporte americano, a ese talismán tan poderoso que era la envidia de todos los extranjeros, porque abría las puertas del mundo. Desde el desembarco de los americanos por Guánica en 1898, los isleños nos habíamos visto obligados a vivir en el limbo. España nos concedió la autonomía seis meses antes de perder la guerra hispanoamericana, pero la ciudadanía puertorriqueña se malogró. Teníamos que viajar con pasaporte español, y lo perdimos al finalizar la guerra.

«Ser ciudadanos de ninguna parte no puede ser una experiencia muy agradable —pensó Buenaventura mientras observaba desde la cubierta del barco la hermosa ciudad, rodeada de imponentes murallones, que se acercaba lentamente—. Y aún peor, no viajar a ningún lado.» Había oído decir que la mayor parte de la población de la Isla estaba constituida por inmigrantes, gentes de las islas Canarias, de las Baleares, de Cataluña, así como también por franceses y corsos. Algunos habían llegado de Venezuela y de las islas vecinas, huyéndole a las guerras de independencia que inevitablemente causaban la ruina —si no la muerte— a la gente bien. Los puertorriqueños estaban acostumbrados a transitar de isla en isla y de continente en continente como aves cuya condición natural era el tránsito.

El viaje les hacía posible el multifacético trueque, la enriquecedora transacción comercial, y no tener un pasaporte los condenaba a empobrecerse cada vez más de año en año.

Buenaventura observó el ancla hundirse en el agua como una enorme flecha, alejándose hacia las profundidades. Vivir prisioneros en unos doscientos setenta kilómetros cuadrados —el tamaño de la Isla, según lo había verificado en el atlas antes de salir de España— debía de ser algo terrible. Y ése había sido, precisamente, el destino de los puertorriqueños durante los últimos diecinueve años. Por eso, sin duda, la noticia de que les habían concedido la ciudadanía norteamericana, así como el pasaporte con el águila áurea estampada encima, estaba celebrándose con aquellas fiestas extraordinarias. De ahora en adelante, sería su escudo mágico; podrían viajar a cualquier país del mundo, por más peligroso o exótico que fuera; tendrían derecho al asilo político en la embajada norteamericana, y el embajador los ayudaría en cualquier situación.

Buenaventura descendió del *Virgen de Covadonga* a media mañana, y se dirigió hacia La Puntilla, el área cercana al puerto de San Juan, a la entrada de la bahía. Era allí donde los comerciantes españoles tenían situados sus almacenes de abastos. Su tía Conchita le había escrito la dirección de don Miguel Santiesteban en un papel, que Buenaventura llevaba doblado cuidadosamente dentro del bolsillo del pantalón. Doña Ester, la esposa de don Miguel, era amiga de Angelita y Conchita. El matrimonio había emigrado de Extremadura treinta años antes, y le había ido muy bien. Don Miguel era comerciante, y se ofreció por carta a darle albergue al joven en su almacén de abastos durante los primeros días hasta que encontrara trabajo.

Buenaventura descubrió por fin cuál era el edificio de don Miguel, pero tenía las puertas cerradas. Golpeó con el puño en la entrada principal, y nadie le respondió. Se acercó entonces al guardián que velaba por el área, y se identificó como un pariente lejano del dueño, que acababa de llegar de Extremadura. El guardián lo miró de arriba abajo, y verificó por sus ropas que decía la verdad: el grueso chaquetón de gabardina gris y los toscos zapatones de campesino eran prendas que ningún isleño en sus cabales llevaría puestas. Le abrió la puerta del almacén y le permitió dejar adentro sus bártulos. Buenaventura le dio las gracias, se puso su sombrero cordobés y se dirigió alegremente calle arriba, hacia donde los festejos estaban celebrándose en pleno.

Hacía un calor endemoniado, y los pelícanos suicidas se arrojaban en picada contra el acero fundido de la bahía. Buenaventura se paseó por los muelles a lo largo del puerto, en donde admiró el *Mississippi* y el *Virginia*, los vapores de la New York and Puerto Rico Steamship Co., adornados con guirnaldas de banderines que aleteaban alegremente al viento. Caminó hasta el Correo Federal, y contempló el palacete rosado de la Aduana. Era un edificio espléndido, con tirabuzones de cerámica color guayaba en el techo y un friso del mismo material decorado con toronjas y piñas que colgaban en guirnaldas sobre los marcos de las ventanas.

Cerca de la Aduana estaba el edificio del National City Bank, que imitaba un templo de columnas corintias. Al pie del enorme laurel de la India que crecía en la plaza, una multitud de carritos pintados de colores alegres vendía unos bocadillos aparentemente muy sabrosos, porque la cola para comprarlos casi le daba la vuelta al nuevo edificio del Correo. Buenaventura preguntó qué quería decir *hot dog*, y cuando le dijeron «perro caliente», soltó una risotada. Compró uno y se lo comió. Le supo a una combinación entre salami italiano y salchicha alemana; pero, con aquel nombre, quién sabe qué tipo de carne tendría adentro. También había varios puestos de gente que vendía cerveza importada en barriles, pero a Buenaventura no le apeteció porque estaba tibia. Hubiese dado cualquier cosa por un vaso de vino tinto de Valdeverdeja, y transó por un vaso de guarapo de caña que le supo a gloria.

Subió la cuesta de la calle Tanca, y sintió que los adoquines azules se movían bajo sus pies como un oleaje rebelde. Se dirigió hacia la avenida más cercana, por donde había escuchado decir que pasaría, dentro de poco, el desfile del Cuatro de Julio. Una muchedumbre enorme se encontraba reunida sobre la acera para ver la parada. Una señora que llevaba una gorra blanca y almidonada sobre la cabeza, con una cruz roja cosida encima, se le acercó y le ofreció un banderín americano.

—Agite el banderín cuando pase el gobernador Yager en su Studebaker descapotable, y grite: «*God Bless America!*» —le dijo con entusiasmo. Buenaventura aceptó el banderín y le dio las gracias, quitándose el sombrero cortésmente.

Muy cerca de allí se estaba construyendo el nuevo edificio del Capitolio, cuya cúpula, «será una copia exacta de la de Montichello, la casa del presidente Tomás Jefferson, cuando esté terminada», le comentó orgullosamente un peatón en la calle. Buenaventura caminó en esa dirección, y subió varios escalones del edificio en construcción. Desde allí, observó pasar las carrozas tiradas por mulas, adornadas con banderas norteamericanas hasta en las ruedas, las cuales desfilaron llevando a unas hermosas jovencitas con bandas azules cruzadas al pecho, escarchadas con los nombres de los Estados de la Unión. Las aceras a ambos lados de la avenida estaban atestadas de niños que agitaban sus banderines cada vez que pasaba una carroza nueva. Cuando más gritaron fue cuando pasó el Tío Sam montado en zancos, con unos hermosos pantalones de satén a rayas rojas y blancas y un sombrero de copa negro, recubierto de estrellas. Iba arrojando puñados de centavos nuevos, que brillaban sobre el piso como si fueran de oro.

Buenaventura observó con interés el aspecto de las gentes que se apiñaban a su alrededor. Había venido a aquella isla para quedarse, y cualquier conocimiento adelantado del medio le sería útil. Un enorme templete de madera había sido construido frente al nuevo Capitolio, aún sin terminar. Los dignatarios sentados sobre el templete, así como los soldados que desfilaban por la calle, seguramente eran extranjeros: altos, rubios y fornidos. Pero la gente que se arremolinaba en la acera era de estatura mediana y de constitución delicada. Los que se habían estacionado en coches y calesas con asientos de cuero y guardalados acharolados para ver pasar el desfile bajo las sombrillas abiertas, vestían a la última moda europea: los hombres de paño negro, y las mujeres de tamina blanca con encajes al cuello y en las mangas. Los que permanecían de pie sobre la acera, sin embargo, eran sumamente delgados, como si comie-

29

sen poco y mal, pero se veían alegres y dicharacheros. La mayoría iba descalza, y llevaba sombreros de paja con el borde deshilachado y volteado hacia arriba.

En el templete ceremonial estaba sentado el gobernador; un señor alto y vestido de frac, con bigotes de manubrio de bicicleta y sombrero de copa en la mano, acompañado por una señora con una pamela adornada con rosas de repollo y un velo que parecía un mosquitero. Los cadetes marchaban detrás de la banda de la marina al compás del *Semper Fidelis*, de Philip Sousa, con los rifles apoyados sobre el hombro derecho y gorras rojas con visera de charol. Aquella música era tan alegre que se le metía a uno por los poros. A Buenaventura le dieron ganas de ponerse a marchar detrás de los cadetes. El calor atosigante, el sol que le derretía a uno los sesos, la gritería de los chiquillos, nada de eso le importaba, con tal de participar del optimismo que salía a borbotones por las cornetas, los trombones y los tambores de aquella joven nación entusiasta.

En todo aquello había un ingenuidad refrescante, una confianza en el futuro y en la bondad del prójimo, que le resultaban asombrosas. España era un país caduco, donde los edificios se desmoronaban de viejos alrededor de sus habitantes. En su pueblo natal de Valdeverdeja, el aguador todavía iba por las calles con sus vasijas de barro atadas a los ijares de su asno, y la gente se transportaba en carretas tiradas por mulas. En España, ya no se creía en nada ni en nadie: la religión era una convención de respetabilidad, y el desengaño del mundo estaba estampado en la frente de sus habitantes desde la época de Segismundo. En estos rostros jóvenes y sonrientes, por el contrario, triunfaba la mirada anhelante, el optimismo del «*God bless America, and America will bless you!*» que le había escuchado gritar con tanta emoción a la señora de la Cruz Roja.

Buenaventura estaba allí parado todavía, viendo desfilar a la gente, cuando escuchó a alguien anunciar por los megáfonos que los que desearan alistarse como voluntarios en el ejército norteamericano podrían hacerlo aquella misma tarde. Las mesas de inscripción se encontraban al final de la avenida Ponce de León, debajo de un enorme retrato del Tío Sam, y allí podrían acudir los interesados al terminar el desfile. Buenaventura pensó que nadie acudiría, y se rió para sus adentros al escuchar aquel llamado, pero se llevó un chasco monumental. Sucedió todo lo contrario. El alistamiento empezó en cuanto se terminó el desfile, y en tres horas se cubrió la cuota que se le había asignado al nuevo territorio.

«Razones tendrán para irse —le comentó Buenaventura a un amigo al día siguiente en una carta—. Sospecho que aquí ha habido una hambruna más gorda que en Valdeverdeja. Había que verlo para creer el frenesí con que los hombres se alinearon frente al *Buford*, el barco de transporte militar norteamericano anclado en el muelle. En Extremadura no me hubiese sorprendido, porque es un páramo reseco de cuero gris. Pero, en esta Isla, no debería existir el hambre. Aquí la clorofila es reina, y sólo hay que acuclillarse a la orilla del camino y cagar unas cuantas semillas de guayabo para que al día siguiente se cimbree allí mismo un árbol cargado de frutas y flores. Y menos ahora, con los miles de dólares que los norteamericanos están invirtiendo en ella. Esto debe de ser el paraíso de los avaros; seguramente, no sólo la tierra está en manos de la burguesía, sino el agua y el aire también.»

Buenaventura había adquirido un certificado de contador público en España, pero en la Isla no le servía de nada, porque no cumplía con los requisitos federales. Era prueba de su experiencia, sin embargo, y al día siguiente de su llegada, fue en busca de trabajo con el certificado en el bolsillo. Al pasar junto al muelle vio un barco cargado de barricas de ron, las cuales los marineros estaban arrojando por la borda, siguiendo las órdenes de varios inspectores del Gobierno que observaban la operación desde el muelle. Preguntó qué estaban haciendo, y le contestaron que el dueño del navío estaba cumpliendo con las ordenanzas de la ley seca, que acababa de implantarse en la Isla. Buenaventura se asombró de que los isleños quisieran cumplir la ley con tanto ahínco. Aquello era absurdo. Estaban acostumbrados a beber ron desde la cuna, y dejar de beberlo no los haría mejores ciudadanos norteamericanos.

Alquiló una calesa para dar un paseo por los alrededores, y a la salida divisó un edificio circular de dos plantas, pintado de un verde selvático, del cual salía una gritería vociferante. Preguntó qué era.

—Es una gallera —le contestó el cochero—. Una riña de gallos está a punto de comenzar.

Buenaventura se bajó de la calesa. Estaba apiñada de hombres que bebían y apostaban gritando. Aparentemente, el ron no estaba prohibido en las galleras, y allí a nadie le interesaba ser un buen ciudadano norteamericano.

Dos hombres en cuclillas sujetaban a una pareja de gallos —uno rubio, de plumas rojas y amarillas, y otro giro, de color grisáceo— y les soplaban buches de guardiente en el pico para hacerlos más feroces. Ambos gallos estaban pelados y descrestados, y tenían afeitadas las plumas del pescuezo y de los muslos, de manera que la carne descubierta y teñida de achiote les brillaba al rojo vivo. Los entrenadores soltaron sus gallos, los cuales volaron al instante y se engramparon como demonios. Buenaventura estaba acostumbrado a las corridas de toros en Valdeverdeja, pero las rodillas se le hicieron agua. Cuando el gallo rubio le abrió el vientre al giro, y éste empezó a arrastrar las tripas por el aserrín del piso, le dieron ganas de vomitar, y tuvo que salir al patio. Vomitó detrás de unas amapolas, se limpió el sudor frío de la frente con el pañuelo y volvió a subir a la calesa. Cuando se alejó de allí escuchó una sirena que se acercaba, y al mirar hacia atrás vio a una patrulla de la policía entrar a empellones en la gallera.

Esa noche, desde su cuartucho en el almacén de abastos de don Miguel, Buenaventura le escribió una larga carta a su amigo en Extremadura.

«Aquí hay que estar dando pruebas de lealtad ciudadana a diestra y siniestra. Los norteamericanos quieren imponer la ley seca y los isleños han accedido a tirar al mar miles de barricas de ron, porque eso dizque y que los hace mejores ciudadanos. Las peleas de gallos, que hieren el pundonor del Norte porque van en contra de los preceptos de la Sociedad Protectora de Animales, también están prohibidas. Pero no será fácil meter a estos congos y jelofes a puritanos, como si ayer mismo se hubiesen bajado del *Mayflower*», le comentaba en su carta.

A un primo que vivía en Valdeverdeja le escribió: «Éste va a ser pronto un pueblo de faquires, en donde todo el mundo sobrevivirá del aire. Al grito de "¡Con municiones de boca, ganaremos la guerra!", los isleños se aprietan las correas de los pantalones, y reducen drásticamente su consumo de harina de trigo, de azúcar, de arroz y de leche; y todo para demostrarle a la nación norteamericana que ellos también pueden contribuir a alimentar a las tropas que luchan en ultramar. La venta de los Bonos de la Libertad y de la Victoria ha tenido un éxito rotundo, y hasta los niños de las escuelas públicas contribuyeron con sus centavos ahorrados para esa causa. Este pueblo rotoso y hambriento tiene mucho de Quijote, y ha comprado bonos por el valor de doce mil trescientos ochenta y tres dólares, para contribuir a la defensa de la poderosa nación que los ha adoptado».

3

La reina de las Antillas

Aunque había llegado a la Isla con una mano por delante y otra por detrás, Buenaventura Mendizábal no era exactamente un indigente. Traía consigo un pergamino medio carcomido por las polillas, en el cual estaba inscrito el árbol genealógico de su familia. Este documento declaraba que Buenaventura tenía derecho a un título de nobleza, heredado de un tatarabuelo suyo descendiente de Francisco Pizarro, el conquistador del Perú.

Por aquellos tiempos, nuestra burguesía era todavía una gran familia, en la cual todo el mundo se encontraba, por aquí o por allá, emparentado. Sólo se tenía que consultar a las abuelas que dormitaban al fondo de sus sillones de mimbre para enterarse de quién era pariente de quién. Durante los tiempos de España, un linaje despejado valía más que su peso en oro. En cada pueblo, los matrimonios se inscribían cuidadosamente en dos libros polvorientos, encuadernados en piel de chivo, que los párrocos guardaban celosamente en las sacristías de las iglesias: el libro de los matrimonios negros y el de los matrimonios blancos. Los sacerdotes los llamaban «libros de limpieza de sangre», y habían sido instituidos originalmente en España para mantener a los cristianos viejos libres de linajes polémicos, como el judío o el moro. En nuestra isla se había adoptado la misma costumbre, sólo que para determinar quién tenía o no raja, el término poco elegante con el que la gente bien denominaba a los que llevaban en sus venas algunas gotas de sangre de África.

Aunque Quintín aparentaba no compartir estos prejuicios absurdos, siempre sospeché que los disimulaba, y que —en el fondo— se sentía igual que su familia respecto a ellos. Cuando se enamoró de mí, esto no fue un escollo, sin embargo, porque mi familia era blanca por los cuatro costados. Pero los prejuicios de Quintín resurgirían más tarde, y crearon tiranteces entre nosotros. En todo caso, en la época de nuestro noviazgo en Ponce, la mayor parte de nuestros amigos y familiares pensaba igual que Quintín, lo que hay que tener en cuenta como un punto a su favor.

Cuando los norteamericanos llegaron a la Isla, nuestros párrocos abandonaron la tradición de los libros de limpieza de sangre. Las parroquias cayeron en la pobreza, y muchos documentos perecieron a causa del fuego y de los huracanes, cuando el viento se llevaba volando los techos desvencijados de las iglesias. La práctica de la inscripción de los matrimonios en aquellos infames libros también desapareció, porque se consideraba indigna de los ciudadanos norteamericanos.

Mantenerse al tanto de cosas como éstas se fue haciendo cada vez más difícil, le contaba Rebeca a Quintín. Los nuevos hábitos de la democracia dieron al traste con los linajes y las alcurnias, y se volvió casi imposible encontrar una familia sin manchas en su linaje. Cualquiera que pudiera comprar un boleto podía asistir a las funciones del teatro Tapia, por ejemplo, o alquilar una habitación de lujo en el hotel Palace o en el Condado Vanderbilt. Y lo que era peor, cualquiera podía inscribirse en la nueva Universidad de Puerto Rico en Río Piedras, fundada con dólares americanos, y graduarse con toga y birrete.

Amodorrados por el susurro sensual de las olas y de las palmeras, y por la facilidad con que las gentes del pueblo se amancebaban a su sombra, los burgueses empezaron —poco a poco— a modificar sus costumbres. El calor infernal, la desnudez parcial del cuerpo que éste provoca y, ante todo, la belleza de las mulatas, quienes gracias a las nuevas ordenanzas compartían ahora con ellos socialmente en todas partes, contribuyó a que los burgueses criollos se olvidaran, poco a poco, de los requerimientos de limpieza de sangre. Las jóvenes mulatas iban muy bien vestidas, y trabajaban donde les daba la gana. Los jóvenes

35

de buena familia descubrieron, por primera vez, su belleza, que hasta entonces había sido un tesoro escondido, y a los veinte años de la llegada de los norteamericanos una verdadera epidemia de matrimonios mixtos arropó a la Isla. En los casinos y otros centros sociales, la gente bien empezó a susurrar que de las mulatas emanaba un extraño olor a café con leche que las hacía muy atractivas.

Unas cuantas familias burguesas, sin embargo, las que realmente tenían mucho dinero, como los Mendizábal, se aferraron tercamente a las antiguas costumbres españolas, y les exigieron a sus hijos un código de comportamiento estricto. Les advirtieron que tuviesen mucho cuidado con sus nuevas amistades, y les aconsejaron que preguntaran por los apellidos antes de establecer relaciones serias, para así verificar la pureza de los linajes. Éstas eran las familias que Rebeca le ponía a Quintín como ejemplo, cada vez que le hablaba del tema.

En el pasado, los Mendizábal y otras familias de alcurnia como la de ellos viajaban a Europa en barcos de vapor. Sólo algunas personas habían visitado Estados Unidos. Muchos habían nacido en Europa, y todavía tenían familiares allá; otros eran dueños de propiedades que habían pertenecido a sus antepasados; algunos todavía soñaban con regresar a ellas algún día, aunque, al fin y al cabo, pocas veces lo hacían.

Una vez se hicieron ciudadanos norteamericanos, los burgueses empezaron a viajar a Estados Unidos, y a enviar a sus hijos a las prestigiosas universidades del Norte. Viajar hasta el continente conllevaba entonces un complicado proceso marítimo y terrestre; los viajes en avión no se comercializaron hasta finales de los años veinte. Los clíperes de la Pan American eran anfibios, y amerizaban en la bahía de San Juan. Desde allí, volaban hasta Puerto Príncipe, y luego hasta Santiago de Cuba y Miami. Antes de que los clíperes entraran en servicio, había que ir en vapor de San Juan a Jacksonville, y allí abordar un coche Pullman. Los trenes salían de Florida, pasaban por Washington D.C. y Filadelfia, hasta llegar a Nueva York o a Boston. Sin embargo, como las locomotoras eran de carbón, y los trenes no tenían duchas, no importaba lo blanco que uno fuese, cuando llegaba a su destino estaba negro de pies a cabeza.

Durante estos viajes, los burgueses criollos empezaron a sospechar que, después de todo, los libros de limpieza de sangre tenían razón, y que era aconsejable enseñarles a sus hijos a respetar las antiguas costumbres. Cuando se subían al tren en Jacksonville, por ejemplo, se enteraban de que los pasajeros negros no podían viajar en los mismos coches que los pasajeros blancos; tenían que comer en restaurantes diferentes, y mear y cagar en baños distintos. Este descubrimiento los alarmó, y, al principio, no podían creer lo que veían. Eso nunca hubiese sucedido en su país, se decían asombrados, donde todo el mundo podía comer, mear y cagar en los mismos sitios. El concepto de igualdad bajo la ley, que el nuevo régimen democrático de Estados Unidos había impuesto férreamente en la Isla, y que ellos habían abrazado con tanto ahínco porque querían ser buenos ciudadanos norteamericanos, se ponía en práctica de una manera muy distinta en el continente.

Aquella situación les causó no pocos sofocones a los encopetados burgueses criollos. Aunque eran de raza caucásica, su piel no era nunca tan blanca como la de los norteamericanos. Tenían un leve tinte oliváceo, que inmediatamente los hacía sospechosos ante los conductores que les ponchaban los boletos al abordar los trenes hacia Nueva Orleans, Nueva York o Boston.

Una vez llegaban a su destino, y entraban en el vestíbulo del hotel de lujo donde se alojarían, la cosa se ponía color de hormiga brava. Los conserjes de la recepción husmeaban con suspicacia los Washington y los Jefferson con que saldaban por adelantado sus cuentas, y hasta los miraban a contraluz para asegurarse de que no fueran falsos. En esos momentos, los burgueses puertorriqueños se daban cuenta de que la vestimenta que llevaban puesta era muy importante, y de que lucir en el cuello un collar de perlas auténticas o llevar un bolso de cocodrilo colgado del antebrazo influía de manera radical en la manera como trataban a los demás.

Cuando regresaban a la Isla de sus viajes al Norte, los burgueses se atrincheraban, aún más, en sus viejas costumbres. Se habían dado cuenta de cómo eran las cosas en el continente, y no iban a permitir que los siguieran engañando. ¡Buenos estaban ellos para las inconveniencias de la democracia, si en Estados Unidos ésta se ejercía con las muelas de atrás! Por eso, cuando el hijo o la hija de una familia bien se encontraba a punto de contraer matrimonio, los padres acudían secretamente a su parroquia, y le rogaban al párroco que le dejaran ver aquellos libros míticos y casi olvidados. Si tenían la suerte de encontrarlos, y de que, en su parroquia específica, ningún huracán hubiese desparramado sus páginas por las calles del pueblo, los escudriñaban cuidadosamente, buscando confirmar la pureza de raza del prometido o de la prometida, antes de acceder al matrimonio. Llevar a cabo esta diligencia era imprescindible, de modo que no fuese a darse el caso de que sus nietos se viesen, en el futuro, excluidos de las mejores universidades norteamericanas, expulsados de los hoteles de primera clase y obligados a comer, mear y cagar en baños de tercera, como sucedía tan a menudo en el continente.

Los jóvenes norteamericanos que los hijos y las hijas de los burgueses criollos conocían en el Norte cuando viajaban a estudiar allá, por otro lado, no solían ser vistos con buenos ojos, porque podían convertirse en un problema espinoso. A comienzos de siglo, sucedió en más de una ocasión que, encantados por las gracias exquisitas de una hija de la burguesía criolla que estudiaba en Boston o en Filadelfia, un joven norteamericano de buena familia caía atrapado en sus brazos como en las dulces redes de la melaza. Los parientes del novio volaban entonces en comparsa hasta la Isla, a conocer a la familia. Si notaban que la madre de la novia tenía el pelo sospechosamente encaracolado, o que el padre tenía la piel levemente sombreada de color canela, el compromiso se anulaba de inmediato, haciéndose la boda sal y agua. La familia norteamericana regresaba entonces en manada al Norte, llevándose consigo al compungido pretendiente.

Este tipo de suceso desafortunado era mucho menos frecuente cuando el joven candidato a novio era español. Los españoles eran mucho más flexibles que los anglosajones cuando de rasgos exóticos se trataba. Como habían sido colonizados por los moros durante setecientos años, una melena de caracolillo y una piel olivácea no despertaban en ellos inusitadas sospechas. Los españoles, en fin, eran tan blancos como los sajones, pero no eran tan engreídos ni se ufanaban de serlo.

El Casino Español era una institución muy importante por aquella época, porque era allí donde los jóvenes de las mejores familias criollas alternaban socialmente. Quintín me contó una vez cómo fue que sus padres se conocieron durante el carnaval que se celebró allí en 1917, el mismo año que Buenaventura Mendizábal llegó a la Isla.

Existía entonces un Comité de Cazadoras de Parejos de Carnaval, que estaba compuesto por media docena de matronas cuarentonas, las cuales organizaban muchos de los bailes que se celebraban entonces en la ciudad. De todas partes las llamaban: del Club de Leones y del Club Rotario, de la Asociación del Azúcar y de la Asociación del Café, de la Asociación del Cáncer y de la del Corazón, porque cada sociedad prestigiosa tenía que celebrar un carnaval al año, y cada carnaval tenía que ser presidido por una reina bellamente vestida, y acompañada por un rey.

Aquellas matronas eran capitanas de verdaderos safaris de pretendientes al trono. Las listas que hacían de los parejos parecían más bien catálogos de posibles víctimas a ser sacrificadas que listas de hombres para acompañar a las reinas a los bailes. Entre las familias bien de entonces escaseaban más los varones que las niñas, las cuales proliferaban como capullos de un carmín encendido en los ramilletes prendidos a los escotes de los trajes. Las madres, desesperadas, escudriñaban los clubes y las casas de la gente bien en busca de jóvenes que acompañaran a sus hijas a los festejos.

El reinado de La Perla de las Antillas que se celebraba anualmente en el Casino Español había sido siempre muy popular, y el verano que Buenaventura Mendizábal llegó a la Isla se celebró uno de los más sonados. Rebeca Arrigoitia acababa de cumplir los dieciséis años, y el Comité de Cazadoras de Parejos la había escogido como reina por unanimidad. Era la niña más bella de su grupo, y sus padres, quienes pertenecían a lo más granado de la sociedad capitalina, habían hecho un donativo generoso al casino aquel año. Cuando el comité empezó a buscar un rey para Rebeca, sin embargo, la tarea se les hizo difícil.

A las cazadoras les tomaba por lo general dos visitas a casa de la futura reina para lograr que aceptara el candidato que ellas sugerían como rey. Éste era, a menudo, un adolescente de pocas gracias, con la cara llena de barros y el cuerpo todo hueso y tendones en crecimiento, pero la futura reina no se fijaba casi en él. Le interesaba mucho más el magnífico traje, el manto y la corona que llevaría puestos: si éstos estarían bordados en lentejuela púrpura o en canutillo dorado; o si el adorno de cabeza sería de plumas de faisán o de pavo real. La reina por lo general aceptaba al primer rey que le sugerían. A los padres del futuro rey, por otra parte, les interesaba que su hijo fuera escogido, porque eso significaba que por un año sería —gratuitamente— miembro del Casino Español, cuya membresía era costosa. Si por casualidad ya los padres eran miembros del Casino, se le ofrecía al hijo una beca para estudiar un semestre en una prestigiosa universidad del Norte.

Durante el reinado de Rebeca Arrigoitia, doña Ester Santiesteban, la esposa de don Miguel Santiesteban, era la capitana del Comité de Cazadoras de Parejos. Doña Ester se encontraba ya tocando a las puertas de la desesperación, porque había visitado a Rebeca cinco veces y —en cada ocasión— había rechazado al joven que el comité le había presentado. Rebeca era hija única, y sus padres la habían consentido hasta las lágrimas, pero sabía exactamente lo que quería. Habían desfilado ya frente a su puerta media docena de jóvenes que habían sido «guillotinados» sin miramientos, y ella seguía moviendo, petulante, su cabeza de rizos de oro de lado a lado. Éste era tan fino que se partía; aquél era muy empalagoso y se babeaba cuando le susurraba soseras al oído; aquél era tan delicado que quién sabe si volaba por el prado, y este último era irremediablemente tonto, cosa que Rebeca encontraba más injuriante que nada porque ella lo que más ansiaba en el mundo era un rey inteligente.

Rebeca quería un monarca auténtico, que la hiciera sentir subyugada con una sola mirada. Un soberano que la quisiera toda completa: su cuello de mazapán, sus hombros de natilla de caramelo, sus pechos de tembleque de coco, sus pies de granitos de arroz con leche y su rajita de canela; un hombre que se la tomara y se la estrujara y se la bebiera; que hiciera polvo entre sus brazos el recuerdo de esa muñeca inerte que sus padres habían celado durante años en la alcoba más alejada de la casa, a donde no llegaban ni el polvo ni el ruido ni la respiración de la calle pero donde los sueños eran un remolino poderoso que la hacían revolcarse de amor todas las noches bajo las sábanas heladas de su cama. Rebeca quería un rey con hombros de infantería de marina y muslos de caballería montada; un general de cinco estrellas que comandara todos los ejércitos de su cuerpo, con sus estandartes desplegados y listo para la batalla.

Doña Ester Santiesteban estaba agotada por tanto esfuerzo, convencida de que no daría jamás con el rey adecuado para Rebeca. Justo por aquellos días, su marido trajo a Buenaventura Mendizábal a almorzar a su casa. Buenaventura le cayó bien; doña Ester le cogió pena al verlo tan desorientado. El joven no tenía la menor idea sobre cuál cubierto usar cuando empezó a comer; derramó la copa de vino sobre el mantel, dejó caer el cuchillo sobre el plato y estuvo a punto de caerse de la silla al balancearse sobre ella irresponsablemente cuando el mozo le pasó la bandeja para que se sirviera. Doña Ester se preguntó cómo se las arreglaría aquel joven para salir adelante en la remilgada sociedad criolla y, ese mismo día, empezó a enseñarle las reglas básicas de la etiqueta.

Cuando terminaron de comer, pasaron a la sala a tomar el café. Doña Ester le enseñó a Buenaventura que debía revolver el azúcar con la cucharilla de plata, levantando el dedo meñique en señal de refinamiento; que debía ponerse de pie en cuanto una dama entrase a la habitación, y abrirle la puerta si deseaba salir, en lugar de adelantársele y salir primero que ella como un toro con querencia de escapar al campo. Antes de marcharse, le rogó que fuera al día siguiente al estudio de un fotógrafo conocido suyo, para que le tomara un retrato. Quería enviárselo a sus amigas, Angelita y Conchita, en Valdeverdeja, para que tuvieran la prueba de que su joven sobrino estaba en buena salud, a pesar de los mosquitos y del agua insalubre de la Isla.

Varios días después, cuando doña Ester regresaba de casa de Rebeca por sexta vez, entró agotada a la sala y se dejó caer en uno de los sillones de medallón de mimbre. Sobre una mesita de mármol estaba el retrato de Buenaventura. Le había pedido al fotógrafo que se lo trajera a la casa, pues al día siguiente pensaba enviarlo a España. Doña Ester se levantó corriendo y tomó el retrato para examinarlo de cerca.

«¡Qué tonta he sido! —se dijo—. ¡Me he matado buscándole a Rebeca, por toda la ciudad, un mocoso imberbe que le sirviera de rey, y tenía al monarca de los corazones sentado en la sala de mi casa todo este tiempo!»

Al día siguiente, doña Ester visitó a Rebeca con el retrato de Buenaventura en un marco de terciopelo rojo debajo el brazo.

—Está perfecto para rey —le dijo mientras se lo mostraba—. Tiene veintitrés años, y es quizá un poco mayor para ti. Pero acaba de llegar de Extremadura, y es aparentemente de muy buena familia. Trajo consigo un pergamino antiguo con un árbol genealógico impresionante. Pensé que te interesaría conocerlo.

Al ver el retrato, Rebeca no lo pensó dos veces. Buenaventura le pareció el hombre más guapo de la Tierra, y lo aceptó como su rey sin siquiera haberlo visto en carne y hueso. Buenaventura la fue a visitar a la casa al día siguiente, y le besó la mano. Le iba muy bien el papel de monarca de carnaval, y fue un aprendiz aventajado de todos los detalles de la etiqueta. El día del reinado hizo que Rebeca se sintiera como la misma Perla de las Antillas, escoltándola solemnemente hasta su trono; y el día de la boda, un mes más tarde, la acompañó de regreso del altar mayor, con la mano posada sobre su brazo como una garza de nieve. No sólo parecía un aristócrata, sino que se comportaba como tal. Su porte declaraba a la legua una educación y una elegancia que no se aprendían, sino que se mamaban en la cuna.

4

A la sombra de los escualos

A comienzos de siglo, nuestra isla adquirió una importancia estratégica inesperada para los almirantes del Reich. Como Quintín era un fanático de la historia, estaba muy bien informado sobre lo sucedido en esa época, y solía contarme sobre ella cuando estábamos recién casados. Aquellos tiempos estaban llenos de aventura, y me encantaba oírlo hablar del almirante Alfred von Tirpitz. «El almirante —contaba Quintín— insistió, durante interminables audiencias en la corte del káiser Wilhelm II, que se construyera en "Puertoriko" una base naval alemana, que asegurara las vías de comercio entre las Antillas y el golfo de México.» Hacer de El Yunque un nido de cañones Krupp les permitiría, además, a los alemanes adquirir mayor control sobre el Canal de Panamá, el cual se perfilaba cada vez más importante para la marina norteamericana. Por aquella vía transitaban libremente los barcos que defendían a toda la nación, desde las lejanas costas de California hasta los puertos de Baltimore y de Nueva York.

El asunto me pareció fascinante. Como resultado de los planes de von Tirpitz, los alemanes sitiaron la Isla, y, en 1917, el mismo año de la boda de Rebeca con Buenaventura, sufrió un aterrador estado de sitio. Rodeada por submarinos alemanes, la Isla parecía un delfín, husmeada por tiburones hambrientos. Había submarinos por todas partes. Éstos se ocultaban por entre las hendiduras de la fosa de Puerto Rico, cuyas veintisiete mil millas de profundidad, pobladas de corales de fuego y ané-

43

monas venenosas, los alemanes llegaron a conocer tan bien como la palma de sus manos. Los submarinos eran perfectamente visibles desde las azoteas del Viejo San Juan, en donde la gente convirtió en deporte el verlos subir y bajar desde las profundidades con los mismos binoculares que utilizaban para observar las carreras de caballo en el hipódromo.

Nuestra importancia estratégica se hizo evidente, y llevó a Estados Unidos a poblar la Isla de bases militares, en las cuales se acuartelaron miles de soldados norteamericanos. Todos los días se veía hundir un barco a la distancia, llevándose al reino de Neptuno lo que traía en sus entrañas: tanques de gasolina, rollos de papel para las imprentas, sacos de arroz, habichuelas y sal. La mercancía empezó a desaparecer de los estantes de los comercios. La gente sobrevivía gracias al programa de emergencia del Gobierno de Estados Unidos, que nos enviaba raciones de guerra en los mismos convoyes camuflados en los que viajaban los soldados.

Los comerciantes de San Juan contaban sus riquezas, no en oro ni plata sino en gomas de caucho, bidones de gasolina y libras de tocino salado, que almacenaban clandestinamente en los sótanos de sus casas, y Buenaventura era uno de ellos. El pueblo, acostumbrado a apretarse el cinturón con el estómago vacío, sobrevivía a fuerza de carajillos de café con ron y rabiza de batata hervida en té de naranja, y los niños deambulaban descalzos con la cabeza llena de piojos y la barriga hinchada de parásitos. Al correr calle abajo con el alma pegada a los huesos, parecían chiringas de papel de seda, empujados aquí y allá por el viento.

5

El príncipe del comercio

El escudo que Buenaventura heredó de su antepasado, don Francisco Pizarro, representaba la imagen de un caballero armado degollando un cerdo con el filo de su espada.

—Los Pizarro Mendizábal fueron comerciantes prósperos antes de hacerse conquistadores —le dijo Buenaventura a Rebeca el día de su boda—. Antes de embarcarse para el Perú, el negocio original de la familia fue siempre curar jamones, que luego vendían con mucho éxito por toda Castilla. —Y mientras así hablaba, le puso en el dedo anular un pesado anillo de oro que había heredado de su ilustre antepasado.

Las cosas le fueron bien a Buenaventura después de su matrimonio. Sacaba excelentes beneficios de la venta de agua, y don Esteban Rosich, el abuelo de su esposa, estaba orgulloso de él. Don Esteban tenía un negocio de transportes de vapor, y decidió ayudar a su nieto político. Le obsequió dos pequeños buques, de ocho mil toneladas cada uno, para que Buenaventura trasladara su mercancía de España a la Isla. Rebeca los bautizó *Patria* y *Libertad*, les quebró una botella de champán en la proa y brindó con el alcalde y demás invitados ilustres por el futuro de Mendizábal y Compañía, la empresa recién fundada por su marido.

Mi suegro no era tan inteligente como Rebeca creyó en un principio, pero tenía un instinto comercial infalible.

—Éstos son tiempos difíciles —le decía a su mujer cuando todavía vivían en el bungaló de piedra junto a la laguna—.

Cualquier negocio puede desembocar en la ruina menos el de la comida, porque no importa lo que pase, la gente siempre tiene que comer.

En 1918, cuando los submarinos alemanes sitiaron la capital y la gente se estaba muriendo de hambre, Buenaventura decidió ampliar su negocio. Compró un embarque de pencas de bacalao en Nueva Escocia que logró esquivar el bloqueo. Cuando puso el pescado a la venta, se vendió en menos de una semana. Los filetes de bacalao eran gruesos y jugosos, y estaban recubiertos por una capa de sal esmerilada que los protegía de la lluvia y de las moscas, evitando que se pudrieran en el calor del trópico. Tenían, además, un contenido de proteínas y calcio verdaderamente astronómico. Por montes y por valles, bajo los platanales de hojas deshilachadas y en los bateyes frente a los bohíos de la altura, se veían borbollear, alegremente, los latones de bacalao que Buenaventura importaba de la lejana Halifax, aderezados con yautía, ñame, malanga y plátano verde, sobre las tres piedras del fogón, a la sombra de los árboles de mango.

El bacalao empezó a salvarle la vida a mucha gente, y encima era un negocio redondo. Buenaventura se lo compraba a la compañía canadiense Viking Co. por una miseria: pagaba un centavo americano por cada paquete de diez libras, y lo vendía a diez centavos la libra. El negocio era tan bueno que poco después de que su segundo embarque se escurriera sano y salvo por entre las fauces de los submarinos germanos y atracara en el muelle, le hizo a Rebeca un espléndido regalo: un Packard blanco que Rebeca bautizó *Dulce sueño*, en honor al caballo de paso fino que ganó el trofeo ecuestre de bellas formas en San Juan aquel año.

Aquella bonanza no podía durar mucho tiempo, sin embargo. Pronto, otros comerciantes de la ciudad empezaron a comprar —al por mayor— el bacalao de los grandes bancos, y a burlar también la red de los submarinos alemanes. Buenaventura vio que el peligro era inminente, e insistió en ponerle al suyo un distintivo —el sello de un conquistador degollando un cerdo— para que la gente supiera identificar el bacalao Mendizábal, pero el presidente de Viking Co. le dijo secamente:

—Los peces que caen por miles en nuestras redes son todos iguales. Diferenciar su bacalao del de los demás iría en contra de la política democrática de nuestra empresa.

La competencia era feroz, pero mientras los buques de sus rivales a menudo iban a dar al fondo del mar, los de Buenaventura escapaban milagrosamente a la vigilancia de los alemanes, y él era el que más bacalao vendía. Al principio, la gente pensaba que era sólo buena suerte. Si la estrella de Buenaventura le había hecho posible casarse con una heredera un mes después de llegar a la Isla, sus barcos podían muy bien burlar la vigilancia de los cañones germanos, y cruzar ilesos el bloqueo.

No obstante, del *Patria* y del *Libertad* se elevaba un aroma traicionero a jamones serranos, a sobrasadas mallorquinas y a bacalao canadiense que sobrevolaba las murallas de la hambrienta ciudad. Las malas lenguas empezaron a comentar que en los buques de Buenaventura viajaban unos turistas misteriosos, los cuales descendían en el puerto de San Juan y viajaban a todas partes de la Isla, haciendo mapas detallados y tomando nota de las carreteras principales, de los puentes y de las torres de transmisión de radio. Una vez los barcos terminaban de descargar la mercancía, los turistas volvían a abordarlos y zarpaban inmediatamente de regreso a España.

Un día sucedió algo muy sospechoso. En cuanto a Buenaventura le llegaba la noticia de que un barco suyo se acercaba a los murallones del fuerte de San Felipe del Morro, se dirigía hacia los muelles en su Packard negro, y supervisaba, personalmente, el desembarco de la mercancía. En esa ocasión, en cuanto los marineros colocaron la pasarela en su lugar, un enorme doberman pinscher descendió del buque, completamente solo, y sin llevar correa alguna alrededor del cuello. El misterioso perro descendió por la plataforma, olisqueó el piso hasta encontrar el automóvil de Buenaventura y saltó adentro cuando Buenaventura le abrió la puerta. Buenaventura se mostró curiosamente despreocupado sobre el asunto. Nunca preguntó a quién le pertenecía aquel perro ni dónde ni cuándo se había subido a bordo; los marineros le informaron que lo habían encontrado dormido en una de las bodegas del barco. Buenaventura le puso por nombre *Fausto*, y desde entonces durmió a los pies de su cama.

Quintín, por supuesto, negaría estas historias sobre su padre, si algún día llegara a leerlas. Reconozco que no son sino rumores. Pero los que conocieron a Buenaventura entonces sospechaban que le tenía simpatía a los alemanes, aunque —luego— la gente se olvidó de todo aquello. La misteriosa inmunidad de los barcos de Buenaventura sólo duró un año, ya que la guerra terminó en 1918. Pero le dio tiempo suficiente para establecer los cimientos de su fortuna. Relocalizó su mercancía, del pequeño depósito de madera que había construido cerca de su casa de la laguna a un almacén de mampostería y ladrillo en La Puntilla, al pie de las murallas del Viejo San Juan.

Buenaventura disfrutaba en grande de los placeres de la mesa, y, cinco años después de su matrimonio con Rebeca, había perdido su esbeltez de rey de las Antillas, y la cintura se le amplió considerablemente. Para compensar por su incipiente calvicie, se dejó crecer unas patillas negras como tenazas a cada lado de la cara. Su situación económica no podía ser mejor. Después de finalizar la primera guerra, el precio del azúcar alcanzó niveles astronómicos en el mercado mundial, y los burgueses puertorriqueños empezaron a darse la gran vida. Frecuentemente, celebraban fiestas en sus casas, en las cuales el vino y el champán corrían como el agua. Buenaventura estaba siempre muy ocupado en su almacén, tratando de complacer a todo el mundo.

La lealtad de Buenaventura a la mercancía que vendía era tal que se hubiese dejado matar por uno de sus productos, como en efecto sucedió el día en que estuvo a punto de perecer, como Sancho Panza, en defensa de sus ideales mercaderiles. Quintín me contó una vez la historia que a su vez Rebeca le contó a él, ya que Quintín no había nacido por aquel entonces. Un día, su padre invitó a cuatro empresarios norteamericanos a cenar en la casa. Eran inversionistas de un hotel que pronto se construiría en Alamares, sobre la playa que daba hacia el lado del Atlántico. Los residentes de Alamares estaban entusiasmados con el proyecto, porque el hotel Astor tendría casino, piscina y canchas de tenis, y los vecinos podrían disfrutar de ellos. Rebeca y Buenaventura estaban sentados con los invitados a la mesa cuando la sirvienta se acercó y le secreteó algo al oído a Buenaventura.

—El cocinero está furioso porque las latas de espárragos blancos que trajeron del almacén están tan enmohecidas, que se han inflado como zepelines. Dice que no se atreve a servirlos, porque el espárrago podrido da tétano.

Buenaventura la miró con asombro.

—¿Tétanos? ¿Por un poco de moho en la lata? —contestó alzando la voz, seguro de que los norteamericanos no lo entenderían—. Dígale al cocinero que el tétanos le va a dar a él, y encima perderá su trabajo, si se atreve a sugerir una calumnia semejante de un producto Mendizábal. —Y cuando la sirvienta llevó la ensaladera a la mesa, Buenaventura se sirvió cuatro espárragos cubiertos de lama verde, y prosiguió a comérselos con pulso de acero, entre risas y chanzas groseras.

—¿Tétano dice usted, María? —le preguntó a la sirvienta, que temblaba de miedo mientras lo observaba—. ¡Qué rico el tétano! —Y a Rebeca le decía—: ¡Los espárragos son como la cebolla: después de comer se orinan, y en la cama levantan la polla!

Por suerte, ni Rebeca ni los empresarios norteamericanos probaron la ensalada aquel día, porque esa misma noche Rebeca tuvo que llevar a Buenaventura a la sala de emergencias del hospital de Alamares, a que le lavaran el estómago a causa del envenenamiento.

SEGUNDA PARTE

LA PRIMERA CASA DE LA LAGUNA

6

El mago de Bohemia

Rebeca y Buenaventura llevaban ocho años de casados, y todavía no habían tenido hijos. Buenaventura se sentía profundamente desilusionado; siempre había soñado con tener una familia numerosa; pero a Rebeca no le importaba en lo más mínimo. Si tenían hijos, no podría bailar y confundirse con la naturaleza, como siempre había hecho.

Rebeca tenía muchos amigos entre los artistas de San Juan, y a menudo los invitaba a su casa. En las noches, se sentaban en el jardín junto a la laguna a hablar de poesía y de pintura. Buenaventura estaba enterado de estas *soirées* artísticas, como las llamaba Rebeca, pero estaba muy ocupado y no les daba importancia. Salía de la casa a las siete de la mañana y no regresaba hasta las ocho de la noche, listo para comer, bañarse y meterse en la cama. Rebeca podía disponer de todo el día y hacer lo que le diera la gana. Escribía poesía en la mañana, practicaba su ballet improvisado en el jardín junto a la laguna en las tardes y cenaba con sus amigos en las noches.

En 1925, Buenaventura decidió que deberían mudarse a una casa que estuviese más a tono con sus nuevas circunstancias. La propiedad sobre la cual se encontraba su modesta casa era espléndida, y ésta se podía derribar sin dificultad para hacerle sitio a un nuevo edificio. Un día, Buenaventura iba manejando su Packard por la avenida Ponce de León cuando vio una mansión que estaban construyendo sobre una loma sembrada de palmas reales. La casa lo dejó pasmado. Allí, todo era espacio abierto: por los miradores se respiraba la brisa salutífera del Atlántico; las verandas parecían trasladadas desde los brumosos templos de Kioto; los pasillos eran ventisqueros por los que el espacio interior fluía sin detenerse. Sus muros, sombreados de plantas y arbustos tropicales, estaban decorados con mosaicos de veinticuatro quilates que relumbraban al sol. Buenaventura se dijo que él quería una casa como aquélla, sólo que todavía más grande y más lujosa.

Detuvo el carro para inspeccionar la obra de cerca. Los obreros iban y venían, empujando carretillas llenas de cemento, arena y piedra, y preguntó que dónde estaba el arquitecto de la construcción. El obrero señaló hacia un hombre de pelo crespo y piel cetrina, que llevaba una capa de raso negro sobre los hombros. Buenaventura se acercó para saludarlo y decirle lo mucho que le gustaba la casa, pero el hombre lo miró con gesto hosco y no le devolvió el saludo. Se alejó mascullando algo incomprensible.

Quintín hizo una investigación histórica sobre Milan Pavel, y estuvo a punto de escribir un libro sobre él, antes de que Mendizábal y Compañía se lo tragara por completo. Pavel tenía diez años cuando su familia emigró de Praga a Chicago, y era hijo de un carpintero checo. Nunca estudió arquitectura formalmente, pero se hizo aprendiz de Frank Lloyd Wright desde muy joven. Trabajaba como delineante en su oficina, y copiaba sus planos en unos rollos enormes de papel azul. Chicago se encontraba entonces a la vanguardia de una revolución arquitectónica: eran los años dorados del Prairie School. Cuando Pavel ahorró suficiente dinero, estableció su propia firma constructora y empezó a edificar las casas que Wright diseñaba. Casi todas se encontraban en el West End, un suburbio de Chicago donde residían los inmigrantes acomodados.

Pavel tenía una habilidad natural para el diseño; sus dibujos arquitectónicos eran exquisitamente delicados y ejecutados con mano precisa. Tenía también una memoria fotográfica y era capaz de reproducir los planos del maestro línea por línea. Su admiración por Wright era tan grande que llegó a obsesionarse. Casi no comía ni dormía. Era incapaz de copiar a su maestro, pero hubiese dado su mano derecha por diseñar una de aquellas casas.

Unos años después de establecer su compañía constructora, sucedió algo que cambió, drásticamente, la vida de Pavel. En 1898 se casó con María Straub, una bella violinista de la Sinfónica de Chicago, de ascendencia bohemia. Pavel era feo y taciturno; tenía la cara picada de viruela, como los mascarones de granito negro de las casas de Praga, y, poco después de la boda, la joven se buscó un amante. Una tarde que Pavel regresó temprano a la casa de su trabajo, los descubrió juntos en la cama. Le propinó una paliza al intruso, y otra a María, y luego la empujó por las escaleras. Pavel creyó haberla matado, y huyó de allí, presa del pánico.

Abandonó Chicago con una copia del Wasmuth Portfolio debajo del brazo, y se estableció anónimamente en Jacksonville, Florida. Jacksonville estaba pasando por un momento de grandes cambios. Se construían muchos edificios nuevos, ya que, en el gran fuego de 1901, la mayor parte del centro urbano había quedado destruido. Pavel confiaba encontrar trabajo allí. Empezó a asistir a la iglesia Episcopal Metodista, porque quería pedirle perdón a Dios por el crimen que creía haber cometido. Se hizo amigo del ministro, y se enteró de que los parroquianos querían edificar una nueva iglesia. Pavel se ofreció a diseñar los planos sin costo alguno, y el ministro se mostró encantado. Pavel diseñó un edificio hermoso: una versión exacta de una de las iglesias que Wright le había comisionado construir en Chicago. Pero alguien del comité de la parroquia conocía la obra de Wright, y acusó de plagio a Milan. Pavel lo miró sorprendido; no podía comprender cómo podía hacer una denuncia semejante. Su iglesia era una recreación fiel, piedra por piedra, de la obra del maestro, y no una vil copia. Era su manera de rendirle el homenaje máximo.

Pavel solía pasearse por los muelles de Jacksonville en las noches, envuelto en su capa de raso negra, y durante aquellas caminatas había observado, a menudo, grupos de gentes hispanas que descendían de los transatlánticos y se subían a unas elegantes limosinas negras, que los trasladaban a la estación del tren. Preguntó que de dónde venían aquellas gentes, y le dijeron que de Puerto Rico, un territorio de Estados Unidos. Viajaban hasta Jacksonville en vapor desde una isla del Caribe, y allí abordaban el tren de la Florida Line que los llevaba al Norte.

Puerto Rico estaba a menudo en las noticias por aquel entonces. La prensa lo describía como un lugar exótico y bello, pero sin infraestructura de ninguna clase, en donde existía una gran necesidad de obras públicas. La Isla había sido colonia de España durante cuatrocientos años y, como señalaban los diarios de William Randolph Hearst a menudo, ésta se encontraba sumida en la pobreza más íngrima. Aquella miseria humana justificaba, con creces, el que Estados Unidos se hubiese posesionado de la Isla al terminar la guerra hispanoamericana. El noventa por ciento de la población era analfabeta, y la bilharziosis, la tuberculosis y la uncinariosis cundían por todas partes. El Gobierno Federal acababa de implantar una serie de proyectos de rehabilitación, para mejorar la situación de los habitantes.

Pavel era un buen observador. Se fijó en que los viajeros que descendían de los transatlánticos en Jacksonville se encontraban muy bien vestidos; y leyó, también, en la prensa sobre el lastimoso estado del pueblo puertorriqueño. Llegó a la conclusión de que existían dos Puerto Ricos: uno que sufría una gran necesidad, y otro que disfrutaba de una enorme bonanza. Ambos ofrecían amplias oportunidades para un arquitecto autodidacta como él, y decidió emigrar a la Isla. El lugar tenía, además, otra ventaja: Puerto Rico quedaba lo suficientemente alejado del mundo para que alguien hubiese oído hablar jamás sobre Frank Lloyd Wright.

Pavel se embarcó hacia su nuevo destino, y, por los próximos veintitrés años, hizo su sueño realidad. En San Juan reencarnó como su admirado ídolo; llenó la ciudad de recreaciones de las casas, las iglesias y los templos de Wright, que los puertorriqueños celebraron como joyas arquitectónicas originales y auténticas.

Poco después de su llegada a la capital, Pavel se hizo miembro de los Elks, y éstos lo recibieron con los brazos abiertos. Fue una decisión sabia. Era una fraternidad exclusiva, a la que sólo pertenecían extranjeros, y muchos eran masones, como lo era también Pavel. Hablaban inglés entre sí y se movían en manada de casa en casa y de club en club. Eran muy activos, tanto en la empresa privada como en la pública, y tenían conexiones valiosas con el Gobierno. Tuvieron mucho que ver con los proyectos para el desarrollo de la Isla, como la compañía del teléfono, la planta eléctrica, la planta de purificación de agua, la fundición y el tranvía eléctrico.

El día de su iniciación, Pavel inscribió su profesión en el libro de los Elks como arquitecto. Varios de los miembros le comisionaron que les diseñara sus casas, pero eran residencias modestas, porque los Elks eran puritanos y no creían en extravagancias. A través de los Elks, sin embargo, Pavel conoció a los hacendados criollos, quienes eran todos miembros de la Asociación de Productores de Azúcar. Era la gente que había visto desembarcar de los vapores en el muelle de Jacksonville; las damas con estolas de zorro plateado drapeadas alrededor de los hombros, y los caballeros que lucían costosos sombreros Stetson sobre la cabeza: los Calimano, los Behn-Luchetti, los Georgetti, los Shuck. Pronto, los barones del azúcar empezaron a pedirle a Pavel que les diseñara sus mansiones. No tenía que preocuparse del presupuesto para nada, dijeron. Podía gastar lo que se le antojase. En cuestión de dos años, Pavel se hizo el arquitecto más cotizado de la capital y formó su propia compañía de construcción.

Milan se propuso, desde un principio, desafiar, con el estilo *avant-garde* de sus casas, la mentalidad pacata de los burgueses puertorriqueños. Su popularidad en la Isla era un fenómeno extraño; él mismo no lograba explicárselo. Allí, la gente bien estaba acostumbrada a casas estilo español, con su tradicional techo de tejas, galerías de arcos y oscuros salones decorados con tapices, cortinas y otros colgajos por el estilo. Todo estaba dirigido a subrayar la prosperidad del ocupante.

A Milan, aquellas casas pomposas lo asfixiaban. Creía en el poder de la mente, y ese poder sólo se lograba viviendo una vida alejada de objetos superfluos, que entorpecían el vuelo del espíritu. Por eso, sus casas eran absolutamente sencillas. Sus ventanas no tenían cortinas. Había que estar en contacto con la naturaleza; dejar entrar el cielo, el mar y el viento dentro de la casa; dormir sobre tablones cubiertos por esteras de paja; sentarse en sillas sin acojinar, que mantuvieran la espalda recta y

57

obligaran a uno a concentrarse, a «sacar de adentro el talento que dormía al fondo de nuestra desidia», como solía decir Pavel. Era por eso que se le hacía tan difícil entender la infatuación de sus admiradores burgueses con su trabajo. Se había puesto de moda; eso era todo. Y la moda era, como todos los instintos de la tribu, un fenómeno absurdo e inexplicable.

Buenaventura intentó ponerse en comunicación con Pavel varias veces, hasta que un día logró por fin que aceptara venir a almorzar con él y con Rebeca en el bungaló junto a la laguna. Antes de que les sirvieran la comida, Buenaventura se ofreció a darle a Milan una vuelta por la propiedad. Milan lo siguió, examinando cuidadosamente el predio en cuestión. Era un lugar verdaderamente paradisíaco. Para esa época, el suburbio de Alamares había sido desbrozado de maleza, con excepción de los mangles, que seguían intactos al borde del agua. Las vacas y los caballos semisalvajes que deambulaban por allí habían sido capturados y llevados al matadero, y, a ambos lados de la avenida Ponce de León, se elevaban ahora bellas mansiones, varias de las cuales colindaban con la propiedad de Buenaventura. La laguna era clara y profunda, y —al atardecer— su reflejo pendía, como una aguamarina de apreciables quilates, del grácil cuello del Puente del Agua.

Buenaventura le enseñó a Pavel la loma de grama tierna en donde quería edificar su casa; el manantial, con el ojo de agua verdosa que borbolleaba al centro de la propiedad; los cangrejos azules, que se escurrían por el laberinto de raíces de los mangles.

—La casa en la que residimos hoy es sólo una residencia pasajera —le dijo a Pavel—. Quiero que nos diseñe una mansión más a tono con nuestra posición social. Le pagaré lo que usted pida.

Pero Milan rechazó la oferta.

—No tiene nada que ver con mis honorarios —le contestó parcamente—. Es que estoy ahogado de trabajo, y escasamente logro cumplir con mis compromisos. —Sabía que Buenaventura le hubiese pagado una buena suma, y el sitio era perfecto para edificar una hermosa casa. Pero Buenaventura lo irritaba. Le molestaban sus toscas manos de campesino español y sus orejas enormes y llenas de pelos que nunca se dejaba recortar por el barbero, por más que Rebeca le rogaba que lo hiciera. Ante todo, le mortificaba la ignorancia de Buenaventura, su mal gusto provinciano. Durante la gira por la propiedad, le recalcó pomposamente que la casa debería ser imponente, pero, a la vez, cómoda.

—Queremos vivir en un hogar, no en una obra de arte polémica —le dijo.

Llegó a la conclusión de que Buenaventura quería que le diseñara la casa porque le gustaban sus mosaicos de oro, y no porque admirara su estilo arquitectónico.

Fue Rebeca quien lo hizo cambiar de opinión. Cuando Buenaventura se excusó después del almuerzo y regresó a su oficina, Rebeca y Pavel se quedaron solos, y ella lo invitó a dar un paseo por la orilla de la laguna. Rebeca tenía veinticuatro años y estaba en el apogeo de su belleza. Había heredado la piel pálida y los cabellos dorados de sus antepasados de la lejana Umbría, patria de Rafael y del Perugino, y vestía una larga túnica de gasa que le daba un aspecto de ninfa.

—Escribo poesía en secreto —le dijo a Pavel—. ¿Le gustaría escuchar algunos de mis poemas?

Milan asintió, y Rebeca le llevó una carpeta encuadernada en nácar de madreperla, con un nenúfar tallado encima y cierres de filigrana a los costados. Rebeca comenzó a leerle a Pavel un poema de amor en voz alta, cuando una ráfaga de brisa le arrebató la página. En vez de correr tras ella, Rebeca dio unos pasitos de ballet y logró capturarla al vuelo. Milan la observó con deleite.

—Siempre quise ser bailarina y poetisa —le dijo Rebeca—. Mis abuelos me llevaron a Europa una vez cuando era niña. Visitamos los teatros más famosos y vimos a los mejores bailarines: a Anna Pavlova, en Londres; a Vaslav Nijinski, en París. Pero mi favorita era Isadora Duncan. Desde que la vi bailar en Nueva York, se convirtió en mi ídolo. En Puerto Rico, a Isadora todavía no se la conoce; las tendencias *avant-garde* suelen llegarnos con años de retraso. Por eso, me gustaría mucho que nos diseñara la casa. Usted podría iniciarnos en los secretos del arte moderno.

Pavel la escuchaba sin osar levantar el rostro picado de viruela para mirarla. Había oído decir que Rebeca tenía un salón literario, al cual asistía la *jeunesse dorée* de San Juan; jóvenes burgueses que tenían gusto por lo artístico. Éstos habían viajado extensamente por Europa, sabían reconocer los mejores vinos y quesos, tocar un impromptu de Schubert en el piano, hablar francés sin acento, y, ante todo, no necesitaban trabajar para vivir. Les gustaba el arte porque querían ser bellos, por dentro y por fuera; vestir ropas bellas, visitar lugares bellos, y poner, también, belleza en su entendimiento.

Este estilo de vida, desdichadamente, no resultaba idóneo para las disciplinas de la creatividad artística, y las comedias ligeras, los poemas de *boudoir*, y las juguetonas piezas de piano que los amigos de Rebeca lograban componer no eran gran cosa. Esto último no me lo dijo Rebeca, obviamente; lo descubrí por mi cuenta un día que me puse a hojear las revistas de la década del veinte en la Sala Puertorriqueña de la Universidad de Puerto Rico. Muchos de los amigos de Rebeca publicaban sus poemas en *El Puerto Rico Ilustrado* y *Alma Latina*, revistas en las cuales se comentaban sus recitales de música y sus obras escénicas. Según ellos, para escribir versos o una pieza de música no era necesario trabajar como un esclavo estudiando los movimientos literarios o dominando complicadas técnicas artísticas, como aprendí luego en Vassar. Sólo en la inspiración de las musas.

Mientras que en Argentina y Perú los escritores del momento eran los ultraístas, como Vicente Huidobro y César Vallejo, en las aguas rezagadas de la laguna de Alamares los poetas mimados seguían siendo los modernistas Rubén Darío y Herrera y Reissig, amantes de las enjoyadas bellezas del *art nouveau*. Tanto en Europa como en América Latina la poesía luchaba por expresar los conflictos de la civilización: la aterradora soledad de la ciudad, la protesta por la explotación de las masas, la pérdida de la fe y de la religión. Al terminar la primera guerra mundial, el mundo se deshacía por las costuras, pero, en nuestra isla, los poetas seguían cantándole al cisne que surca el zafiro límpido del estanque y a la ola que se deshace en encajes sobre la playa. Pavel se reía de aquellos jóvenes que no sabían lo que era pasar hambre y necesidad, como él había tenido que hacer en Chicago, para lograr educarse. Pero con sólo mirar a Rebeca, los resentimientos se le esfumaron.

—Usted puede ayudarnos a cambiar —prosiguió Rebeca—. En Chicago vivió una vida intensa y fue miembro de la élite cultural. Está al tanto de los últimos movimientos artísticos europeos: el expresionismo, el constructivismo, el cubismo. Mis amigos y yo seremos sus fieles discípulos.

Rebeca le contó entonces su historia a Pavel. En San Juan no había escuelas de ballet, así que cuando regresó de Europa con sus abuelos, decidió aprender a bailar por su cuenta.

—Isadora nunca tuvo entrenamiento profesional. Se convirtió en bailarina identificándose con la naturaleza —dijo—. Yo decidí hacer lo mismo. Me pasaba casi todo el día en el jardín, bailando y escribiendo. Mis padres se preocuparon, y empezaron a invitar gente de mi edad a la casa con frecuencia. Me llevaban a pasadías, a jaranas y a conciertos y me organizaron un sinnúmero de actividades sociales. Por fin, se pusieron al habla con el comité del Casino Español, y ofrecieron asumir todos los gastos del carnaval, con tal de que me eligieran reina. Querían distraerme y hacerme olvidar la vocación artística. El comité aceptó la oferta de mis padres, y me sugirieron a un joven recién llegado de Extremadura como rey. Me enamoré de él locamente. Nos casamos un mes después, cuando yo acababa de cumplir los dieciséis años. ¡Y al día siguiente de la boda, descubrí que a Buenaventura no le gustaba la poesía y que odiaba el ballet!

Milan se mostró comprensivo. «Es un espíritu afín al mío —pensó—. Una soñadora empedernida. Le construiré su casa, para que viva rodeada de belleza a pesar de estar casada con un zafio.»

Caminaron hasta el final de la propiedad, donde los mangles eran más tupidos. Cerca de la casa se levantaba una muralla antigua, con un letrero despintado que decía «Cristal de Alamares».

—En ese galpón está el manantial de Buenaventura —le dijo Rebeca—. Cuando nos casamos hace cinco años, solía vender el agua del manantial a los barcos mercantes españoles.

Pavel sintió curiosidad.

—Me gustaría verlo —dijo, y caminaron juntos hasta el edificio. Rebeca buscó la llave, oculta bajo una piedra, y abrió el portón. Entraron, teniendo cuidado de no ensuciarse los zapatos de barro. Adentro, había un pozo de aproximadamente un metro y medio de profundidad. Un tubo vaciaba el agua en dirección a la laguna. Pavel se acercó y se inclinó para recoger un poco de agua con la mano—. Está deliciosa —dijo, apurando un trago largo—. Fresca y dulce. Pruébela. —Y le ofreció a Rebeca. Pero cuando sintió el aliento tibio de la joven en la palma de la mano, no pudo resistir la tentación y la besó en la boca—. Construiré su casa aquí mismo, sobre este manantial —le dijo Pavel—. Así, las musas la inspirarán siempre.

Rebeca no cabía en sí de la alegría.

—Estaba segura de que aceptaría —le dijo—. Pero no quiero que meramente me construya una casa. Quiero que se la invente de zócalo a techo, como quien escribe un poema o talla una escultura, sacando a la luz el alma de la piedra. —Y lo besó a su vez en la boca.

Cuando regresó a su casa esa noche, Pavel sacó del armario su copia del Wasmuth Portfolio y escogió una de las casas más bellas de Wright como modelo para la casa de los Mendizábal. Tendría amplios ventanales Tiffany, tragaluces de alabastro y pisos hechos de capá blanco, que retenían la frescura de la montaña. Sobre la entrada principal se elevaría un magnífico arco iris de mosaicos. A través de este portal Rebeca saldría a bailarle al mundo, envuelta en sus túnicas de seda y recitando sus poemas de amor.

Los dormitorios estarían del lado de la avenida, y un pabellón de cristal los comunicaría con la sala y el comedor, los cuales mirarían hacia la laguna. Como el terreno se inclinaba gradualmente hacia la parte de atrás de la propiedad, una calzada amplia permitiría a los automóviles circunvalar la casa y estacionarse bajo el pabellón, que serviría, también, de marquesina. La puerta de entrada se encontraría allí, al final de una escalera de mármol.

En el sótano estaría la cocina, así como un buen número de cuartos que podrían usarse como almacenes. También habría una cámara especial para el manantial. Los techos serían dos veces más altos que los de las casas de Wright, y los bordes de los aleros estarían decorados con mosaicos de olivos de oro. Aquélla era la única concesión que Pavel le haría a Buenaventura, ya que el aceite de oliva era uno de los productos de mayor venta en Mendizábal y Compañía. Finalmente, en la parte de atrás de la casa, Pavel diseñó su *tour de force*: una terraza de mosaicos dorados, que sobresaldría atrevidamente sobre la laguna. En aquel lugar, Rebeca podría darse cita con sus amigos artistas.

7

El reino de Rebeca

Buenaventura y Rebeca se mudaron a su nueva mansión en 1926. Unos meses más tarde, Buenaventura fue nombrado cónsul de España en Puerto Rico. El nombramiento fortaleció su situación económica aún más. Vendió su Packard negro, se compró un Rolls-Royce Silver Cloud y adornó su antena con la bandera española.

—La bandera de España recoge los colores de la plaza de toros —le decía orgullosamente a los ministros que viajaban con él—. La arena es el oro sobre el cual el valiente derrama la sangre de su adversario.

Rebeca, como esposa de Buenaventura, se veía obligada a aparecer a su lado en todas las recepciones del consulado español, así como a atender a los cónsules de otros países. Cuando Puerto Rico pasó a ser territorio de Estados Unidos, las relaciones diplomáticas entre la Isla y el resto del mundo cesaron casi por completo. Las transacciones legales y comerciales tenían que llevarse a cabo a través del Departamento del Interior, en Washington D.C., pero esta oficina estaba tan llena de trabajo, que dar con los asuntos de Puerto Rico era —a veces— más difícil que encontrar una aguja en un pajar.

Como Buenaventura era uno de los pocos comerciantes que podían importar su mercancía directamente de Europa, adquirió una prominencia inesperada. Su casa se transformó en el lugar de reunión de los enviados de Estado de todo el continente. Las cenas eran elaboradas funciones de siete platos, y tomaba mucho tiempo organizarlas. Buenaventura dependía de Rebeca para que todo corriera sobre ruedas.

Rebeca misma me contó sobre esta época de su vida, durante los meses en que Quintín y yo estábamos comprometidos, y todavía éramos amigas. Una vez comenzaron nuestras dificultades, sin embargo, este tipo de confidencias cesó por completo. Pero durante el verano de mi noviazgo con Quintín, yo solía viajar —a menudo— de Ponce a San Juan, y mientras esperaba en casa de los Mendizábal a que Quintín regresara del almacén en las tardes, Rebeca me hablaba sobre aquellos años.

Poco tiempo después de mudarse a vivir a la casa de Pavel, Rebeca empezó a sentirse desgraciada. Buenaventura le prohibió reunirse con sus amigos artistas, porque aquellas veladas bohemias eran indignas de la esposa de un cónsul de España. Llevaban un año viviendo en la casa y todavía Rebeca no había logrado organizar uno solo de los conciertos de piano, recitales de poesía y espectáculos de baile que había soñado celebrar con sus amigos en la terraza de mosaicos de oro. Le había pedido a Pavel que le diseñara un templo consagrado al arte, y vivía en un santuario al comercio y a las fanfarrias diplomáticas.

—¡El hombre es rey en su negocio y la mujer soberana en su casa! —gritaba Rebeca mientras se paseaba desesperada por los pasillos, pero Buenaventura no la tomaba en serio.

—El hogar de un hombre es su gallinero; las mujeres hablan cuando las gallinas mean —le contestaba riendo, a la vez que le daba unas palmaditas cariñosas en el trasero.

Las tías de Buenaventura no eran ricas, pero vivían con holgura. En Valdeverdeja tenían una casa agradable y dos o tres sirvientes, lo cual estaba de acuerdo con su modesta prominencia social. Luego de vivir en Puerto Rico durante algunos años, sin embargo, Buenaventura notó que la burguesía local era de una mezquindad impresionante. Nunca gastaba un centavo más de lo necesario en las necesidades de la vida diaria, y sus sirvientes vivían en la miseria más solemne.

Cuando Buenaventura se mudó a la casa de Pavel, al principio se sintió culpable por el derroche de capital que había significado aquel capricho. Le recordaba a Rebeca todos los días: «Contra el vicio de pedir, está la virtud de no dar», y la obligaba a andar por la casa con un manojo de llaves colgándole de la cintura. Rebeca tenía que racionar el vino, el azúcar, el aceite y el jamón que se consumían en la casa. Éstos se guardaban herméticamente en un gabinete de la cocina. Los jamones curados de Valdeverdeja, que eran una exquisitez costosa, Buenaventura los mandó a colgar de unos garfios de bronce en la alacena. Éstos tenían, a veces, cinco o seis años de curados, y en la parte baja se les introducía un pequeño receptáculo de latón, en el cual se iban deslizando lentamente las opacas lágrimas de cebo. Esa manteca se guardaba luego en un tarro y se utilizaba para frituras y guisos.

Poco después de mudarse, Buenaventura empezó a temer que le robaran sus jamones, y obligó a Rebeca a guardarlos en su ropero, junto a los ajuares importados de París y a la ropa interior de encaje. Por eso, por más que la pobre Rebeca trataba de disimularlo poniendo ramitos de vetiver en su ropero y salmodiando sus enaguas y refajos con agua de azahares, cuando asistía a los eventos sociales de la capital su ropa despedía un perfume a jamón ahumado que no dejaba duda en cuanto a la procedencia de la fortuna de su marido.

Rebeca tenía un carácter dulce, pero a veces desafiaba a Buenaventura solapadamente, bajo un deje de muñeca peinada a la Mary Pickford. En casa de los Mendizábal no se podía botar nada, por orden de Buenaventura. Hasta los platos desportillados y los vasos astillados a causa del maltrato diario había que guardarlos para que Buenaventura los inspeccionara antes de tirarlos, y así llevar la cuenta de lo que se malbarataba en la casa. Rebeca y los sirvientes le tenían tal terror a sus accesos de ira que, cuando alguna pieza de la vajilla se rompía, encolaban los fragmentos minuciosamente y la guardaban de nuevo en el aparador.

En una ocasión en que Buenaventura necesitaba un préstamo para su negocio de importación de bacalao, invitó al presidente del Royal Bank of Canada a cenar a la casa, y Rebeca le sirvió un café hirviendo en una de las tazas de porcelana francesa secretamente reconstruidas. Desgraciadamente, el calor derritió la cola y la taza le cayó sobre las piernas al presidente, estriándole de negro los pantalones y dejándole los huevos pasados por agua. Cuando Rebeca vio su mueca de dolor, le sonrió dulcemente y dijo, sin perder el aplomo:

—Como usted puede ver, señor presidente, en esta casa somos muy económicos y no botamos nada; lo cual debe convencerlo de que mi marido es digno de la confianza del Royal Bank of Canada.

Buenaventura y Rebeca viajaron por primera vez a España en 1927. En Madrid alquilaron una limosina Bentley con chofer uniformado y se dirigieron hacia el sur hasta llegar a Valdeverdeja. Buenaventura rehusó quedarse a dormir en la pintoresca casa de sus tías, con sus macetas de geranios en las ventanas y su patio interior con un antiguo aljibe todavía en uso. Luego de almorzar opíparamente, insistió en dirigirse hacia los adustos páramos de Extremadura. Cruzaron el valle del Tajo en la Bentley y siguieron sin detenerse hasta llegar al monasterio de la Virgen de Guadalupe, en la cima de la sierra Oretana. Se alojó allí con Rebeca durante una semana, y siguió haciendo el mismo peregrinaje cada dos o tres años a través de toda su vida.

En cuanto tuvo los medios a su alcance, Buenaventura hizo restaurar el monasterio de los monjes jerónimos. De allí habían salido varios de los conquistadores hacia el Nuevo Mundo cuatrocientos años antes, luego de que el prior les diera su bendición en la capilla. Trujillo, el pueblo de Francisco Pizarro —el antepasado de Buenaventura—, se encontraba cerca de allí, y Pizarro también recibió la bendición en el monasterio de Guadalupe antes de zarpar hacia el Perú.

A Buenaventura le gustaba alojarse en la misma celda espartana en la que el emperador Carlos V solía hacer sus retiros espirituales en el siglo XVI; pasearse por el claustro mudéjar, bañarse en el agua helada de la alberca y cagar a sus anchas en el lujoso inodoro de porcelana blanca que le había donado a los monjes. El monasterio era el único edificio con tubería moderna en toda la comarca, y los jerónimos colocaron el inodoro sobre una tarima forrada de damasco rojo Corazón de Jesús, y lo rodearon de cortinajes de ese mismo material, para proteger el trasero de su benefactor de las gélidas corrientes de la sierra, las cuales, en las noches, se filtraban por las persianas.

Rebeca odiaba el lugar. Los jerónimos encalaron las celdas y repararon las coladeras del techo, pero no tenían un sistema de calefacción central, y se calentaban con anticuados braseros de carbón. Las paredes y los pisos de la celda de Rebeca se ponían tan fríos que, en las noches, se desprendía de ellos una neblina blanca y pegajosa que no se disipaba con velas ni con braseros. Rebeca juraba que era el alma de un monje libidinoso que había muerto muchos años antes y que en la oscuridad se le metía en la cama. Por eso, dormía vestida, y no se bañó ni una sola vez durante los seis días que duró su visita al monasterio.

Habían pasado diez años desde la boda y ya Rebeca no estaba tan enamorada de Buenaventura, pero le gustaba estar con él porque era un hombre poderoso. Cuando los invitaban a alguna fiesta en San Juan, en cuanto la orquesta rompía a tocar un pasodoble, *El beso*, por ejemplo, que decía: «El beso, el beso, el beso en España, lo lleva la hembra muy dentro del alma», o aquel otro que decía: «Pisa morena, pisa con garbo, que un relicario, que un relicario te voy a hacer con el trocito de mi capote que haya pisado, que haya pisado tan lindo pie», Buenaventura se encaminaba hacia Rebeca, vestido de frac, con los pliegues de su pechera de hilo resplandecientes, y la invitaba a bailar. Rebeca sentía entonces que le enlazaban el talle como si se lo ataran al mástil de un navío, que le colocaban la mano izquierda sobre un hombro de infantería de marina, y todas sus dudas respecto a su matrimonio se le derretían. Se iban a navegar juntos por un sendero entre espumas que atravesaba la pista, mientras las miradas envidiosas de sus amigas iban cayendo a su lado como pájaros muertos.

Un día, sin embargo, Rebeca empezó a cansarse de Buenaventura. No era más que un egoísta; siempre pasaba por alto su vocación artística. Habían vivido dos años en la nueva casa y ella se había comportado como una esposa perfecta, sin que él le permitiera celebrar una sola velada con sus amigos. Ya Pavel no venía a visitarla, y Rebeca no tenía con quién hablar. Tampoco había tenido hijos, y, a los veintiséis años, se moría de aburrimiento.

Cuando la casa de la laguna estaba en vías de construcción Pavel la visitaba a menudo. Pero cuando la obra quedó terminada y la familia se mudó a vivir allí, dejó de venir a verla. Había estado enfermo durante el último año y se había vuelto aún más taciturno. Corría el rumor de que las casas diseñadas por él ejercían una influencia maléfica sobre sus habitantes y que éstos acababan perdiendo la razón. Los hermanos Behn, por ejemplo, conocidos en San Juan como «los Hermanos Brothers», dueños de la compañía de teléfono, se sentían tan contentos en su bella mansión a la entrada de Alamares que no volvieron a pisar la calle. Creían que, comunicándose por teléfono con sus clientes, podían resolver todos los asuntos de sus negocios, y pronto se fueron en bancarrota. El Gobierno les expropió la compañía y demolieron la casa que Pavel les había diseñado para vender el solar.

A los Calimano, los poderosos hacendados de Guayama, les dio por cultivar lirios y nenúfares en el estanque japonés al fondo de su propiedad, y se olvidaron de modernizar su central y de encargar los modernos molinos de acero y las catalinas de vapor que eran necesarios para sostener el ritmo de producción de su negocio. La Dorada empezó a producir menos y menos azúcar, y tuvieron que abandonar la casa. El terrible año de 1926 fue el del derrumbe del azúcar en el mercado mundial. Una tonelada de azúcar, que en 1920 valía 235,87 dólares, en 1926 se vendía a 83,31. Los bolsillos de los barones del azúcar quedaron esquilmados y ya no les era posible vivir en casas opulentas. Uno por uno se fueron aislando y sus mansiones desaparecieron. Algunas se quemaron misteriosamente y se decía que sus dueños les habían pegado fuego para cobrar el seguro; otras se clausuraron al no pagar sus hipotecas.

A Pavel le dio por beber un licor color malva hecho de remolachas para olvidar sus penas. Lo destilaba él mismo en el sótano de su casa, siguiendo la receta de su abuela checoslovaca, porque lo hacía sentir más cerca de sus raíces. Abandonó su compañía de construcción y dejó de trabajar por completo. Mandó abrir un foso de piedra alrededor de su chalet a las afueras de San Juan, para que nadie pudiera cruzar la calle y visitarlo.

Una mañana, se subió al automóvil medio borracho para ir hasta el centro, y el motor no encendió. Pavel se bajó del asiento, abrió el bonete e intentó poner en marcha el motor, golpeándolo con el martillo e invocando todos los demonios de Kafka, pero el motor siguió muerto. Se paró frente al auto y le dio varios maniguetazos, pensando que no encendería. Pero el automóvil salió disparado hacia adelante y lo aplastó contra un poste de teléfono. Aquel poste negro fue su único monumento funéreo. La gente le había cogido miedo a su mala suerte, y nadie asistió a su sepelio. Las autoridades lo enterraron en la fosa común del Cementerio Municipal, y Rebeca fue la única que se acercó por allí a ponerle flores.

Poco después de la muerte de Pavel, Rebeca le informó a Buenaventura que no soportaba vivir con él por más tiempo. Una noche, después de la cena, se le acercó haciendo pucheros y escondiendo el rostro tras sus rizos a la Mary Pickford, y le dijo que se marchaba. El gobernador Horace Towner —quien era amigo del abuelo de Rebeca, don Esteban Rosich— le había ofrecido a su padre, Arístides Arrigoitia, un empleo de burócrata en Atlanta, y ella lo había convencido de que aceptara. Madeleine Rosich, su madre, soñaba con regresar a vivir en Estados Unidos. Se llevarían con ellos a don Esteban, que ya estaba muy mayor, y vivirían en una mansión con un enorme pórtico de pilares blancos al final de una avenida de caobas centenarias. Buenaventura no podía creer aquello. Nunca se le había ocurrido que Rebeca pudiera abandonarlo.

—¿Y qué haremos con nuestra hermosa casa? —fue lo único que se le ocurrió preguntarle.

—Francamente, no lo sé —le contestó Rebeca, bostezando de aburrimiento—. Quizá pueda servirte de almacén, para salar bacalao o ahumar jamones. —Y siguió metiendo en el baúl sus trajes de gasa, sus zapatillas de raso y sus libros de poesía.

Cuando Buenaventura se vio solo, enfermó. Al día siguiente no pudo ir al trabajo, y por primera vez desde que desembarcó en la Isla no tuvo ánimo para levantarse de la cama. Durante seis días, ni se bañó ni se vistió ni se afeitó. Se quedó tendido bajo las sábanas como una gran morsa moribunda, y sólo se movía para espantar alguna mosca. No podía soportar caminar por aquella casa, donde todo le recordaba a Rebeca; desde la terraza de mosaicos de oro hasta la cama en forma de loto cincelado al fuego. A la semana, no pudo más. Se levantó, se bañó, se vistió, se podó los bosques de pelos que le crecían dentro de las orejas y viajó hasta Atlanta a pedirle perdón a Rebeca y a rogarle que regresara.

El mismo día que Buenaventura llegó a visitarla, Rebeca descubrió que estaba encinta. No quería que su hijo naciera sin que el padre se enterara, así que le dio la noticia. Buenaventura se mostró eufórico. La besó y la abrazó, y le prometió que —en el futuro— podría tener todas las veladas artísticas que quisiera si regresaba con él a la Isla. Rebeca estuvo de acuerdo. Su madre y su padre también celebraron la reconciliación; albergaban la esperanza de que la separación de la pareja fuera sólo temporera, y unas semanas más tarde la familia completa abordó el vapor que los traería de vuelta a San Juan. Rebeca regresó triunfante a la casa de la laguna del brazo de Buenaventura, y, desde entonces, reinó en ella como dueña y señora.

8

El baile de Salomé

Buenaventura se sentía tan feliz, que se afanaba en complacer a Rebeca en todo. En la casa de la laguna, las veladas culturales se alternaban ahora con las reuniones diplomáticas. Rebeca celebraba un recital de poesía y música semanalmente; sus amigas asistían con hermosos vestidos de gasa estampados de flores, y sus amigos con trajes de terciopelo y corbatas de pajarita de seda. Se sentaban en la terraza, rodeados por las brumas color violeta que exhalaba la laguna al atardecer, y discutían sobre poesía, música y arte. A menudo, se burlaban de las amistades de Buenaventura, los abogados, los políticos y los hombres de negocio que venían a cenar a la casa, vestidos de gabardina oscura, con leontina de oro colgándoles de la panza y reloj de cebolla marcando el tiempo dentro del chaleco. Las veladas artísticas de Rebeca duraban, a veces, hasta el amanecer, pero Buenaventura estaba tan contento de que estuviera de regreso, que nunca se molestaba por ello.

Rebeca escribía versos todos los días. Visitaba el sótano con frecuencia y bebía las aguas del manantial para nutrir su inspiración. Sus amigos también escribían poemas, y se leían unos a otros sus versos, para comentarlos y hacer sugerencias. Admiraban a Luis Palés Matos, el hijo de un hacendado blanco que en 1929 publicó un libro de poemas negroides titulado *Tuntún de pasa y grifería*. La burguesía se escandalizó, pero los amigos de Rebeca se enamoraron de los poemas, en los cuales retumbaban los misteriosos ritmos de África. Rebeca se sentía tan orgullosa de estas reuniones que disimulaba sus prejuicios raciales, y nunca se quejaba cuando sus amistades los recitaban en voz alta.

Gracias a estas veladas —tanto culturales como diplomáticas— Buenaventura y Rebeca lograron establecer una armonía entre ellos que había estado ausente de su matrimonio. Rebeca estaba tan contenta, que no se dio cuenta cuando Buenaventura trajo a Petra Avilés a trabajar a la casa. Buenaventura le ordenó que se ocupara de la cocina y le asignó a Brambón, su marido, el puesto de chofer. La pareja se instaló en los sótanos.

Los antepasados de Petra eran oriundos de África, y, cuando la gente se admiraba de su gran fuerza física, ella se reía y aseguraba que aquello era de esperarse, porque sus antepasados habían bebido sangre de toro. Medía dos metros de alto y tenía la piel oscura, pero no como el chocolate aguado, sino como el ónix profundo. Cuando Petra sonreía, era como si una herida blanca rasgara la oscuridad de la noche. Se adornaba el cuello con mazos de collares de semillas, llevaba unas grandes pulseras de acero colgadas de las muñecas y siempre andaba descalza. Cuando entraba a una habitación lo hacía en absoluto silencio y sólo se adivinaba su presencia por el tintinear de sus brazaletes, que sonaban como puntas de lanza. Petra nació en 1889, en el pueblo de Guayama, famoso por sus brujos y curanderos, y sus padres fueron esclavos. Como en Puerto Rico la esclavitud se abolió en 1873, Petra nació libre.

El abuelo de Petra, Bernabé Avilés, cuyo nombre africano era Ndongo Kumbundu, nació en Angola. Petra les contó a Manuel y a Willie la historia de Bernabé cuando eran niños, y todavía de mayores aquella historia hacía que se les pararan los pelos. Bernabé era jefe de su tribu en Bié Plateau, que quedaba a dos mil metros de altura sobre el nivel del mar, y era una de las planicies más ricas de Angola. Un día, los mercaderes portugueses invadieron el pueblo, capturaron a Bernabé y lo hicieron prisionero. Lo llevaron al puerto de Luanda y lo embarcaron en un barco negrero que desembarcó en la cercana isla de St. Thomas. Ese mismo año, a Bernabé lo trajeron de contrabando a Puerto Rico en una pequeña fragata, y los mercaderes portugueses lo vendieron a monsieur Pellot, el dueño de una próspera hacienda de caña en Guayama.

A comienzos del siglo XIX, en Puerto Rico se vivía en una zozobra constante por el miedo a la insurrección de los esclavos. La revolución negra de Saint-Domingue, la vecina isla hacia el norte, suspendía sobre nosotros el filo de una espada de Damocles. Saint-Domingue había sido prácticamente incinerada, y ya no producía azúcar. St. John y St. Croix, nuestras vecinas al sur, sufrieron también alzamientos espantosos, y se convirtieron en antorchas flotantes. Los habitantes blancos fueron exterminados a machetazos. Esta circunstancia benefició inesperadamente a nuestra isla, en donde la paz reinaba todavía. Nuestra producción de azúcar aumentó y nuestras haciendas de caña se vieron obligadas a importar muchos esclavos nuevos. Para mediados del siglo XIX, la población de esclavos en Puerto Rico rayaba en una cuarta parte de los habitantes. Eso hacía que nuestra situación fuese aún más precaria.

Los esclavos traídos de Angola, Congo y Ndongo compartían un mismo lenguaje, y su cultura era —fundamentalmente— la misma. Su religión estaba relacionada con la política; el jefe de la tribu era también su sacerdote máximo, y su deber era asegurar el bienestar físico y espiritual de los habitantes. Creían en Mbanza Kongo, una ciudad mítica de minaretes de marfil rodeada por un bosque de palmeras de dátiles, que tenía un río subterráneo. El río separaba el mundo de los vivos del de los muertos, y era a la vez un acceso y una barrera. En Mbanza Kongo, cada tribu era dueña de su propia calle, y sus habitantes coexistían pacíficamente; los campos de trigo, de maíz y de cereal que rodeaban el pueblo les pertenecían a todos. En Angola, el deber de cada jefe de tribu era esforzarse porque su pueblo se pareciera a Mbanza Kongo lo más posible.

Cuando Bernabé llegó a Guayama, no entendía por qué toda la tierra alrededor del pueblo pertenecía a unos cuantos hacendados, cuando el resto de la población vivía en la miseria. Tampoco entendía por qué lo habían bautizado en una religión desconocida obligándolo a rezar a un dios llamado Jesucristo, cuando él ya tenía su religión y toda la vida le había rezado a Yemayá, Ogún y Elegguá, cuyos espíritus poderosos lo habían ayudado a gobernar a su tribu. Pero lo que de veras lo abrumó fue que le prohibieran hablar en bantú con los otros esclavos de Angola y de Congo que trabajaban en La Quemada.

Bernabé, como el resto de los bozales adultos recién llegados de Angola, hablaba bantú. Pero si lo cogían hablándolo, aunque estuviera hablando solo, lo castigaban con cincuenta latigazos. A Bernabé se le hizo terriblemente difícil aceptar aquello. La lengua de una persona era algo más profundo que la religión o el orgullo tribal. Era una raíz que penetraba muy adentro del cuerpo, y nadie sabía en realidad dónde terminaba. Estaba conectada a la garganta, al cuello, al estómago, quién sabe si al mismo corazón.

Bernabé era más negro que el alquitrán y era muy inteligente. Cinco años después de su llegada, empezó a correr el falso rumor de que España le había concedido la libertad a los esclavos de sus colonias, pero que los alcaldes de los pueblos más inaccesibles de la Isla, como Guayama, querían mantener secreta la noticia para beneficiar a los hacendados. Bernabé se enteró del rumor y empezó a organizar un levantamiento, jurando que los esclavos de La Quemada lucharían hasta la muerte si no les daban la libertad. Les habló secretamente en bantú a los demás bozales, y pudo organizar la rebelión sin que los esclavos criollos —los nacidos en la Isla, quienes a menudo eran pacíficos y leales al amo— se enteraran de ello.

La alzada se concertó para el Año Nuevo, el único día que a los esclavos se les permitía abandonar la hacienda y celebrar sus festejos en el pueblo. Ese día se daban un baño de plantas al amanecer, se vestían todos de blanco y bailaban bomba al ritmo de los tambores batá —rústicos cueros de chivo clavados a troncos huecos— hasta tarde en la noche. Bernabé organizó a sus hombres en tres grupos. Uno de ellos se dirigiría a la plaza y tocaría los tambores frente a la Casa del Rey. Además de ser la casa del alcalde, ésta se utilizaba también como arsenal; era allí donde la milicia española guardaba los rifles y los sables.

El alboroto de los bailarines, que giraban como remolinos enloquecidos en medio de la plaza, distraería a los soldados. El segundo grupo le pegaría fuego al cañaveral vecino a La Quemada, a un kilómetro y medio de la salida del pueblo. Y el tercero se agazaparía detrás de unos arbustos de uvas playeras a orillas de la carretera, para acechar a la gente de la hacienda, que estaría en misa de once. Al terminar la misa, el incendio se habría ensañado con La Quemada y sería imposible apagarlo. Los Pellot y sus sirvientes correrían hacía allí, y los bozales los asaltarían en el camino. Bernabé había dado órdenes de que tomaran prisionero a monsieur Pellot y a su familia, pero sin hacerles daño. Los haría sus rehenes hasta que el alcalde declarara libres a los esclavos de La Quemada. Para entonces, los bailarines de bomba, en realidad bozales disfrazados, ya habrían atacado el arsenal y acudirían a darle apoyo a los raptores con los rifles robados.

Bernabé se agazapó sudando bajo los uveros, una sombra líquida más entre las sombras. Los primeros mechones de humo negro habían empezado a elevarse contra el azul del cielo, cuando vio a Conchita, la hija de monsieur Pellot, que se acercaba a todo galope por el camino, sobre su yegua color castaño. Se había quedado dormida y sus padres se habían ido a misa sin ella. Despertó, vio el fuego y corrió a avisarles. Los bozales saltaron sobre ella como gatos de entre los arbustos y la hicieron prisionera. Pero la yegua escapó.

Cuando la yegua sin jinete se acercó a la iglesia, la familia salió gritando y volaron a avisarle al alcalde. Los soldados se apresuraron a armarse, salieron en dirección a La Quemada, y los vecinos corrieron junto con los Pellot a apagar el fuego. La rebelión quedó abortada y se le notificó al gobernador de los sucesos. Bernabé fue apresado y encadenado, así como los demás bozales. Los bailarines de bomba nunca llegaron a atacar el arsenal y a la mayoría de los esclavos los hicieron regresar en tropel a la hacienda. Los que lograron darse a la fuga fueron husmeados por entre la maleza por los feroces becerrillos de caza, entrenados para rastrearles la pista, y acabaron también en prisión. Cinco de ellos recibieron cincuenta latigazos cada uno, pero a Bernabé se le deparó un castigo especial, que serviría de ejemplo a toda la población.

Petra no había nacido todavía, pero su madre le contó la historia de lo que le sucedió a su abuelo aquel día, y Petra nos la contó a nosotros. El domingo siguiente, a todos los esclavos de

La Quemada los trajeron a la plaza del pueblo para presenciar un espectáculo especial. El párroco de Guayama invitó a su excelencia el gobernador don Simón de la Torre a que viajara desde San Juan a presidirlo. Su trono dorado al fuego fue transportado a través de las empinadas montañas del este de la Isla en una carreta tirada por mulas, y colocado bajo un enorme laurel de la India en medio de la plaza, frente por frente a la iglesia colonial.

Cuando terminó la misa mayor, el gobernador y su corte salieron de la iglesia, acompañados por muchas campanillas de plata. Trajeron a Bernabé y lo ataron a un poste que los soldados hincaron en el suelo, en medio de la explanada de losas canarias. Llevaba los brazos atados con una soga detrás de la espalda y las piernas encadenadas, de manera que le era imposible moverse. Todo el mundo esperaba con curiosidad lo que iba a suceder.

Los ordenanzas militares pasaban bandejas de café y bizcochuelos por entre los invitados, y el gobernador se sirvió una taza. El alcalde, el párroco y la familia Pellot conversaban con él amablemente, encantados de tener al magistrado más poderoso de la Isla en el pueblo. Los demás hacendados de la región, adornados con sombreros y guantes, se arremolinaban también a su alrededor, mientras un trío de guitarras tocaba una zarabanda. La escena tenía un aire festivo, de feria de pueblo. Todos se habían olvidado de Bernabé, que observaba el espectáculo con ojos relampagueantes. En su tribu, la ejecución de un hombre era un asunto solemne; nadie se hubiese atrevido a tocar música, comer bizcochuelos o departir socialmente con los invitados, como si estuviesen en una fiesta. Bernabé se había mantenido en ayunas durante las últimas veinticuatro horas. Quería morir con dignidad, sin ensuciar la ropa limpia que su esposa le había traído a la prisión la noche antes.

Los esclavos murmuraban intranquilos bajo los árboles, vigilados por la milicia del gobernador, que venía con él desde la capital para protegerlo. A Bernabé le extrañó no ver un pelotón de fusilamiento por ninguna parte. De pronto vio a Pietri, el barbero del pueblo, que se acercaba con su maletín negro en la mano, acompañado por dos soldados rasos en uniforme. A

77

su lado, un ayudante cargaba un carimbo de hierro caliente, acabado de sacar de la fragua. Bernabé se dio cuenta de lo que iba a suceder y empezó a dar cabezazos de toro, tirando desesperado de sus cadenas. Cuando el barbero abrió su maletín y sacó el bisturí, Bernabé soltó un bramido terrible, que le heló la sangre a los presentes. «*Olorún, kakó koibé!*», gritó mirando fijamente el sol y rogándole a sus dioses que fueran compasivos con él. El gobernador dejó caer su taza de café y la bandeja del ayudante rodó por el piso, derramando los entremeses por el suelo. Uno de los soldados golpeó a Bernabé en la cabeza con un garrote, y éste perdió el conocimiento. El barbero, entonces, le abrió la boca con una cuchara de palo y le cercenó la lengua con un golpe de bisturí. Luego le cauterizó la herida con el carimbo. Eso contaba la madre de Petra.

A Buenaventura le gustaba visitar a sus clientes: los dueños de los pequeños colmados de la Isla que Mendizábal y Compañía abastecía de comestibles y bebidas mensualmente. En uno de sus viajes a Guayama, tuvo un accidente tonto. Había cruzado la cordillera en su Rolls desde San Juan y le dieron ganas de orinar. El viaje había sido largo, casi tres horas por un laberinto de curvas que le dejaban a uno la cabeza más vana que un corcho y el cuerpo más torcido que un tirabuzón. Ya sólo faltaban algunos kilómetros para llegar al pueblo, pero Buenaventura prefirió orinar detrás de las malangas que proliferaban por el monte, antes de bajarse en alguno de los destartalados establecimientos comerciales del centro. Le ordenó al chofer que detuviera el automóvil y abrió la puerta, pero al descender se le dislocó el tobillo derecho.

Al principio no le prestó atención y caminó medio kilómetro por la orilla de la carretera para estirar las piernas, pero pronto el tobillo comenzó a hinchársele y se le puso morado y grande como una berenjena. Había un manantial cercano, con una cascada de agua que descendía de la montaña. Buenaventura fue cojeando hasta allí, se sentó sobre una piedra y se quitó el zapato y la media. Tenía el pie sumergido en el agua fría cuando una mujer negra y alta como un tronco de ausubo se acercó por el camino. Se hincó frente a él, sacó unas hojas de higuereta del bolsillo, le envolvió el pie en ellas y volvió a sumergírselo en el agua. Luego se levantó del piso y siguió caminando por la carretera sin mirar hacia atrás. Cinco minutos después, Buenaventura podía caminar como si nada; la hinchazón se le había esfumado. Caminó hasta el Rolls, se subió y le ordenó al chofer que siguiera su camino. Una vez terminada su visita a los colmados principales de Guayama, regresó a San Juan. Al día siguiente envió al chofer de vuelta al pueblo, con órdenes de que le trajera a la curandera negra a la casa.

Petra pasó a ser la criada personal de Buenaventura. Se ocupaba de su ropa, le brillaba los zapatos, le cocinaba platos exquisitos, y habría besado el suelo que Buenaventura pisaba si él se lo hubiera permitido. Lo veneraba como a un dios. Buenaventura venía de una familia de guerreros, como su abuelo, y si hubiera nacido en Angola, también sería jefe de su tribu. Los Avilés eran muy pobres; el castigo terrible que había sufrido Bernabé pesaba como una maldición sobre sus descendientes. Tenían la reputación de ser una gente levantisca y rebelde, lo que les hacía difícil librarse de la pobreza. Petra sabía que ella no valía nada, pero cuando conoció a Buenaventura, juró que algún día sería dueña de su corazón.

Petra y Brambón se acomodaron en los sótanos de la casa de la laguna. Allí Petra le montó un altar a Elegguá, su santo favorito, semioculto detrás de la puerta de su cuarto. Elegguá era tan poderoso que entre los negros de la Isla era conocido como «Aquel que es más que Dios». Era un ídolo extraño; lo vi de cerca muchas veces cuando bajé a los sótanos. Parecía una semilla de coco; tenía la piel áspera y marrón oscura, dos nudos negros y hundidos por ojos y un tallo duro y corto en la mollera, que Petra frotaba con el índice cada vez que le pedía algo. Un tabaco nuevo, todavía con el anillo dorado de la vitola puesto, una bola roja y un carrucho rosado se encontraban junto a él en el suelo. El cigarro y la bola eran para divertirlo: Elegguá era un hombre, y por eso le gustaban los puros; pero también era un niño, y le gustaban los juguetes. El carrucho era para hablar con los muertos. A través de él, Petra se comunicaba con sus antepasados y obtenía sus secretos curativos.

Petra se encargó de todos los quehaceres de la casa. Cocinaba, limpiaba, lavaba y planchaba. Cuando nació Quintín hizo las veces de comadrona. A Rebeca le entró un pánico terrible cuando le empezaron los dolores de parto. Tenía veintisiete años, y estaba segura de que se moriría en aquel trance. Se tiró en la cama a gritar: «¡No puedo! ¡No puedo! ¡La cabeza es enorme y no va a salir nunca!». Petra bajó al sótano y le frotó la cabeza a Eleggúa. Entonces, regresó al segundo piso y se arrodilló junto a la cama de Rebeca. Durante veinticuatro horas le sobó el vientre con aceite de majá tibio, mientras repetía suavemente, con los ojos cerrados: «*Olorún, kakó koibé!*», hasta que el bebé encontró por fin la salida al mundo.

Quintín nació en noviembre de 1928. Fue ochomesino; nació antes de que el embarazo de Rebeca llegara a término, y su nacimiento pasó casi desapercibido. Como Rebeca vestía camisones de gasa de seda, el vientre casi no se le notaba, y poca gente se dio cuenta de su embarazo.

Petra trajo a Eulodia para que le sirviera de nodriza a Quintín. Eulodia era prima de Petra, y vivía en el arrabal de Las Minas; fue el primer pariente suyo que cruzó en bote el manglar desde la laguna de Marismas, para venir a trabajar en la casa de la laguna. La cuna de Quintín permaneció en la cocina, que se encontraba en el sótano. Eulodia lo sacaba y lo dejaba gatear por el piso, y Quintín se acostumbró desde pequeño a jugar en el piso de tierra.

En cuanto se libró de su carga, Rebeca regresó a sus actividades artísticas sin guardar ni una semana de cama; mucho menos los cuarenta días de San Gerardo. A los pocos días se encontró de nuevo completamente envuelta en sus actividades artísticas, y durante los próximos siete años vivió una vida intensa.

A Rebeca le encantaba improvisar danzas en la terraza de mosaicos dorados. Un día, alguien del grupo trajo una copia de *Salomé*, el drama de Oscar Wilde, a la reunión literaria semanal. Lo leyeron en voz alta y lo encontraron extraordinario. El desafío que esa obra encarnaba fue tomado como bandera de batalla por sus amigos, y estuvieron haciendo preparativos durante casi dos meses para llevar a cabo la puesta en escena. Construirían una pequeña plataforma sobre la terraza, que serviría de escenario. Era una decisión arriesgada. La noche de la obra Buenaventura también tendría sus invitados, y podría presenciarla por casualidad. Pero a Rebeca no le importó. Estaba resuelta a serle fiel a su vocación, como le había prometido a Pavel. Se empeñó en representar el papel de Salomé ella misma y en bailar el baile de los siete velos.

Sin que Buenaventura lo supiera, Rebeca visitó al modisto más famoso de la capital, quien le diseñó un disfraz inusitado para la ocasión. Luego fue a visitar a un orfebre y le pidió que le cincelara dos ánforas doradas, exactamente iguales a sus pechos, las cuales llevaría puestas durante la representación. Al final de la obra, utilizaría las ánforas para lavar la cabeza de san Juan Bautista, una escultura de madera que un coleccionista de arte les había prestado para la ocasión. El baile tenía que ser una broma literaria: el bautizo iconoclasta del patrono de la capital por los miembros del salón literario.

Los preparativos se efectuaron sin contratiempos. Esa noche, alrededor de las diez, Rebeca apareció en escena y comenzó su baile. Cuando llegó el momento, se quitó el último de los siete velos y apareció vertiendo el agua de la laguna por sus dos generosas ánforas, llevando al descubierto todo lo demás. En ese preciso instante, el Rolls-Royce de Buenaventura se detuvo frente a la casa, y éste subió las escaleras, precedido por varios hombres de negocios. Cuando vio a Rebeca no pronunció una sola palabra. Se quitó el cinturón de cordobán y le dio una foetiza tan tremenda que la dejó inconsciente.

Quintín tenía siete años. La música lo había despertado minutos antes, y había caminado medio dormido hasta la sala en la oscuridad. El ventanal que daba a la terraza estaba abierto de par en par; lo vio todo. Creyó morir de terror ante la visión del cuerpo desnudo de su madre, que se movía ante sus ojos con una parsimonia sagrada. Sus velos color púrpura fueron cayendo al suelo uno a uno, hasta quedar vestida únicamente por un pañuelo de gasa que le cubría el pubis. Nunca logró olvidarlo. Cuando me contó la historia muchos años después, todavía le temblaba la voz.

Rebeca tardó varias semanas en recobrarse de la golpiza. Cuando por fin logró levantarse de la cama para ir al comedor, casi no se atrevía a hablar. Ensimismada y sin levantar la cabeza, parecía una muñeca a la cual se le ha roto la cuerda. Quintín no se atrevía a mirarla. Cuando se le acercó al terminar la cena para darle un beso, tuvo que cerrar los ojos, porque le daba terror verle los hematomas de cerca. Buenaventura se negó a pedirle perdón.

—Estabas perdiendo contacto con la realidad —le dijo a Rebeca— y tuve que darte una lección para que volvieras a poner los pies en la tierra.

Buenaventura le echó la culpa de todo a Pavel.

—Si Rebeca se vuelve loca, será por culpa suya —le dijo a sus compadres en el bar del Casino Español al día siguiente, mientras se tomaba con ellos un jerez con tapas—. Pavel está muerto, pero sus malditas musarañas poéticas se multiplican en las penumbras de sus casas como mosquitos anofeles. Por eso, sus dueños terminan todos en el sanatorio. Pero a mí no me pasará lo mismo, porque gracias a Dios mis tías me criaron en Valdeverdeja para ser un hombre de bien, trabajador y honrado, aunque fuese amasando pan de las piedras y ahumando cerdos.

A Buenaventura le preocupaban otras cosas también. La Guerra Civil española había estallado en julio de 1936, y el comercio con la Isla se había afectado. La mercancía que llegaba de España —las aceitunas, los vinos, los turrones y los espárragos, los cuales constituían gran parte de su inventario— se hacía cada vez más escasa. Tenía muchos amigos entre las fuerzas nacionales del general Francisco Franco, quien acababa de invadir España desde Marruecos, y luchaba por derrotar a la República en aquel momento. Buenaventura hubiese dado cualquier cosa por estar con ellos. Había escuchado decir que muchos de los artistas españoles eran republicanos: Picasso, Pablo Casals, el poeta García Lorca; y sospechaba que los amigos de Rebeca eran socialistas, a lo mejor hasta comunistas. De nada valía que Rebeca se pasara recordándole que éstos eran hijos de las familias más ricas de la Isla.

Un día llegó a almorzar a la casa y se sentó a la mesa frente a Rebeca, en el hermoso comedor que Pavel les había diseñado.

—Aquí hace falta aire y luz; sanear los cuartos de tantos cachivaches que llevan la mente a perderse por los páramos del sueño, y regresar al mundo de lo práctico: del saludable lacón con papas y de la fabada asturiana. Tenemos que deshacernos de tanta garambeta inútil —dijo, abarcando con un gesto la lámpara Tiffany que colgaba del techo, los copones de Gallé en forma de tulipanes que estaban sobre la mesa y la vinatera de plata que representaba una cacería de ciervos sobre el aparador—. Esta casa es demasiado oscura y en la oscuridad sólo prosperan las alimañas. —Cuando la sirvienta le ofreció una bandeja de guineas rellenas con ciruelas francesas, dijo que no quería. Le ordenó a Petra que en adelante se limitara a cocinar las recetas españolas de sus tías, que ayudaban a pensar claramente y no lo dejaban desorientarse.

Un día Buenaventura decidió poner en práctica sus amenazas. Se mudó con Rebeca y Quintín a un hotel, alquiló los servicios de un equipo de demolición que parecía una langosta gigante, con una bola de acero colgándole de la palanca, y, en menos de veinticuatro horas, volaron en mil pedazos las ventanas Tiffany, los tragaluces de madreperla, los pisos de capá blanco, y el arco iris de mosaicos de Rebeca. Una vez arrasó con aquellas paredes malditas, Buenaventura edificó sobre sus ruinas una fortaleza española, con almenas de piedra gris, pisos de ladrillo bruto y una gran escalera de granito con pasarela de lanzas. Del techo del recibidor colgó su *pièce de résistance*: una rueda de hierro con espigones negros, que había servido para torturar a los moros durante la Reconquista, y que mandó rehabilitar como lámpara. La construcción se llevó a cabo con tal rapidez que la familia se mudó a la nueva casa en menos de un año.

—En esta casa, mis hijos se criarán como lo que son, descendientes honrosos de los conquistadores —le dijo Buenaventura a Rebeca después de mudarse—. En adelante, todo el mundo se bañará con agua helada al amanecer, oirá misa todos los días y trabajará para ganarse el pan con el sudor de su frente.

Rebeca rió para sí. Había tardado once años en quedar encinta de Quintín y dudaba mucho que pudieran tener más hijos. Sin embargo, Petra empezó a darle unos bebedizos extraños, y pronto Rebeca descubrió que estaba preñada de nuevo.

A Quintín le encantaba ir a misa con Rebeca temprano en la mañana. La capilla —una copia exacta de la iglesia que Pavel le había diseñado al ministro de Jacksonville— quedaba al otro lado del Puente del Agua, a la entrada de la laguna de Alamares. Era uno de los pocos edificios diseñados por Pavel que todavía quedaban en pie. Buenaventura, a pesar de su nueva ley, nunca pisaba la iglesia. Le gustaba abrir los pesados portalones del almacén con su llave y estar sentado frente al escritorio a las siete, antes de que los empleados llegaran. Quintín tenía sólo ocho años, pero recordaba con claridad aquella época de su vida; sus hermanos no habían nacido todavía, y no tenía que compartir a su madre con ellos. Durante la misa estaban completamente solos y rezaban arrodillados sobre el reclinatorio. Al terminar la ceremonia, caminaban juntos tomados de la mano y saltaban por encima de los charcos de agua que se habían quedado empozados en la calle la noche anterior. Quintín cerraba entonces los ojos y sentía una felicidad intensa. Deseaba con toda su alma que el tiempo se detuviera; permanecer suspendido en aquel momento para siempre.

A esa hora, la laguna estaba envuelta en una capa de niebla que difuminaba los contornos. Los buques que entraban a la bahía parecían barcos fantasmas flotando a la distancia. Anunciaban su llegada con un largo bocinazo melancólico, que rebotaba contra las murallas y se introducía por las ventanas abiertas de las casas, despertando a los moradores todavía arrebujados de sueño debajo de las cobijas. La bruma se colaba por todos lados, y le daba al mundo un aspecto fantástico. Las palmas reales al borde del agua eran sirenas empenachadas, erguidas sobre sus colas; los peñascos negros que los españoles habían dejado caer a la entrada de la bahía para defenderla de los piratas hacía más de doscientos años eran perros feroces que amenazaban con sus colmillos afilados al enemigo. Todo le parecía posible a Quintín a aquella hora: a lo mejor Buenaventura se regresaba a España, a luchar junto a sus amigos fascistas en el ejército de Franco, y no regresaba nunca a la Isla. Entonces, Rebeca le pertenecería por completo.

Cuando Buenaventura hizo demoler la casa de Pavel, lo único que quedó en pie fue la terraza de mosaicos de oro. El contratista le señaló a Buenaventura que era peligroso demolerla, porque podría provocar el derrumbe de los cimientos.

Cuando la nueva casa estuvo terminada, la terraza se integró a ella por la parte de atrás. Ignacio nació en esa casa-fuerte estilo español en 1938, un año después de mudarse la familia allí. Patria y Libertad nacieron poco después, en 1939 y 1940, respectivamente.

Rebeca se mostró sorprendentemente sumisa ante el nuevo orden de vida impuesto por Buenaventura. Soportó con paciencia sus frecuentes embarazos, y estaba aparentemente resignada a su suerte. Guardó sus zapatillas de baile, sus túnicas de seda y sus libros de versos al fondo del ropero, y se fue apagando poco a poco como uno de los nenúfares olvidados al fondo de la terraza.

Quintín

Un sábado en la tarde, Quintín hizo un descubrimiento sorprendente. Estaba leyendo las Vidas paralelas de Plutarco en el estudio, cuando se topó con una palabra que no entendía. Se levantó de la silla y fue hasta el estante de libros en busca del diccionario griego-español, dos tomos elegantemente encuadernados en cordobán rojo. Al sacarlos de su lugar, descubrió un manuscrito escondido detrás de ellos, metido dentro de un cartapacio color crema y atado con una cinta púrpura. Leyó las primeras páginas rápidamente, y tuvo que sentarse sobre el sofá de cuero verde porque las piernas le flaquearon. Como no tenía tiempo suficiente para examinar todo el manuscrito antes de que Isabel regresara de hacer un mandado en la calle, volvió a esconderlo en su lugar.

Alrededor de las dos de la mañana, cuando Isabel estaba profundamente dormida, Quintín se levantó silenciosamente de la cama, caminó hasta el estudio y volvió a sustraer el cartapacio de su escondite. Se sentó en el sofá y se dispuso a leer el manuscrito. No tenía título, pero la primera página decía: «Primera parte. Los cimientos». Había también una segunda parte, titulada «La primera casa de la laguna»: ocho capítulos en total.

Quintín recordaba haberle mencionado a Isabel, hacía ya muchos años, la posibilidad de escribir un libro juntos sobre la historia de sus familias, la Mendizábal y la Monfort. Estaban todavía recién casados, y él no había querido verla convertida en ama de casa, agobiada por las trivialidades del hogar. Quería que Isabel se realizara como persona, sentirse orgulloso de ella. Desde joven, Isabel ambicionaba ser escritora, y, siendo él historiador (se había graduado en Columbia University con una maes-

tría en historia), pensó que podrían embarcarse en aquel proyecto juntos.

—La historia es una de las canteras principales de la ficción —le dijo un día— y la imaginación es otra fuente importante.

Si se decidía por fin a escribir el libro, estaría a su disposición con cualquier información histórica que necesitara. Él podría hacerse cargo de la investigación, y dejarle la parte literaria a ella. Pero Isabel no había vuelto a mencionar el asunto; luego de escribir algunos episodios sueltos, no había vuelto a escribir nada más.

Quintín examinó más detenidamente de cerca el manuscrito. Algunas páginas estaban amarillentas; otras se veían casi nuevas, como si hubiesen sido escritas a maquinilla recientemente. A Quintín le pareció curioso que, desde su regreso de la graduación de Manuel en Boston University, Isabel le hubiese hecho tantas preguntas sobre la historia de la familia Mendizábal. Recordaba haberla visto hacer algunas anotaciones, pero luego lo había olvidado.

Quintín empezó a sentirse cada vez más incómodo. El manuscrito era un esfuerzo auténtico de escribir ficción; Isabel evidentemente pretendía que fuese una novela. Pero se había inventado unos cuentos increíbles sobre su familia; y había dejado fuera mucho de lo que, de veras, había sucedido.

«Los Pizarro Mendizábal fueron comerciantes prósperos antes de llegar a ser conquistadores —había escrito en el capítulo intitulado «El príncipe del comercio»—. Fue de su antepasado, don Francisco Pizarro, que heredaron el blasón de un guerrero medieval degollando un cerdo con el filo de su espada.» ¡Vaya manera de virar las cosas al revés! El escudo de armas de los Mendizábal representaba a un caballero armado cazando un jabalí, no degollando un cerdo. En la Edad Media, la nobleza española se dedicaba a la cacería para mantenerse en buena condición física, en espera de las grandes batallas contra los moros, y el tatarabuelo de Quintín había hecho lo propio. Pero Isabel lo había trastocado todo. Estaba manipulando la historia para darle más efectividad a su manuscrito, y lo que era peor, hasta le adjudicaba (a él, Quintín) palabras que jamás había pronunciado.

Quintín no salía de su asombro. ¿Cómo había sido capaz Isabel de escribir aquella sarta de mentiras sobre su familia? Al principio, sintió una oleada de ira, pero luego empezó a ver el asunto con otros ojos. *Algunos de los sucesos narrados eran tan inverosímiles que resultaban divertidos. Isabel insinuaba que Buenaventura había colaborado con los alemanes durante la primera guerra mundial, y que su madre había estado enamorada secretamente de Milan Pavel. La descripción de Rebeca, paseando a orillas de la laguna de Alamares bajo su sombrilla de encajes con el arquitecto checo, y la escena de los besos en el galpón del manantial eran tan disparatadas que era imposible tomarlas en serio.*

Quintín prefería la historia a la literatura. La literatura no era lo suficientemente ética para su gusto. Los escritores interpretaban siempre la realidad a su manera, pero aunque los bordes de la realidad fuesen difusos, la interpretación tenía sus límites. El bien y el mal existían. La verdad estaba ahí, y era inmoral tratar de cambiarla. Por eso, la literatura no era un quehacer serio, como lo eran la ciencia o la historia.

La falta de profesionalismo de Isabel lo mortificaba aún más que sus fantasías desaforadas. ¡Era una carterista intelectual! Había plagiado —inescrupulosamente— el material histórico que él le había facilitado —lo que contaba en el segundo capítulo sobre el día en que le otorgaron la ciudadanía norteamericana a los puertorriqueños, por ejemplo— y no se lo reconocía.

Había confiado en ella ingenuamente y le había contado muchas viñetas sobre su familia. La historia de cómo Rebeca había conocido a su padre cuando tenía dieciséis años, y de cómo lo había escogido como rey poco antes de ser coronada Reina de las Antillas era muy pintoresca y se la debía a él. También le debía la historia de Milan Pavel, el famoso arquitecto checo. Isabel nunca hubiese podido descubrir, por su cuenta, tantos detalles sobre la vida de ese extraño personaje. Quintín había sido un admirador de la obra de Pavel durante años, y había llevado a cabo varias pesquisas sobre él. Nada se había escrito sobre el tema hasta el momento; Pavel era un genio olvidado, un fantasma que se había esfumado de la historia de la Isla. Quintín había adquirido su información a través de entrevistas que había logrado hacerles a los dueños de las pocas casas construidas por Pavel que todavía quedaban en pie. Los propietarios de las casas eran todos amigos de su familia, y pertenecían a la sociedad más exclusiva de San Juan. ¿Hubiesen confiado lo suficiente en Isabel Monfort para contarle la historia de Pavel? ¿Le hubiesen conta-

do los secretos de sus familias? Quintín lo dudaba. Isabel no era una Mendizábal de nacimiento; pertenecía a la burguesía sanjuanera sólo por su matrimonio, y el instinto de la tribu era cerrar filas.

Pero Isabel no se había conformado con su saqueo histórico; había cambiado —desfachatadamente— los datos sobre Pavel. Su descripción del arquitecto como un conde Drácula que se paseaba por la ciudad con su capa de seda negra revoloteando al viento le hizo saltar lágrimas de risa. Pavel sería un canalla, pero era un canalla refinado. Quintín había visto varias fotos suyas, vestido con unos pantalones de hilo exquisitamente cortados y zapatos de antílope blanco.

Isabel había cometido unos errores históricos inexcusables. Algunos eran tontos; por ejemplo, decir que en 1917 se vendían «perros calientes» en San Juan, y que Buenaventura se había comido uno cuando desembarcó del Virgen de Covadonga. Quintín se rió de nuevo. Nadie sabía, a ciencia cierta, cuándo habían llegado los hot dogs a Puerto Rico, pero estaba seguro de que no había sido antes de la segunda guerra mundial.

Un error más serio era afirmar que los submarinos alemanes sitiaron la isla durante la primera guerra mundial, cuando en verdad sucedió durante la segunda. Los planes de von Tirpitz para la invasión de Puerto Rico nunca se realizaron; el informe del general al respecto se quedó cogiendo polvo en los archivos del káiser Guillermo II. Hasta 1942 los submarinos nazis no empezaron a rondar el Caribe. Pero Isabel necesitaba inventarse el sitio de Puerto Rico en 1918 porque el bloqueo alemán le resultaba útil para desarrollar la personalidad fascista de Buenaventura. Había alterado —conscientemente— los hechos para hacer más interesante su historia.

Quintín no se sentía culpable de estar leyendo el manuscrito de su mujer a escondidas; estaba convencido de que era su deber. Estaba descubriendo un lado desconocido de Isabel y, a la vez, estaba revaluando la historia de su familia como nunca lo había hecho. Era verdad; Rebeca se había sentido infeliz en su matrimonio a veces, y, quizá, hubiese sido más feliz casada con un hombre como Pavel. Pero de eso a afirmar que existía una relación adúltera entre ellos, había un abismo. Aquello era una farsa, una vil calumnia.

Era cierto que Buenaventura tenía el genio atravesado de los Mendizábal, y Quintín le había aguantado muchas palizas de niño. Pero fue también un padre generoso y responsable. Con el tiempo Quintín había llegado a entenderlo mejor, y ahora que era un hombre maduro, apreciaba mejor sus virtudes. Su madre y su padre habían sido felices e infelices en su matrimonio, como suele sucederle a todo el mundo.

Al llegar a la parte de Salomé en el capítulo octavo, Quintín se quedó frío. La descripción de Rebeca bailando desnuda en la terraza para divertir a sus amigos —algo que él nunca presenció de niño— era lamentable. Su madre había sido una criatura refinada, tanto espiritual como físicamente, y no una mujer inmoral. Rebeca era muy inteligente; tenía un talento natural para la poesía, y su salón literario llegó a ser famoso en el San Juan de los años veinte y treinta. Pero, cuando nació Quintín, Rebeca abandonó su carrera artística y se dedicó a él por completo. Nunca lo exilió a los sótanos, como afirmaba malévolamente Isabel en su texto. Seguramente fue Petra quien empezó a correr ese chisme, pues no soportaba a Rebeca.

Desde el momento en que llegó a la casa de la laguna, Petra ejerció un poder inexplicable sobre Buenaventura. Como su padre era español, los ritos de la santería le parecían exóticos. Le encantaba escuchar a Petra hablar de sus embrujos, aunque luego se burlaba de sus ensalmos, riéndose de ellos con sus amigotes en el bar del Casino. Pero esos embrujos, poco a poco, fueron tejiendo una red sutil alrededor de Buenaventura. Rebeca lo percibió, y trató muchas veces de librarse de Petra, pero sin éxito. Petra se atrincheró en el sótano de la casa como una araña monstruosa y, desde allí, se pasaba la vida tejiendo los rumores malignos con los que arropó a toda la familia.

Quintín terminó de leer el manuscrito a las cuatro de la mañana. Recogió las páginas, las volvió a colocar dentro del cartapacio y lo ató nuevamente con la cinta púrpura. Entonces lo escondió todo otra vez detrás del diccionario. Más que enojado con Isabel, se sentía profundamente herido. No pensaba mencionarle para nada aquel asunto. Pero observaría su comportamiento de cerca, muy de cerca, durante las próximas semanas.

TERCERA PARTE

LAS RAÍCES DE LA FAMILIA

9

La promesa de Carmita Monfort

Quintín venía a visitarme a menudo a Ponce cuando todavía éramos novios, y se quedaba a dormir en el Texas Motel, a la salida del pueblo. El motel quedaba en los altos de la gasolinera, y tenía unos cuartuchos amueblados donde los vendedores ambulantes pernoctaban. La Texaco fue la primera gasolinera moderna que abrió en Ponce, y recuerdo claramente la primera vez que la estrella roja permaneció iluminada toda la noche. Era el primer anuncio de neón que veíamos en el pueblo, y los ponceños éramos lo suficientemente ingenuos entonces para pensar que nos anunciaba la llegada del progreso.

Quintín no tenía absolutamente ningún dinero entonces pero éramos felices, y esperábamos con ansiedad el momento de nuestra boda. Tendríamos que esperar bastante; Buenaventura se oponía a nuestro matrimonio hasta que Quintín hubiese economizado lo suficiente para independizarse.

Ese verano estábamos los dos de vacaciones, de regreso de nuestros respectivos colegios en Estados Unidos. Una brisa tibia y perfumada soplaba del cañaveral cercano, y como entonces no existía el aire acondicionado, a menudo nos acostábamos a dormir desnudos. Yo tenía veintiún años, y cursaba mi cuarto año en Vassar College. Quintín tenía veinticuatro, y acababa de terminar su maestría en Columbia University. Su padre lo empleó enseguida en el almacén, en donde estaba a cargo de estibar las cajas de bacalao con la carretilla elevadora. Quintín trabajaba doce horas diarias. Sólo así ahorraba lo suficiente para costear el pasaje en carro público hasta Ponce y los tres dólares del motel los fines de semana.

Había muy poco que hacer en el pueblo. En las noches íbamos al cine, a ver alguna película con Ava Gardner o Rock Hudson, o dábamos una vuelta por la plaza. Nos despedíamos temprano frente al portón de hierro. Cerca de la una de la mañana, sin embargo, cuando todos en la casa dormían, yo salía de la casa descalza y bajaba en silencio al jardín. Me quitaba el camisón y me internaba desnuda por los arbustos del patio. Allí, oculto entre los crotones y los laureles de la India, Quintín me estaba esperando.

Han pasado más de treinta años y todavía recuerdo vivamente aquellas noches. Hacíamos el amor como desesperados sobre la yerba, rodeados por los perros mansos de la casa que nos miraban curiosos, moviendo alegremente las colas como si se tratara de un juego. ¡Éramos tan jóvenes, prácticamente unos niños!

En el otoño, luego de nuestro regreso a Estados Unidos, nos veíamos en Nueva York todos los domingos. Nos dábamos cita en el hotel Roosevelt, que ya había empezado a deteriorarse. Los pasillos eran oscuros, y tenía un anticuado sistema de extinguir fuegos: un tubo expuesto a todo lo largo del techo, con rociadores en forma de mariposa. Los muros estaban decorados con mármol falso, y las lámparas de gas electrificadas estaban cubiertas de polvo. Un túnel subterráneo conectaba el hotel Roosevelt con Grand Central Station. Era conveniente por dos razones: en el invierno no había que salir a la intemperie cuando hacía frío —yo odiaba el frío—, y muy poca gente lo usaba, lo que hacía menos probable tropezar con gente de Ponce. Comprometer la reputación era el peor delito que una muchacha de buena familia podía cometer en aquella época, y recuerdo mi terror ante la posibilidad de encontrarme con alguien conocido en el vestíbulo del hotel. El túnel del hotel Roosevelt era la ruta de escape perfecta: hacía posible entrar y salir de Nueva York sin ser visto.

Desde que salía de mi habitación en el colegio, me parecía estar en brazos de Quintín. El tren de Poughkeepsie me llevaba directamente al laberinto de la estación. Corría por el subterráneo del Roosevelt, me subía al ascensor, y, al final del pasillo, había un cuarto con un cama donde Quintín me estaba esperando. Era como entrar en un túnel en donde el deseo y la distancia se confundían. Mi madre y mi padre, Buenaventura y Rebeca, todos quedaron sepultados entre aquellas paredes anónimas, manchadas por la humedad y el tiempo. En aquel tálamo prenupcial, lejos de los ojos de familiares y conocidos, perdimos nuestra virginidad y nos libramos de nuestras culpas. Una lujuria inocente nos envolvió a ambos y nos purificó en sus sábanas de fuego.

Al conocer a Quintín, mi corazón cayó en un torbellino irresistible que me arrastró al fondo de mí misma. Me enamoré de él locamente, y sólo encontrarnos en el jardín de Ponce o en nuestro escondite de Nueva York me calmaba. La poderosa atracción que sentía por mi novio no disminuyó después del triste episodio del tenor suicida ni tampoco durante los años siguientes.

Quintín era muy apuesto. Había heredado el porte español de Buenaventura; sus mismos hombros fornidos, su cuello de toro joven y sus ojos color de ágata. Lo único que me desagradaba de él era su genio colérico. En cuanto lo veía a punto de caer en un acceso de ira, yo bajaba la cabeza y rehusaba mirarlo a los ojos. Era nuestra señal secreta. Quintín había sufrido mucho de niño a causa del mal genio de su padre, y nuestro pacto era una manera de evitar que la ira se adueñara de él. Funcionó bien por un tiempo; Quintín se reía al ver mi pantomima, y olvidaba lo que lo estaba irritando. Fue algo que nos unió por un tiempo.

«Cuantos más años vivimos, más cicatrices llevamos dentro —me decía Abby—. Hay un veterano de guerra oculto dentro de cada uno de nosotros; algunos hemos perdido un brazo, otros una pierna o un ojo; pero todos hemos sido golpeados por la vida. Como no podemos crecernos un brazo o un ojo de vuelta, tenemos que aprender a vivir sin ellos.»

Mi madre, Carmita Monfort, me causó mi herida secreta, aunque nunca se dio cuenta de ello. Cuando yo tenía tres años, sucedió algo terrible en nuestra familia. Por aquel entonces vivíamos en Trastalleres —papá, mamá, Abby y yo—. Trastalleres era un suburbio de clase media baja en San Juan, y fue allí que Carmita salió encinta por segunda vez. Guardo un recuerdo borroso de aquel día. Estaba jugando con mis muñecas debajo del árbol de jobos que crecía detrás de la casa de Abby, y el sol de mediodía me caía a plomo sobre la nuca. El baño estaba justo a mis espaldas, y su ventana daba al patio. Mamá entró al servicio y resbaló; aunque no podía verla, escuché el golpe de su cuerpo sobre el piso, y su grito sobrevoló la ventana abierta. Dejé caer mis muñecas al suelo y corrí al otro lado de la casa; subí volando las escaleras y abrí la puerta del baño. Mamá estaba tendida en el piso, y la sangre brillaba sobre las losetas blancas como un brochazo de laca roja.

Mis abuelos, doña Gabriela y don Vincenzo Antonsanti, eran ambos oriundos de Córcega, en donde —según mi abuelo— sólo había vendavales, riscos vertiginosos y montañas cubiertas de arbustos tan espinosos que ni los cabros podían masticarlos. Gabriela y Vincenzo llegaron en viaje de novios cuando tenían veinte años, y se alojaron con unos parientes cerca del pueblo de Yauco. Se enamoraron de las montañas de terciopelo verde del interior, donde el café prosperaba bajo un tupido dosel de árboles. Eran primos hermanos, y para casarse tuvieron que conseguir una dispensa papal. Pero una vez resolvieron el problema, hicieron del matrimonio una sociedad igualitaria, en la cual se comprometieron a tirar parejo. Pronto lograron hacerse con una hermosa finca a las afueras de Yauco, donde residían y trabajaban juntos.

Abuela Gabriela era una mujer hermosísima, pero su belleza fue su Némesis porque le costó llenarse de hijos. En las jaldas de Río Negro había muy poco que hacer, y abuela pasaba las de Caín tratando de quitarle de la mente a abuelo su pasatiempo favorito. A Vincenzo le encantaba comer casquitos de guayaba con queso de cabra, y abuela se los preparaba casi a diario. Cuando hervía las guayabas, el aroma entraba y salía por las ventanas como una nube rosada, y abuelo podía olerlas desde que venía bajando a caballo por la cuesta. Subía entonces, de dos en dos, los escalones, se quitaba la ropa a manotazos y perseguía a abuela por toda la casa hasta arrinconarla en la cama. La piel de abuela Gabriela era exactamente del mismo color que la pulpa de las guayabas, y, mientras hacían el amor, abuelo mordisqueaba sus pechos, y eso lo hacía cada vez más potente. Abuela, por fin, se dio cuenta de que las guayabas eran un afrodisíaco, y dejó de cocinarlas a diario. Pero ya era demasiado tarde. Durante seis años, había dado a luz a un niño cada nueve meses. Abuelo estaba feliz y se enorgullecía de la productividad de su mujer, que consideraba un don de Dios. «Mi esposa es tan fértil —le decía a todo el mundo— que sólo tengo que estornudarle encima una vez para que se vuelva una mata de calabazas. Pero eso a mí no me importa, porque estar tan cerca de la naturaleza es uno de sus muchos encantos.»

Durante seis años, abuela Gabriela cumplió con su deber y vivió con la conciencia tranquila. Pero cuando, en el séptimo año de su matrimonio, Vincenzo entraba todavía a la casa como un perro hambriento, rogándole a su mujer que le hirviera los condenados casquitos, Gabriela no pudo más. Prefirió reñirse con Dios y con su propia hambre de amor, y exilió a Vincenzo del lecho matrimonial antes de verse convertida en calabaza por séptima vez.

La victoria no fue fácil; tuvo que defender su lecho como si se tratara de los parapetos de un castillo. Vincenzo la asediaba todas las noches con sus poemas y serenatas, y se quedaba esperando detrás de la puerta de su cuarto durante horas, con los ojos de carnero degollado más dulces que Gabriela había visto en su vida. Pero abuela estaba orgullosa de su sangre corsa y demostró tener un temple de hierro.

—Si seguimos como vamos, la cuna será mi tumba —le gritó a Vincenzo, rogándole que se apiadara de ella y aceptara el cíngulo de castidad como norma de vida. Pero todo fue inútil.

Cuando Vincenzo persistió en sus prerrogativas e intentó imponer sus derechos matrimoniales por la fuerza, Gabriela se levantó en armas como una Lucrecia de los montes, y defendió su celibato con escobillones, plumeros y hasta cuchillos de cocina. Cuando una noche vio la sombra de abuelo, arrastrándose sigilosa al pie de su cama, se irguió sobre sus almohadones con el cuchillo en la mano y gritó a todo pulmón:

—¡Sal de aquí, Vincenzo, que éste es mi bastión privado! ¡Aquí no se sube más nadie a retozar ni a mandar, si no quiere dar con sus huesos en la fosa!

Fue una lucha terrible para ambos. Todavía se amaban, y en las noches seguían necesitándose bajo las sábanas. Abuela Gabriela no quería exiliar a abuelo de su lado, pero por más que le rogaba y le suplicaba, por más que le señalaba a Vincenzo que el amor verdadero no residía en los estratos inferiores del cuerpo sino en los superiores, y que en el consuelo de un abrazo casto podía también encontrar un refugio contra las penas del mundo, abuelo no daba su brazo a torcer. Se le llenaban los ojos de lágrimas, la abrazaba y la besaba mil veces, pero a las dos semanas de abstinencia sentía que se quemaba en las pailas del infierno, y regresaba otra vez al asedio. Finalmente, abuelo se dio por vencido. Una noche se desapareció de la casa y se fue a dormir al pueblo.

Abuelo se buscó una querida en Yauco, a la que visitaba una vez por semana. Nadie lo criticó por ello.

—Sólo gracias a la fertilidad más elemental puede el hombre reconciliarse con el mundo —se excusó abochornado con el cura cuando se fue a confesar. El párroco encontró su comportamiento completamente natural y sólo le advirtió que no siguiera complicándose la vida con terceras ni cuartas. Le dio la absolución y lo mandó a que se fuera tranquilo a su casa.

Pronto la concubina salió encinta. Cuando abuela Gabriela se enteró, se sintió tan aliviada de no tener que parir, dar de mamar, vestir y educar a la criatura, que le dio su bendición. Cuando el niño nació, asistió al bautizo e hizo que abuelo Vincenzo lo reconociera como su hijo legítimo y que le diera el apellido de la familia.

Vincenzo le hacía mucha falta a Gabriela en las noches, cuando caía rendida en su cama solitaria. Yacía en ella con los ojos crucificados por el insomnio y le disparaba flechas a san Pedro, san Pablo y todos los santos Padres de la Santa Madre Iglesia Católica que profesaban que la fertilidad de la mujer era una prolongación inevitable de su naturaleza. En vez de rezarle a la Virgen María, cuya imagen reposaba sobre su tablillita rodeada de velas en una esquina de su cuarto, le reprochaba el que se hubiera aliado con san Pedro y san Pablo, que eran unos machistas recalcitrantes.

Con el tiempo, abuela aceptó aquella desigualdad injusta a la que la condenaba la naturaleza, pero no volvió a pisar la iglesia. En las noches se sentía como el ánima sola; las llamas del infierno le acariciaban los hombros y los pechos, y atizaban su deseo aún más. De allí surgió seguramente el que dejara de creer en el infierno, porque ninguna tortura podía ser peor que la que ella estaba experimentando.

Abuela consultó a una comadrona. «No hay mal que dure cien años ni cuerpo que lo resista —le aconsejó la mujer—. Ya llegará el día en que la maldición de la fertilidad se esfume, y la felicidad retorne a tu cuerpo.» Así fue. Veinte años después, exonerada de la maldición de la menstruación por la bendición de la menopausia, abuela volvió a compartir en paz con Vincenzo el lecho matrimonial. Había sido lo suficientemente hábil para que Vincenzo no se resintiera con ella durante aquellos años, y cuando su feracidad expiró, él la prefirió a su amante. Gabriela le permitió subirse otra vez a los parapetos de su cama, y volvieron a hacer el amor con el mismo entusiasmo de antes.

Abuelo y abuela vendieron la finca de Río Negro y se mudaron a Ponce, donde abrieron un hermoso almacén de café en los muelles de La Playa. Abuela siguió siendo la socia de abuelo e iba con él todos los días al trabajo; llevaban juntos el negocio de exportación de café con mucho éxito.

Abuela mantuvo un solo secreto de abuelo durante todos aquellos años. Cuando salió encinta seis veces corridas en Río Negro, juró que en el futuro protegería a sus hijas de semejante prueba. Fue así que, cuando las jóvenes se fueron casando, les hizo jurar en privado que sólo tendrían un hijo cada cinco años y que harían secretamente todo lo posible para evitar embarazos indeseados.

—Un hijo único es transportable; la madre puede llevarlo cómodamente a todas partes. Pero dos son ya los primeros eslabones de la cadena de hierro con la cual el esposo ata a la esposa al orbe de la tierra.

Ésta fue la promesa que Carmita rompió tres años después de yo nacer. Cuando abuela se enteró de que su hija había salido encinta por segunda vez antes del término acordado, viajó en carro público de Ponce a San Juan, acompañada por la partera, para recordarle su juramento a su hija. Abby no se encontraba allí; estaba de viaje porque su cuñado, Orencio Monfort, acababa de morir, y quería asistir al entierro en Adjuntas. Si Abby hubiese estado en casa, nada de esto habría sucedido. Abuela Gabriela obligó a Carmita a beber unos cocimientos que la hicieron abortar. Pero el bebedizo era tan fuerte que le provocó una hemorragia inesperada.

Cuando entré corriendo aquel día a la casa y vi a Carmita inconsciente en el piso, sentí miedo. No entendía lo que abuela Gabriela y la comadrona susurraban entre sí, pero recuerdo claramente el inodoro salpicado de sangre, y sospeché que algo terrible acababa de suceder. Entre abuela Gabriela y las sirvientas cargaron a mamá hasta la cama y luego llevaron corriendo las sábanas manchadas de sangre hasta el lavadero al fondo del patio, para que papá no las viera. Entonces, oí que abuela le decía a mamá que no se preocupara, que algo que tenía casi cuatro lunas había caído en la taza del inodoro, y que había dejado de ser una carga. Un poco más tarde, el médico de la familia entró clandestinamente a la casa por el patio de atrás, para que los vecinos no se enteraran, y le administró a Carmita un remedio que le detuvo la hemorragia. Cuando papá regresó de su taller esa noche, ya había pasado la crisis, y mamá estaba recostada sobre sus almohadones, fresca como una lechuga y recién peinada y perfumada, recuperándose de una migraña.

Recuerdo el miedo y, a la vez, la exaltación de saberme involucrada en una conspiración de las mujeres de la familia, que abuela Gabriela aseguraba me beneficiaría algún día. El asunto, probablemente, no habría tenido mayores consecuencias si no hubiese sido porque mamá desarrolló una fiebre puerperal altísima y se puso grave. El médico visitó la casa por segunda vez y le informó a mi padre que Carmita no podría tener más hijos.

La esterilidad de Carmita fue un golpe duro para Carlos. Papá nació huérfano, y pensaba que lo más triste que le podía pasar a un niño era llegar sin padre a este mundo. Su sueño había sido tener un hijo, con el cual pensaba hacer todas las cosas que él no había podido hacer con su padre: ir a pescar cocolías a Piñones, aprender a volar cometas en isla de Cabras y a correr a caballo por la playa de Luquillo, para que fuese un hombre seguro de sí mismo. Cuando Carmita lo oía hablar así, guardaba silencio. Pero se sentía terriblemente culpable.

Muchos años después, Abby me contó lo que pasó. Cuando abuela llegó de Ponce, le dijo a Carmita que ella podría educar mucho mejor a su segundo bebé una vez el primero —que era yo— estuviese lo suficientemente crecido para valérselas por sí mismo. Carmita se plegó a lo que dijo abuela Gabriela y accedió a hacerse el aborto. Entonces sucedió lo imprevisto. Una manta de cariño envolvía ya aquel pequeño cuerpo todavía anónimo y sin rostro en la tibieza de su vientre, y Carmita cayó en una melancolía profunda.

Un día, Abby descubrió que todos los cuchillos habían desaparecido de la gaveta de la cocina, que las tijeras de coser no estaban dentro del costurero, las esquilas de podar no estaban en la covacha del jardinero y las navajas de afeitar de papá faltaban del botiquín del baño. Empezó a buscar a Carmita como una desesperada por toda la casa, y la encontró en el cuarto de costura, sentada frente a la Singer de manivela que papá le había regalado para su último cumpleaños, el modelo de lujo decorado con ramitos de rosas doradas. Había colocado todos los cuchillos, las tijeras y las navajas en una hilera sobre la mesa, junto a sus agujas y sus carretes de hilo. Estaba como atarantada, mirándolos fijamente.

—Sé que tengo que hacer algo importante con estas tijeras y estos cuchillos, Abby —le dijo—, pero no me acuerdo de lo que es.

Abby se aterró; guardó todo bajo llave e hizo una búsqueda minuciosa por los cuartos, asegurándose de que ningún tipo de arma blanca pudiese caer en manos de Carmita.

Mamá, de pronto, se volvió una ausencia, un hueco vestido de negro sobre el cual caía una llovizna fina. Era como si viviera envuelta en una neblina. Su ropa estaba siempre húmeda y fría, y cada vez que yo trataba de besarla o de abrazarla me rechazaba, porque le recordaba a su bebé muerto.

10

Las bodas de Arístides y Madeleine

El bisabuelo de Quintín, don Esteban Rosich, era italiano de nacimiento. Nació en Bérgamo, un pueblito del norte de Italia, pero vivió en Boston durante muchos años, y se hizo ciudadano norteamericano en 1899. Un día (debió de ser cerca de 1879) entró a La Traviata, una tienda de géneros finos del Viejo San Juan, a hacer unas compras, acompañado por su hija, Madeleine. Desplegados sobre el escaparate de caoba pulida había varios rollos de telas exquisitas: brocados de seda importados de Francia; encajes de Bélgica; *crash* de hilo irlandés, teñido de colores brillantes. Arístides Arrigoitia, el abuelo de Quintín, trabajaba de vendedor en La Traviata. Tenía veinte años, y lo estaba pasando bastante mal. Don Tito, el dueño de la tienda, era un viejo cascarrabias que odiaba a los extranjeros, pero los empleaba igual porque les pagaba una miseria. Arístides había nacido en la Isla, pero sus padres eran españoles, y don Tito lo consideraba extranjero. Cada vez que don Tito encontraba nidos de ratones en los almohadones de pluma que se vendían en la tienda, le caía encima a Arístides a patadas y lo insultaba.

Arístides era un joven afable, y había sabido aprovecharse de aquel humilde empleo. A los pocos meses de empezar a trabajar, ya conocía a medio mundo de la sociedad capitalina y se sabía de memoria los gustos de las damas que venían a comprar los encajes, los damascos y los rasos con los que las modistas más cotizadas de la capital les confeccionaban sus trajes de última moda.

Don Esteban Rosich era viudo. Decidió retirarse y venirse a vivir a la Isla por razones de salud, luego de hacer una fortuna importando zapatos italianos a Estados Unidos. También era dueño de una compañía de vapores —la Taurus Line— que generaba un comercio activo entre San Juan, Boston y Nueva York. Residir en la Isla era conveniente, porque don Esteban podía disfrutar de un clima benévolo y, a la vez, supervisar su negocio de cerca. Acababa de llegar a San Juan con su hija hacía un mes, y recién había comprado un chalet en Roseville, en las azulinas colinas de Guaynabo, donde hacía más fresco que en la costa. Roseville fue la primera urbanización diseñada al estilo norteamericano: las casas tenían chimenea de ladrillo y techos de pizarra inclinados, con aleros enormes para escurrir las nieves imaginarias del trópico.

Rosich visitó La Traviata con su hija en busca de material para confeccionar sábanas, colchas y cortinas; todo lo necesario para aviar la nueva casa.

—¿En qué puedo ayudarles? —les preguntó Arrigoitia con una sonrisa, al ver entrar a la tienda a don Esteban con su bastón de plata en la mano, del brazo de Madeleine—. Tenemos unos géneros exquisitos, acabados de llegar de Europa. —Hablaba un inglés perfecto, y don Esteban se sorprendió al escucharlo. En esa época, casi nadie hablaba inglés en San Juan.

—¿De qué lugar de Estados Unidos es usted, joven? —le preguntó el anciano amablemente, dándole unos golpecitos en el hombro con su bastón.

Arístides tenía el cabello tan rubio y exhalaba tanta seguridad en sí mismo, que don Esteban creyó que era norteamericano.

—Nací aquí, señor —dijo cortésmente—. Soy puertorriqueño de pura cepa. Mis padres emigraron a la Isla de las provincias vascas poco antes de yo nacer. Me llamo Arístides Arrigoitia. Mucho gusto de conocerlos. —Y le acercó una silla a Madeleine para que se sentara.

Quintín solía hablarme de Arístides a menudo, porque era su abuelo preferido y le tenía mucho cariño. De hecho, tenemos una foto suya en un marco de plata sobre la mesa de nuestra biblioteca. Quintín no conoció a su abuelo por parte de padre. Buenaventura le contaba con frecuencia las proezas heroicas de sus antepasados extremeños, quienes cruzaban a zancadas los campos armados de arcabuces y lanzas, pero eran personajes de fábula y no hombres de carne y hueso. Don Esteban, por el contrario, era un abuelito cariñoso, con mejillas sonrosadas y una barba y bigotes de nieve.

Arístides era alto y fornido; parecía un montañés de los Pirineos. A don Esteban, inmediatamente, le cayó bien. Sentía una simpatía profunda por las gentes de origen humilde que aprendían a sobrevivir gracias a los sacrificios que impone la pobreza.

—*Il piacere è mio* —respondió, mientras le estrechaba la mano. Y le preguntó a Arístides que dónde había aprendido a hablar inglés tan bien.

—Las monjas norteamericanas de la Academia de la Milagrosa fueron mis maestras, señor —le contestó respetuosamente el joven—. Nos enseñaron que, cuando llegáramos al cielo y tocáramos a la puerta, san Pedro no nos dejaría entrar si no hablábamos inglés. —Madeleine se echó a reír. Se dio cuenta de que Arístides se estaba refiriendo a un comentario que el gobernador había hecho recientemente en la prensa. Easton, el comisionado residente, acababa de pasar una ley que hacía obligatoria la educación en inglés, y cuatro mil copias del *First Reader in English*, de Appleton, se repartieron entre los escolares. Obligar a los niños puertorriqueños a estudiar historia, geografía y hasta matemáticas en un idioma que no entendían era absurdo—. Por lo menos, ahora los niños pueden ir a la escuela, aunque cuando lleguen al cielo no entiendan lo que san Pedro les diga —añadió Arístides, guiñándole un ojo a Madeleine.

Arístides se dio cuenta de que había hecho una buena impresión y decidió aprovecharse. Cuando Madeleine le indicó que necesitaba varios metros de un percal blanco y sin adornos, para mandar a hacer una docena de sábanas para la nueva casa, le trajo un rollo de hilo de Brabante.

—Es imposible dormir en otra cosa en esta isla —le dijo—. Hace tanto calor, y en las noches uno suda tanto, que el percal se adhiere a la piel como champola de guanábana. A menos que uno duerma desnudo. No hay nada más delicioso que dormir desnudo en sábanas de Brabante.

Madeleine lo miró de arriba abajo.

—No me importa dormir desnuda —le dijo sin pelos en la lengua— con tal de que las sábanas estén bordadas con mis iniciales. —Y le preguntó a Arístides si conocía a alguien en San Juan que pudiera bordárselas.

—Las monjas del convento de la Virgen de la Milagrosa, por supuesto —le respondió Arístides cortésmente—. Si quiere, mañana mismo la llevo a conocerlas.

Un año después de su visita a La Traviata, Madeleine desfiló por la nave central de la iglesia de la Milagrosa del brazo de don Esteban. Llevaba mantilla, misal y un enorme ramo de orquídeas blancas en la mano. Arístides le regaló el encaje de Alençón de su traje de novia, luego de comprometer su sueldo con don Tito por los próximos dos años. Al llegar al chalet de Roseville, don Esteban los abrazó y les dio la bendición. Necesitaba a un joven como aquél para que lo ayudase a administrar la Taurus Line, y como su yerno conocía a tanta gente en San Juan, podría ayudarlo con la clientela. Al día siguiente, don Esteban pagó la deuda de Arístides con don Tito, y éste empezó a trabajar en la Taurus Line.

Arístides era hijo de un humilde matrimonio vasco. Su padre trabajaba como cocinero principal en el Casino Español, en donde su nieta sería coronada Reina de las Antillas diecisiete años más tarde. Su madre murió cuando era niño, y su padre lo envió al orfelinato de la Milagrosa, en Puerta de Tierra, al cual él llamaba eufemísticamente «Academia de la Milagrosa».

Las monjas de la Milagrosa eran misioneras y hacían un trabajo eficaz. Gracias a ellas, Arístides sentía una gran admiración por Estados Unidos. Eran buenas maestras y se preocupaban por inculcarles a sus estudiantes un verdadero espíritu cívico. Enseñaban en detalle la historia de Estados Unidos, pero no mencionaban nunca la historia de Puerto Rico. En la opinión de las monjas, nuestra isla no tenía historia. Esto no era sorprendente; por aquella época, estaba prohibido enseñar la historia de nuestro país, tanto en las escuelas privadas como en las públicas. ¿Será que nuestra historia es tan peligrosa que puede llegar a ser revolucionaria? A menudo le hago esa pregunta a Quintín, pero él nunca me la contesta.

Las monjas de la Milagrosa le enseñaron a Arístides que la Isla empezó a existir políticamente cuando las tropas norteamericanas desembarcaron por Guánica. La historia oficial de la Isla comenzó en ese momento, insistían. El día de la graduación de cuarto año, a los niños les repartieron el discurso del presidente Wilson, pronunciado en 1913, que decía: «Tanto Puerto Rico como las Filipinas, países que Estados Unidos ha tomado bajo su protección, tendrán que aceptar la disciplina de la ley. Son como niños, y nosotros somos adultos en estos asuntos de gobierno y justicia». Arístides guardó su copia del discurso entre las páginas de su misal. Por eso sentía una lealtad tan grande por los ideales republicanos de la democracia norteamericana.

Cuando Arístides se graduó, buscó empleo con el Gobierno Federal. Le hubiese gustado trabajar en el correo. Los empleados postales gozaban de mucho prestigio; les pagaban el salario mínimo federal; tenían derecho al seguro médico y a dos semanas de vacaciones pagas al año. Pero no tuvo suerte, y se vio obligado a aceptar el empleo que le ofreció don Tito.

Después de que Madeleine y Arístides se casaron, se quedaron a vivir en el chalet de don Esteban. Don Esteban estaba entrado en años y alguien tenía que ocuparse de él. Mudarse a una casa propia no tenía sentido. Afortunadamente, Arístides se entendía muy bien con el anciano. Madeleine era muy buena ama de casa. Se trajo a dos jibaritas de las montañas de Cayey para que la ayudaran, y tenía la casa que brillaba. Las enseñó a mapear el piso con agua de Clorox, a desinfectar la taza del inodoro y a cepillar la bañera hasta dejarla tan blanca como una dentadura postiza. En la cocina, las sartenes y las ollas brillaban como si fuesen de plata.

Cuando Quintín iba a casa de su abuela, el contraste entre la cocina de Madeleine y la de Petra lo impresionaba profundamente. En la cocina de Madeleine había una estufa eléctrica y el piso estaba tan limpio que se hubiese podido cenar sobre las losetas. Pero la comida no tenía sabor; el menú era siempre pollo al horno, papas Idaho con un cubito de mantequilla Brookfield derretido adentro y jugo de nube (el eufemismo de Madeleine para agua del grifo). En la cocina de Petra, por el contrario, se guisaba en un fogón de carbón quemando bosta seca de vaca, y las cucarachas a menudo se zambullían alegremente en la salsa de las habichuelas, pero todo sabía a *bocatto di cardinale*, a pionono bendito con una ramita de albahaca.

Arístides resultó ser un administrador competente que combinaba eficazmente los trabajos de la paz con los de la guerra. Trabajaba con su suegro en la compañía de vapores por las mañanas, y en las tardes se desempeñaba como oficial de la policía a tiempo parcial. Esto lo hacía voluntariamente, porque así podía mantenerse al tanto de todo lo que sucedía en el mundo de la política. Sus convicciones ideológicas tenían un carácter místico, y veía la lucha por la estadidad como una cruzada sagrada.

Durante los primeros años de su matrimonio, Madeleine rehusó tener hijos. Soñaba con regresar a Massachusetts algún día, donde tuvo una niñez feliz. Un hijo no le permitiría izar velas tan fácilmente, y no estaba segura de si quería bajar el ancla en la Isla, en donde siempre se sentía un poco como una extraña. En Boston, don Esteban tenía una hermosa casa de ladrillo, con un mirador victoriano en el tercer piso desde el cual se podía ver entrar y salir los barcos de la Taurus Line. Estaba en el East End, el barrio italiano cerca del puerto, y don Esteban no había querido venderlo en caso de que Madeleine quisiera regresarse a vivir en Estados Unidos algún día.

A Madeleine le encantaban los deportes. Era una admiradora de Helen Wills Moody, la tenista estrella norteamericana, quien ganó fama internacional por aquella época. Jugaba tenis todas las tardes en las canchas de la base militar de Guaynabo, cercana a Roseville. Las mujeres de la Isla no eran deportistas, así que Madeleine practicaba con los jóvenes reclutas de la base, lo que le daba tela que cortar a las malas lenguas. Madeleine era alta y esbelta como un eucalipto, usaba unas faldas mucho más cortas que las jóvenes de la Isla y caminaba rápido porque no le gustaba perder el tiempo. Paseaba sola por los lugares más apartados, y a menudo manejaba ella misma el Reo de don Esteban, internándose por los montes en busca de bromelias y orquídeas salvajes.

El cultivo de las orquídeas era su pasión, además del tenis. Arístides le construyó un invernadero al fondo del patio, en donde Madeleine cultivaba las cattleyas, las laelias y las phalaenopsis. Ella misma las injertaba, y logró unos especímenes extraordinarios; algunos parecían arañas de patas rosadas; otros, escorpiones de eslabones de oro o mariposas salpicadas de sangre. Le gustaba el silencio húmedo que reinaba bajo el toldo de mosquitero verde. Era como estar en las montañas rodeado de plantas; uno se sentía en paz consigo mismo y en control de su propio destino. Con el tiempo, a Arístides se le contagió la predilección por las orquídeas, pero por razones distintas. Le causaban un placer erótico y le gustaba coleccionarlas porque lo hacían sentirse rodeado de mujeres hermosas. Unos años después de su matrimonio, Madeleine y Arístides compraron una finca en las alturas de Barranquitas, en donde cultivaban orquídeas todo el año.

Madeleine nunca aprendió a hablar español. En su casa hablaba inglés con su padre y con su marido, y, cuando salía, se comunicaba por señas con el resto del mundo. Treinta y un años más tarde, cuando por fin regresó a Boston, todavía no podía hablar una sola palabra de español, aunque lo entendía perfectamente. Cuando los amigos de Arístides los invitaban a sus casas, Madeleine sufría lo indecible. Durante los primeros diez minutos, todo el mundo hacía un esfuerzo, y hablaba cortésmente en inglés para no excluirla de la conversación. Poco a poco, sin embargo, un sabroso chisme se escapaba por aquí, o un chiste jugoso saltaba por allá, que sólo podía contarse en español: «Éramos demasiados y parió la abuela», o «Estaba más jalao que un timbre e guagua». Y antes de que nadie pudiera evitarlo, había una explosión general, los presentes subían el volumen y empezaban a hablar español como desesperados. Todos hablaban a la vez y nadie oía lo que su vecino decía; cada boca era una ametralladora gozosa, un surtidor de entusiasmo.

Madeleine empezaba a deslizarse poco a poco contra la pared, en dirección a la puerta. Se sentía como un soldado en medio de un tiroteo, con las balas silbándole a un centímetro sobre la cabeza, y ella sin poder disparar una sola salva. Era como si el español fuese la única manera de afirmar la presencia física en la habitación; si no se lo hablaba, no se existía, se era invisible. La lengua era un pedúnculo mágico con el cual aquellas gentes se palpaban y se reconocían; se examinaban el rostro con ella y el pelo, se pellizcaban la nariz o la introducían avanzando y retrocediendo por los ojos y por los oídos de sus interlocutores. Parecían insectos; el tacto era la única manera de comunicarse. Madeleine, acostumbrada a la soledad de su invernadero, no soportaba que trataran de tocarla. Al poco rato, estaba al lado de Arístides, halándolo por el codo y empujándolo disimuladamente en dirección de la puerta. Cuando se veía fuera de la casa, daba un gran suspiro y recobraba el control de sí misma.

Esta situación tuvo como resultado que los amigos de Arístides dejaran de invitarlo a sus casas. No querían parecer descorteses con Madeleine pero no podían evitarlo, y la soledad se empezó a cernir sobre los jóvenes como un lazo de hierro.

Rebeca, la madre de Quintín, nació dos años después de la boda de sus padres. La llegada del bebé fue un aliciente inesperado para el joven matrimonio. Arístides quería tener hijos enseguida, pero Madeleine lo obligaba a observar el ritmo con una disciplina férrea. El ritmo, en la opinión de las monjas de la Inmaculada Concepción de Boston, era una ley de Dios. En principio no había que usar nada que contrariara los designios divinos, como profilácticos, cremas o esponjas de vinagre. Si uno no quería tener hijos, hacía el amor sólo en aquellos días en que el huevo, expelido ya del útero, fluía corriente abajo por el río de la vida. El problema era que uno no sabía, a ciencia cierta, cuándo esto sucedía, y el ritmo era entonces como hacer el amor en medio de un tiroteo. El único momento seguro era durante los seis días que seguían el fin de la menstruación, y el resto del mes había que pasar la hambruna como mejor se podía. En una ocasión, Madeleine y Arístides estaban de vacaciones en la finca de Barranquitas, donde había muy poco que hacer. A los jóvenes les entró un hambre de amor terrible en el séptimo día, y decidieron correrse el riesgo de saltarse un día. Hicieron el amor esa noche, y Madeleine salió encinta.

Cuando las monjas del Hospital Auxilio Mutuo llamaron a Arístides para que se asomara al nursery de los recién nacidos a conocer a su hija, éste no lograba salir de su asombro. Gracias a su constitución atlética, Madeleine había tenido un parto fácil y rápido, y Rebeca no había sufrido contusión alguna en el rostro. Había heredado la naricita respingada y el tinte de melocotón de su madre, y tenía la cabecita cubierta por una pelusa dorada. Envuelta en su frisita de bayeta, parecía un capullito de rosa con los pétalos todavía fruncidos.

—Nadie diría que una nieta de montañeses vascos pudiera ser tan delicada —le dijo a la monja que la sostenía entre los brazos. Y besándola en la frente añadió—: Ahora podré dormir tranquilo, porque sé que nunca me quedaré solo.

Arístides era muy posesivo con su hija. Antes de mi matrimonio con Quintín, Rebeca me contaba la guerra que le había dado su padre cuando ella era una adolescente. Si un amigo venía a visitarla a la casa de Roseville, su padre se sentaba invariablemente frente a ellos en la sala a darles conversación y no se levantaba hasta que el galán de turno se marchaba descorazonado. Cuando a Rebeca la invitaban a alguna fiesta, era Arístides, en vez de Madeleine, quien la chaperoneaba. A Arrigoitia le gustaba mucho bailar con su hija. Rebeca se acostumbró tanto a bailar con él que cuando los jóvenes la sacaban a la pista, les dejaba los pies amoratados de pisotones.

—Es que tú bailas a la antigua, papá. No quiero bailar más contigo porque me acostumbro y luego no puedo bailar con más nadie —le decía Rebeca con lágrimas en los ojos. Pero Arístides no le hacía caso. Pensaba que su hija se estaba divirtiendo tanto como él y en cuanto la orquesta empezaba a tocar, volvía otra vez a la carga.

Arístides consentía mucho a Rebeca. Le compraba todo lo que ella quería, pero esperaba que lo obedeciera en todo. La joven vivía como una prisionera; no podía hacer nada por su cuenta. Cuando le pidió permiso a su padre para trabajar como enfermera voluntaria en el Hospital Presbiteriano, rehusó dárselo. Cuando le ofrecieron un trabajo de correctora de pruebas en *El Diario de las Antillas*, su padre llamó al dueño por teléfono y lo presionó para que no la emplearan. Cuando Madeleine la invitó a viajar a Boston a visitar a sus primos, Arístides no se lo permitió. Cuando Rebeca se graduó de la escuela superior, Arístides no quiso que fuera a la universidad; tenía que ayudar a Madeleine con los quehaceres de la casa. Cuando cumplió los dieciséis años, Rebeca estaba tan aburrida que se refugió en un mundo de fantasía. Afortunadamente, ese mismo verano, las damas del Comité de Carnaval tocaron a la puerta de su casa con el retrato de Buenaventura en su marco de terciopelo rojo debajo del brazo. Quién sabe lo que habría sido de la pobre Rebeca si las damas del comité no hubiesen llegado a visitarla aquella tarde.

Sospecho que las relaciones difíciles de Rebeca con su padre fueron la causa de su defensa del ideal de independencia. Rebeca me contaba que, de niña, tenía una colección de sellos, y que sus sellos favoritos eran los de Francia. Muchos conmemoraban la República Francesa, y tenían las iniciales RF —por République Française— impresas encima. Como su nombre completo era Rebeca Francisca, las siglas eran también su monograma. Cañones que humeaban por la boca, banderines que proclamaban *«Vive la République!»* o *«Liberté, Egalité, Fraternité!»* completaban el cuadro. Rebeca juró que sería libre algún día y que volaría por todo el mundo como las cartas a las cuales sus sellos daban alas. «¡En el futuro, cada mujer deberá ser una república!», le repetía llorando a su almohada todas las noches antes de dormirse.

Muchos años después, cuando Rebeca empezó a celebrar sus veladas literarias en la terraza de la casa de la laguna, sus amigos artistas eran todos independentistas, aunque sospecho que para la mayoría de ellos la política era más bien una pose. Eran jóvenes adinerados, y decir que eran independentistas los hacía sentirse menos aburridos. Cuando afirmaban que la Isla debería ser una nación independiente y no un territorio de Estados Unidos, Rebeca estaba vehementemente de acuerdo con ellos. Si ella no podía ser libre, que al menos su país lo fuera.

11

El valor de Valentina Monfort

Abby era mi abuela predilecta. Tenía el pelo blanco como la tela del coco y unas manos suavísimas, que tenían el poder de quitarle a una el dolor de cabeza con sólo posarse un instante sobre las sienes. Era de estatura baja; no medía más de metro sesenta rasos cuando estaba en medias, y le gustaba recordarle a todo el mundo que Leticia Bonaparte, la madre de Napoleón, había medido lo mismo que ella. Después de la muerte de Lorenzo, siempre se vistió de luto. Se recogía el pelo en un moño pequeño en la base de la nuca, lo que hacía resaltar aún más sus chispeantes ojos negros.

Lo que más me gustaba de Abby era su ecuanimidad. Vivía convencida de que Dios castiga sin palo y sin soga, y de que la gente demasiado ambiciosa acababa estrangulándose en su propia placenta. «La avaricia —me decía— es como el comején. Se multiplica de padres a hijos y de hijos a nietos, y antes de que uno se dé cuenta, las vigas de la casa están todas carcomidas por dentro. El comején nunca duerme; hace túneles de día y de noche hasta llegar al corazón.»

Valentina Antongeorgi era su nombre de soltera, y era también de ascendencia corsa. Nació en San Juan en 1885, hija de un maestro de escuela y de una trabajadora social. Abby estaba estudiando enfermería pero su madre murió cuando ella tenía dieciséis años, y tuvo que hacerse cargo de sus hermanos menores. Abandonó los estudios al terminar su segundo año de escuela superior. Por aquel entonces, el Gobierno Federal impuso programas de salud por toda la Isla; obligaba a la gente a vacunarse y les enseñaba métodos sanitarios modernos. Abby quería especializarse en enfermería e higiene, pero también le gustaban la literatura y la música, y tomó cursos de ambas materias en la escuela.

Cuando el padre de Abby se volvió a casar, su madrastra la obligó a que se encargara de los quehaceres de la casa. Tenía que cocinar, limpiar y barrer el zaguán todos los días, porque su madrastra estaba encinta. La casa estaba en la calle de San Justo, cerca de los muelles. Un día, Abby estaba sentada en el balcón cuando Lorenzo Monfort pasó en su calesa por la calle. Era casi una niña, y tenía las facciones tan delicadas que parecían de porcelana.

Lorenzo era un cafetalero de Adjuntas, y había venido a San Juan a recibir un nuevo molino de café, que le llegaba de Francia. Lorenzo vio que Abby tenía una gallina viva en la falda, y que la estaba acariciando. De pronto, ante los ojos sorprendidos de Lorenzo, Abby agarró a la gallina por el pescuezo, le dio una torcedura, y, en un relámpago, la gallina estaba muerta.

Al día siguiente, Lorenzo volvió a pasar frente a la casa y oyó que alguien estaba tocando el piano. Se asomó por la ventana y vio a la misma muchacha, pero esta vez sus manos volaban por el teclado como mariposas. Necesitaba a alguien como aquella joven a su lado, se dijo, que pudiese matar una gallina más rápido que un demonio y tocar el piano como un ángel. Unos días más tarde fue a visitar al padre de Abby y le pidió la mano de su hija. Aquello fue hacia 1903, y Abby se consideró muy afortunada.

La pareja se fue a vivir a la San Antonio, una finca de café cerca de Adjuntas, de la cual Lorenzo era condueño. Adjuntas era un pueblito rodeado de montañas azules donde las casas anidaban como huevos de águila. Lorenzo era un hombre educado, que estudió agronomía en la Universidad de Barcelona. Estaba enterado de los últimos inventos relacionados con la confección del café. Había importado una tahona hidráulica de Francia, cuya enorme muela de piedra había tenido que subirse en yagua por la cuesta, arrastrada por veinte mulas que casi soltaron el bofe repechando por la ladera empinada. Instaló unas turbinas de gran calibre para mover las maquinarias que despulpaban, descascaraban y pulían los granos de café, las más modernas que existían por aquel entonces en el mercado.

La San Antonio era rica en manantiales, y Lorenzo los mandó a canalizar en un solo acueducto que pobló de esclusas, que se abrían y cerraban a voluntad para regar los arbustos de café. Pero como tenía también una sensibilidad artística, desvió parte del agua y construyó una fuente con delfines de mármol que arrojaban agua por el otro lado de la montaña. Colocó allí unos bancos rústicos, en los cuales cualquiera podía sentarse a leer o a conversar con algún amigo, debajo de una hermosa arboleda de caobas, robles y árboles de capá blanco. Uno de los tesoros de la San Antonio era esta arboleda centenaria, vecina a la fuente de los delfines.

Lorenzo tenía un hermano gemelo, Orencio Monfort, que vivía también en la finca. Orencio era comerciante y se ocupaba del aspecto económico del negocio, mientras Lorenzo supervisaba las siembras y las cosechas. Orencio acarreaba el grano al pueblo, se ocupaba de las ventas y administraba las finanzas de la hacienda. Gracias a su iniciativa comercial, los hermanos lograron adquirir su propia recua de mulas para acarrear los sacos hasta el puerto de Ponce, lo que significaba un ahorro considerable. También tenían su propio almacén en el muelle, donde la mercancía se ponía a buen recaudo durante meses. Orencio solía esperar a que el precio del café subiera en Europa y en Estados Unidos, y lo vendía cuando estaba por los cielos.

Como los hermanos eran gemelos idénticos, a la gente se le hacía difícil saber cuál era cuál. Orencio había salido primero del vientre de su madre, y se consideraba el mayor, por lo que esperaba que todo el mundo lo obedeciera. Era un hombre duro y ambicioso, muy distinto a su hermano. No tenía sensibilidad artística alguna y no le importaba en absoluto la apariencia final del producto, si el café arábigo brillaba o no «como gotas de oro negro en la palma de la mano», como decía Lorenzo con entusiasmo. Obligaba a todo el mundo a trabajar quince horas diarias y pagaba siempre los mismos sueldos.

Lorenzo era un hombre generoso y no estaba de acuerdo con aquella política de su hermano de explotar a los campesinos. Pero le tenía miedo a Orencio y no se atrevía a contradecirlo. Era un hombre tranquilo y no le gustaba pasar malos ratos. Amaba la lectura y sentía un gran respeto por la naturaleza, sobre todo por los árboles, a los cuales veía como deidades inmóviles, aferradas a la tierra para preservarla de la erosión y de los desgastes del tiempo.

—Los árboles son nuestros mejores albaceas —le decía a Abby cuando paseaban juntos por la finca o se sentaban en los bancos que rodeaban la fuente de los delfines—. Retienen la tierra entre sus raíces, y, cuando morimos, nos permiten descansar a su sombra.

Cuando abuelo Lorenzo se trajo a Abby a vivir con él en la casa de la finca, pensó que Orencio se mudaría a otra parte, pero Orencio se hizo el desentendido. No cambió de sitio su cama ni su ropero. La única privacidad que le concedió a los novios fue irse a comer a la cocina y dejarlos solos a la hora de la cena. Se bañaba en la cisterna de cemento donde se lavaba el café, en vez de en la bañera esmaltada con pata de grifo que Lorenzo mandó a traer de Yauco después de la boda. Lorenzo no se atrevía a pedirle a Orencio que se mudara, aunque Abby lo hubiese preferido. No había ninguna casa cercana donde hospedarse, y Orencio hubiese tenido que vivir en una de las chozas de los campesinos o viajar todos los días hasta Adjuntas, lo que significaba un viaje de dos horas ida y vuelta.

Abby era feliz con su marido. Se entendían a las mil maravillas y compartían los mismos gustos. La casa era muy agradable. Tenía dos pisos: en el primero estaba el depósito, donde se guardaban los sacos de café que ya estaban listos para venderse; y en el segundo estaba la vivienda. Lorenzo vivía con un lujo moderado. En la casa se comía en platos de porcelana, se usaban cubiertos de plata y se dormía en sábanas de hilo. Había un piano Pleyel vertical y una biblioteca nutrida, con las novelas de Balzac y de George Sand en hermosas ediciones de tapa de cuero. La casa tenía un balcón de balaustres a la vuelta y redonda, que Abby juraba que era un balcón musical, porque en las noches de viento silbaba sus canciones favoritas como si fuera una armónica. Abby se pasaba casi todo el día en ese balcón, en donde hacía fresco y se podía divisar el magnífico panorama de las montañas. Los árboles de yagrumo parecían saludarla todas las mañanas, agitando sus hojas plateadas en la distancia; y en las tardes los tulipanes de la India encendían, en su honor, sus llamas rojas, como enormes candelabros verdes.

Al llegar a la finca, Abby pensó que podría dedicarse a leer y a tocar el piano, pero no fue así. Descubrió que, cerca de la casa, había un barrio muy pobre, Los Caracoles, en donde vivían muchos de los campesinos que trabajaban en la finca. Las casas estaban hechas con maderas de cajones de refrescos y pencas de yagua, y no tenían facilidades sanitarias. La gente se bañaba en el río y hacía sus necesidades en el platanal detrás del caserío. Los plátanos que se daban allí eran los más grandes y gordos que Abby había visto en su vida, pero cuando se enteró por qué eran tan exuberantes, rehusó comerlos. Le pidió a Lorenzo que le construyera unas letrinas a los trabajadores, pero Orencio se negó a hacerlo.

Los niños corrían por allí desnudos, con las barrigas hinchadas de lombrices. Abby empezó a ir muy amenudo a Los Caracoles. Les daba clases de higiene a los niños: debían bañarse todos los días, lavarse la cara y las manos antes de comer, y frotarse la cabeza con creosota para que se les murieran los piojos y las liendres. Había una escuela metodista cerca, y Abby conoció al misionero —un joven rubio de Iowa— que les enseñaba a los niños a leer y a escribir. Un día que Lorenzo fue al pueblo, le pidió que le comprara tres vacas y que se las trajera a la finca. Desde entonces, ella les mandaba leche fresca a los niños del vecindario.

Un domingo en la mañana, Abby estaba sentada junto a su esposo en el balcón cuando el capataz de la finca subió a hablar con Lorenzo. Los jóvenes llevaban un año de casados, y Abby estaba encinta de papá.

—Hace una semana que no para de llover, y el río ha acumulado mucho bagazo —dijo el capataz—. Si no se limpia pronto, puede haber una inundación, y el fango ahogará los cafetos recién sembrados en la parte baja de la finca. Si quiere, puedo dinamitar el talud en lugar de esperar a que los campesinos lo desalojen mañana. Pero tiene que pagarme por ello, porque hoy es domingo y el trabajo es peligroso.

Lorenzo estuvo de acuerdo. El capataz tendría que subirse al dique de basura para dejar allí la carga de dinamita, y la corriente podía arrastrarlo.

El capataz se internó por el bosque, y, al rato, se escuchó una explosión: el talud voló en pedazos y el embalse de agua se deshizo. Siguió lloviendo todo el resto del día; una avalancha de nubes negras parecía a punto de derrumbarse sobre la hacienda. El agua caía como una peinilla de acero sobre los cafetos, arrancándole los granos rojos antes de tiempo. Lorenzo y Abby almorzaron y se fueron a dormir la siesta; lo único que se podía hacer con aquel mal tiempo. A las cuatro de la tarde estaba tan oscuro que parecían las seis. Los jóvenes estaban descansando todavía mientras Orencio sacaba cuentas en el balcón, cuando el capataz subió las escaleras y se le acercó.

—Ya está hecho el trabajo; págueme lo acordado —le dijo, pensando que se trataba de Lorenzo.

Pero Orencio no sabía de lo que el capataz le estaba hablando.

—Usted estaba cumpliendo con su deber —le contestó—. Si hubiésemos esperado hasta mañana para dinamitar el embalse, no habríamos tenido que pagarle nada.

El capataz se marchó furioso. Se quedó despierto toda la noche bebiendo ron, y al día siguiente regresó a la casa con el machete en la mano. Subió al balcón; había dejado de llover, y Abby y Lorenzo estaban desayunando juntos. Lorenzo le sonrió al capataz y empezó a sacar la cartera de la chaqueta para pagarle, cuando el machete salió volando y lo golpeó en un lado de la cabeza. Abby estaba sentada a su lado, sirviéndole una taza de café, y un arco de sangre color escarlata salpicó el blando montículo de su vientre. Por unos segundos que le parecieron eternos, vio lo que vio y escuchó lo que escuchó, sin entender nada. Entonces, un grito desconsolado desgarró el majestuoso silencio de los montes.

Abuela hizo enterrar a abuelo en el pequeño bosque de caobas y robles vecino a la fuente de los delfines, y se encerró a llorar en su cuarto. Estaba tan afligida que ni intentó descubrir las circunstancias que provocaron el asesinato de su marido. Orencio le dijo que el capataz estaba borracho, y por eso había agredido a Lorenzo. Abby permaneció aturdida durante varias semanas y no se ocupó de los asuntos legales que reclamaban su atención. Lorenzo no había escrito un testamento después de la boda, y Orencio quedó como su albacea. Al mes, le entregó a Abby sus tres vacas, le dio el título de las cinco cuerdas de bosque que rodeaban la tumba y la botó de la casa. Se quedó con toda la hacienda.

Abby se mudó a San Juan, pero no quiso regresar a vivir con su padre. Alquiló una casa pequeña en Trastalleres, y allí nació Carlos —mi padre— en 1904. Yo también nací allí veintiocho años después, y recuerdo claramente cómo era la casa. Tenía un techo de planchas de zinc que se calentaba como una sartén en el verano, un pequeño balcón de balaustres y las paredes pintadas color verde helecho. Cuando llovía era maravilloso dormir allí, era como estar debajo de una catarata. Abby quería que fuera así, porque le recordaba su vida en las montañas de Adjuntas.

La casa quedaba detrás de las fundiciones de la ciudad; un área que no estaba urbanizada todavía, y había suficiente espacio para hacerle un corral a los animales. Abby montó un negocio de quesos envueltos en hojas de plátano, y los vendía de casa en casa. Luego empezó a hacer unos postres exquisitos, los cuales vendía semanalmente a los restaurantes de más categoría en San Juan. Sus especialidades eran brazo gitano, besitos de coco e isla flotante, y una natilla deliciosa con una bola de merengue de guayaba flotando encima que bautizó Delicia de Puerto Rico. Le fue tan bien que pronto alquiló los servicios de varias ayudantas.

Abby crió a Carlos lo mejor que pudo. No pudo darle una educación universitaria pero lo envió a una escuela de artesanos, en donde se hizo un excelente ebanista. Más tarde lo ayudó a montar un taller de muebles en un rancho de madera vecino a la casa. Allí papá tallaba sus hermosas piezas con las maderas del terreno de Adjuntas que había heredado de su padre.

• • •

Tío Orencio murió tranquilamente en su cama cuando yo tenía tres años. Lo recuerdo claramente porque fue el mismo día que abuela Gabriela viajó a Ponce, a obligar a mamá a que abortara.

Nunca conocí al tío Orencio, pero me siento como si lo hubiese conocido toda la vida. Me lo imaginaba cada vez que un camión lleno de troncos de árboles llegaba de la montaña. Los troncos parecían miembros humanos, y yo me imaginaba que eran sus restos, picados por el hacha del carnicero. Ése era el destino que el sinvergüenza se merecía, por habernos robado nuestra herencia.

Quintín

Durante los días que siguieron al descubrimiento del manuscrito Quintín pudo confirmar sus sospechas de que Isabel estaba escribiendo una novela. Cuando llamaba por teléfono a la casa desde la oficina, la empleada siempre le decía que Isabel estaba encerrada en el estudio y había dado órdenes de que no la interrumpieran. Se pasaba el día escribiendo, y casi nunca salía de la casa; dejó de visitar a sus amigas, y ya no recogía la ropa en la tintorería ni hacía la compra en el mercado. En vez de hacer los mandados, enviaba a una de las sirvientas.

Quintín estaba muy preocupado. Quería saber qué más había escrito Isabel, pero aunque rebuscó más de una vez detrás del diccionario, no encontró nada nuevo. El cartapacio color crema estaba intacto, tal y como él lo había dejado la semana anterior. Quizás Isabel no se había dado cuenta de que alguien lo estaba leyendo.

Quintín se preguntaba por qué Isabel se habría decidido a escribir su novela en aquellos momentos. ¿Querría escapar a la realidad? ¿Se estaría desahogando de un resentimiento secreto? Nunca se le había ocurrido que Isabel pudiese estar infeliz en su matrimonio. Eran una pareja bien acoplada, a pesar de las tragedias que habían tenido que enfrentar juntos durante los últimos años. Reconocía que era algo estricto con su familia y en su negocio; tenía que serlo, era la única manera de tener éxito en la vida. Había fundado Gourmet Imports sin un centavo en el bolsillo y con sus hermanos todos en contra. Pero se había mantenido fiel a sus principios. Creía que la verdad y la mentira, el bien y el mal, existían de veras en el mundo.

Isabel no pensaba igual que él. «Nada es verdad, nada es mentira, todo es según el color del cristal con que se mira», era uno de sus refranes favoritos, que había leído en un libro de un famoso escritor español. Ésa era la diferencia fundamental entre ellos, entre el historiador y el escritor.

Isabel se había vuelto cada vez más inaccesible. Cuando Quintín regresaba de la oficina en la tarde, casi no le hablaba. Antes, cenaban alrededor de las siete, y después se sentaban en la terraza a conversar o a leer un rato, disfrutando de la mutua compañía. Una vez por semana iban al cine o visitaban a algunos amigos. Últimamente, sin embargo, Isabel insistía que estaba cansada y que no tenía ganas de ir a ninguna parte. Por lo general, se acostaba temprano o se encerraba en el estudio a escribir. Cuando Quintín le preguntaba si estaba molesta por algo, bajaba los ojos y le respondía que no.

Una semana después, Quintín se volvió a despertar al amanecer. Afuera estaba oscuro todavía; Isabel seguía durmiendo. Ninguno de los sirvientes había subido a la casa. Quintín entró a la cocina y encendió la luz. Necesitaba buscar una receta para el ponche de ron que se serviría en la fiesta de Gourmet Imports esa tarde; siempre le daba a sus empleados una fiesta el cuatro de julio, para reforzar sus sentimientos patrióticos. Sacó el Fannie Merritt Farmers Boston Cooking School Cook Book del anaquel de los libros de cocina, y se llevó una sorpresa. Un segundo cartapacio color crema cayó a sus pies. Quintín lo recogió del piso y lo volvió a esconder rápidamente detrás de los libros de cocina. Había escuchado a Eulodia subiendo las escaleras del sótano, y no quería despertar sospechas. Se puso a copiar la receta del ponche de ron como si nada hubiese sucedido. Desayunó solo, se bañó, se vistió y se fue para la oficina. Esa noche, sin embargo, se levantó a las dos de la mañana y entró sigilosamente en la cocina, en busca del manuscrito. Se sentó en uno de los taburetes y empezó a leer. Esta vez el manuscrito se intitulaba «Tercera parte. Las raíces de la familia», e incluía sólo tres capítulos.

Quintín leyó con asombro lo que Isabel había escrito en el capítulo noveno, donde describía sus relaciones amorosas en Ponce, cuando estaban comprometidos. Le estaba dando a conocer al mundo secretos que él no le hubiese confiado a nadie. ¡Cómo podía ser tan irresponsable! Su descripción desvergonzada de cuando hacían el amor en el jardín de la casa de la calle Aurora y luego en el hotel Roosevelt lo hizo sonrojarse como una niña. Se sintió traicionado y abo-

chomado. Sólo pensar lo que la gente diría si aquel manuscrito se publicaba hacía que la cabeza le diera vueltas. Aunque hubiesen pasado veintiocho años, Isabel no tenía derecho a revelar aquellos secretos.

Quintín encontraba el manuscrito cada vez menos divertido. No quería seguir leyéndolo. Se levantó del taburete y fue hasta el fregadero, dispuesto a quemar los papeles. Pero cuando encendió el fósforo y arrimó la llama a la primera página, la curiosidad lo venció.

Apagó el cerillo y volvió a sentarse con las cuartillas en la mano; respiró profundamente. Tenía que coger las cosas con más calma, controlar su maldito genio. Decidió que la mejor manera de leer aquello era establecer una distancia con el texto, adoptar una actitud valorativa. Leería el manuscrito como si fuese un crítico literario; después de todo la literatura, como la historia, tenía que estar bien escrita. El estilo era enormemente importante, así como el hábil uso de los recursos literarios.

Nunca le habían gustado las novelas, pero tenía que reconocer que la de Isabel lo tenía atornillado al borde de la silla. Le repelía y, a la vez, le fascinaba leer sobre su familia y sobre sí mismo. Su vida le parecía más interesante de lo que en realidad era; el texto le daba profundidad y sustancia. Pero también era humillante ver la historia de sus seres queridos trastocada de aquella manera.

El manuscrito tenía sus buenos puntos. El primer capítulo, en el que se describía la llegada de Buenaventura a San Juan, por ejemplo, fluía bien, aunque era demasiado histórico, a causa de la cantidad de datos que él le había suministrado. En estos últimos tres capítulos, sin embargo, Isabel se aventuraba más por su cuenta y lograba un desarrollo más complejo de los personajes.

Frases melodramáticas como «Al conocer a Quintín, mi corazón cayó en un torbellino irresistible, que me arrastró al fondo de mí misma», arruinaban la armonía del todo. Eran jibarerías de mal gusto. Peor aún, era la manera como el manuscrito estaba plagado de prejuicios feministas. Isabel quería estar a tono con los tiempos, pero sus esfuerzos eran patéticos. El feminismo era la maldición del siglo XX. ¡Hasta en Gourmet Imports había hoy más féminas empleadas que varones! Aunque, claro está, nunca en puestos donde se tomaban decisiones importantes. Los contables de Gourmet Imports eran todas mujeres, hasta su contralor, una mulata buena hembra y rebosante de energía que trabajaba hasta tarde en las noches, era una mujer. Pero los supervisores de venta, el administrador de personal y el vicepresidente eran todos hombres.

Y no sólo en Gourmet Imports las cosas estaban cambiando. Lo mismo pasaba en otros negocios de la Isla; sus amigos del Sports Club de San Juan se lo confirmaban. En Barney and Shearson; en el National City Bank; en el Green Valley Real Estate.

¡Hasta el Gobierno estaba hoy asediado por las faldas! La secretaria de Educación era una mujer, la secretaria de Acueductos y Alcantarillados también. Quintín era un hombre justo; pensaba que las mujeres deberían ejercer los mismos derechos que los hombres. Pero también pensaba que los varones tenían una fortaleza innata que era indispensable para el liderato. ¿Estaría escribiendo Isabel la novela para demostrarle que en la casa de la laguna ella estaba al timón? En el mundo de la ficción, ella imponía sus opiniones, tomaba las decisiones, creaba y destruía personajes (¡y reputaciones!) como le daba la gana. Pero en el mundo real no podía ser así. Como jefe de familia, su deber era permanecer a la cabeza del hogar.

Isabel no era ni discreta ni diplomática en su novela. Le gustaba jugar con los dados cargados, y los villanos eran siempre los hombres. Los conquistadores españoles, por ejemplo, eran unos buitres sedientos de sangre; Buenaventura, un espía y un zafio; Milan Pavel, un borrachón irredento; don Vincenzo Antonsanti, el abuelo de Isabel, un semental que vivía para la cosa entre las piernas; Orencio Monfort, su tío abuelo, había sido el responsable del asesinato de su abuelo Lorenzo. Que no jodiera. En el mundo había hombres buenos y malos, y lo mismo pasaba con las mujeres.

A las mujeres, por el contrario, las pintaba siempre como víctimas. Su historia de cómo doña Gabriela Antonsanti —su abuela materna— había obligado a Carmita a abortar era una anécdota terrible. Quintín nunca la había oído antes y le dejó un mal sabor en la boca. Era un hombre piadoso y el aborto era un pecado mortal. Ver a su madre en aquel estado debió de ser traumático para Isabel de niña, y le pareció increíble que nunca se lo contara. Le cogió pena, pero eso no le daba derecho a sacar del armario los esqueletos de la familia.

La historia de doña Valentina Monfort estaba lamentable-
mente mal escrita. Parecía un capítulo escrito por Corín Tellado, de
tan empalagoso y pueril. Si Isabel contara lo que le pasó en realidad
a su abuela tendría un capítulo mucho más interesante, pensó Quin-
tín. Doña Valentina no era ninguna santa. La conocí personal-
mente cuando visitaba a Isabel en la casa de la calle Aurora, y nunca
estuvimos de acuerdo en nada.

Siempre es más lucrativo escribir sobre los malos que sobre los
buenos, como sabía muy bien Dante cuando escribió el Infierno, *un*
best-séller instantáneo que ha durado siglos, mientras que el Paraíso
no lo lee nadie. Aun así, los comerciantes de Florencia debieron de ser
una gente muy culta para que les gustara el Infierno, *muy distintos*
a la mayoría de los hombres de negocio de hoy en San Juan, que son
tan ignorantes. Si fuese yo quien estuviese escribiendo esta novela,
hubiese seguido el ejemplo de Dante y exploraría algunos de los as-
pectos más polémicos de la vida de la abuela de Isabel.

De hecho, nada más que por mortificarla, así lo haría. Le pro-
baría a Isabel que podía escribir su propia versión de la historia, que
podría parecerle una falsificación de los hechos, pero que él sabía muy
bien era la verdadera. Darle una cucharada de su propio purgante,
a ver cómo reaccionaba. Que leyera las proezas de su propia fami-
lia, que no era exactamente el santoral de los evangelios. Quintín se
quedó pensando unos momentos. Entonces, abrió la gaveta del gabi-
nete de la cocina, sacó una libreta y un lápiz y empezó a escribir como
un desesperado:

«Isabel ha heredado muchos de los rasgos de doña Valentina
Monfort. De ella le vienen sus aspiraciones de redención social y sus
sueños de independencia para la Isla. Los corsos tienen la personali-
dad típica del colonizado; son quisquillosos y susceptibles. Tienen un
complejo de inferioridad que se los come por dentro. Muchos de los
independentistas son descendientes de corsos. Durante el siglo XIX,
miles de éstos emigraron y se establecieron en las montañas escarpa-
das del interior, donde nadie se había atrevido a aventurarse hasta
entonces. Como eran gentes trabajadoras, desarrollaron allí una in-
dustria cafetalera floreciente, explotando a los campesinos.

»Valentina Monfort es el ejemplo clásico del síndrome naciona-
lista corso. En cuanto se casó con Lorenzo Monfort, uno de los geme-
los Monfort oriundos de Adjuntas, se vio a sí misma como una jaco-

bina, bonete rojo en la cabeza y guadaña amolada en la mano, cantando La Carmañola *por jaldas y por valles. Durante el año y medio que Valentina residió en la San Antonio, fundó el Partido Nacionalista en el barrio Caracoles, vecino a la hacienda. Era una verdadera arpía; metía candela por donde quiera. Daba discursos, recogía fondos, azuzaba a la huelga y, en poco tiempo, tenía el barrio hecho un hervidero de inconformistas.*

»*Los gemelos Monfort eran famosos en Adjuntas por el temperamento violento de su familia. Uno de mis vendedores, Eduardo Purcell, me contó su historia una vez. Purcell visitaba mensualmente el colmado de don Alvarado, para reabastecerlo de provisiones —por lo general, arroz, habichuelas y bacalao, porque era un negocio muy humilde—, y una vez don Alvarado mismo le habló del asunto.*

»*Don Alvarado es un hombre de fiar. Ha sido nuestro cliente más de veinte años, y siempre ha pagado sus cuentas religiosamente. Debe de haber más de mil friquitines como el de don Alvarado, dispersos por toda la Isla; son casi una institución entre nosotros. Prendidos a la orilla de la carretera, casi siempre aparecen al doblar la última curva antes de llegar al pueblo, con su árbol de mango, su banco de madera desvencijado enfrente, su racimo de plátanos verdes colgado del marco de la puerta y su escaparate de vidrio grasiento y cubierto de moscas con los restos de un lechón asado. Por lo general, lo único que queda es la cabeza suspendida sobre un montón de cenizas. Y junto al colmado el eterno cafetín, con sus botellas de ron sobre una tablilla, dos o tres mesas cubiertas de manteles de hule y un letrerito que dice «Prohibido hablar de política o de religión» o «No se permiten ni perros ni mujeres», clavado sobre la entrada.*

»*La verdadera historia de los gemelos Monfort fue como sigue: Lorenzo y Orencio eran igualmente ambiciosos y avaros. La hacienda de café San Antonio, que desapareció a comienzos de siglo, no era ninguna tacita de oro, como la describe Isabel en su relato, sino un rancho destartalado en la montaña. Para llegar allí no había camino, sólo un trillo espantoso y lleno de hoyos. Los hermanos no vivían en una mansión de dos plantas con balcón a la vuelta y redonda, sino en un cobertizo de techo de paja, que habían construido ellos mismos. El lugar era poco más que una choza. El piso era de tierra y las paredes de tablones, que los hermanos mismos habían aserrado de*

*los árboles. No tenía facilidades sanitarias. Había que bañarse en el
río y usar una letrina en la parte de atrás de la casa, de manera que si
llovía uno se empapaba. No había más muebles que unos cajones de
refrescos dispersos por el suelo. Los hermanos dormían en idénticos
catres de hierro y compartían el único espacio de la casa. Una sábana
sucia colgaba del techo y dividía la habitación en dos: de un lado vivía Lorenzo y del otro, Orencio.*

»*Los Monfort defendían celosamente su intimidad. La finca
era perfecta para los negocios clandestinos: el ron cañita destilado en
alambiques, el alijo del ganado robado, y, en épocas de efervescencia
política (las revueltas independentistas que periódicamente sacuden
a la Isla), el contrabando y almacenaje de armas. Se odiaban a
muerte, pero lograron establecer una tregua precaria para sobrevivir. Desgraciadamente, heredaron la propiedad por partes iguales,
con idénticas cuerdas de tierra. Ninguno de los dos tenía suficiente
dinero para comprarle al otro, y nadie hubiese estado tan loco como
para comprar toda la finca.*

»*Los Monfort heredaron el mismo genio endiablado. Los dos
eran pelirrojos —Isabel es pelirroja también, por cierto, aunque hasta que descubrí este manuscrito nunca sospeché que tenía un carácter
violento—, y en las noches, sus cabelleras ardían sobre las almohadas
como idénticas hogueras de resentimiento. Cuando un día Lorenzo
llegó a la casa con Valentina montada sobre la grupa de su caballo, la
tregua entre los hermanos dejó de existir.*

»*El matrimonio tomó a Orencio por sorpresa. Su hermano menor era un mentecato. Nunca lo hubiese creído capaz de convencer a
una joven tan hermosa como aquélla a que lo siguiera hasta las sínsoras, a menos de que ella tuviera sus propias razones. Y, antes de
mucho tiempo, Orencio creyó descubrir cuáles eran.*

»*Orencio mudó su catre al otro extremo del galpón, lo más lejos
posible de la mugrosa sábana que servía de mampara y lo separaba
de los fogosos amantes. Las noches eran una tortura. Los quejidos y
los suspiros de la pareja se prolongaban durante horas, y Orencio no
podía sacar su catre afuera porque casi siempre llovía. Un día, Lorenzo se fue de viaje y Orencio se quedó en la finca. Hacía calor y,
después del almuerzo, Valentina se quitó la ropa y se acostó en la
cama para dormir la siesta. No soplaba ni gota de brisa, y el mosquitero era una nube inmóvil que se confundía con el vaho que le ema-*

naba del cuerpo. Orencio se introdujo bajo sus pliegues. Amodorrada por el calor y el sueño, Valentina permaneció con los ojos cerrados. El roce áspero de las manos sobre sus pechos, los brazos cubiertos de vellos rojos que enlazaron su cintura eran iguales a los de Lorenzo. Valentina juró que no se dio cuenta de la diferencia.

»Cuando Lorenzo regresó de su viaje, Orencio le exigió que compartieran a Valentina, porque ella se le había entregado. Lorenzo tuvo miedo y no se atrevió a decir que no. Si se peleaba con su hermano, tendría que abandonar la finca y perdería su mitad de la propiedad. Se estableció un tregua precaria que duró algunos meses, pero Valentina no podía ocultar su predilección por Lorenzo. Era su esposo legítimo y lo quería, a pesar de que Lorenzo la había traicionado al aceptar aquel arreglo impío. En las noches, cuando Orencio se le metía en la cama, en vez de responder a sus caricias, Valentina se hacía la dormida y su cuerpo flotaba como un tronco insensible por la corriente del sueño. Fue por esa razón que Orencio le ordenó al capataz de la finca que le cortara la cabeza a su hermano, y no por la supuesta confusión de identidades que dice Isabel.»

Quintín casi había terminado de escribir su historia cuando vio encenderse una luz por debajo de la puerta de la cocina. Arrancó, rápidamente, las páginas que había escrito en la libreta y se las metió en el bolsillo de la bata; volvió a colocar el manuscrito en su cartapacio crema y lo escondió detrás del Boston Cooking School Book.

CUARTA PARTE

EL CHALET DE ROSEVILLE

12

Día de Acción de Gracias, 1936

Quintín tenía siete años, y todavía se acuerda claramente de aquel día. Don Esteban Rosich no había muerto, y le encantaba que la familia se reuniera a comer pavo en su casa. Don Esteban importaba todos los años un pavo vivo en uno de sus barcos y lo engordaba él mismo durante varios meses hasta que le llegaba la hora. Tenía casi noventa años y era un anciano muy alegre; Quintín era su bisnieto preferido. Aquel día insistió en que el niño comiera en la mesa con los adultos en vez de en la cocina, donde la niñera siempre le daba la comida. Al final de la cena, la familia salió a la terraza, donde *Madeleine* sirvió su tarta de manzana *à la mode*. Quintín se sentó a comerse el postre en el sillón Thonet de su abuelo, que parecía una bicicleta de aros muy grandes.

Quintín era locura con las tartas de manzana de su abuela. Nadie las hacía como ella; la corteza era tan liviana que se derretía en la boca antes de cerrarla. Por eso, le gustaba visitar a sus abuelos, y, además, porque le encantaba bajar como una centella en trineo por la colina cubierta de grama que quedaba detrás de la casa.

La casa de sus abuelos en Roseville era la única en donde se celebraba el día de Acción de Gracias (Thanksgiving). Sus amigos lo pronunciaban San Gibin, como si se tratara de un santo poco conocido. Cuando años después en las casas de sus amigos se empezó a celebrar San Gibin, buscaban una gallina grande y la rellenaban de panapén y lerenes, porque en la Isla no había pavos.

131

Quintín terminó de comerse su tarta y empezó a mecerse lentamente en el sillón. Los adultos hablaban animadamente entre sí y se olvidaron de él. Arístides y Buenaventura nunca estaban de acuerdo en la política, y acababan peleando antes de terminar el coñac y los cigarros.

—Los autonomistas son unos independentistas tapados —le dijo Arístides a Buenaventura—. Andan siempre hilando filo, cantando las virtudes de la independencia, pero sin soltar la ubre de Estados Unidos. Vamos a ver lo que hacen cuando el senador Millard Tydings someta su nuevo proyecto al Congreso, exigiendo la independencia para la Isla. —Tydings era un senador de Maryland, amigo personal del gobernador Blanton Winship, quien pensaba que la Isla debería hacerse independiente en cuestión de meses para evitar que el movimiento nacionalista desembocara en un baño de sangre.

—¡Perro que ladra no muerde! —comentó don Esteban—. Aquí no va a pasar nada. Los nacionalistas están tratando de asustar a los americanos para que nos den la independencia, y el senador Tydings cayó en la trampa. Pero no es más que propaganda, y los demás senadores lo saben.

El gobernador Winship estaba furioso por culpa del último tiroteo nacionalista, durante el cual varios agentes de la policía habían muerto asesinados. Pedro Albizu Campos, el hijo de un hacendado de Ponce y una mujer mulata, era, sin duda, un fenómeno interesante. Nadie entendía cómo había logrado estudiar leyes en Harvard, en donde combinó sus estudios legales con los de ciencia militar, y se graduó a la cabeza de su clase. Allí se hizo amigo de los nacionalistas irlandeses, quienes acababan de lograr su independencia en 1916 gracias a los jóvenes martirizados durante el Domingo de Pascua.

Albizu regresó a Puerto Rico y fundó el Partido Nacionalista en 1932. En Puerto Rico la gente se moría de hambre, pero no había mártires. Albizu decidió que había que crearlos. Empezó un ataque frontal contra el imperialismo americano para provocar un bautismo de sangre. Se nombró a sí mismo presidente de la República y empezó a arengar a las masas, azuzándolas a «luchar contra el invasor», con palos y piedras si fuera necesario. Cuatro años después, en 1936, lo arrestaron y le celebraron juicio. Lo encontraron culpable de sedición y fue a parar a la cárcel.

—*Nombrare il diavolo e vederlo venire sono due cose molto diverse*. No es lo mismo llamar al diablo que verlo venir —añadió sentenciosamente don Esteban—. Los habitantes de esta isla recibieron un privilegio enorme cuando los hicieron ciudadanos norteamericanos hace diecinueve años. Deberían peregrinar de rodillas hasta Washington, a rogarle al Senado que les den la estadidad.

—Yo no le tengo tanto miedo a Albizu Campos como a Luis Muñoz Marín —dijo Arístides—. Ese joven es un listo; no pretende llevarnos a la independencia con balas, como Albizu, sino a lo sucu sumucu, de una forma taimada. Primero quiere lograr la autonomía y, más tarde, la República nacionalista. En Irlanda sucedió lo mismo hace catorce años; no hay nada nuevo bajo el sol.

Buenaventura le echaba la culpa al presidente Franklin Delano Roosevelt por el impulso que estaba cogiendo la independencia en la Isla.

—La culpa la tiene ese cojo del diablo, por querernos hacer pagar contribuciones. Ha hecho que las opiniones estén más divididas que nunca. En Valdeverdeja nunca pagamos contribuciones y siempre hemos tenido dinero suficiente para las obras públicas. Yo prefiero no ser americano si voy a tener que pagar contribuciones. Mejor nos quedamos como estamos, ¿no les parece? —Cada vez que mencionaba su pueblo natal, Buenaventura se ponía nostálgico y le daba varias chupadas profundas a su cigarro.

Don Esteban no le respondió. No quería discutir sobre Roosevelt con Buenaventura. Su padre había sido un obrero anarquista en las canteras de mármol en Bérgamo, y sentía una admiración enorme por el presidente Roosevelt, precisamente porque había obligado a todo el mundo a pagar contribuciones. A pesar de sus quejas, Buenaventura no pagaba casi nada porque lo vendía todo de contado y nunca declaraba su verdadero ingreso.

—No veo por qué tenemos que entregarles a esos mequetrefes en la legislatura una tercera parte del dinero que nos ganamos honestamente con el sudor de nuestras frentes —añadió Buenaventura, sacudiendo la ceniza de su cigarro dentro de un tiesto sembrado de arecas.

—Bueno, por ahora no hay que preocuparse por la independencia —dijo Arístides en un tono conciliatorio—. Tengo varios amigos republicanos en Washington que me aseguran que el proyecto Tydings no va para ninguna parte.

Rebeca, sentada en un sillón junto a Buenaventura, se mecía bebiéndose una limonada, pensando en las musarañas. Madeleine, sin embargo, estaba cada vez más despierta. Se sacó el pañuelo de la manga y empezó a secarse el sudor de la frente.

—¡Ay de ustedes si les quitan la ciudadanía americana! —le dijo a Buenaventura en inglés—. Aquí reinará el caos y nadie sabrá qué hacer. Papá y yo no podríamos seguir viviendo en la Isla.

Don Esteban miró preocupado a su hija. Madeleine tenía razón. Si la Isla se convertía en una república, tendrían que regresarse a vivir en Boston. De todos modos, no valía la pena pensar en eso. La política era un asunto complicado; lo aconsejable era mantenerse al margen y no llamar la atención. En todo caso, su yerno Arístides estaba allí para protegerlos si estallaba la guerra. Como era un oficial de la policía, siempre se ocupaba de ellos y su casa estaba bien vigilada.

Don Esteban miró con cariño a su nieta, que casi se había quedado dormida al fondo del sillón. Tenía cuatro meses de embarazo y ya se le notaba. No le había gustado en lo absoluto la golpiza que Buenaventura le había propinado hacía algún tiempo. La fue a visitar poco después a la casa y se quedó horrorizado. Rebeca tenía el ojo derecho morado como un caimito y la cara toda magullada. Insistió en que se viniera a vivir otra vez con su familia, pero Rebeca no quiso. A las pocas semanas, salió encinta de Ignacio.

—Sarna con gusto no pica, y si pica no mortifica —le dijo Buenaventura a don Esteban guiñándole un ojo, mientras señalaba a su nieta. Rosich no dijo nada, pero frunció el ceño y hundió la cabeza en su chaquetón de hilo. Arístides tampoco se había atrevido a intervenir en aquel asunto. Si Rebeca era feliz, había que dejarla en paz y tener fe en que la Divina Providencia velaría por ella.

Era como si Rebeca quisiera probarle al mundo que tenía más fuerza de voluntad que nadie. Se puede ser obediente y rebelde a la misma vez; la obediencia más perfecta es, a veces, la rebelión más perfecta, y la metamorfosis de Rebeca fue algo por el estilo. Antes veneraba a Oscar Wilde y a Isadora Duncan, y les rendía culto en sus poemas y en sus bailes. Ahora iba a misa todos los días y le rezaba a los santos en el altar. Era ese tipo de persona que si el Papa le dice que tiene que ser generosa con los pobres para salvarse, al día siguiente regala hasta los zapatos que lleva puestos y sigue caminando descalza.

Rebeca parecía que estuviese actuando un papel. En el curso de sus treinta y cinco años había representado varios papeles, y siempre se entregaba a ellos con igual intensidad. Ahora, estaba decidida a ser la esposa perfecta. La laboriosidad era la virtud suprema de la mujer casada. La casa de la laguna tenía que estar impecable, y el pernicioso desaliento no debía colarse jamás por sus rendijas; todo el mundo tenía que estar alegre. El orden y la disciplina eran muy importantes. Un día, Rebeca bajó a los sótanos y preguntó si los sirvientes estaban casados. Cuando se enteró que Petra y Brambón llevaban años viviendo amancebados, se escandalizó. Le compró a Petra un traje de novia y le alquiló un frac a Brambón; les buscó una licencia de matrimonio y les ordenó que fueran a ver al juez. Petra y Brambón se echaron a reír como niños, e hicieron todo lo que Rebeca les mandó como si se tratara de un juego. Se bebieron el champán, se comieron el bizcocho, le dieron las gracias por el traje y los regalos, pero, a la mañana siguiente, fueron de nuevo donde el magistrado y le pidieron que los divorciara. Se habían arrejuntado en una ceremonia vodú en Guayama hacía mucho tiempo, le dijeron, y tenían miedo de que el matrimonio les echara el mal de ojo.

Cuando Ignacio nació, Rebeca no dejó que nadie lo cuidara. Ella misma lo bañaba, lo vestía y le daba de comer. Empezó a ignorar al pobre Quintín otra vez. Quintín había nacido en la casa de Pavel y le recordaba a Rebeca una época feliz de su vida que prefería olvidar. Bajaba entonces al sótano a beber agua del manantial y escribía poemas todos los días. Pero desde la golpiza de Buenaventura no había vuelto a pisar el sótano y no había escrito un solo poema más. Quintín estaba siempre con Petra y Eulodia en la cocina. Lo sentaban sobre un taburete y le entregaban un tazón lleno de gandules para que los desgranara, o lo ponían a darle manigueta a la heladera.

Aquel día de Acción de Gracias de 1936 acabó mal, según me contó Quintín. Después del discurso de don Esteban sobre las bendiciones de la ciudadanía norteamericana, Buenaventura se refugió en un silencio hosco. Cuando iban saliendo por la puerta, sin embargo, decidió ponerle una banderilla a don Esteban.

—Me he enterado de que este año los beneficios de la Taurus Line en la Isla han sobrepasado por miles de dólares los beneficios de su oficina en Boston. Déjeme felicitarlo; más vale gallina gorda con su pepita que muerta y hablando inglés ¿No es cierto, don Esteban? Americanos, españoles; ¿quién sabe? A este paso, nunca vamos a decidir lo que queremos ser.

Arístides se puso furioso. Estaba seguro de que Buenaventura había querido insultar a don Esteban y a Estados Unidos. Lo agarró por las solapas y lo echó a empellones de la casa.

13

La agonía del coronel Arrigoitia

Cuando Arístides Arrigoitia participaba en las maniobras militares de la policía en San Juan, siempre marchaba en primera fila.
Le encantaba vestirse con su uniforme de gala, con el sable plateado colgado al cinto. Cuando Charles Lindbergh, el «Águila
Blanca», aterrizó en el canódromo de la capital en su *Espíritu
de San Luis*, Arístides fue a recibirlo con su uniforme blanco.

El gobernador Blanton Winship vio a Arístides por primera vez durante el desfile de la policía ese día, en enero de
1937. Se quedó impresionado por sus omoplatos de remero,
que le estiraban la gabardina blanca salpicada de agremanes de
oro sobre los hombros. Un hombre con un cuerpo como aquél
no podía ser una persona cualquiera, se dijo Winship, y le
envió un mensaje para que viniera a verlo a La Fortaleza.

Los gobernadores norteamericanos anteriores a Winship
habían vivido en La Fortaleza de Santa Catalina aislados del
mundo. El lenguaje los incomunicaba, y se les hacía difícil entender los entuertos bizantinos de la política isleña. Para 1936,
había cuatro partidos en «Porto Rico», como los gobernadores
norteamericanos habían bautizado oficialmente a la Isla: el
Partido Unión, que defendía la autonomía; el Partido Estadista Republicano, que defendía la estadidad o integración a
Estados Unidos; el Partido Socialista, afiliado temporeramente
con el Partido Republicano porque el movimiento laboral era
ferozmente pro estadidad, y el Partido Nacionalista, que luchaba por la independencia.

El presidente de Estados Unidos escogía al gobernador, el cual tenía poderes absolutos. Este último elegía, a su vez, al gabinete ejecutivo y a los senadores. A los miembros de la Cámara de Representantes los elegía el pueblo, pero sólo podían aconsejar al primer mandatario, y no tenían garrote político. El puesto de gobernador era una prebenda política, una manzana o mejor aún un mango suculento, entregado en pago de favores de campaña hechos al presidente. El Gabinete Ejecutivo era en realidad quien gobernaba. El gobernador quería pasarlo bien por un par de años, disfrutar del ponche de ron y de los tibios alisios, y pocas veces salía del palacio.

El último gobernador que había intentado serlo de facto había sido Emmet Montgomery Riley. Riley nació en Kansas City, y era de origen humilde. Su padre era granjero y él había trabajado como agente de bienes raíces antes de entrar a la política. Era un menonita reformista, y en cuanto llegó a La Fortaleza mandó a prohibir el ron y las peleas de gallo, y metió a todas las prostitutas en la cárcel. Cuando se enteró de que casi la mitad de la población de la Isla vivía en unión consensual porque la Iglesia cobraba un capital por celebrar una boda, se comunicó con la sede menonita de Kansas City y pidió que le enviaran un destacamento de ministros. Pronto, unos hombrecitos de pantalón negro y camisa blanca empezaron a repechar por los montes del interior, la cabeza cubierta con sombreros de fieltro de ala ancha. Los campesinos estaban encantados con ellos. Los menonitas casaban gratis a todo el mundo, y, de paso, los bautizaban; con cada bautizo, les regalaban una Biblia. Las montañas empezaron a poblarse de iglesias blancas con campanarios de madera en forma de aguja, y los campesinos asistían felices a los servicios sin tener que bajar al pueblo. El éxito de los menonitas enfureció a los católicos, quienes montaron una campaña para desprestigiar a Riley, acusándolo de herético e intolerante. Fueron ellos quienes le pusieron los motes «el Mono Riley» y «la Mula de Kansas City».

Riley no soportaba a la burguesía local. Era de Kansas, el estado de los girasoles, en donde la riqueza del trigo, del ganado y del sorgo se distribuía equitativamente entre los habitantes. Pensaba que vivir en mansiones opulentas, tener un ejército de sirvientes y viajar a Europa todos los años, cuando el noventa por ciento de la población era analfabeta y vivía en la miseria, era una vergüenza. En Kansas no había muchedumbres que deambularan descalzas y en harapos por las montañas mientras los caciques políticos discurseaban desde los balcones de sus mansiones sobre los valores del catolicismo y de la caridad cristiana.

Cada vez que Riley salía en su automóvil a visitar los pueblos del interior, regresaba horrorizado. Durante el tiempo muerto —terminada la cosecha de la caña— los campesinos languidecían de hambre en sus chozas. Riley trató de obligar a los hacendados criollos a que pagaran salarios más altos. También ejerció presión en Washington para que los dueños de la South Puerto Rico Sugar Co. hicieran lo propio, pero todo fue en vano. Los hacendados norteamericanos y los hacendados criollos se aliaron por primera vez en la historia y derrotaron sus medidas. Riley se encerró en La Fortaleza y ya no visitó más las montañas para ayudar a los campesinos. Se hundió en la depresión como en una nube gris. Así lo pintó Francisco Oller en un retrato desgraciadamente hoy perdido, con el pelo más rubio que los campos de Kansas y vestido enteramente de negro como si fuese a asistir a su propio funeral, paseándose por las almenas de La Fortaleza. Unos meses después, el presidente Warren Harding le ordenó a Riley que abandonara la Isla.

El gobernador Blanton Winship era muy diferente del gobernador Riley. Éste era agricultor —tenía una plantación de tabaco en Virginia— y se llevaba a las mil maravillas con los hacendados criollos. Le encantaban las peleas de gallo, los caballos de paso fino, los guineítos verdes en escabeche y el lechón asado en su vara. Aunque era protestante, la gente a menudo le pedía que apadrinara a sus hijos, y por aquella época hubo en la Isla una epidemia de niños bautizados con nombres como Benjamin Franklin Pérez Cometa, o George Washington Cerezo Nieves.

Winship era un admirador de la naturaleza y tenía una fe ciega en que el turismo era la solución a todos los males de Puerto Rico. Para promoverlo, comisionó un hermoso libro de fotografías, el *Álbum de Oro*, el cual pagó con su propio peculio. La Isla quedó capturada en todo su esplendor: sus cataratas de pelo de ángel, sus nubes de algodón dulce, sus playas de polvo de azúcar, sus vacas, las cuales pastaban tranquilamente por las empinadas montañas con dos patas más cortas de un lado que de otro, pero sin un solo campesino hambriento que entristeciera el paisaje. El libro fue un éxito rotundo. Convenció al público norteamericano de que Estados Unidos había hecho una buena inversión al adquirir una Isla que se parecía a Suiza, pero donde todo el mundo hablaba español y comía arroz con habichuelas.

El año 1937 resultó funesto para Puerto Rico. Los nacionalistas intensificaron sus ataques para obligar a Estados Unidos a que le diera la independencia a la Isla. Las bombas estallaban por toda la ciudad y en las noches se escuchaban ráfagas de ametralladoras por las calles, disparadas desde Oldsmobiles negros conducidos por pistoleros nacionalistas. Los estadistas, los autonomistas y los independentistas habían bailado durante tantos años el minué de la política colonial, que cuando Albizu Campos apareció entre ellos, vomitando fuego y azufre como el mismo diablo, no encontraban qué hacer. El gobernador Winship no lograba salir de su asombro.

Winship no hacía nunca las cosas a medias, y cuando se dio cuenta de que la Isla estaba a punto de una revolución, tomó las riendas del gobierno firmemente en la mano. Tanto los nacionalistas como los independentistas fueron puestos en la lista de subversivos, y ambos partidos fueron proscritos.

Winship invitó a Elisha Francis Riggs, su amigo y vecino de Virginia, a que viniera a visitarlo a la Isla. «Hasta ahora, los policías de aquí han sido sólo guardias de palito, dirigiendo el tráfico por las calles soñolientas —le escribió en una carta a Riggs que le envió por valija diplomática—. Hay que entrenar una fuerza paramilitar efectiva, para enfrentarnos a esta caterva de pistoleros y de gángsters. Necesito a alguien de mi absoluta confianza como comandante de la policía para poner mi plan en acción. Sólo tú puedes hacerlo.»

Riggs era coronel y había sido héroe de la primera guerra mundial. Fue jefe de operaciones en la misión de campo en Petrogrado, y era sumamente competente. Aceptó el puesto que Winship le ofreció. Vistió a los agentes de la policía con gorras de dril azul, pistolas Smith & Wesson embaquetadas a la cadera y pantalones grises embutidos en botas de montar.

Empezó a entrenarlos en Fort Buchanan, la nueva base del ejército, en donde aprendieron a usar ametralladoras y todo tipo de artillería liviana. Tanto éxito tuvo Riggs, que un año después de su llegada a la Isla los nacionalistas lo balearon mientras salía de misa en la catedral.

Winship estaba furioso por el asesinato de Riggs, pero no perdió el control. Fue precisamente por aquellos días que vio a Arístides Arrigoitia marchando junto a los demás policías por la avenida Ponce de León, y lo mandó a buscar. Arístides hubiese pasado por un norteamericano en cualquier estado de la Unión. Además, su esposa era de Boston, y su suegro era dueño de la Taurus Line. Winship lo recibió formalmente en su oficina del segundo piso en La Fortaleza, sentado frente al escritorio de caoba maciza que había pertenecido a don Manuel de la Torre y Pando, conde de Mirasol y gobernador de la Isla hacía más de doscientos años. Estaba acompañado por un ayudante y dos guardaespaldas. Arrigoitia se sentó frente a él, con la gorra del uniforme en la mano.

—Los nacionalistas que asesinaron al coronel Riggs andan sueltos todavía —sentenció Winship con una voz ronca—. Lo haré comandante de la policía si me promete atraparlos.

Arístides lo miró sorprendido. Desde hacía cuarenta años los jefes de la policía habían sido todos norteamericanos y, antes de eso, españoles. Nunca había habido un jefe de la policía puertorriqueño. El gobernador le estaba dando una muestra de confianza, y se sintió halagado.

—Los puertorriqueños estamos tan consternados como usted por el asesinato del coronel Riggs —le dijo a Winship—. Nuestro sueño es llegar a ser un estado de la Unión. Por favor, no nos juzgue por este episodio desgraciado.

Winship agradeció el comentario con un movimiento de cabeza, pero no le respondió. Un sirviente le ofreció a Arrigoitia un julepe de menta, y éste tomó el vaso con mano temblorosa.

El sol se estaba poniendo sobre la bahía. A espaldas de Winship había un gran ventanal y desde allí se podía ver un transatlántico blanco que navegaba en silencio contra un cielo rojizo, a punto de entrar por la boca del Morro. Winship miró hacia las colinas azules de Cataño, rodeadas de cañaverales.

—Soy un amante de la tierra, Arrigoitia; y su isla es muy fértil. Cuando vivía en mi plantación de tabaco en Virginia, la admiraba desde lejos. Creo que no me equivoqué al aceptar el puesto que me encomendó el presidente Roosevelt. Como gobernador, puedo enseñarle a su gente a cuidar mejor sus tierras; a hacerlas más productivas con métodos modernos. Pero éste es un país muy distinto al nuestro. Le conviene quedarse como está, beneficiándose de la protección de nuestra bandera y salvaguardando su personalidad. Para lograr eso, tenemos que luchar juntos contra el terrorismo. Por eso, le estoy ofreciendo el puesto de coronel, para que sea nuestro comandante de la policía.

Arístides se sintió decepcionado por las palabras de Winship, pero lo disimuló. Dijo que pensaría lo del puesto y se despidió cortésmente.

Cuando don Esteban se enteró de la oferta de Winship, le aconsejó a Arístides que no aceptara.

—Estarás azuzando hermano contra hermano. Nunca podrás quedar bien con todos. No es una decisión sabia.

Pero la tentación de llegar a coronel fue demasiado grande para el antiguo vendedor de géneros de La Traviata. Creyó que era la oportunidad perfecta para probarle al gobernador Winship que se podía confiar en los puertorriqueños. A los pocos días renunció a su puesto en la Taurus Line y aceptó el nombramiento de comandante de la policía a tiempo completo.

Durante los meses siguientes, Arístides tenía que cazar un número específico de nacionalistas al día y rendirle cuentas al gobernador. Aquellos safaris, durante los cuales se allanaban los hogares a diestra y siniestra, empezaron a darle mala reputación, pero la familia rehusó creer en aquellos rumores. Cuando llegó el Domingo de Ramos, los cadetes nacionalistas de la República anunciaron que iban a celebrar una marcha en Ponce. Albizu Campos estaba en la cárcel, y la marcha sería una protesta pacífica por su sentencia. El alcalde de Ponce era un hombre liberal; les concedió el permiso con tal de que marcharan desarmados. El gobernador Winship ordenó que se investigara más a fondo el asunto. Sus espías le informaron que los nacionalistas se estaban armando hasta los dientes, y que en la marcha estallaría la tan temida revolución que derrocaría al gobierno.

El Domingo de Ramos, el coronel Arrigoitia viajó de San Juan a Ponce, con órdenes terminantes de evitar que se celebrara la marcha. Al llegar al pueblo, Arrigoitia telefoneó a Winship, que se había atrincherado con un grupo de oficiales en las alturas de Villalba en espera del golpe. Le informó que en Ponce no había bazucas, rifles ni ametralladoras por ninguna parte. Pero el gobernador no le creyó. Insistió que los nacionalistas estaban escondidos en las azoteas de las casas o entre las ramas de los árboles; quién sabe si hasta debajo de las alcantarillas, y que él sencillamente no los había detectado. Los policías en motocicleta entraban y salían del pueblo como abejones enfurecidos, llevando y trayendo los mensajes de Winship que llovían desde Villalba.

Los nacionalistas empezaron a llegar al pueblo temprano en la mañana. Enviaron a sus cadetes más jóvenes a la manifestación, así como un buen número de ancianos y de enfermeras. Estaban inermes; ésa había sido la condición del alcalde, al darles permiso para la marcha. Se fueron cogregando de cuatro en cuatro, hasta que formaron una columna a todo lo largo de la calle Marina. Algunos cadetes cargaban rifles de madera sobre los hombros, otros llevaban sables de latón terciados a la cintura, la parafernalia de entrenamiento de un ejército pobre.

El coronel Arrigoitia desplegó su tropa a unos seis metros de los cadetes y los dos ejércitos se enfrentaron en silencio durante más de una hora. El alcalde de Ponce, ante la posibilidad de una matanza, mandó cancelar la marcha y la orden se repitió por altoparlante, pero los cadetes no le hicieron caso.

Arrigoitia caminó hacia la retaguardia para llamar de nuevo a Winship por teléfono. Le informó que todo estaba bajo control, pero que abrir fuego contra aquella tropa desgarbada le parecía un error. El gobernador le dijo que era un mentecato y que no tenía por qué pensar; sólo tenía que ejecutar órdenes. Arrigoitia se sintió como si el uniforme se le hubiese salpicado de fango. Regresó al frente de la tropa y le ordenó al capitán de los cadetes que despejara la calle, pero el capitán ni pestañeó.

Muchos de los cadetes no tenían más de quince o dieciséis años, y miraban a Arrigoitia como desafiándolo a que disparara. Con sus rifles de madera parecían niños rebeldes jugando a la guerra. Arrigoitia empezó a sudar.

—Esta misión absurda tenía que ser en Ponce, el pueblo más caluroso de la Isla —dijo, maldiciendo en voz baja—. La calle está tan caliente que se puede freír un huevo en el pavimento, y tengo el uniforme hecho una sopa.

Finalmente, no pudo más. Se acercó a uno de sus edecanes y le ordenó que ocupara su lugar a la cabeza del batallón. Bajó por la calle Marina y entró en la capilla de las Siervas de María. Era amigo de las monjas; allí podría descansar unos momentos y tranquilizarse. La capilla estaba en silencio; un velador rojo encendido colgaba de una cadena de plata y varias monjas rezaban de rodillas frente al Santísimo expuesto. Arístides se sentó en uno de los bancos y cerró los ojos. Cuando los volvió a abrir, no sabía cuánto tiempo había pasado. En aquella paz absoluta, lo que ocurría afuera parecía una pesadilla. La oblea blanca del Santísimo lo observaba serenamente desde su relicario rodeado de rayos y parecía decirle:

—¿Por qué estás sufriendo tanto, Arístides? Piensa que dentro de cincuenta años nada de esto va a importar. Arrodíllate ante mí y entrégame tu agonía.

Arístides se quitó la gorra con el águila dorada en la visera y se arrodilló a rezar. Se fue calmando poco a poco; el insulto del gobernador ya no le dolía tanto. Todavía había esperanzas, quizá a último momento alguien daba su brazo a torcer. Fusilar niños no iba a solucionar nada, y menos el Domingo de Ramos, un día de paz.

Se fue relajando, y su mente empezó a divagar mientras admiraba la decoración de la capilla. Las monjas habían llenado los floreros del altar de orquídeas blancas. La orquídea blanca era su flor preferida porque le recordaba a Madeleine. La espuma dorada del cáliz era igual al vello levemente rizado que cubría su pubis. El gobernador Winship era soltero; quizá por eso era tan severo e implacable. Se parecía mucho a Albizu Campos. Ambos eran fanáticos al servicio de una causa, cuando era tanto más agradable estar al servicio de una dama.

Cuando Arístides salió de la capilla, su ayudante lo estaba esperando en la puerta. En la mano sostenía un telegrama amarillo: la orden del gobernador Winship de abrir fuego contra los cadetes nacionalistas. Arístides caminó al frente de su tropa y dio la orden de disparar.

144

14

Tosca la adivinadora

Diecisiete personas murieron en Ponce, casi todos adolescentes, y docenas de manifestantes cayeron heridos. Se le ordenó a la prensa de la Isla proteger la imagen pública del gobernador y se acusó al coronel Arrigoitia de abrir fuego a quemarropa sobre los cadetes inermes.

Don Esteban Rosich tenía noventa años, y nunca se recobró de ver a su yerno acusado públicamente de carnicero. Sufrió un ataque al corazón y murió poco después. Madeleine se regresó a Boston en uno de los vapores de la Taurus Line, llevándose consigo el cuerpo embalsamado de su padre. Nunca regresó a la Isla; pasó el resto de sus días en la casa de su familia en el North End. Yo no llegué a conocerla; todo lo que sé sobre ella me lo contó Quintín.

Arístides vivía solo en el chalet de Roseville. No soportaba las orquídeas blancas, y un día roció con gasolina el invernadero en la parte de atrás de la casa y le pegó fuego. Cuando las llamas estaban más altas, entró en su habitación, sacó su uniforme de gala y la gorra con el águila dorada de su ropero y lo arrojó todo dentro de la hoguera. Cuando se alejaba de allí, el fuego empezó a crepitar como si se quejara, y le pareció oír a Madeleine lamentándose porque el destino la había condenado a un cuerpo tan femenino como el de las orquídeas, cuando ella tenía el espíritu tan recio como el de los hombres. El corazón se le hizo un puño, pero rehusó mirar hacia atrás a cerciorarse de que no fuera ella.

Arístides tenía cincuenta y nueve años, y la soledad lo atormentaba. Sus amigos lo habían abandonado porque no les gustaba hablar inglés, y las amistades de Madeleine, las parejas con las que jugaba bridge todos los viernes por la noche, dejaron de llamarlo cuando ella regresó a Boston. Después del tiroteo de Ponce, la gente lo miraba como si fuera un monstruo. Hasta el gobernador Winship rehusó verlo cuando le pidió una audiencia en La Fortaleza. Fue acusado formalmente de ordenar el ataque, le celebraron juicio y lo encontraron culpable. Poco después fue destituido como comandante de la policía. Por suerte, no lo enviaron a prisión. Le ordenaron cumplir la sentencia en su domicilio. Después de un año de no salir a la calle, empezó a darse sus escapadas, a pesar de que habían destacado un oficial en su hogar para que lo vigilara.

Arístides puso el chalet de Roseville en venta y pidió que se le permitiera mudarse a una casa más pequeña en Puerta de Tierra, el barrio en donde había nacido. Vendió la Taurus Line, le abrió a Rebeca una cuenta de banco y puso todo el dinero a su nombre. Él podía vivir cómodamente con su seguro social. Rebeca tenía dos niños y el dinero le permitiría independizarse de Buenaventura si algún día lo necesitase.

Cuando la Puerta de San Juan fue demolida a finales del siglo XIX para darle paso a la avenida Ponce de León, nació el barrio de Puerta de Tierra. A Arrigoitia le gustaba vivir cerca de las antiguas murallas. Le hacía bien contemplarlas y meditar en el destino de los imperios, mientras recordaba el famoso verso de Quevedo: «Miré los muros de la patria mía, si un tiempo fuertes ya desmoronados». Si el imperio español se había derrumbado a pesar de su poderío, algo parecido podía sucederle a Estados Unidos algún día. Le daría una gran tristeza; todavía admiraba mucho a Estados Unidos. Pero quizá, entonces, lo que le había sucedido a él no le daría tanta vergüenza.

Arístides empezó a dar largas caminatas por el Viejo San Juan. Amaba la ciudad, y ahora era todo lo que le quedaba. El pelo se le puso blanco y se lo dejó crecer; también se dejó barba, para que la gente no lo reconociera. Subía por la calle Fortaleza y compraba el periódico en la esquina de González Padín, en donde la brisa era tan fuerte que le parecía estar navegando sobre la cubierta de un barco. El viento lo despeinaba y lo hacía sentir más joven. Arístides cruzó la Plaza de Armas, donde siempre había mendigos sentados alrededor de la fuente de las cuatro estaciones, y se sacó unas cuantas monedas del bolsillo para dárselas. Luego, subió por la calle del Cristo y entró al campo de San Felipe del Morro. Allí era donde mejor se sentía; le encantaba sentarse en la grama y observar a los niños volar sus chiringas, que se incrustaban en el cielo como vidrios de colores. Cuando los perros realengos se acercaban a olerle los pantalones deshilachados y los zapatos manchados de barro, Arístides les hablaba con cariño y los acariciaba.

Otras veces caminaba hasta el Paseo de la Princesa, y desde allí contemplaba la puesta de sol. Algunos pescadores anclaban cerca sus botes; zarpaban a las cinco de la mañana y regresaban a las ocho con su carga de pesca. Por lo general no era mucho lo que traían: un par de chillos; algún chapín espinoso, suficiente para una empanadilla; una morena negra y gruesa con los feroces ojillos negros clavados en medio de la frente. El tráfico constante de los cruceros turísticos que entraban a la bahía había acabado con la pesca, y la playa estaba cubierta de botellas plásticas, pañales desechables y todo tipo de basura. Pero Arrigoitia no miraba los desperdicios a sus pies. Sus ojos se perdían en el horizonte, en donde el mar y el cielo se fundían en un mismo azul y se podía zarpar en la dirección que uno quisiera. No había nada en la orilla que lo retuviera. Allá afuera, en aquella tranquilidad infinita, nada le recordaba que lo había perdido todo.

Se sentía afortunado de vivir en una ciudad puerto, en la cual el mar se podía ver por todas partes. Era como si el agua le lamiera las heridas continuamente, tratando de curárselas. Todavía había esperanzas; la vida y el amor eran promesas que brillaban sobre las crestas de las olas. Sólo tenía que encontrar la manera de llegar a ellas.

Durante uno de sus paseos por San Juan, Arrigoitia vio una casa pintada de amarillo, con un letrero sobre la puerta que le llamó la atención: «Visite a Tosca, la adivinadora, y encuentre el remedio para la soledad». En la parte inferior del letrero se veía una mano dividida en cinco partes: emoción, respeto pro-

147

pio, energía, fortaleza interior y espíritu. Cada dedo sostenía un santo sobre la punta. En la palma de la mano, el Ánima Sola, desnuda de la cintura para arriba, oraba con las manos juntas y rodeada de llamas. La casa se encontraba cerca del fuerte de San Cristóbal, en el extremo de mala fama de la calle Luna; un vecindario dilapidado en donde vivían los vendedores de lotería, los alcahuetes y las prostitutas.

Arístides se identificó con el Ánima Sola y decidió entrar. Empujó a un lado la cortina de canutillos plásticos y se internó por un pasillo oscuro.

—Por favor, quítese los zapatos antes de seguir adelante —dijo una voz al otro lado del tabique. Era una voz joven, acompañada por un ligero sonido de agua. Dentro de la casa, hacía una temperatura agradable—. Ahora, quítese el chaquetón y la corbata —añadió la voz. Arístides miró a su alrededor y se preguntó cómo la joven podía adivinar lo que llevaba puesto en la oscuridad. Al final del corredor había un pequeño altar con un cuadro de Allan Kardec, el espiritista, decorado con flores de papel crepé. En la foto de Kardec la luna y siete estrellas flotaban encima de su cabeza. Arrigoitia caminó hacia allí, se quitó los zapatos, la corbata y el gabán, y lo puso todo en un pequeño banco frente al altar. Una puerta se abrió y una mulata hermosa, vestida con una bata floreada, entró al pasillo.

—La luna llena es la madrina de las mayomberas —le dijo, tomándolo de la mano—. Le confiere luz y poder a los que la veneran, y los ayuda a encontrar el camino.

Y lo hizo arrodillarse frente a la imagen. Luego, lo dirigió hacia un cuartucho en la parte de atrás de la casa, en donde no había muebles. Se sentaron en el piso, en unos cojines de terciopelo gastado. Una lamparilla solitaria exhalaba una espiral de incienso cerca de ellos, y una pecera burbujeaba en una esquina de la habitación.

Tosca inclinó la cabeza y juntó las manos en señal de recogimiento. Una cortina de pelo negro le cubrió el rostro, de manera que Arístides no pudo distinguir sus facciones.

—No tiene que decir nada —le dijo la joven—. Cierre los ojos y suelte sus pensamientos, ellos volarán hasta mí.

Arístides dio un suspiro profundo.

Tosca cogió la mano izquierda de Arrigoitia entre las suyas y fue delineando poco a poco, con el dedo, las líneas de su palma. Empezó a hablar como si estuviese en un trance.

—Todos lo han abandonado: su esposa, el gobernador, sus amigos —susurró—. Usted fue feliz en su matrimonio por muchos años. Pero su suegro murió y no quería que lo enterraran en la Isla. Su esposa no quiso separarse de él y se llevó su ataúd muy lejos de aquí, en un barco. Su hija es la luz de sus ojos, pero está casada con un hombre que usted no soporta. La soledad puede ser un castigo muy duro, sobre todo si no se ha hecho nada para merecerla.

Cuando Tosca terminó, soltó la mano de Arístides. La cortina de pelo negro se corrió, y develó unos ojos luminosos y húmedos que lo miraban. Arístides permaneció con la cabeza baja, el mentón caído sobre el pecho.

—La vine a ver porque quiero suicidarme y no me atrevo —dijo con voz temblorosa—. Dígame cuál es el remedio para la cobardía de un viejo.

Tosca lo observó compasiva. A los cincuenta y nueve años Arístides era todavía un hombre atractivo, con su larga cabellera plateada y un físico imponente.

—Usted siempre ha sido un hombre bueno —le dijo Tosca—. Pero lo que es bueno para unos es malo para otros, y no se puede complacer a todo el mundo. Su error fue no descubrir lo que era bueno para usted desde un principio. Por lo menos, dése una oportunidad, y no se mate hasta que lo descubra. —Y poniéndole una mano sobre el muslo, se inclinó para besarlo en la boca.

Arístides sintió como si el cuerpo se le disolviera en el aire, igual que el humo que salía del incensario que ardía junto a Tosca. De pronto presintió que Madeleine estaba cerca; casi podía oler su perfume a orquídeas, sentir el roce de sus vellos dorados sobre la mejilla. Pero Tosca no le dio la oportunidad de seguir pensando en ella. Se reclinó sobre los cojines y empezó a quitarse la ropa. Arístides no intentó detenerla. Tosca se desnudó y se acostó a su lado. Arístides se volvió hacia ella y empezó a besarla. Su carne sabía a perdices salvajes, a arbustos enmarañados con tierra ácida. Se desnudó, cerró los ojos y la penetró hasta lo más hondo de su ser. Cuando terminó, se dejó caer agotado sobre los cojines. La presencia de Madeleine se había esfumado por completo. Ya no lo torturaba el recuerdo de su perfume ni de sus vellos dorados.

—Gracias, Tosca —le dijo—. Usted es el mejor remedio para el Ánima Sola.

Antes de irse, Tosca le dijo:

—La pureza del alma acaba por calcinarle los huesos a cualquiera, coronel. Lo que usted necesita es revolcarse en el pantano del pecado por un tiempo. Venga a verme todas las semanas, y verá qué rápido se cura.

Tosca tenía razón. Después de hacerle el amor a su mujer por treinta y siete años según los preceptos matrimoniales de las monjas de la Inmaculada Concepción de Boston, amar a Tosca fue una liberación. Por primera vez en su vida, Arrigoitia se sintió verdaderamente feliz.

El oficial de la policía que estaba a cargo de supervisar a Arístides lo siguió un día a casa de Tosca. No informó al cuartel lo que había descubierto, pero se lo contó a Rebeca. Rebeca se puso furiosa cuando se enteró de que su padre se había amancebado con una mulata. Cuando Arístides venía a visitarla a la casa de la laguna, se sentaba en la terraza a esperar que Rebeca bajara de su cuarto a saludarlo, pero ella nunca aparecía. Hasta Buenaventura, con lo mal que se llevaba con Arístides, se portó mejor con él. Pensaba que su contubernio con la adivinadora era pintoresco y hasta saludable.

—Esa Tosca es precisamente lo que tu padre necesita —le dijo a Rebeca un día—. Cuando un hombre todavía está vivito en la cama, quiere decir que seguirá coleando por el mundo por mucho tiempo.

Cuando Buenaventura regresaba del trabajo a la casa y encontraba a Arrigoitia de visita, se sentaba en la terraza y charlaba con él por un rato. Le preguntaba cómo le iban las cosas y si podía ayudarlo, antes de despedirse y subir a su cuarto a bañarse y a vestirse. Pero si Rebeca, por alguna razón, bajaba a la terraza y veía a su padre allí sentado, volvía la cabeza y le pasaba por el lado como si fuese un fantasma.

Arrigoitia no pudo soportar el rechazo de su hija. Era de origen vasco y, para los vascos, la familia lo es todo. Empezó a comportarse de una manera extraña. Caía en unos estados de euforia que lo llevaban a pronunciar discursos cada vez más disparatados en las esquinas del Viejo San Juan.

—La sangre de los Cadetes Nacionalistas de la República ha regado nuestra estrella, que pronto formará parte del pabellón norteamericano —le decía a los peatones que se detenían a escucharlo—. Alabados sean los congresistas norteamericanos, quienes un día nos otorgarán la estadidad, para que seamos una nación independiente.

Cuando Rebeca se enteró del comportamiento excéntrico de su padre, empezó a ejercer presión sobre Buenaventura para que lo internara en el manicomio. Buenaventura rehusó hacerle caso por un tiempo, pero cuando se empezó a rumorear que su suegro parecía un pordiosero deambulando por las calles del Viejo San Juan, con la ropa hecha harapos y hablando disparates sobre la situación política, no le quedó otro remedio que complacerla. Unos días después, la camioneta del manicomio con dos enfermeros a bordo se presentó frente a la casa de Arrigoitia en Puerta de Tierra a recogerlo, pero el coronel ya no estaba. Lo buscaron por toda la ciudad pero no dieron con él; nadie tenía la menor idea de lo que le había sucedido. Durante uno de sus viajes al fuerte San Cristóbal a suplir de comestibles a las tropas norteamericanas que se acuartelaban allí, Buenaventura se fijó en que el letrero de Tosca había desaparecido. Los vecinos le informaron que la adivinadora se había mudado unos días antes, con la ayuda de un hombre alto que tenía el pelo muy blanco.

Buenaventura nunca le habló de esto a Rebeca, pero cuando escuchaba a sus amigos lamentarse sobre el «destino trágico del pobre coronel Arrigoitia», se mordía los labios para no reírse. Fue Buenaventura quien le contó a Quintín la historia de la desaparición de su abuelo muchos años después, y Quintín me la pasó a mí.

15

La fuga de Carlos y Carmita

Más que un buen ebanista, papá era un verdadero artista. Por eso fue tan trágico cuando dejó de tallar sus muebles y se hizo un hombre de negocios común y corriente. Por aquel entonces vivíamos en el barracón donde estaba el taller de Carlos. Mi cuna estaba junto a su mesa de trabajo, y entre mis primeros recuerdos están el silbido plateado del serrucho, el olor sedante de la cola de pegar y la frescura del aguarrás cuando de vez en cuando me salpicaba la piel. El martillo, el cepillo y el formón estaban siempre cerca, y me encantaba ver a papá usarlos para sacar un mueble del tronco de un árbol.

Carlos era cetrino y delgado como la gente del campo, y tenía los brazos y las piernas tan largos que parecía una araña de agua. A pesar de que nació en la capital, siempre tuvo algo de jíbaro. Le gustaba vestir en mahones y sandalias estilo búfalo, y usaba expresiones anticuadas como: «Nací más enjillío que un gato en Cuaresma», o «Calma, piojo, que el peine llega».

A mí me gustaba observarlo mientras trabajaba. Había desarrollado su propio estilo, y adornaba sus muebles con todo tipo de flores tropicales: amapolas, lirios y trinitarias. La gente admiraba su obra y en todas las salas de San Juan había sillones, sillas y butacas con los respaldares tallados por mi padre. Sus consolas de espejos biselados con canastas de piñas y hojas de palma talladas en el copete se veían en los casinos y en los salones de fiesta más elegantes, y a las jóvenes les encantaba admirarse en ellos durante los bailes.

Carlos se casó con Carmita por encima de la voluntad de Abby, así como de abuela Gabriela y de abuelo Vincenzo. Carmita y él eran en realidad muy distintos. Mamá era más alta y más gruesa que papá, y no tenía absolutamente ninguna sensibilidad artística. Tenía unos ojos muy grandes y una carne que parecía helado de vainilla, de tan blanca y apretada. Desde que Abby la vio por primera vez, le cayó mal. Carmita tenía una manera particular de sentarse, arrellenándose en la silla como si estuviese satisfecha de sí misma, que sacaba a Abby de quicio. Pero a Carmita le resbalaba el mal humor de Abby. Siempre tenía una sonrisa a flor de labios, como si conociera un secreto que hacía muy felices a papá y a ella.

Carmita era la más joven de seis hermanas y cuando se casó con Carlos, las otras ya estaban casadas. Nunca tenía prisa ni perdía la paciencia. Cuando conoció a papá tenía veintiocho años, dos años más que él; ya era una jamona. Las hermanas conocieron a sus maridos antes de que Vincenzo se hiciera rico, y pudieron escoger a su gusto. Pero Vincenzo temía que Carmita se casara con un buscón. Ella era una heredera del café, le decía, y si se casaba con cualquier pelagatos tenía todas las de perder.

Papá y mamá se conocieron en las fiestas patronales de Ponce. Carmita se escapó de la casa, en donde siempre la tenían vigilada, y se fue a dar un paseo por la plaza. Estaba embelesada mirando las picas de los caballos, que giraban, vertiginosas, tumbando las banderitas de los números, cuando papá se le acercó y le dijo:

—Apuéstele un dólar al número trece. Hoy es martes trece, ni se case ni se embarque. Le traerá buena suerte.

Carmita lo miró sorprendida. Le gustó su bigotito fino, que se extendía como un ala peluda sobre su boca risueña. Carlos estaba vestido con un traje azul, ya algo mareado por el uso. Había venido a Ponce a vender sus muebles en la feria; tenía un puesto cerca de allí, en donde exhibía sus sillones y sus sillas. Carmita le hizo caso, apostó dos dólares al caballo amarillo con el número trece pintado encima, y se ganó veinte dólares.

—¡Es la primera vez que me gano algo en la vida! —exclamó Carmita—. Dígame a cuál debo volver a apostar.

Carlos le dijo que le apostara al caballo rojo, el número 2.

153

—Dos es mi número favorito, porque nunca se debe estar solo —dijo. Y Carmita se ganó otros veinte dólares.

—¡Maravilloso! —exclamó, batiendo palmas como una niña.

Carlos dejó a un amigo a cargo del puesto de muebles y tomó a Carmita por el brazo. Empezaron a pasearse por entre los quioscos de la feria. Carmita jugó a las canicas, a los topos y al bingo, y ganó en todo.

—Vamos a tener que seguir juntos —le dijo Carmita, riendo, mientras contaba el dinero que se había ganado—. Usted me trae suerte.

Un poco después, se les acercó un hombre que vendía máscaras de vejigantes. Las llevaba colgadas a un palo muy alto, y lo giraba de aquí para allá, exhibiéndolas sobre las cabezas de la gente. Casi todas eran de diablos erizados de cuernos. A pesar de lo aterradoras, a Carlos le parecieron hermosas; se compró una y se la puso. Era rojo bombero, con un cuerno verde en la barbilla, dos cuernos amarillos saliéndole de las sienes, y uno azul pegado a la nariz. Empezó a dar brincos como un saltamontes, aleteando los brazos y gritando: «¡Vejigante a la bolla! ¡Contigo pan y cebolla!». Carmita se rió hasta que se le saltaron las lágrimas.

—Cómpreme la Princesa Triste —le dijo, señalando una máscara con diadema de lentejuelas y una lágrima de gema artificial en la mejilla—. La próxima vez que mis padres me adviertan que no debo enamorarme de un pelagatos me pondré la máscara y gritaré: «¡Contigo pan y cebolla!».

Al día siguiente, Carlos fue a buscar un camión para transportar sus muebles de regreso a San Juan. Después fue a la estación de la Línea Cofresí a esperar el próximo carro público, que saldría a la una de la tarde. Se sentó a esperar en un banco, y al rato vio venir a Carmita por la calle. Llevaba puesta la máscara de la Princesa Triste y tenía el pelo recogido en una gruesa trenza rubia. En la mano derecha llevaba una maleta, y en la izquierda, un ramo de quenepas.

—Hay que comer lo que la tierra produce —le dijo con un guiño cuando se le acercó—. El café hay que molerlo y colarlo antes de beberlo, pero las quenepas se dan a la orilla de la carretera y no cuestan nada. —Carlos le tomó la maleta y poco después abordaron el carro público juntos.

Papá llegó a la casa de Trastalleres con Carmita colgada del brazo como una muñeca de feria. Abby no entendía lo que Carlos veía en aquella joven, que se reía todo el tiempo como una niña de cinco años a pesar de tener veintiocho.

—Es una tonta. Si se queda a vivir con nosotros, tendrá que ganarse el pan, y no sabe ni cocinar, ni coser, ni limpiar. Lo único que sabe hacer bien es dormir hasta las once de la mañana. En esta casa no podemos darnos el lujo de alimentar una boca de gratis.

Al día siguiente Carlos mudó su cama al taller y se llevó a Carmita a vivir con él. No le pidió que hiciera absolutamente nada. Le bastaba con tenerla cerca y poder mirarla.

—Su piel refleja la luz de una manera especial, que me ayuda a ver las cosas de otra manera —le dijo a Abby—. Puedo trabajar mucho mejor cuando la tengo cerca.

Carmita se pasaba el día sentada en una de sus sillas talladas, completamente desnuda y cepillándose la melena que le caía como una catarata de miel sobre los hombros. Eran muy felices juntos. Abby, abuelo Vincenzo y abuela Gabriela tuvieron que aceptar el amancebamiento de Carlos y Carmita mucho antes de que decidieran casarse.

Yo nací en 1932, cuando todavía vivíamos en el barracón de Trastalleres, en donde mis padres hicieron su hogar por algún tiempo. Vivimos allí tres años, y cuando Carmita se deprimió por lo del aborto, nos mudamos a casa de Abby. Siete años después nos mudamos a Ponce, y todavía éramos una familia muy unida.

Nunca olvidaré el día en que llegamos a la hermosa casa de la calle Aurora. En casa de Abby todo era muy sencillo y ninguno de nosotros, excepto Carmita, había visto nada como aquello. Por eso, cuando Abby entró a la sala y vio los tapices de Beauvais, los tresillos dorados al fuego tapizados de damasco azul y el candelabro que colgaba del techo como una enorme crisálida, estrechó los párpados hasta que los ojos se le hicieron dos puntos de granito negro y exclamó: «*Porvou, que ça dure!*», comentando que Leticia Bonaparte, la madre de Napoleón, había dicho lo mismo cuando se enteró de que su hijo se había coronado emperador de Francia. Carlos logró tranquilizarla. «A caballo regalado no se le mira el colmillo, mamá. Disfrútalo mientras puedas.»

Entramos a la cocina, y Abby le pidió a la cocinera que nos hiciera piononos, surullitos y arroz con pollo, tres de nuestros platos favoritos. Sacamos los cubiertos de plata, la vajilla de porcelana y las copas de cristal de los gabinetes de caoba del comedor, y nos dimos un banquete. Pero el verdadero festín nos lo dimos al entrar a la biblioteca, en donde estaba la colección de libros de abuelo Vincenzo. Abby y papá amaban los libros, y yo había salido a ellos. En la mesa, a la hora de la cena, hablábamos de literatura durante horas. Abby siempre decía que una familia que lee junta permanece junta, y ése probablemente hubiese sido nuestro caso, a no ser por el maldito hábito de Carmita.

Yo quería mucho a papá, pero era un hombre débil. Quizá por eso casi no me acuerdo de él. Cuando trato de evocar su rostro, sólo alcanzo a ver una fotografía deslavada; la tristeza ha borrado sus facciones casi por completo. No podía decirle que no a mamá. Si Carmita gastaba una fortuna en cremas para embellecerse, chocolates daneses o perfume francés, le parecía muy bien. Vivía pendiente de su menor capricho. Al principio, hasta le pareció divertido que Carmita se escapara de la casa en las tardes para irse a jugar a los casinos de San Juan.

Después que abuela Gabriela obligó a Carmita a abortar, Carmita empezó a jugar más y más. A las cuatro de la tarde empezaba a sentirse intranquila, como si se le hubiese metido por dentro el demonio de la perversidad. Salía apresurada de la casa, paraba un taxi y le ordenaba que la llevase al hotel Continental, el cual tenía el único casino que permanecía abierto en las tardes. De cuatro a ocho tenían un especial para damas: seis fichas por cada dólar en lugar de tres. Allí, Carmita conoció a todo tipo de mujeres: amas de casa que huían de matrimonios infelices, viudas aburridas que le sacaban el cuerpo a la soledad y prostitutas en busca de algún cliente vespertino. Carmita también estaba huyendo de algo, pero ninguno de nosotros adivinaba lo que podía ser. Vivía en un mundo de fantasía; entre el «faitez-vous jeux» y el «rien ne va plus», todo era posible, los viajes a Europa, los modelos de Dior, las joyas de Tiffany, todos los privilegios a los que tuvo que renunciar cuando se casó con Carlos y se mudó a vivir a Trastalleres.

156

Papá tallaba muebles por la mañana, Carmita jugaba a la ruleta en las tardes, y, a la hora de la cena, a menudo no había nada que comer en casa. Abby preparaba guisos como los que aprendió a hacer en la hacienda, con las verduras, yautías y ñames que nos enviaban de la parcela de abuelo Lorenzo en Adjuntas. Lo de Carmita dejó de ser un pasatiempo y se volvió un vicio. Ya no jugaba en el casino; en cuanto salía por la puerta de la casa, empezaba a buscar al lotero para comprarle un billete; o se asomaba a la agencia hípica de la esquina, a combinar una papeleta. Si no tenía dinero, se quitaba las joyas que se ponía y las llevaba a la casa de empeño. Casi nunca estaba en casa, se pasaba la mayor parte del día vagando por la calle, pidiéndole dinero a la gente. Papá se preocupaba por ella todo el tiempo. A la hora de la cena casi no me hablaba, era como si yo no estuviera presente. Fue entonces que Abby insistió en que nos mudáramos a vivir con ella. Podía cuidarme mejor en su casa, dijo, y desde entonces fue ella quien me bañó, me vistió y me llevó a la escuela todos los días.

Abuela Gabriela se murió de pulmonía, y abuelo no se acostumbró a vivir solo, así que se murió una semana después. Carmita heredó una suma considerable, a pesar de que la fortuna de mi abuelo se dividió entre las seis hermanas. Abby y Carlos no lograban salir de su asombro; pensaban que abuela y abuelo habían desheredado a Carmita al casarse con alguien que no era de su clase.

—¡Que Dios los bendiga y los tenga en la gloria! —exclamó Abby cuando se enteró de la noticia—. ¡Por fin Carmita dejará de repetir lo cansada que está de comer pan y cebolla!

Las hermanas de Carmita tenían casa propia, así que dejaron que nos mudáramos a la casa de la calle Aurora. Heredamos también la cocinera, el chofer y el Pontiac azul de abuelo Vincenzo. Al vender su finca en Río Negro, abuelo había invertido sabiamente su dinero en bienes raíces. La herencia de mamá —cuatro casas y varios establecimientos de negocio en el centro comercial de Ponce— daban una buena renta, pero necesitaba atención, así que papá cerró el taller y la familia se mudó al sur. Papá nunca volvió a tallar un solo mueble. Se convirtió en el administrador de las propiedades de mamá y dejó de ser su propio dueño.

Quintín

Quintín estuvo a punto de incluir su versión de la historia de doña Valentina Monfort dentro del cartapacio de la novela de Isabel, para dejarle saber que la estaba leyendo. Pero al último momento se arrepintió y destruyó las páginas. Temía que Isabel escondiera el manuscrito fuera de la casa —podía alquilar una caja de depósito en el banco, por ejemplo, o llevárselo a algún amigo para que se lo guardara—, y entonces nunca podría terminar de leerlo. Estaba tan picado por la curiosidad que no estaba dispuesto a tomarse ese riesgo.

Había garrapateado algunos comentarios en los márgenes de las páginas, en una letra diminuta y casi invisible. Sabía que corría el peligro de que Isabel los leyera, pero si no llevaba el registro de aquellas calumnias y, lo que era aún más importante, de sus propias emociones, se volvería loco. No podía permitir que su mundo se derrumbase de aquella manera, y aquellas notas, aunque efímeras, eran un testimonio de la verdad.

Entonces el cartapacio con los capítulos ya leídos de la novela desapareció de la cocina. Todas las noches, Quintín se levantaba de la cama y rebuscaba por la casa sin encontrarlo. O Isabel lo había escondido tan bien que jamás lo encontraría —como a la mayoría de los hombres, a Quintín, a veces, le daba trabajo hasta encontrar sus propios calcetines— o la muy ladina lo había destruido. A menos que alguien más lo estuviese leyendo. Rechazó esta posibilidad como improbable. Isabel no se arriesgaría a que alguien que no fuera de la familia lo leyese y le viniese a él con el cuento.

Una noche, luego de vaciar roperos y alacenas, Quintín regresó descorazonado al estudio a las tres de la mañana y se sentó frente al escritorio de Rebeca. Era un mueble pretencioso, con plumillas de bronce en los costados y cariátides doradas al fuego adornando las patas, que no le gustaba. Pero nunca había querido venderlo, por ser un recuerdo de su madre. Tenía un compartimento secreto donde Rebeca solía esconder su carpeta de poemas hacía muchos años. De pronto, sintió curiosidad por ver si todavía estaba allí. Retiró cautelosamente la gaveta del centro, introdujo la mano en el hueco y palpó en la oscuridad, buscando la llavecita de la puerta secreta, pero no estaba en la cerradura.

Lo invadió la sospecha, pero regresó a la habitación y se tendió discretamente en la cama. Isabel siguió durmiendo como si nada. A la mañana siguiente, cuando Isabel se estaba duchando, examinó su joyero, que tenía abierto sobre el tocador. Por fin dio con la pequeña llave de bronce, oculta al fondo de collares y pulseras. La dejó donde estaba y siguió vistiéndose, pero esa noche regresó a buscarla y fue al estudio con ella. Sacó la gaveta del escritorio y la puso a un lado. Casi no podía respirar de la angustia al introducir la llave en la cerradura. Le dio vuelta a tientas y abrió la puertecilla secreta. ¡Había dado en el clavo! En el lugar donde antes Rebeca ocultaba su carpeta de poemas estaba el cartapacio color crema con la novela de Isabel.

Quintín se sintió profundamente aliviado. Toda su indignación con Isabel se esfumó como por arte de magia. Su lectura de la novela no se quedaría trunca, después de todo; se enteraría de cómo terminaba. ¡Qué astuta era! No podía sino admirarla. Siempre habían reñido mucho, pero a veces las riñas entre parejas eran el resultado de un amor profundo. El verdadero desamor era la indiferencia, y a él no le cabía la menor duda de que amaba a Isabel.

¿Sería de veras capaz de escribir una buena novela? No lo sabía, pero en un resquicio de su ser, muy a pesar suyo, tenía la esperanza de que así fuera. Pese a todo lo que había sufrido leyendo aquellas páginas, quería que Isabel llegase a ser una escritora lograda. Sustituir los poemas de Rebeca por el manuscrito de la novela en el compartimento secreto del escritorio, por otra parte, había sido un golpe maestro. El verdadero artista hace todo lo posible por salvaguardar su arte.

Quintín se sentó en el sofá de cuero verde con el cartapacio en las rodillas. Estaba más pesado que antes, así que seguramente contenía capítulos nuevos. Un escalofrío —¿de miedo?; ¿de placer?, no estaba seguro— le recorrió la espalda. El estudio estaba totalmente

159

en penumbras. Esa noche no había una gota de viento en los mangles; el silencio era tan profundo que se oían claramente las olas lamer los cimientos de la casa. Quintín encendió la lámpara de bronce junto al sofá, desató la cinta color púrpura y sacó el manuscrito del cartapacio. Un anillo de luz cayó sobre la primera página. Pasó las cuartillas ya leídas rápidamente y encontró la parte nueva de la novela, que se intitulaba «El chalet de Roseville». Quintín leyó el título, fascinado. Aquellas páginas estaban, seguramente, llenas de anécdotas terribles, pero no podría resistir leerlas. Dos de los capítulos eran sobre los Rosich, la familia de su madre. El tercero contaba la historia de Carmita y Carlos, los desdichados padres de Isabel.

Leerse a sí mismo desdoblado era una experiencia insólita; uno se sentía como un espectro. Quintín se vio de niño, visitando a sus abuelos en la casa de Guaynabo durante la fiesta de Acción de Gracias de 1937. ¿Qué le haría Isabel ahora? ¿A qué tipo de suplicio lo sometería? Estaba sentado en la terraza de Roseville escuchando a su padre y a su abuelo reñir acaloradamente sobre política, sin lograr hacer nada. Sufría al leer aquello. El cariño por su abuelo no era menor que el que sentía por su padre, y estaba de parte de ambos.

Sonrió con melancolía y pasó varias páginas más. Mejor era no darle importancia a aquella discusión sobre los nacionalistas y el Proyecto Tydings, que hoy estaba tan obsoleta. Era obvio que Isabel simpatizaba más con la familia de su madre que con la de su padre. Tanto su bisabuelo, don Esteban Rosich, como su bisabuela, Madeleine, quedaban bien parados, mientras que al pobre Buenaventura lo seguía maltratando. Era un bruto, además de ser un provinciano zafio. Después de propinarle a su mujer una tunda que la había dejado medio muerta durante su representación de Salomé, había tenido la falta de luces de presentarse en casa de sus suegros el día de Acción de Gracias a comer pavo. ¿Sus abuelos recibiendo a Buenaventura en su casa después de azotar públicamente a su hija? ¿No estaban enterados de lo sucedido? ¿Sería que Rebeca no les había contado nada? Era todo inverosímil, una fabricación fantástica.

La escena destilaba ironía; detrás de todo aquello tenía que existir un propósito subrepticio. Quizá Isabel estaba hablando en parábolas y quería hacerle ver que su padre había maltratado psicológicamente a su madre. A menudo, las mujeres reaccionaban perdiendo el contacto con la realidad cuando las trataban con crueldad. ¿No estaría hablando Isabel indirectamente de sí misma? ¿Sería cruel con ella a veces sin darse cuenta? Quintín cerró los ojos. Eso era imposible, amándola como la amaba.

En el próximo capítulo, «La agonía del coronel Arrigoitia», la historia de Puerto Rico ocupaba nuevamente el lugar central. Las simpatías independentistas de Isabel la traicionaban y su estilo se volvía tieso y aburrido. Dependía tanto de los datos históricos que él le había suministrado, que era como si anduviera en muletas. Y había vuelto a cometer otro error cronológico serio: cuando hablaba de la bahía de San Juan, la describía como se encuentra hoy, o sea, en 1981, contaminada por los enormes cruceros turistas que la visitan diariamente, y no como se veía en 1937. En 1937, cuando mi abuelo, el coronel Arrigoitia, fue destituido como jefe de la policía insular, había muy poco turismo en la Isla, y casi ningún vapor de lujo la visitaba. Las aguas de la bahía de San Juan eran limpias como el cristal, y los pescadores sacaban sus redes llenas de peces todos los días.

En nuestra casa nunca ha existido la armonía política: cada cuatro años yo voto por la estadidad, e Isabel vota por la independencia. Lejos están los días en que la esposa sumisa se deja guiar mansamente por el esposo. Yo veo a Estados Unidos como mi verdadera patria. No me considero un ciudadano de Puerto Rico, sino un ciudadano del mundo.

—Si algún día Puerto Rico llega a ser un país independiente, como insisten los nacionalistas y los independentistas —le dije un día a Isabel—, abordaremos el primer avión para Boston, en donde mi familia todavía tiene algunas propiedades. —Isabel bajó la cabeza y guardó silencio. Yo sabía que no estaba de acuerdo conmigo, pero he respetado siempre su derecho a disentir.

Quintín soportaba a los independentistas a duras penas, pero a los nacionalistas les tenía una ojeriza terrible. Eran unos resentidos y unos acomplejados. Un día se despertaban sintiéndose que no valían nada y decidían coser a tiros al presidente. Ya había sucedido una vez, y volvería a suceder. En 1950 atentaron contra la vida del presidente Truman durante el tiroteo de la Casa Blair. Unos años después, en 1954, una costurera con aspiraciones a modelo de Vogue: Lolita Lebrón; el hijo de un ebanista con el aspecto elegante de un actor de cine: Rafael Cancel Miranda, y dos tipos chaparros que más pare-

cían jockeys que terroristas: Irving Flores y Andrés Figueroa Cordero,
le cayeron a balazos a la Cámara de Representantes en Washington.

Quintín se secó el sudor de la frente con el pañuelo y se hundió
un poco más en el sofá de cuero verde. Gracias a Dios que en la Isla se
celebraría un plebiscito dentro de poco. En cinco meses los puertorri-
queños podrían, por fin, escoger entre ser un estado de la Unión nor-
teamericana o ser un país independiente. Estaba seguro de que la
estadidad ganaría. El Estado Libre Asociado, creado en 1952
por Luis Muñoz Marín, en realidad no contaba. Votar por el Esta-
do Libre Asociado era quedarse a vivir en Babia.

Era cierto que la estadidad no resolvería el problema de la len-
gua. La lengua era siempre la traba grande; si los puertorriqueños
no se cuidaban, acabarían un día como Pancha, planchados por cua-
tro planchas. Isabel tenía razón en achacarle el fracaso del matrimo-
nio de su abuelo al hecho de que Madeleine nunca aprendió a hablar
español. Los gobernadores norteamericanos tampoco aprendieron a
hablarlo. Según Isabel, los motines nacionalistas que ocurrieron du-
rante los años treinta y cuarenta fueron el resultado de esta situa-
ción. La ordenanza del Comisionado Easton, que hizo del inglés
nuestra lengua oficial hace setenta y nueve años, fue un hecho histó-
rico, y hoy todo el mundo reconoce que aquella política fue un error.
Pero aprender a hablar inglés le había dado a la Isla una ventaja
enorme sobre sus vecinos. Gracias al inglés, los puertorriqueños in-
gresaron al mundo moderno, mientras Cuba, la República Domi-
nicana y Haití todavía estaban en la Edad Media.

Hoy día, tanto el inglés como el español eran idiomas oficiales en
Puerto Rico, y el pueblo así lo había decidido en un plebiscito re-
ciente. El uso oficial de ambos lenguajes era inevitable porque el
desarrollo industrial y económico de la Isla se encontraba íntima-
mente imbricado al de Estados Unidos. Declarar el español el único
idioma oficial de la Isla, como sin duda preferiría Isabel, provoca-
ría una conmoción general. La gente no lo aguantaría; en el mundo
de las leyes, como en el de la medicina y en el de los negocios, aquello era
inaceptable. Quintín estaba seguro de que un día Puerto Rico lle-
garía a ser bilingüe, sobre todo con los tres millones de puertorri-
queños yendo y viniendo de los Estados Unidos.

—Hoy el Bronx es prácticamente un suburbio de San Juan —le dijo a Isabel en una ocasión— y los aviones de American Airlines son nuestros autobuses preferidos.

Lo que más le molestaba a Quintín era la irresponsabilidad histórica de Isabel. Por ejemplo, describía a los cadetes nacionalistas casi como si fueran mártires. «Muchos de los cadetes no tenían más de quince o dieciséis años, y miraban a Arrigoitia como desafiándolo a que disparara. Con sus rifles de madera parecían niños rebeldes jugando a la guerra», había escrito en su novela. Todo eso era falso. Entre los cadetes nacionalistas había gente de todas las edades, credos y colores. Una sola cosa tenían en común. Si se dejaban ejecutar a sangre fría, era porque asesinaban a sangre fría. El gobernador Winship había tenido razón al insistir que había que exterminar a los nacionalistas a como diera lugar. Eran unos fanáticos sedientos de sangre; muy parecidos a los Tupamaros de Uruguay y a los de Sendero Luminoso en el Perú.

El tiroteo de los cadetes nacionalistas ocurrió el Domingo de Ramos de 1937; eso nadie puede negarlo. Pero Isabel había alterado sutilmente el lente por el cual enfocaba el suceso, y estaba culpando a los que no eran. Eso mismo había hecho el gobernador Winship, al insistir tan injustamente que el abuelo de Quintín era el responsable de la masacre.

Su abuelo Arístides no fue ningún petimetre de salón, como Isabel quería hacer parecer en su manuscrito. Fue un jefe de policía exigente y probo, absolutamente leal al gobernador Winship. Su campaña contra los nacionalistas no fue una persecución a medias sino una cruzada heroica. Se jugó la vida en su empeño por restablecer el orden. La mañana de la marcha fue a casa del alcalde de Ponce y lo sacó de la cama a punta de pistola. Lo obligó a firmar la orden de cancelación de la parada. Luego fue a la calle Marina, donde los cadetes nacionalistas estaban reunidos, y les mostró el documento. Pero rehusaron moverse de sus sitios.

El coronel Arrigoitia había sido un héroe en la lucha por la estadidad, y aquí estaba la truhana de su mujer, que no sabía una mierda de política, dándole un baño de fango. Su abuelo tenía su sitio asegurado en la historia política de la Isla; de eso no le cabía la menor duda. Pero a Isabel no le importaba, y había tenido el atrevimiento de describirlo imaginando escenas eróticas justo antes de atacar a los nacionalistas. ¿Cómo podía Isabel adivinar lo que su abuelo estaba pensando en esos momentos? No podía metérsele dentro de la cabeza. Y, de todas maneras, aquello no estaba de acuerdo en lo absoluto con la manera de ser del coronel Arrigoitia.

Quintín estaba en ascuas. ¿Qué estaría tratando de probar Isabel? ¿Qué él estaba equivocado? ¿Que ella sabía más que él sobre el tiroteo de Ponce a pesar de ser historiador? ¿Y por qué tenía tanto empeño en demostrar que estaba equivocado? Responder a todas las falsedades que Isabel había acumulado en aquellos tres capítulos era imposible. Para intentarlo, tendría que escribir un ensayo histórico paralelo a la novela, y no tenía tiempo para eso.

QUINTA PARTE

LA CASA DE LA CALLE AURORA

16

La Escuela de Ballet Kerenski

La primera vez que oí nombrar a André Kerenski fue el día en que nos mudamos a Ponce. Era domingo, y papá, mamá, Abby y yo viajamos hasta el pueblo en carro público. Llegamos a eso de las once de la mañana y nos bajamos en la plaza Degetau frente a la catedral, en el mismo centro del pueblo. Aquella plaza era muy distinta de las de la capital, que no tenían árboles. Ésta tenía por lo menos una docena de hermosos laureles de la India. Era domingo, y había mucha gente entrando y saliendo de misa.

Yo tenía diez años y nunca había visitado Ponce. Al bajarme del carro, lo primero que noté fue el calor, que los laureles de la India escasamente lograban mitigar. Aquellos árboles, podados como unos enormes hongos verdes, me llamaron la atención desde el principio porque eran muy alegres. La Banda de los Bomberos estaba tocando danzas en un templete de madera. Estaba pintado de listas rojas y negras, que hacían juego con las del Parque de Bombas.

Aquello no era una banda de pueblo pichirre. Era un conjunto musical impresionante. Tenía cuarenta músicos, todos vestidos con uniforme azul marino y gorra roja, y tocaban unos instrumentos nuevecitos. Seis trompetas, cuatro tubas y tres trombones brillaban al sol como si fueran de oro, de tan limpios que estaban. Lo primero que pensé fue que, en aquel pueblo, los bomberos tenían mucho dinero. Los hombres caminaban por el lado derecho de la plaza y las mujeres por el lado izquierdo, escuchando la música y saludándose. Al reflejarse en la campana de bronce de la tuba no se alcanzaban nunca, y parecía como si se estuvieran persiguiendo alegremente alrededor del hueco por el cual salía la música.

Le pregunté a Abby si los bomberos estaban tocando para refrescar al pueblo, y Abby se rió de mí. Dijo que lo dudaba; estaban tocando en honor de Harold Ickes, el secretario del Interior, quien estaba en Ponce en una visita oficial. Por eso la banda de cuando en cuando entreveraba *White Christmas* y *Jingle Bells* a las danzas puertorriqueñas. Ickes estaba sentado en el templete junto al alcalde. El templete estaba decorado con campanas blancas de papel acordeón y junto a él un enorme pino cubierto de lágrimas de oropel centelleaba al sol.

Me quedé encantada con lo que vi en la plaza Degetau. La fuente con sus seis leones de bronce botando agua de colores por el morro, los asientos de piedra con versos de los poetas locales tallados encima; los laureles de la India susurrando secretos sobre nuestras cabezas.

En el Viejo San Juan —que quedaba cerca de Trastalleres— las plazas no tenían árboles ni fuentes como aquélla. Tenían un aire militar severo, porque habían sido utilizadas por los soldados españoles para sus maniobras. En San Juan, las casas estaban apiñadas unas junto a otras como fichas de dominó. Tenían balcones estrechos, con unos balaustres de caoba que parecían palillos de dientes, y no tenían árboles alrededor. En Ponce, las calles y las plazas eran amplias y sombreadas. Las casas tenían balcones generosos enfrente y patios enormes en la parte de atrás, como si las hubiesen construido para dar fiestas. Los mangos, los quenepos y los algarrobos derramaban sus exuberantes copas sobre las tapias como enormes anémonas verdes. Las casas de San Juan estaban pintadas de colores oscuros, pero en Ponce todo era blanco marfil o color pastel. De lejos, la ciudad entera parecía un enorme bizcocho de boda, puesto a secar al sol. Era una ciudad preciosa. La exuberancia estaba presente en todo: en la altura de los techos, en la amplitud de las terrazas, en la extensión de las calles.

Cuando nos cansamos de pasear por la plaza Degetau, caminamos hacia la calle Aurora, donde nos habían dicho que estaba nuestra casa. Mamá ayudaba a papá a cargar las maletas, y yo iba cogida de la mano de Abby. Al acercarnos a la calle, vimos un edificio alto, con un enorme pórtico de columnas blancas. Había oído hablar tanto de la casa de los abuelos que creí que se trataba de aquel edificio tan elegante.

—Creo que vamos a ser muy felices aquí —le dije a Abby cuando llegamos—. Me encantan las casas con columnas enfrente.

Abby se echó a reír y me desengañó enseguida.

—Ése es el teatro La Perla, donde la Escuela de Ballet Kerenski monta sus espectáculos todos los años. Nuestra casa está un poco más abajo.

En San Juan me habían contado maravillas sobre la Escuela de Ballet Kerenski, y unas semanas después de llegar a Ponce, Abby me matriculó en ella. Empecé a ir todos los días al estudio en la avenida Acacias. André Kerenski y Norma Castillo ejercieron una gran influencia en la vida artística de Ponce durante los años cuarenta y cincuenta; su academia de ballet era una de las mejores en la Isla por aquel entonces.

Los Kerenski llegaron a Ponce en 1940, dos años antes que nosotros. André tenía veintinueve años y Norma tenía veinticinco. Kerenski había nacido en Rusia y había sido alumno de la Escuela Imperial de Ballet en San Petersburgo. Su madre, a quien adoraba, era una rusa blanca —una aristócrata pelirroja que había huido de la revolución—. Había emigrado a Estados Unidos cuando Kerenski tenía doce años. Cuando cumplió los veintidós, su madre logró hacerlo ingresar en el *corps* de ballet del Metropolitan Opera House Ballet. Ella murió un año después, dejándole como única herencia una cigarrillera magnífica, obra de Fabergé. Kerenski la vendió y, con el dinero que le pagaron, logró vivir y estudiar los cuatro años siguientes.

La pobreza que sufrió y la muerte inoportuna de su madre llevaron a Kerenski a renegar de sus raíces aristocráticas. Se hizo amigo de los estudiantes que pertenecían a la Liga Socialista en la Universidad de Nueva York, donde se graduó con un diploma en artes liberales. Tenía fe en la llegada inminente de un mundo mejor cuando su madre lo sacó de su propio país.

Había sido injusto de su parte, él era demasiado joven para decidir lo que quería. Estaba convencido de que la revolución estaba justificada. La propiedad privada debería ser eliminada y el capital debería pertenecer al Estado. Era la única manera de evitar los abusos de los ricos.

Kerenski admiraba a Lenin desde lejos, y estuvo de acuerdo cuando abolió la Rusia Imperial y fundó, en su lugar, la Unión de Repúblicas Socialistas Soviéticas. Más tarde, rehusó creer los rumores que empezaron a circular en Estados Unidos sobre los abusos de Stalin; los capitalistas querían hacerlo aparecer como un monstruo para desprestigiarlo.

André conoció a Norma Castillo en el Metropolitan Opera House Ballet y se enamoró locamente de ella. Se olvidó de la política y se dedicó al ballet. Norma era hija de un hacendado de Ponce, quien había vendido todas sus tierras al terminar la primera guerra mundial. Invirtió todo su dinero en bonos municipales de Estados Unidos y se retiró a vivir de los intereses. Norma era su única hija, la niña de sus ojos. Desde pequeña, demostró tener una aptitud especial para el ballet, y en 1935 la envió a estudiar a París; más tarde, ingresó en el School of American Ballet, afiliado al prestigioso New York City Ballet. Cuando se graduó le ofrecieron trabajo en el Metropolitan Opera Ballet, donde conoció a André. Poco después se casó con él.

Norma tenía el pelo negro como el ónix, y se lo peinaba en un moño sofisticado en la base de la nuca, al estilo de Tamara Toumanova. Poco después de casados, André hizo que Norma se cambiara el nombre, y le puso Tamara porque le recordaba a la famosa bailarina del Ballet Russe de Monte Carlo. Tamara no era una de esas bailarinas aéreas como mariposas; tenía una constitución voluptuosa, como las bellas campesinas rusas que André había visto a las afueras de San Petersburgo. Su madre solía llevarlo a pasar el verano a una *dacha* con techo de cúpula de cebolla y una larga avenida de pinos que conducía hasta la entrada. André y Tamara vinieron a Puerto Rico en su luna de miel, y André se enamoró locamente de la Isla. Le encantó la antigua mansión de los Castillo, con su doble balcón plateado y su cochera de portón de hierro con una gran C forjada sobre la entrada. La casa tenía más de cien años, y le trajo a la memoria a André la *dacha* que solía visitar con su madre de niño.

Los Kerenski llegaron a Ponce en la semana de carnaval. Una tarde estaban sentados en el balcón que daba a la avenida Acacias, cuando pasó un desfile de carrozas y comparsas al ritmo de trombones, bombardinos y cornetas. André se quedó asombrado ante aquel espectáculo. El pueblo entero se había tirado a la calle a bailar, y lo hacía sin inhibiciones de ninguna clase. La muchedumbre dizfrazada se movía como un mar de colores brillantes. Había encantadores de serpientes, chinos de coleta montados en literas, manolas de castañuela y peineta, ángeles que bailaban como diablos y diablos que bailaban como ángeles. Reyes, sílfides, vejigantes, todos estaban poseídos por el espíritu del baile: giraban, saltaban, temblaban, arrojaban la cabeza hacia atrás con abandono. Era como si quisieran sacudirse la carne de los huesos, salir volando como espíritus.

A André le brillaban los ojos de entusiasmo.

—Este pueblo está lleno de bailarines naturales —le dijo a Tamara—. Aquí, una escuela de ballet tendría un éxito enorme. Yo creo que nos debemos mudar a Ponce.

Al principio, Tamara no quería ni considerarlo. En París había sido discípula de Mordkin, el gran bailarín de la compañía de Serguéi Diaghilev, y su estrella se encontraba en ascenso. Estaban a punto de asignarle uno de los papeles principales en la nueva producción de *Giselle* en el Metropolitan Opera House aquel año. André no tenía nada que perder, su carrera no prometía tanto como la de ella. Además, siempre había soñado ser un *maître* de ballet, y mudarse a Ponce le ofrecía esa oportunidad. Tamara lo pensó durante varias semanas. Pero como estaba muy enamorada de su marido, finalmente decidió complacerlo.

Tamara le comunicó a su familia la decisión y, poco después, se embarcaron rumbo a la Isla. Sus padres estaban pasando estrecheces económicas; el valor de los bonos municipales se había ido en picada al finalizar la segunda guerra mundial, y los Castillos empezaron a sentir los efectos de la devaluación. Mantener la casa en la avenida Acacias en óptimas condiciones era costoso, y había empezado a deteriorarse. Cuando André y

Tamara se mostraron tan interesados en ella, el padre de Tamara se las obsequió como regalo de bodas, y se mudó con su esposa a un pequeño departamento moderno. La madre de Tamara le regaló sus dormilonas de diamantes, para que las usara en los eventos sociales a los cuales asistiría ahora en Ponce, pero André hizo que Tamara las vendiera. Con el dinero, repararon las coladeras del techo, cambiaron las maderas apolilladas de las paredes y rasparon el barniz viejo de los pisos, hasta que recobraron su hermoso aspecto original.

El lugar tenía un ambiente romántico de fin de siglo que era perfecto para un estudio de ballet. Sobre cada puerta había un medio punto de encaje; los techos tenían más de cinco metros de alto y los pisos eran de tabloncillo. El profesor Kerenski hizo demoler las paredes interiores, y la casa entera se volvió un estudio de veinte metros de largo y catorce de ancho donde se podía enseñar a bailar a un regimiento. Una barra de ausubo se atornilló a la pared de la derecha y un espejo de piso a techo se colocó en la de la izquierda, para que los estudiantes pudieran «aprender a expresar, a través de la línea de sus cuerpos, los sentimientos del alma», como decía el profesor Kerenski.

Poco después, salió el primer anuncio de página entera en *El Ponceño*, el diario local. «Entrenamiento para principiantes y aficionados, con especial atención a los niños», decía. André quería abrirle las puertas del estudio a algunos alumnos de los barrios pobres y enseñarles gratuitamente, y Tamara estuvo de acuerdo. Pero cuando las amigas de Tamara, que pertenecían a las familias más acomodadas de Ponce, vieron el anuncio en el periódico, corrieron a la antigua mansión de los Castillo a matricular a sus hijas, y no quedó un solo espacio libre para los niños pobres. En aquella escuela las niñas no sólo aprenderían a bailar, sino también a comportarse como señoritas.

Los primeros dos años de la Escuela de Ballet Kerenski fueron un éxito. André y Tamara tenían las manos llenas con tantas alumnas —por lo menos cincuenta, entre los ocho y los dieciséis años de edad—, y estaban ganando más dinero de lo que jamás habían soñado. Pero André no estaba satisfecho de cómo iban las cosas. Le apenaba mucho que la escuela tuviese alumnas solamente. Los varones no podían ingresar en la Escuela de Ballet Kerenski, ni bailar en el recital del teatro La Perla. Esto creaba problemas, porque en todos los ballets algunos de los papeles tenían que ser bailados por varones. En *Pedro y el lobo*, por ejemplo, el papel de Pedro lo había bailado una niña, y había sido un desastre. Kerenski mismo bailó la parte del lobo, porque ninguna niña hubiese podido asumir ese papel convincentemente.

Un día, Kerenski citó una reunión de todas las madres de las pupilas de la academia y les rogó que no faltasen. Les habló de cómo en San Petersburgo y en Monte Carlo los bailarines varones, a menudo, llegaban a ser verdaderos prodigios. El ballet podía abrirle las puertas del mundo del arte y de la fama a cualquiera. ¿Por qué no traían también a sus hijos a la escuela, como hacían con sus hijas? Las madres lo escucharon cortésmente, abanicándose y haciéndose guiños como si aquello fuese una broma graciosísima del profesor Kerenski. André les preguntó que por qué se estaban riendo. Hortensia Hernández, una señora tetona que tenía dos hijas en la academia, levantó una mano cargada de pulseras de bisutería.

—Es que mi marido dice que el ballet puede ser peligroso para los varones —dijo con una risita abochornada—. Puede fomentar el plumero, que a veces no viene a despuntar sino años más tarde.

Kerenski se puso furioso, pero no logró convencer a Hortensia. Ni un solo alumno de buena familia entró jamás por las puertas de la Escuela de Ballet Kerenski en la avenida Acacias.

Cuando yo ingresé en la academia, tuve que pasar cuatro años de entrenamiento riguroso antes de que me permitieran bailar en el recital del teatro La Perla. En Ponce, a las niñas nos criaban como flores de invernadero. Comíamos cantidades de buñuelos de viento, pastelillos de guayaba y tocinos de cielo. No teníamos la menor idea de lo que quería decir la disciplina del cuerpo. Lo primero que hizo el profesor Kerenski fue poner a dieta a todas sus alumnas. Nos prohibió terminantemente los surullitos, los tostones y el arroz con habichuelas, para que cuando bailáramos nuestros brazos, en lugar de macetas rosadas, parecieran delicados arcos de alabastro, y nuestras pantorrillas balaustres torneados. Durante dos años sólo nos habló

173

en francés y nos obligó a aprendernos de memoria los nombres exóticos de todos los pasos que ejecutábamos en clase. Caminábamos por la calle haciendo *developpés*, *arabesques* y *coupés*, y por la noche nos íbamos a la cama repitiendo en voz baja los nombres de los pasos como si estuviésemos rezando.

Practicábamos en el estudio durante horas, y nuestras zapatillas de punta eran taladros de seda rosa que perforaban rítmicamente los tabloncillos del piso. El equilibrio del cuerpo y el control de la mente eran inseparables; teníamos que poder «hacer una pirueta sobre la cabeza de un alfiler y mantener el equilibrio sobre una moneda de diez centavos», como decía el profesor Kerenski. El calor de Ponce era agobiante durante todo el año, y mientras practicábamos, sudábamos como legionarios, pero soportábamos nuestros sufrimientos con una sonrisa.

La Escuela de Ballet Kerenski estaba dividida en dos secciones. Estaban las discípulas comunes y corrientes, que caían bajo la responsabilidad de Tamara. Eran, por lo general, muchachas un poco gruesas y de poca gracia, y sus madres las matriculaban para que rebajaran y aprendieran a comportarse en público. No se esperaba que llegaran a nada, pero formaban la mayor parte del estudiantado, y el pago mensual de sus matrículas mantenía a flote el estudio. Y estaban las estudiantes serias, bajo la supervisión personal del profesor Kerenski.

Como todos los rusos, el profesor Kerenski vivía el ballet a la romántica. La danza clásica era para él la expresión de los sentimientos más profundos. No creía, como Balanchine, que el bailarín tenía que comportarse como un metrónomo, manteniéndose siempre impasible ante las emociones y limitándose a seguir el ritmo dictado por la música. «Si dejan que la música los inunde cuando bailan —solía decirnos André—, un día alcanzarán la iluminación del espíritu.» Era el *maître* de ballet perfecto. Estableció tres niveles en sus clases: el A, el B y el C, y cuando una estudiante alcanzaba el último nivel, quería decir que estaba lista para el estrellato. Ese año podría bailar un solo en el recital del teatro La Perla.

Yo era uno de aquellos cisnes sin emplumar, entrenado y acicalado por el profesor Kerenski, cuya vida empezó a girar por completo alrededor del ballet. El Liceo de Ponce, donde yo iba a la escuela, estaba a dos cuadras del estudio, y sólo me tomaba cinco minutos caminar hasta allí. Cuando llegaba, ya tenía puesto el leotardo negro de la clase, que me había puesto en el baño de las niñas en la escuela. Practicaba hasta las seis, cuando Abby enviaba el chofer de abuela Gabriela a recogerme en el Pontiac azul. Cuando llegaba a casa, me daba un baño, cenaba y hacía mis asignaciones. Cuando daban las nueve, estaba tan cansada que caía redonda en la cama. Casi no hablaba con nadie excepto con Abby, pero la familia no parecía echarme en falta.

El profesor Kerenski era muy quisquilloso con su ropa. Quería dejar impreso en nuestras mentes el hecho de que era ruso, para que apreciáramos aún más sus destrezas como bailarín. Llevaba siempre puestos un jubón de seda roja y unos impecables pantalones negros. El jubón tenía cuello de mandarín, y llevaba una banda atada a la cintura. Tenía el pelo dorado, y se lo peinaba cuidadosamente en un estilo paje que le rozaba las orejas, como la cúpula de una pequeña basílica. Su aspecto de príncipe ruso enloquecía a las alumnas —en especial a las nuevas— pero él nunca se aprovechaba de ello. Tomaba su arte muy en serio, y era respetuoso y circunspecto. Cuando nos daba clase, se paraba frente al espejo con el bastón en la mano y nos marcaba el ritmo dando unos golpecitos precisos sobre los tabloncillos para que ejecutáramos los pasos. Nunca se acercaba demasiado a las niñas, sino que las dirigía a distancia. Cuando bailaba alguna de las secuencias de *Le Corsair* o de *L'après midi d'un faune*, por ejemplo, nos sentábamos en el piso, a tres metros de él, y lo observábamos bailar arrobadas, casi sin atrevernos a respirar. El profesor Kerenski nunca bailó con ninguna de nosotras. Siempre bailaba solo frente a la clase cuando quería enseñarnos un nuevo paso.

Tamara era una mujer hermosa, pero últimamente había ganado peso. Se cubría el leotardo con una falda de gasa larga, que disimulaba sus caderas generosas. Le gustaba bailar en las tardes, antes de que las alumnas llegaran al estudio. Yo, por lo general, llegaba antes que nadie y me encantaba espiarla, oculta detrás de la puerta. En cuanto se empezaba a mover, una se olvidaba de su gordura, tanta gracia tenían sus movimientos.

175

Tamara no tenía nada que ver con las alumnas adelantadas; sólo les daba clase a las principiantas y a las intermedias. Les enseñaba a las alumnas de nueve y diez años cómo erguirse correctamente, con los hombros derechos y el fondillo metido para adentro, y entrenaba a las de doce y trece para que mantuvieran el equilibrio sobre zapatos de tacón alto, porque pronto tendrían que desfilar como debutantes en la fiesta de presentación en sociedad que se celebraba todos los años en el Ponce Country Club.

Un día, yo estaba descansando un rato en la sala de los Kerenski después de clase, y vi a Tamara salir del baño (los Kerenski habían restaurado la cochera, que quedaba junto a la casa, como su apartamento privado; tenía una sala, un dormitorio, un baño y una cocina moderna). Estaba desnuda, y me sorprendió ver lo hermosa que era; me hizo pensar en *La odalisca* de Ingres —una reproducción de ese cuadro colgaba en nuestra sala de la calle Aurora—. Tamara estaba de espaldas y no me vio; pero cuando se detuvo frente al espejo y empezó a secarse con la toalla pude ver su rostro, y me pareció que estaba triste. En el estudio tenía a menudo esa misma expresión ausente, como si quisiese dejarlo todo e irse a vivir muy lejos. Pensé que estaba aburrida con su trabajo, enseñándole a aquella manada de chiquillas que casi no le hacían caso, y no podía culparla.

Al profesor Kerenski, por el contrario, se le veía cada vez más dinámico. Algunas veces se quitaba el jubón de seda roja y nos demostraba cómo se ejecuta una secuencia de pasos especialmente difícil, vestido sólo con sus pantalones negros y camiseta blanca. Fue en una de esas ocasiones que noté que su pecho estaba cubierto por un matojo de vellos cobrizos, muy distinto a su cabellera rubia, tan meticulosamente peinada. Pero lo que más me llamaba la atención cuando empezaba a bailar era el perfume a geranios quebrados que le emanaba de las axilas cada vez que levantaba los brazos para enseñarnos un nuevo paso.

Mi mejor amiga en la academia de ballet era Estefanía Volmer, la hija del dueño de El Cometa, la ferretería más grande de Ponce. Don Arturo Volmer era de una familia de clase media, pero se había casado con Margot Rinser, la hija del dueño de la destilería del ron Copa de Oro. El padre de Margot les había comprado El Cometa como regalo de bodas, y Arturo había hecho todo lo posible por convertirlo en un negocio productivo, pero había tenido mala suerte. No era buen comerciante; se aburría vendiendo «juguetes de latón», como él le decía a las escaleras, los baldes y los calderos de aluminio, que eran los productos de más en demanda en su establecimiento, y sus beneficios eran pocos; sólo ganaba lo suficiente para no declararse en quiebra. El padre de Margot les tenía que pasar una mensualidad, para que su hija siguiera viviendo con las amenidades a las que estaba acostumbrada.

Margot había sido muy hermosa en una época, pero poco después de su matrimonio desarrolló cáncer en una pierna y se la amputaron. Don Arturo nunca se recuperó de aquella tragedia. Vivía para cuidar a Margot y nunca quiso dejarla en manos de las enfermeras. La acompañaba a todas partes, empujando él mismo su silla de ruedas, y estaba tan obsesionado con el sufrimiento de su mujer que casi ni se acordaba de que Estefanía existía.

Cuando Margot salió encinta de Estefanía, ya estaba en silla de ruedas, y cuando nació la niña no pudo darle ningún cariño. Como era hija única, Margot estaba acostumbrada a ser el centro de atención en su casa, y esta situación se hizo más patente cuando enfermó de cuidado. Si Estefanía entraba a su cuarto, Margot la miraba siempre un poco como sorprendida, como si se le hubiese olvidado que tenía una hija.

A Estefanía la criaron las niñeras, y por eso creció un poco salvaje, sin mucha disciplina. Era mucho más rebelde que yo. Se desayunaba con Coca-cola y bizcocho de chocolate de Sara Lee todos los días; no se le hubiera ocurrido probar el mejunje de Avena Quaker con guineos majados que Abby me preparaba en las mañanas. Cuando cumplió catorce años dejó de ponerse ropa interior, y andaba por la calle con los pechos nadándole por debajo de la blusa como peces. A los quince empezó a salir por su cuenta. Nunca iba a las fiestas con chaperona, y fue la única joven que conocí en Ponce que se atrevió a ir al cine de noche sola con un amigo. Yo la admiraba por su valor; el pueblo entero la criticaba, pero ella se lo pasaba por donde no le daba el sol. Era una muchacha lindísima, con una piel blanca como la leche, un largo cuello de cisne y una mata de pelo encaracolado que parecía un arbusto en llamas.

Estefanía me llevaba dos años. Yo la había conocido en el Liceo, en donde las dos estábamos en el equipo de voleibol. No era una estudiante aventajada; le gustaba más estar con la gente que leer libros. Le encantaban los niños y, en el recreo, disfrutaba con ellos, organizándoles juegos y jugando como si fuese una niña. Tenía un carácter alegre, y siempre se estaba riendo y echando vainas, como si la vida fuese una tómbola. Le gustaba escandalizar a la gente por su manera de vestir y, a veces, yo la imitaba en eso. Nos poníamos unos calzones de ciclista con lunares rojos y unas camisetas de tirantes semitransparentes, y nos íbamos a correr en bicicleta por el pueblo para que todo el mundo nos viera. Me caía bien por todo eso, pero en realidad me gustaba estar con ella porque sabía que tampoco era feliz.

Recuerdo que cuando Estefanía cumplió dieciséis años, sus padres le regalaron un Ford convertible rojo, lo que fue sin duda una necedad. Pero sus padres eran necios para empezar, así que no me sorprendió cuando vi a Estefanía llegar a la escuela en tan flamante carruaje. Su familia acababa de despedir al chofer, me dijo, pues siempre estaba borracho, y a ella le habían regalado aquel Ford para que estuviera más segura cuando viajaba a la escuela desde su casa, que estaba a las afueras del pueblo.

Desde ese momento, Estefanía iba en el Ford a todas partes, su llameante cabellera compitiendo con el rojo de su auto: al autocine en las noches; a la Cuevita del Pirata y a The Place en la playa, en donde bailaba con los soldados americanos que conocía en el bar. Las malas lenguas la tenían hecha trizas, pero yo sabía que Estefanía era incapaz de hacer nada malo.

Cuando Estefanía se matriculó en la academia, me alegré muchísimo. No tardó en convertirse en una admiradora más del profesor Kerenski, y compartíamos todos nuestros secretos. No estábamos enamoradas de él por ser tan apuesto. Lo venerábamos por sus dotes excepcionales como bailarín; por la facilidad con que se remontaba por los aires, ejecutando hasta ocho *entrechats* durante la suite *Don Quijote*, por ejemplo, o por los cuarenta *fouettés* con los que azotaba el aire con su poderosa pierna durante el solo de *El lago de los cisnes*.

André reinaba en nuestras vidas. Nos decía cuántas calorías podíamos comer cada día; qué tipo de zapatos calzar para no criar juanetes, y cómo debíamos peinarnos para que el pelo no saliera volando y nos cayera en los ojos cuando hacíamos nuestras *pirouettes*. Y más importante que todo, nos prohibió tener pretendientes, porque ahora éramos las novias espirituales del «maestro».

Nuestra personalidad cambió. Nos volvimos mansas y sumisas, perdimos peso, y cada día nos veíamos más frágiles. Era como si ya no tuviésemos voluntad propia. En casa mi familia no podía creer lo que veía. Acostumbrada a pulsear su voluntad férrea contra la mía, Abby estaba profundamente preocupada. Entraba a mi cuarto a decirme las buenas noches antes de dormir, y me veía tendida sobre la cama con una sonrisa lánguida, soñando que era Giselle y que me había desmayado sobre mi tumba. No entendía por qué no me quejaba ni me rebelaba por nada. Obedecía en todo a mis padres y nunca les faltaba el respeto. Cuando hacía algo malo, bajaba la cabeza y aceptaba humildemente su regaño. Era como si me hubiesen cambiado por otra.

Abby no podía adivinar que en realidad yo no estaba allí. Me pasaba calculando el momento en que podría escaparme de casa y regresar corriendo junto al profesor Kerenski.

—Si aflojas las notas en la escuela, yo misma iré a donde ese Petrouchka de perinola a romperle la sombrilla en la cabeza, y te sacaré de la academia —me dijo un día—. Te convendría mucho más empezar a tocar el piano los domingos en las tómbolas de beneficencia del Liceo, donde se recoge dinero para los niños pobres de Ponce.

—No te preocupes, Abby —le dije—. Me quemaré las pestañas estudiando para evitarlo.

En 1946, me llegó finalmente el momento de bailar en el teatro La Perla. Cuando el profesor Kerenski escogió a Estefanía para uno de los roles principales de *El lago de los cisnes*, me sorprendí, pero no me quejé. Había tenido que matarme practicando durante cuatro años para alcanzar el nivel C. Estefanía,

179

sin embargo, llevaba sólo seis meses en la academia, y ya Kerenski le había asignado un papel destacado durante el recital.

Cuando nos enteramos de que el profesor Kerenski nos había escogido para bailar los solos de Odette y Odile entre docenas de otras alumnas, chillamos de alegría, nos besamos y nos abrazamos, dando saltos por todo el estudio. Pero desde entonces algo sutil cambió entre nosotras. Estefanía bailaba bien, pero nunca tan bien como yo.

Sencillamente, no lograba entenderlo. Durante meses, yo había sido la *prima ballerina* de la academia. Nadie podía sostener como yo el *arabesque* en un ángulo de noventa grados; nadie podía ejecutar diez *chainés* y casi desaparecer en un torbellino de vueltas, como yo hacía fácilmente. Pero desde que el profesor Kerenski vio a Estefanía entrar por la puerta del estudio, la favoreció sobre las demás alumnas. Se pasaba poniéndonosla de ejemplo: cuando las alumnas arrastraban los pies y no lograban despegar del suelo los *grands jetés*, el profesor le pedía a Estefanía que caminase hasta el frente del salón y le demostrara a todo el mundo cómo «remontarse por el aire como un cisne». Yo no creo que tuviera tanto que ver con que Estefanía bailara bien. Kerenski la favorecía porque tenía el pelo rojo geranio y le recordaba a su madre, la princesa rusa.

17

El pájaro de fuego

Un día, llegué temprano al estudio y escuché a Tamara discutiendo acaloradamente con André desde el otro lado de la puerta. André insistía en bailar el *pas de deux* del príncipe en *El lago de los cisnes* con una de sus alumnas avanzadas.

—La corona de todo ballet es siempre el adagio, el dúo entre los amantes, y tú no puedes bailarlo conmigo porque estás demasiado gorda —le dijo molesto—. Jamás en la vida pondré a dos mujeres a bailar un adagio, ningún *maître* de ballet que se respete a sí mismo lo haría. Y sería para mí mucho más vergonzoso, por ser discípulo de Balanchine. La única alternativa que me queda es bailar el adagio con una de mis discípulas.

Tamara empezó a llorar quedamente. Si André aparecía en escena con cualquiera de las alumnas crearía un escándalo de tal magnitud, que, al día siguiente, los padres acudirían en masa al estudio a sacar a sus hijas de la academia.

El profesor Kerenski estaba furioso, pero finalmente le encontró una solución al problema. Si él no podía bailar el adagio, buscaría a alguien que lo hiciera. Esa misma tarde visitó el barrio de Machuelo Abajo, uno de los arrabales de Ponce, y entrevistó a varios adolescentes, hijos de familias pobres. Algunos estaban en el equipo de baloncesto del vecindario, y los reunió a todos en la cancha. Los hizo correr tres kilómetros y saltar a la percha para comprobar su condición física. Por fin escogió a Tony Torres, un mulato claro de facciones finas que tenía quince años.

—Por favor, pase por la Escuela de Ballet Kerenski mañana por la mañana —le dijo—. Pronto celebraremos una función en el teatro La Perla y necesito un ayudante que me dé una
mano con los decorados y las bambalinas. Le pagaré bien por
ello.

Tony era un muchacho bellísimo. Se parecía a esos jóvenes
que aparecen en las esculturas de bronce griegas, con los cabellos ensortijados, los miembros exquisitamente proporcionados y
la piel bronceada por siglos de yacer al fondo del mar Egeo. El
profesor Kerenski, sin embargo, no escogió a Tony por su apariencia física, sino por ser el único joven afeminado de entre los
atletas que entrevistó aquella tarde.

—Es el parejo perfecto para las niñas de buena familia
de Ponce —le dijo a Tamara con un deje de ironía en la voz—.
Puede bailar la parte del príncipe en *El lago de los cisnes* sin ser
una amenaza para ninguna de ellas. Así, los padres de nuestras
alumnas podrán dormir en paz.

El profesor Kerenski entrenó a Tony Torres durante varias semanas antes de enseñarle a bailar el papel del príncipe. El
profesor simplificó los pasos que tendría que ejecutar para que
pudiera aprenderlos más rápidamente, pero sospecho que re-
sintió tener que hacerlo. Se imaginaba lo que dirían los amigos
que venían a visitarlo de vez en cuando desde Nueva York:
«André no pudo bailar el papel del príncipe en *El lago de los cisnes* porque, en ese pinche de pueblo donde se ha ido a vivir,
hasta a Balanchine lo considerarían pato. Tuvo que adiestrar a
uno de los maricones del pueblo para que lo sustituyera». Era
todo tan ridículo que no podía soportarlo.

—El acompañante de la *prima ballerina* en *El lago de los cisnes* tiene más bien un papel de percha —le explicó Kerenski pacientemente a Tony el primer día de entrenamiento—. Deberá
sostener a Odile por la cintura para ayudarla a mantener el equilibrio y levantarla como si fuera una pluma, no como si fuera un
elefante. Por favor, no la agarre por las caderas para darle vueltas, como si se tratara de un pollo a la barbacoa.

Un día le dijo a Tony que no se afeitara la escasa pelusa
que le crecía en las mejillas ni los vellos del pecho, porque había
decidido añadir *El pájaro de fuego* de Stravinski al programa, y

Tony también bailaría el rol principal. Para representar ese papel tendría que aparecer lo más viril posible y disimular su delicadeza de efebo.

Tony era un muchacho muy sensible, y al principio se sintió herido por los comentarios sarcásticos del profesor Kerenski. Pero luego decidió no darles importancia, porque bailar en el teatro La Perla le ofrecía una oportunidad única. Tenía la esperanza de poder seguir estudiando en la academia de ballet después de la representación, aunque fuese trabajando como conserje, con tal de que lo dejaran seguir tomando clases. Su sueño era irse a vivir a Nueva York, para trabajar en algún cabaret o en el coro de un espectáculo de Broadway. Cuando su familia se enteró de que estaría bailando los dos roles principales en el recital de Kerenski aquel año, se pusieron eufóricos y le dieron todo su apoyo. Tony tenía una fanaticada feroz en Machuelo Abajo. En el barrio lo admiraban como si se tratara de un héroe, porque era la primera vez que uno de sus habitantes participaba en los elegantes acontecimientos culturales del teatro La Perla. Cuando aparecieron los carteles anunciando la representación con el retrato de Tony Torres por todo el pueblo —clavados a los postes de la luz, a las verjas de las calles y a los muros de los edificios—, la gente de Machuelo Abajo los arrancaba y se los llevaba a su casa para colgarlos en la sala.

Una tarde, Abby vino a la academia a verme tomar la clase. El profesor Kerenski se le acercó y le dijo que yo tenía posibilidades, que quizá podría llegar a ser una bailarina de provecho. Le sugirió que, una vez me graduara de escuela superior, no me enviaran de inmediato a la universidad, sino que me permitieran dedicarme al ballet a tiempo completo durante uno o dos años. Debía pensarlo bien antes de decidir lo que quería hacer con mi vida. Él estaba dispuesto a tomarme bajo su tutela, y podría recomendarme al prestigioso School of American Ballet de Nueva York, en donde tenía muchas amistades. Cuando yo oí aquello, el corazón me dio un salto. Estaba dispuesta a hacer lo que fuese para llegar a ser una bailarina de primera.

Cuando regresamos a casa, Abby desató una tormenta de improperios contra el profesor Kerenski.

—Antes de retrasar tu entrada a la universidad, tendrás que pasarme por encima después de muerta —me dijo—. No me sacrifiqué toda la vida cuajando quesos de leche cortada y planchando flanes de caramelo para que tú termines batiendo *soufflés* junto a las Roquettes de Radio City.

Aquel exabrupto me tomó por sorpresa. Pero yo estaba en mi cuarto año de escuela superior y podía ser tan testaruda como Abby. Sabía que, si me empeñaba, podía salirme con la mía, y nadie podría obligarme a ir a la universidad si no quería.

Una vez llegaron las vacaciones de diciembre, empezamos a practicar todos los días en el estudio, aprovechando que no teníamos clase. Los ensayos iban muy bien y todo el mundo se veía entusiasmado. El profesor Kerenski estaba obsesionado con la coreografía, que sería original para cada obra. No podíamos bailar ninguno de los ballets en su totalidad, sino que interpretaríamos segmentos de ellos, en una versión original suya. *El lago de los cisnes* era demasiado largo, y no teníamos suficientes bailarinas para ejecutar los roles difíciles. André delegó las clases en manos de Tamara y se pasaba las horas encerrado en su cuarto, sentado en el piso y escuchando la música de los ballets en el fonógrafo.

—La coreografía es la prueba más ardua a la que puede aspirar un bailarín —decía—. Los movimientos tienen que salir del alma, para que alcancen la estatura del arte.

Visitamos todos juntos la casa de la modista: una señora muy gorda que vivía en la calle Victoria que nos tomó las medidas. El profesor Kerenski supervisó minuciosamente los detalles del vestuario; temía que las coronas de bisutería, las alas de tul recamadas de lentejuelas y las enaguas de crinolina a las cuales los ponceños eran tan aficionados fueran a entorpecer los movimientos de las bailarinas, tornándolas envaradas y tiesas. Kerenski especificó que, en el coro de *El lago de los cisnes*, los tutús tenían que ser todos exactamente iguales. De otra manera, las madres de las niñas empezarían inevitablemente a competir entre sí, insistiendo en que «su nena tenía que llevar la falda más parada» o «las alas más etéreas», lo cual daría al traste con la homogeneidad del cuadro.

El profesor Kerenski le asignó a Estefanía el rol de Odile, el cisne blanco, y a mí el de Odette, el cisne negro. Ambas vestiríamos tutús confeccionados con plumas auténticas. Esto creó un conflicto —las plumas de cisne eran caras— y nuestros padres no querían gastar mucho dinero en nuestros trajes, por lo que tuvimos que convencerlos a fuerza de besos y carantoñas. Ambas llevaríamos antifaces en el rostro: Estefanía uno de raso blanco, y yo uno de raso negro —óvalos delicados con rendijas para los ojos—. El disfraz más espectacular de todos, sin embargo, sería el de Tony Torres en *El pájaro de fuego*. El profesor Kerenski mismo lo diseñó al estilo de Marc Chagall, quien hizo los bocetos para los disfraces del ballet de Stravinski en la producción del Metropolitan Opera House. Consistía en un corpiño dorado y una capa de plumas rojas que se derramaba sobre los hombros como una catarata de fuego. Una máscara dorada con un gran pico le cubriría el rostro por completo. El disfraz era costoso, pero los amigos de Tony en Machuelo Abajo hicieron una recolecta y lo ayudaron a pagarlo.

La primera mitad de la función consistiría de cinco escenas cortas de *El lago de los cisnes*. En la primera escena, Estefanía y yo bailaríamos un solo cada una; la segunda sería un dúo que bailaríamos juntas; la tercera y la cuarta las bailaríamos con Tony, y la última escena sería un trío. El coro estaba constituido por las principiantas, y era enteramente responsabilidad de Tamara. Todas las alumnas de la academia participarían en el recital, para que las mamás se sintieran contentas. La segunda parte de la noche la ocuparía *El pájaro de fuego*, en el cual sólo Estefanía, Tony y yo bailaríamos. El profesor Kerenski me asignó el rol del príncipe Iván, y Tony bailaría el papel del pájaro de fuego, que requería mucha acrobacia. Estefanía sería la princesa cautiva, rescatada por el pájaro de fuego en el adagio al último momento.

Tony resultó ser un bailarín nato. No era un mero maniquí; tenía la agilidad de una gacela y la resistencia de los jugadores de baloncesto. Sus *entrechats* lo elevaban del piso casi metro y medio, mucho más de lo que se elevaba Kerenski en los suyos y cada vez que hacía un *grand jeté*, parecía que iba a salir volando como un pájaro por encima de nuestras cabezas. Tenía una elegancia natural, y nos sostenía con delicadeza por la cintura, para que Estefanía y yo pudiésemos ejecutar con facilidad nuestros *arabesques* y nuestras *pirouettes*. El profesor Kerenski estaba sorprendido y, a la vez, complacido por las dotes de Tony.

Los ensayos en el teatro La Perla empezaron dos semanas antes de la función, y los amigos y parientes de Tony no se perdían uno. Venían a verlo bailar todas las tardes, y cada vez que Tony ejecutaba con éxito un paso difícil, aplaudían y silbaban como si se tratara de un torneo de baloncesto y Tony hubiese encestado cuatro puntos. Pese al éxito de Tony, Estefanía y yo hubiésemos preferido bailar con el profesor Kerenski, y no podíamos evitar sentirnos desilusionadas.

Cuando una alumna nueva entraba en la academia, el profesor Kerenski la estudiaba cuidadosamente, para ver qué lado de su personalidad destacar cuando le tocara bailar en el recital. Estefanía era, en su opinión, una bailarina *jarretée*, porque bailaba de un modo lírico y sensual. Con su pelo rojo y su piel blanca como la leche, estaba perfecta para los roles de los adagios, cuando la bailarina se supone que se derrite como una estatua de nieve en los brazos de su pareja. Yo era una bailarina *arquée*, porque tenía un acercamiento fogoso al baile. Mi estilo era rítmico y brillante; con mi pelo color azabache y mi piel olivácea, era más afín a las zarabandas y a los apasionados allegros del Mediterráneo que a los camelos románticos. Bailaba con tanta energía que a veces gastaba un par de zapatillas en una sola tarde. Un día, el profesor Kerenski me dijo:

—Me encanta la ferocidad con que baila, su espíritu de independencia sobre el tablado. Espero que nunca lo pierda, porque es lo que la hace tan especial. —No podía adivinar que, cuando yo bailaba con aquella vehemencia, no estaba cultivando ningún estilo; me estaba desahogando de las penas que sufría en mi casa.

Durante la última semana antes del recital, el profesor Kerenski ensayó *El pájaro de fuego* con Estefanía, con Tony y conmigo durante horas. Estábamos eufóricos de que nos dedicara tanto tiempo. Después de la función, aquella coreografía novedosa quedaría asociada para siempre a nuestros nombres. Pensamos que era su manera de dejarnos como herencia la huella de su genio, y nos sentimos profundamente agradecidos. La música de Stravinski era como una marea que nos arrastraba a los tres hacia lo desconocido. Todo el misterio de la naturaleza latía en aquella música, que se desbordaba a nuestro alrededor en ondas de fuego.

Estefanía llegaba con frecuencia tarde a los ensayos, así que el profesor Kerenski, Tony y yo empezábamos sin ella. Cuando por fin llegaba al estudio, ya nosotros estábamos terminando nuestra práctica, y nos marchábamos temprano. Abby siempre me andaba detrás para que no me retrasara porque se me enfriaba la comida, y Tony solía llegar temprano a casa porque tenía que prepararle la cena a su madre, que estaba en silla de ruedas. Tony se regresaba entonces al arrabal en bicicleta; yo me montaba en el Pontiac azul de abuela Gabriela y Estefanía y el profesor se quedaban practicando en el estudio hasta tarde.

Llegó por fin la noche de la función, y a eso de las siete bajamos por la calle Aurora sosteniendo nuestros tutús recién planchados en la mano, para que no se nos estrujaran. A nadie en Ponce le sorprendió vernos desfilar a esa hora en procesión por la calle, vestidas con nuestros leotardos negros y calzando nuestras zapatillas rosadas. Ponce es un pueblo que vive para los espectáculos; la gente no se los pierde por nada. Por eso, las casas son como pequeños teatros: cada una con su balcón enfrente que da a la calle. En las noches, la gente se sienta en ellos a charlar y a chismear, o a ver pasar el espectáculo de la vida, que es el más interesante de todos. Al cruzar frente a ellos esa noche nos saludaron cordialmente, agitando la mano, y nos prometieron que nos veríamos más tarde durante la representación, que comenzaría a las ocho.

El profesor Kerenski no podía costear una orquesta en vivo, así que la música sería de fonógrafo. Tamara operaría a mano su tocadiscos Philips, situado en el foso de la orquesta, y la música saldría de dos enormes bocinas a ambos lados del es-

187

cenario, dirigidas al público. Aquella semana se vendieron cientos de boletos. Casi todas las familias acomodadas del pueblo tenían a alguna hija o sobrina en la academia, así que la alta sociedad de Ponce estaría presente. El profesor Kerenski, fiel a sus ideales de justicia social, le regaló un buen número de boletos a Tony, para que los repartiera entre sus amigos y parientes de Machuelo Abajo, que querían venir a verlo bailar.

A eso de las ocho menos cuarto, el teatro La Perla estaba de bote en bote. Los familiares de las niñas, vestidos de etiqueta y traje largo, desfilaron por el gran pórtico de columnas blancas y se sentaron en las butacas al centro y al lado izquierdo de la platea, en donde hacía más fresco gracias a las ventanas abiertas. Los parientes y amigos de Tony, vestidos con camisas de algodón y pantalones de mezclilla, se sentaron en las butacas del lado derecho, en donde no había ventanas. El calor, sin embargo, no parecía molestarles. Estaban muy sonreídos, señalando con asombro hacia el enorme candelabro de Murano —un obsequio del Gobierno italiano al pueblo de Ponce cuando la soprano Adelina Patti lo visitó en el siglo XIX, acompañada por el famoso pianista Louis Gottschalk— o hacia el techo decorado con el mural de las siete musas, vestidas con togas y coronadas de laureles. Entre todas ellas se destacaba Terpsícore, la musa de la danza.

La primera mitad de la función se fue como la seda, sin ningún contratiempo. Estefanía y yo bailamos los roles de Odette y Odile como si voláramos, sostenidas en el aire por las plumas blancas y negras de nuestros tutús. Tony hizo un príncipe Sigfrido perfecto, vestido con un magnífico chaquetón de raso azul con botones dorados, que sus vecinos también costearon. El coro de principiantas, atento a la presencia de Tamara en el foso de la orquesta, que no les quitaba los ojos de encima, se portó muy bien y bailó con una sincronización impecable. El público estaba encantado, y, al finalizar la última escena, llovieron los aplausos sobre nosotros.

La segunda parte del recital empezó con un contratiempo inesperado. La puesta en escena de *El pájaro de fuego* era más complicada que la de *El lago de los cisnes*. El profesor Kerenski había querido utilizar los motivos de Chagall en los telones de fondo, sobreponiendo un incendio al bosque de pinos, que de pronto se consumiría en una inmensa hoguera pintada sobre un biombo semitransparente. El escenario estaba decorado con jirones de *chiffon* color escarlata, que subrayaban el efecto del fuego, iluminados por focos eléctricos. Dos ventiladores General Electric, ocultos bajo el proscenio, agitaban las telas en la brisa.

La música comenzó y Estefanía empezó a bailar el primer solo. Tenía que saltar a través de las llamas, pero la zapatilla derecha se le enredó en un jirón de *chiffon*, perdió el equilibrio y aterrizó en el suelo. Tamara detuvo el tocadiscos, mandó bajar el telón y pasaron quince minutos antes de que el acto pudiera recomenzar. Por suerte, Estefanía no se hizo nada; sólo se rasguñó el codo.

El profesor Kerenski no aparecía por ninguna parte. Cuando Estefanía se tropezó, todo el mundo empezó a llamarlo, pero era como si se hubiese esfumado. Tamara tuvo que subir del foso para restablecer el orden. La música arremetió de nuevo y Stravinski volvió a apoderarse de nosotros. Era como bailar sobre la punta de una llama, sobre ascuas de leña. Estefanía bailó esta vez sin problems, y yo hice mi parte. Luego esperamos juntas, con nuestras plumas mágicas en la mano, la llegada del pájaro de fuego.

Cerré los ojos y pensé una vez más en las palabras del profesor Kerenski: «Si deja que la música la inunde cuando baila, un día alcanzará la iluminación del espíritu». La música fluía a mi alrededor como la miel, como la leche, como un ejército de avispas enfurecidas. Por fin, el ulular del vendaval de Stravinski me arropó por completo, como me había sucedido tantas veces en el estudio. Abrí los ojos y vi al pájaro de fuego que se me acercaba como en un sueño. Cada salto que daba era un desafío a las fuerzas de gravedad, de tan alto que se remontaba. Su disfraz era magnífico: sus piernas parecían dos columnas de fuego, sus brazos eran alas teñidas de sangre, y tras su máscara dorada se ocultaba todo el misterio de la vida y de la muerte. Pero lo que más impresionó al verlo fue el enorme caracol rojo que llevaba enroscado entre las piernas.

La primera secuencia sería la de *La sed ardiente*, que el pájaro de fuego, o sea, Tony, bailaría conmigo. Luego, Tony bailaría *El hambre encandilada* con Estefanía. La música comenzó, y, durante los siguientes quince minutos, ejecuté una serie de *glissés* enérgicos. Entonces di varias piruetas que terminé en elegantes *passés*, sosteniendo los brazos en arco, tal y como lo había ensayado tantas veces en el estudio. Todo fue a pedir de boca; mis movimientos eran limpios y controlados, justo lo que el profesor Kerenski esperaba de mí. No fue hasta el último *passé*, cuando el pájaro de fuego me atrapó por la cintura y me estrechó contra su pecho para elevarme sobre el hombro, que noté el perfume a geranios quebrados que le emanaba de las axilas. La posición que ocupaba mi cuerpo en aquellos momentos no me permitió volver la cara para observar su rostro de cerca, oculto bajo el escudo dorado de su máscara.

Cuando terminé de bailar, hubo un corto interludio de aplausos, hice un *grand jeté* y abandoné las tablas. No me retiré a la parte de atrás del teatro, sin embargo. Con el corazón en la boca me quedé en el pasillo, observando lo que pasaba en el escenario. Estefanía, aparentemente ajena a la verdadera identidad del pájaro de fuego, empezó a bailar el adagio. Estaba en muy buena forma y se la veía relajada; bailaba con su desenvoltura de siempre. En teoría teníamos que saber de memoria la coreografía de las secuencias de cada cual, para que en caso de emergencia pudiéramos sustituirnos la una a la otra, cuando de pronto me di cuenta de que Estefanía estaba bailando algo completamente nuevo. Nunca la había visto bailar así. Más que un ballet clásico, aquello era una danza de apareamiento, una representación espléndida de la atracción que la hembra ejerce sobre el macho.

Estefanía y el pájaro de fuego bailaban absolutamente fundidos el uno con el otro, al ritmo de los latidos de sus cuerpos. Ella trenzaba sus brazos de nieve alrededor del cuello de su parejo mientras la capa de plumas de fuego la envolvía por completo. Cuando terminó el baile, yo estaba a punto de desmayarme, y el teatro se quería venir abajo. El telón de terciopelo subió y bajó no sé cuántas veces, mientras Estefanía y el pájaro hacían las reverencias de rigor y saludaban al público. Se habían olvidado de mí por completo. Nadie me pidió que compartiera aquella ovación, de tan espectacular que había sido el adagio.

Yo también había hecho un esfuerzo encomiable, sin embargo, así que me cubrí de valor y salí a escena atrevidamente a recibir mis aplausos. Me paré junto a Estefanía y el pájaro, y saludé varias veces, pero me di cuenta de que no era a mí a quien aplaudían. Me sonrojé, hice una última reverencia y me desaparecí de allí. Estefanía y el pájaro de fuego salieron tres veces más a recibir aplausos, hasta que el telón cayó por última vez. Los focos del escenario se apagaron y todo quedó a oscuras, pero algunas personas siguieron aplaudiendo. De pronto, del lado izquierdo de la platea, en donde estaban sentados los amigos y parientes de Tony Torres, se elevó un silbido agudo que obligó a la gente a guardar silencio.

—¡Que Dios bendiga a nuestro gran Tony Torres —se escuchó gritar a alguien—, porque hoy ha puesto en alto el honor de Machuelo Abajo!

Justo en ese preciso momento, una mano invisible haló la palanca de la electricidad, y los focos del escenario volvieron a encenderse. El telón subió de nuevo. Y allí estaban Estefanía y el pájaro de fuego, todavía de pie en el centro del escenario. Sólo que el pájaro de fuego se había quitado la máscara y el profesor Kerenski estaba besando a Estefanía en la boca; la estaba besando y ella lo estaba dejando que la besara, como si fuera imposible tratar de evitarlo. El público, que estaba ya desfilando por la puerta del teatro, se detuvo a medio camino y se quedó mirándolos petrificado. Pasaron por lo menos diez segundos, y Estefanía y el profesor seguían allí, completamente ajenos a lo que los rodeaba, sordos al barullo de chiflidos, pitidos y patadas, que pronto empezaron a incrementar en volumen cuando la gente empezó a regresar por los pasillos, sobre todo los amigos de Tony Torres, quienes al darse cuenta de lo que estaba sucediendo se pusieron furiosos.

Se apiñaron al borde del escenario y empezaron a quitarse los zapatos y a arrojárselos al profesor Kerenski, así como carteras, sombrillas, sombreros: todo lo que encontraron a mano, gritándole que era un tramposo y un embustero; que le había hecho creer a todo el mundo que le iba a dar a Tony Torres aquella noche la oportunidad de ser el bailarín estrella, cuando desde un principio planeaba ocupar su lugar. Pero era como si Kerenski y Estefanía no pudieran oírlos; siguieron besándose apasionadamente frente a todo el mundo; la luz implacable de los reflectores clavándolos al terciopelo rojo del telón como dos insectos brillantes, todavía envueltos en el plumaje ardiente del pájaro de fuego.

Después del recital Abby me acompañó a pie hasta la casa, sin pronunciar una sola palabra. Ni papá ni mamá habían ido al teatro a verme bailar, lo que me alegró profundamente. Cuando llegamos, me encerré en mi cuarto y, un poco después, Abby golpeó a la puerta. Me trajo un vaso de leche y un pedazo de bizcocho de huevo que acababa de hornear aquella tarde, y lo puso todo sobre la mesa de noche.

—Ahora podrás volver a comer lo que se te antoje —me dijo—. Ya no te morirás de anorexia por culpa de ese guaraguao hambriento. Dale gracias a Dios que no fuiste tú la que caíste esta noche entre sus garras, porque si no ahora mismo estaría presa por romperle la crisma con el paraguas. Fue lo que me dieron ganas de hacer cuando vi a la pobre Estefanía Volmer, indefensa como una paloma entre sus brazos. —No pude responderle. Apoyé mi cabeza en su hombro y me solté a llorar desconsolada.

No regresé a la academia, ni volví a ver jamás a André Kerenski. Poco después de este episodio, varias alumnas lo acusaron de hostigamiento sexual y tuvo que abandonar la Isla. A Estefanía la mandaron a vivir con una tía a Worcester, Massachusetts, mientras la gente olvidaba el escándalo. Cuando regresó a Ponce algunos años después, llegó casada con un maestro de yoga, y juntos abrieron la primera academia Sri Pritam del pueblo. Seguía tan loca y despreocupada como siempre. Su marido y ella se bañaban desnudos en la playa pública de Ponce y meditaban en posición de loto todas las tardes a la caída del sol. Una vez, la policía los metió en la cárcel por comportamiento indecente, pero siendo Estefanía una Rinser Volmer, no tuvo que permanecer allí más que unas horas. Tamara siguió dirigiendo la academia de baile por su cuenta, y, con el tiempo, logró fundar una sólida tradición de ballet clásico en Ponce. Varias de sus alumnas avanzadas continuaron sus carreras en Estados Unidos y llegaron a ser bailarinas de renombre; hoy, los amantes del ballet veneran a Tamara en Ponce. El pobre Tony Torres, sin embargo, se esfumó como si se lo hubiese tragado la tierra. Nunca regresó a vivir en Machuelo Abajo, y nadie volvió a oír jamás de él.

18

Vassar College

Después de lo que pasó con Kerenski, Abby y yo estuvimos muy unidas. Yo la acompañaba al barrio Las Cucharas, uno de los arrabales de Ponce, por lo menos dos veces por semana. Allí le enseñábamos a los niños a leer y a escribir, y a veces hasta a coser y a cocinar. Un día, Abby le escribió al presidente de la Kodak, que acababa de abrir una planta nueva en Ponce, pidiéndole que le donara veinte cámaras marca Polaroid a los niños del arrabal. Éste le contestó muy fino otra carta, excusándose de no poder complacerla porque no podía regalarle las cámaras de la competencia, pero informándole que le estaba enviando veinte cámaras marca Kodak, con cincuenta rollos de película de chiripa.

Abby pensó que enseñarles a los niños del arrabal a tomar fotografías podía ser algo útil. Les enseñó a fotografiar los gatos hambrientos que hurgaban en la basura de los zafacones. La basura, por supuesto, era fea, pero los gatos eran hermosos porque estaban vivos, y todo lo que sobrevivía luchando por la vida era digno de admiración. Las Cucharas estaba lleno de gatos y perros realengos. Una pasaba frente a la carnicería y pedía que le regalaran algunos huesos, y, pronto, una docena de ellos estaba siguiéndola a una a todas partes. Abby pensaba que los satos eran especiales. En nuestra casa de Ponce, había tres perras satas: *Chinche*, *Pulga* y *Garrapata*. Tenían la pelambre marrón, amarilla y negra, respectivamente, con el hocico más negro que la brea y el pelo tiñoso. Pero eran cariñosísimas, y Abby insistía en que eran más fieles que los perros de raza, porque ella las había salvado de la perrera municipal y le debían la vida.

Abby les sugirió a los niños que le sacaran fotos a las cloacas de Ponce, que desaguaban en la playa de Las Cucharas, en donde los niños jugaban a menudo como si se tratara de un parque de diversiones. El contraste entre los rostros sonreídos de los niños y la miseria abyecta que los rodeaba resultó ser un excelente material artístico. Cuando revelaron los negativos, Abby escogió las mejores fotos y las envió a un concurso en Estados Unidos que había visto anunciado en *The New York Times*, y los niños de Las Cucharas quedaron en primer lugar. Varios de aquellos muchachos se hicieron luego fotógrafos profesionales y fundaron la primera escuela de fotografía en Ponce.

Cuatro años después de mi desengaño con el ballet, en 1950, me gradué en el Liceo de Ponce. En enero de ese mismo año me habían aceptado en Vassar College, a donde Abby había prometido mandarme para consolarme por mi carrera de baile frustrada, y empecé a hacer los preparativos del viaje. Una noche, Abby y yo nos sentamos juntas en la sala, con el catálogo de Sears en la falda. Escogí un hermoso baúl verde tachonado de clavos de bronce, seis pares de medias tejidas, tres combinaciones de suéteres, dos faldas de lana escocesa, un abrigo de pelo de camello, un par de botas de goma y un impermeable de hule, y lo anotamos todo en el formulario rosado al final del libro en el cual se hacían los pedidos. Las tiendas de Ponce no vendían artículos como aquéllos, pero gracias al catálogo de Sears, podíamos comprar eso y mucho más.

Durante los años cuarenta y cincuenta, Sears no tenía tienda en la Isla. Sears no era un lugar, era un estado mental; ordenar cosas a Sears era como encargarlas al cielo. Había un catálogo de Sears en todas las casas de clase media en Ponce. Como la mayoría de las familias de la Isla, la nuestra estaba dividida políticamente. Carmita y Carlos creían en la estadidad, y Abby era una independentista furibunda. Pero a todos nos encantaba hojear el catálogo de Sears. Tenerlo a mano era reconfortante; prueba irrefutable de que éramos parte de Estados Unidos. No éramos como Haití ni la República Dominicana, en donde la gente todavía no había oído hablar del teléfono y conservaba los alimentos en cajas de madera con bloques de hielo, en vez de en neveras General Electric. Gracias al catálogo de Sears teníamos el mismo acceso que la gente de Kansas y de Luisiana a los aparatos del hogar más modernos, y podíamos importar los últimos inventos mecánicos de Estados Unidos sin pagar un centavo de contribuciones. Las cajas de cartón en las que venía la mercancía en vapor del Norte se tardaban semanas en llegar a la Isla, pero cuando se abrían, se sentía el friíto estimulante de Estados Unidos que venía atrapado adentro, que daba en la cara al levantar la tapa.

En nuestra casa, el catálogo de Sears estaba siempre encima de la mesa de café de la sala, y nos pasábamos las horas hojeándolo y soñando con aquellos objetos maravillosos que nunca habíamos visto. Cuando yo era niña, encargué una vez una muñeca Madame Alexander para las Navidades. En Ponce no había muñecas de esa clase. Las muñecas eran comunes y corrientes, tenían la cabeza, las manos y los pies de una pasta burda, y el cuerpo de tela y relleno de guata. Mi Madame Alexander tenía su carita pintada con un barniz delicado, dientes de verdad y pelo castaño claro. Llegó metida dentro de un baúl de cartón con terminaciones de bronce y acompañada por un vestuario completo, exactamente igual al que Abby me compró quince años más tarde, cuando estaba por embarcarme para Estados Unidos.

Carmita encargó su horno marca Philips, su lavadora de ropa Kelvinator y su aspiradora de polvo Electrolux al catálogo de Sears. Carlos disfrutaba estudiando los taladros eléctricos y los serruchos automáticos de la General Electric, y soñaba comprar algún día una valija llena de herramientas supermodernas que Sears anunciaba para tallar madera. Hasta Abby se pasaba las horas embelesada con el catálogo de Sears en las rodillas. La sección que a ella le gustaba más era la de jardinería. Leía más sobre los surtidores giratorios que regaban el césped de las casas de Fort Lauderdale; sobre los comederos de pájaros de Maine, hechos de corteza auténtica de pino; sobre los muebles de jardín de California, fabricados con preciosos maderos de secoya; sobre las zinnias amarillas, las dalias anaranjadas y las trompetas azules de Arizona, que nunca se darían en el trópico pero que Abby encargaba igual a Sears y luego sembraba en nuestro jardín, porque tenía fe ciega en las imágenes de colores alegres de los sobrecitos de papel en los que venían metidas las semillas. Hojeando las páginas del catálogo de Sears, Abby se sintió alguna vez tentada a renunciar a sus ideales independentistas y a votar por la estadidad, como hacían Carmita y Carlos, pero nunca se decidió a hacerlo.

Yo sentía una gran simpatía por la independencia en aquella época, quizá por estar tan unida a Abby. Pero cuando vi lo contradictorias que eran las convicciones de Abby, no supe qué pensar. Abby quería que la Isla fuese independiente por razones morales, y yo estaba de acuerdo con ella en eso. Pensaba que Puerto Rico era un país distinto de Estados Unidos, y que pedir ser admitidos como un estado de la Unión no era justo con Estados Unidos, y a la larga, tampoco con nosotros. En cierto sentido, era como tratar de engañar al pueblo norteamericano, que nos había tratado bien. Pero Abby también daba una gran importancia al progreso, y valoraba su pasaporte norteamericano como si fuera una joya.

En Puerto Rico, la política nos apasiona a todos. Tenemos tres partidos y tres colores con los que nos identificamos: la estadidad y el Partido Nuevo Progresista son azules; el Estado Libre Asociado y el Partido Popular son rojos, y la independencia es verde. La política es como la religión: uno puede tener fe en la estadidad o en la independencia, pero no puede creer en ambas. Alguien tiene que salvarse y alguien tiene que condenarse, y los que creen en el ELA andan flotando en el limbo. Durante las elecciones la gente se pone histérica, y con frecuencia es capaz de reaccionar de la manera más absurda.

Durante las últimas elecciones, por ejemplo, un independentista fue ultimado al comienzo de un juego de baloncesto en el barrio Canas. Alguien le enterró el asta de la bandera norteamericana por la espalda como si hubiese sido una lanza porque no se quitó la gorra cuando tocaron *La Borinqueña*. Yo no soporto la violencia y este tipo de cosa me horroriza. Por eso soy apolítica; cuando llegan las elecciones, no voto. Quizá mi indecisión se remonta a la época en que me sentaba de niña en la sala de la casa de Ponce con el catálogo de Sears sobre las rodillas, anhelando la independencia y a la misma vez soñando con que nuestra isla formara parte del mundo moderno.

Mucha gente ve el Estado Libre Asociado como algo transitorio. Probablemente es lo que más nos conviene, pero no puede durar para siempre. La gente quiere tener una idea clara de lo que es; le gusta ver las cosas en blanco y negro, firmadas y selladas al pie de la página. El propósito de un *commonwealth* es, precisamente, salvaguardar la posibilidad del cambio. Es la solución política más flexible e inteligente pero nos hace sentir inseguros, en peligro de perdernos. Por eso, estoy segura de que algún día tendremos que escoger entre la estadidad y la independencia.

Como yo lo veo, nuestra isla es como una novia siempre a punto de casarse. Si algún día Puerto Rico escoge ser un estado de la Unión, tendrá que aceptar el inglés, el lenguaje de su futuro esposo, como su lengua oficial junto con el español, no sólo por ser el lenguaje de la modernidad y del progreso, sino por ser el lenguaje del poder en el mundo de hoy. Si la Isla escoge la independencia y decide quedarse soltera, por otra parte, tendrá que sacrificarse, y aceptar la pobreza y el atraso que significará vivir sin los beneficios y la protección de Estados Unidos. Independientes no seremos más libres, porque los pobres no son libres. Desgraciadamente, es muy posible que caigamos víctima de uno de nuestros caciques políticos que siempre están velando tras bastidores el momento de usurpar el poder. No me cabe la menor duda de que la independencia nos atrasaría más de un siglo, y que significaría un enorme sacrificio. Pero ¿cómo dejar de ser lo que somos?

Por fin, llegó el día en que tenía que viajar a Estados Unidos. Doblé cuidadosamente mi ropa nueva y la coloqué en el baúl de Sears. Abby me acompañó a San Juan en el viejo Pontiac azul de abuela Gabriela, y nos bajamos en el aeropuerto de Isla Grande. Se me saltaron las lágrimas cuando me despedí de ella y subí por las escalerillas del Constelation de Pan American, un avión de cuatro motores que aterrizó cinco horas después en Idlewild. La tristeza, sin embargo, se me pasó pronto. En cuanto llegué al colegio, me sentí como una persona diferente.

Los cuatro años que pasé en Vassar College fueron los más felices de mi vida. Afortunadamente, en el Liceo de Ponce enseñaban inglés desde primer grado, de manera que nunca tuve problemas con mis estudios. Me encantaba el colegio, con sus senderos de gravilla blanca internándose bajo los sauces llorones, sus excelentes departamentos de griego, de latín y de literatura inglesa. Allí me di cuenta de que Ponce, que me parecía una gran metrópolis cuando vivía en la calle Aurora, era en realidad un pueblo pequeño.

Quintín

Dos semanas después de que Quintín descubriera el manuscrito de
Isabel en el compartimento secreto del escritorio de Rebeca, no había
vuelto a encontrar nada más. No le mencionó una sola palabra a su
mujer sobre el asunto, pero no había podido dejar de pensar en él.
Todos los días, un poco antes del amanecer, entraba de puntillas al
estudio con la llavecita de bronce en la mano, a verificar si había
algún capítulo nuevo, pero sin suerte. El cartapacio crema estaba allí
todavía, pero el número de páginas seguía siendo el mismo. A los
quince días, al sacarlo de la gaveta secreta, le pareció que estaba un
poco más pesado, y, en efecto, descubrió que incluía tres capítulos
nuevos.

Quintín sospechaba que Isabel sabía que él estaba leyendo el
manuscrito. Todo había sido demasiado fácil; siempre encontraba
la llavecita en el mismo lugar, al fondo del joyero. También era raro
que Isabel nunca se despertara o se quejara cuando él se levantaba
antes del amanecer y se ponía a deambular a oscuras por la casa. Era
casi como si existiese un pacto tácito entre ellos: si ninguno de los
dos decía nada, Isabel no dejaría de escribir, y Quintín seguiría
leyendo.

Quintín suspiró aliviado cuando se dio cuenta de que los tres
capítulos nuevos eran sobre la familia Monfort. Eso quería decir que
él no figuraría en ellos para nada; así no sufriría al verse retratado
por los ojos de Isabel. Le asombraba la perseverancia de su mujer.
Había escrito el nuevo material enteramente sin su ayuda, pues
ya nunca le hacía preguntas. Su estilo se había aligerado; fluía con
una naturalidad que lo sorprendía según progresaba la novela. Se esta-
ba volviendo una verdadera escritora; estaba floreciendo ante sus ojos.

Los capítulos sobre Kerenski estaban particularmente bien escritos; casi podrían publicarse solos, como una novela corta. Los había leído con avidez, consciente del placer estético que estaba experimentando.

Pero su disfrute se encontraba ligeramente teñido de resentimiento. Él también hubiese querido ser un artista. Después de todo, un buen historiador tenía que ser tan original e imaginativo como un buen novelista. Sencillamente, no había tenido tiempo para desarrollar esa parte de su intelecto. Se había visto obligado a alimentar demasiadas bocas, a cumplir con demasiadas obligaciones. Cuando Rebeca vivía, era Mendizábal y la tribu de sus hermanos; luego fue Gourmet Imports y su propia familia. Como todos los hombres responsables, tuvo que apretarse los pantalones y agarrar al toro por los cuernos. Nunca pudo darse el lujo de quedarse en la terraza echándose fresco como lo hacía Isabel; observando a los pelícanos zambullirse en la laguna mientras esperaba que se le ocurriesen ideas que captar en palabras bellas. Se sentía como si lo hubiesen estafado. Crear una obra de arte debía de ser una de las satisfacciones más grandes de la vida. Si sólo encontrara tiempo para ello...

A pesar de todo, él no era un hombre frustrado. Se sentía orgulloso de lo que había logrado en la vida. Para ser un empresario exitoso había tenido que ser valiente, atreverse a hacer decisiones que conllevaban terribles riesgos. Era otra manera de ser creativo. Fundar una compañía exigía orden, tenacidad y disciplina, pero, también requería una gran originalidad. Había que ganarse a los empleados, y él había sabido hacerlo porque sus empleados lo adoraban. Muchos habían trabajado en Gourmet Imports durante más de veinte años, y él les había hecho posible vivir con dignidad durante todo ese tiempo, ayudándolos a ganarse el pan con el sudor de sus frentes y a educar a sus hijos.

Era un hombre honesto; pagaba sus contribuciones religiosamente y tenía una aguda conciencia cívica; le importaba que se respetaran los derechos del prójimo. Pero el día de su muerte, nadie se acordaría de lo que había hecho. El polvo de la anonimia llovería sobre su nombre, y él se convertiría en una cifra más de la larga lista de ciudadanos que habían llevado vidas respetables. Su familia se abalanzaría sobre su herencia, y el Gobierno se quedaría con el resto. A Isabel, por el contrario, la recordarían como la autora de La casa de la laguna, *una supuesta «obra de arte»*, si es que algún día lograba

publicarla. El arte era sin duda una manera muy eficaz de perpe-
tuarse, de lograr una especie de inmortalidad.

Se dijo que estaba siendo egoísta, que no debía envidiarle a
su mujer su posible éxito. Pero hubiese preferido que compartiese el
anonimato con él. Quizá todavía podía convencerla de que no pu-
blicase la novela. Mantener ese secreto sería un acto de humildad
hermoso. Al escribir su novela, Isabel había logrado algo que le había
dado sentido a su vida, y él era el primero en reconocérselo. La obra
existía oculta como un diamante en las entrañas de la tierra, pero no
por eso era menos real. ¿Era tan importante sacarla a la luz; publi-
carla? Si se quedaba inédita, sería todavía más perfecta, porque per-
manecería como una obra ideal. Con la bendición adicional de
que así la reputación de su familia permanecería a salvo, y él no
tendría que destruir el manuscrito. Si Isabel todavía lo quería,
podía hacer aquel sacrificio. Sería una prueba sublime de su amor
hacia él.

Tenía que ser paciente y sobreponerse a su angustia. El instinto le
decía que no era sabio presionar a Isabel a que le hablara de la nove-
la en aquellos momentos. Su familia tenía una historia trágica. Su
madre se había enviciado con el juego. Su padre se había suicidado, y
Carmita cayó en una depresión grave que desembocó en la locura.
No le quedaba otro remedio que esperar. A veces no hacer nada era lo
mejor, y las cosas se arreglaban solas.

Quintín regresó a la lectura del manuscrito. Cogió un lápiz, le
afiló la punta y decidió concentrarse en el texto. A lo mejor, podía
ayudar a Isabel a escribir la novela perfecta.

Leyó la descripción que Isabel había hecho de Ponce al comienzo
del capítulo dieciséis, e hizo una pequeña nota al margen: «¿No te
parece que estás idealizando demasiado a "La Perla del Sur"?
Hablas de Ponce como si fuera París. Ponce es un pueblo muy bonito,
pero no se puede comparar con San Juan. Hay que mantener las co-
sas en perspectiva. Tiene una población de ciento cincuenta mil
habitantes, y San Juan es una metrópolis de millón y medio. Es cierto
que su arquitectura es llamativa y que sus casas parecen bizcochos de
boda, ¡pero eso no quiere decir que sea más significativo que el Viejo
San Juan, que es una joya arquitectónica!».

Otro defecto que percibió era la tendencia de Isabel a hacer de
sus personajes sombras de sí misma. «Más que seres con vida propia,

son aspectos de tu personalidad. Tienes que vigilar eso; es una trampa común para los escritores mediocres.»

«Te gustan los personajes rebeldes —añadió al pie de la próxima página—, pero eso no quiere decir que debas identificarte con ellos. Tienes que cuidarte; cada vez que describes a uno, la rebelde en ti levanta la cabeza. Quizá por eso disfrutaste tanto describiendo a Rebeca en los capítulos sexto y séptimo. Lo reconozco: en su juventud, mamá era una desobediente tremenda; la consintieron demasiado y estaba acostumbrada a salirse con la suya. Pero más tarde cambió. Papá la ayudó a madurar, y finalmente aceptó sus responsabilidades como esposa y madre.»

Cuando Quintín llenó el margen de la tercera página, le dio la vuelta y siguió escribiendo por el dorso. Sabía que era peligroso, pero se dejó llevar por el entusiasmo.

«Lo más auténtico de tu manuscrito es tu pasión por el ballet clásico —continuó—. El lector lo percibe de inmediato, porque el tema te apasiona y escribes con inspiración. Isabel se sabe de memoria los nombres de todos los pasos habidos y por haber, y también debe de haber leído un par de libros sobre la teoría de la danza. Rebeca, o el personaje que tú nombras como mi madre, comparte contigo esa pasión. Cuando Kerenski le dice a sus estudiantes: "Si dejan que la música los inunde cuando bailan, un día alcanzarán la iluminación del espíritu", me parece que estoy oyendo hablar a Rebeca.

»Recuerdo muy bien el escándalo entre Kerenski y Estefanía Volmer, uno de los chismes más sonados de Ponce durante los años cuarenta. Tú sabes cómo es la gente. La maledicencia en esta isla es como la verdolaga, se sube a los postes de teléfono y pronto cuelga de los aleros de todas las casas.

»Si me lo permites, añadiré aquí mi versión de esa triste historia. Es muy distinta a la tuya, porque está basada en sucesos reales. Aunque ya qué más da. Gracias a la confusión que aquí reina, nadie podrá separar jamás, en este manuscrito, la paja del trigo: lo que es verdad de lo que es mentira. Para alguien que nunca ha vivido en Ponce, ambas versiones podrían ser ciertas. Lo único que cuenta ahora es la calidad estética de la narración; cómo está contada la historia. Y yo quiero probarte que el historiador puede ser tan artista como el escritor. Aquí va, pues, mi apuesta al juego de la historia ¡aunque la verdad esté en crisis!»

Y mientras por el ventanal del estudio se filtraba una tenue luz rosada que venía de la laguna, Quintín empezó a escribir con una intensidad casi maniática la historia de aquella historia:

«Kerenski era un judío de Nueva York que simpatizaba con la izquierda política. Por eso, cuando se casó con Norma Castillo y se mudaron a vivir a Ponce, le pusieron el mote de "Kerenski el Rojo". Nadie hubiese enviado a su hija a la Escuela de Ballet Kerenski si André hubiese sido su director. Pero, en Ponce, todo el mundo sabía quiénes eran los Castillo; las familias bien de la Isla se conocen todas. Norma tuvo mucho éxito enseñándoles a las niñas las reglas de etiqueta y de comportamiento social; el porte y la donosura del cuerpo son una parte importante de ese adiestramiento. La escuela fue un éxito desde el comienzo, y estaba haciendo mucho dinero, pero Kerenski resentía el hecho de que Norma sólo admitía a las hijas de las familias acomodadas como pupilas. Él quería trabajar con todo tipo de gentes para luego echárselas ante sus amigos socialistas de que tenían una escuela democrática, en la cual se admitían discípulos pobres. Resentía el que la escuela estuviera bajo la tutela de Norma y que la gente le hiciera poco caso a él. Fue entonces que decidió cobrárselas y empezó a acechar a Estefanía Volmer.

»Conocí a Estefanía mucho antes de conocerte a ti, porque las jóvenes de buena familia de Ponce, a menudo, venían a los bailes en San Juan. Visitábamos los cabarets juntos y tuvimos un amorío inocente por varios meses. Tu padre, tan puritano como siempre, nunca te daba permiso para venir, y, por eso, no te conocí hasta años después, cuando ya asistíamos a la universidad. Nunca me viste con Estefanía por esa razón, ni sabías hasta ahora que yo la conocía de antes; pero fue a través de ella que me enteré de lo que pasó de veras en la Escuela de Ballet Kerenski.

»Estoy de acuerdo contigo; Estefanía era loca, pero era una loca simpática. Me caía bien, y puedo dar fe de lo que dices: nunca usaba ropa interior. En una ocasión memorable fui con Estefanía a un baile en el Casino de Alamares. Estefanía tenía que coronar a la Reina y me invitó como su parejo. Llevaba puesto uno de aquellos trajes con mucho brilloteo pero sin ningún estilo, de los que le encantaban a las gentes de Ponce. Tenía falda de campana, con un armazón de metal debajo de la enagua. Cuando llegó el momento de coronar a la Reina, Estefanía subió las escaleras del trono al fondo del salón, llevando en sus manos la corona sobre una almohadilla de terciopelo. Cuando llegó al tope, le hizo a la Reina una reverencia profunda, y la falda se le cimbró, dejando al descubierto el fondillito rosado más gracioso que he visto en mi vida. Miles de personas también lo vieron. Los hombres empezaron a chiflar y aplaudir. Pero Estefanía ni se sonrojó. Se rió coquetamente, le sujetó a la Reina la corona a la cabeza con horquillas y bajó las escaleras dando saltitos y como si nada. Unos momentos después, la orquesta rompió a tocar y salimos a bailar a la pista. Nunca te conté la historia porque sabía que era tu amiga y no quería abochornarte.

»Margot Rinser, la madre de Estefanía, fue la primera rubia platino que conocí. Tenía el pelo del mismo color del ron que su familia vendía. Pero le gustaba demasiado beberlo; ése era su problema.

»Un día, Arturo y Margot regresaban de una fiesta en el Ponce Country Club. Debió de ser como a las seis de la mañana que pasaron frente al parque de pelota Pedro Coímbre, y vieron una carpa de circo montada cerca de allí. Dos leones dormían en una jaula junto al río. Margot le dijo a Arturo que quería ver de cerca a los leones. Arturo primero dijo que no, pero cuando Margot insistió optó por complacerla. Llevaban sólo un mes de casados, y estaban todavía acaramelados. Bajaron por la hondonada, detuvieron el De Soto azul junto a la jaula y se bajaron.

Arturo estaba vestido de etiqueta y Margot llevaba puesto un traje de noche con una larga cola de lentejuelas y canutillos, que relucía en la penumbra del amanecer. Al acercarse a las jaulas, vieron a un hombre que sacaba huesos y pedazos de carne de un saco. Era el encargado de los animales, que les estaba dando el desayuno. Margot se le acercó y observó fascinada cómo los leones devoraban la carne fresca. Nunca había visto leones vivos, y le parecieron bellísimos. Tenían unos ojos enormes y cuando comían, las pupilas se le dilataban como dos estanques dorados.

»Margot le pidió al cuidador que la dejara alimentar a uno. El cuidador no lo pensó dos veces. Los animales eran viejos y estaban acostumbrados a comer de su mano, así que le dio un pedazo de cecina a Margot. Margot se acercó a la jaula y llamó juguetonamente a la hembra más cercana, un animal escuálido y tiñoso, con crenchas de pelo amarillo saliéndole por las orejas. Margot sintió compasión al verla. El circo era muy cruel con los animales; ¿quién sabe cuánto *había sufrido esta pobre leona? Metió la mano derecha lentamente dentro de las barras. Arturo estaba de pie junto a ella, agarrándola por el brazo izquierdo y riéndose de lo sentimental que era. Pero justo cuando Margot iba a dejar caer el pedazo de carne dentro de la jaula, la leona embistió. Metió la pata por entre los barrotes, agarró la cola del traje de Margot y le dio un halón tremebundo —el brillo de las lentejuelas capturó su atención—, atrayendo a Margot hacia ella. Por unos segundos aterradores se estableció una lucha a muerte: Arturo halaba a Margot por un lado, y la leona, por el otro. Margot gritó con toda su alma, pero la leona no la soltaba. Los canutillos del vestido hacían la tela más recia, y ésta no se desgarraba. La pierna derecha de Margot, atrapada entre los barrotes, acabó hecha una pulpa.*

»Fue como resultado de ese accidente estúpido —y no debido al cáncer, como tú indicas melodramáticamente en tu manuscrito— que a Margot Rinser tuvieron que amputarle la pierna. Unas semanas después, Margot descubrió que estaba encinta. Era patético verla —encinta y casada hacía sólo seis meses— paseando por los parques de Ponce mientras su marido empujaba su silla de ruedas. Arturo nunca se recuperó de aquel trauma. Se sentía terriblemente culpable de no haber podido evitar el accidente. En sus sueños veía a Margot ofreciéndole un pedazo de carne a la leona con la mano derecha, mientras él le agarraba la mano izquierda y se reía como si se tratase de una broma. Por eso se dedicó a cuidarla con aquella obsesión y dejó que Estefanía se criara salvaje.

»Estefanía es una descocada; todo el mundo en la Isla lo sabe. Le gustaba manejar su Ford convertible a cien kilómetros por hora desde Ponce hasta San Juan, y, en ese Ford, hacía de todo. Llevaba a Arturo y a Margot por la calle de la amargura con aquella vida, pero ellos no podían hacer nada.

»El cuento de lo que sucedió entre Kerenski y Estefanía en la escuela de ballet es también vox populi; *no me he enterado de nada nuevo. Eran tal para cual, y no les tardó mucho tiempo darse cuenta de ello. ¡Lo que yo no sabía era que tú también estabas medio enamorada de ese canalla! ¡Fuiste tú quien subió el telón la noche del recital, para que el amorío entre Kerenski y Estefanía quedara expuesto al mundo! Sé que algunos meses más tarde, para ayudar a Norma Castillo a divorciarse de Kerenski, testificaste en corte, acusando*

a Kerenski de hostigamiento sexual. Como resultado de tu testimonio, Kerenski fue deportado, y tuvo que abandonar Estados Unidos.»

Quintín estaba doblado sobre el manuscrito, completamente absorto en lo que estaba escribiendo, cuando escuchó un ruido fuera del estudio, por el lado de los mangles. Escondió apresuradamente las páginas en la gaveta del escritorio y se desplazó en silencio hasta el ventanal de cristal. Era un búho, ululando morosamente sobre un arbusto cercano, que se deslizó como una sombra sobre el agua cuando el rostro pálido de Quintín apareció en la ventana. Regresó al escritorio y se sentó de nuevo pensativo en la silla.

Había descubierto otro aspecto desconocido de Isabel. Había estado enamorada de Kerenski, y se lo había ocultado. Siempre le juró que él era su primer amor, y era mentira. Descubrir que un mequetrefe como el instructor de ballet lo había precedido en sus afectos era echarle sal a la herida. Isabel era casi una niña en aquella época, y, sin embargo, no había tenido compasión con el pobre Kerenski. Si lo que contaba en la novela era cierto, había destruido su reputación a sabiendas al levantar el telón del teatro La Perla aquella noche, para vengarse por el beso de Estefanía. Era toda inocencia, toda ingenuidad espontánea en la superficie y, por debajo, aquel odio terrible bullendo. La intensidad de sus emociones, la violencia de la cual había sido capaz, se filtraba a través de la novela como un veneno mortal. A los catorce años ya era una pequeña Medea, y como Medea, había utilizado el embrujo de las palabras para vengarse del patético inmigrante ruso.

Quintín sintió un escalofrío de miedo bajarle por la espalda. Si Isabel era capaz de vengarse de Kerenski de aquella manera, sólo porque lo había visto besar a su compañera de clase una vez, ¿qué no sería capaz de hacerle a él si algún día se le metía en la cabeza que no la quería?

SEXTA PARTE

LA SEGUNDA CASA DE LA LAGUNA

Isabel

Acaba de suceder algo inusitado. Quintín encontró mi manuscrito y lo está leyendo. Y no sólo lo está leyendo, le está añadiendo sus comentarios a mano, garabateándolos con furia en los márgenes. En algunos casos, hasta ha sumado su versión a la mía, por la parte de atrás de las páginas. ¡Qué atrevimiento! ¡Acusarme a mí de falsear la verdad, de virar al revés la historia de nuestras familias! Él sabe que yo sé lo que él sabe. Y sin embargo, ha dejado el manuscrito en el mismo lugar en donde lo encontró: en el compartimento secreto del escritorio de Rebeca.

Estupendo. La curiosidad salvó a Scherezada, y yo tengo a mi sultán agarrado por los huevos. Yo sé por qué Quintín no ha quemado el manuscrito, por qué no ha intentado obligarme a que deje de escribirlo. Piensa que, al último momento, lo podrá destruir, o que me impedirá publicarlo. Pero la curiosidad podrá más que todo ello.

Esta noche durante la cena Quintín leyó un pasaje de la Biblia en voz alta: «El que turbe su propia casa heredará el viento», leyó solemnemente. Y entonces le dio gracias a Dios por todas las «bendiciones» que hemos recibido. Estupendo. Pero, al menos, antes de que todo termine, yo habré tenido la satisfacción de inscribir sobre el papel la historia terrible de nuestra familia.

19

La mortaja de bodas de Abby

Quintín y yo nos conocimos en la playa del Escambrón. Fue en junio, durante el verano de mi tercer año de colegio. Abby me había llevado a San Juan para hacer unas compras; nos estábamos quedando en casa de tía Hortensia, una de las hermanas de Carmita que vivía en la capital. Hacía un día precioso, y mi prima y yo salimos a dar una vuelta por la pasarela de madera del Escambrón. Me gustaba caminar por aquel malecón porque se divisaba un panorama espléndido; del lado izquierdo se veían las olas batiendo a mar abierto contra las rocas, y del lado derecho se veía la bahía, tranquila y transparente, contenida por su media luna de arena blanca.

El palacete del Escambrón Beach Club, con su techo de lámina de cobre, no había sido demolido todavía, y desde el malecón relucía como una ballena dorada al borde del agua. La enorme cadena de eslabones de hierro que la Marina de Estados Unidos había tendido a la entrada de la bahía para protegerla de los submarinos alemanes durante la primera guerra mundial todavía estaba allí, cubierta de moho y revestida de algas y organismos marinos. Las olas eran enormes y tan transparentes que parecían hechas de cuarzo; reventaban furiosas contra las rocas como estallidos de pólvora.

Cerca de nosotras un grupo de muchachones jugaba a gritos, encaramándose a la pasarela y zambulléndose en el agua como pelícanos salvajes. Nadaban hasta allí desde la playa pública, y se subían al paseo privado del Escambrón Beach Club sin que nadie pudiera evitarlo. De pronto, alguien me empujó por la espalda y di un traspié. Cuando me enderecé sorprendida, sentí que me estrangulaban. La cadena de oro que llevaba al cuello se quebró, y vi a un muchacho que corría delante de mí con la medalla de la Virgen de Guadalupe en la mano. Dio un salto y se zambulló en el agua. Fue cosa de tres segundos, no me dio tiempo ni de gritar.

Un celaje pasó por mi lado, y alguien se arrojó al agua detrás del maleante. Mi prima y yo nos asomamos ansiosas por encima de la pasarela. Dos sombras luchaban en las profundidades, hasta que la segunda sombra dominó a la primera. Unos momentos después, un joven de ojos verdes y pelo negro regresó nadando a la pasarela, subió por uno de los cimientos de madera y se me acercó con la medalla en la mano.

—La Virgen de Guadalupe fue la protectora de mis antepasados guerreros —me dijo sonriendo cortésmente—. Dejé escapar al muchacho porque era muy joven. Pero la próxima vez no venga a la playa con joyas que llamen la atención. Los malandrines, como los pelícanos, atacan todo lo que brille cerca del agua.

Tenía unas espaldas atléticas y caminaba balanceándose un poco sobre las puntas de los pies.

—Gracias por el gesto, señor caballero —le dije en broma.

El joven se dio cuenta de que yo estaba sangrando; un zarpazo doloroso me cruzaba la garganta de lado a lado.

—Venga conmigo —me dijo, tomándome gentilmente por el codo. Nos llevó a buscar un taxi y fuimos a la sala de emergencia del Hospital Presbiteriano, donde me examinaron y me desinfectaron la herida. El joven nos llevó entonces de vuelta a casa de mi tía. Antes de despedirnos volví a darle las gracias. Él me pidió el número de teléfono, y le di el de mi casa en la calle Aurora.

Regresé a Ponce con Abby y a los dos o tres días Quintín me llamó desde San Juan. Quería saber cómo estaba y si se me había pasado el susto. Le dije que sí, y que iba a estar de nuevo en San Juan la semana entrante. Nos volvimos a encontrar varias veces, y Quintín empezó a viajar a Ponce todos los fines de semana. Un día me pidió que fuera su novia y me regaló el anillo de oro con el escudo de los Mendizábal. Rebeca se lo había regalado a él cuando cumplió veintiún años, por ser el hijo mayor. Recuerdo la primera vez que me lo puse. Estábamos sentados en la terraza, y la figura de aquel caballero armado degollando un cerdo me hizo gracia. Pensé en lo poco que tenía que ver con mi tranquilo mundo de Ponce.

Papá murió el verano siguiente, justo antes de yo regresar a Vassar a cursar mi último año. El vicio de Carmita acabó con él. Cuando nos habíamos mudado a Ponce once años antes, creímos que Carmita estaba curada. En Ponce no había casinos, y ella no tenía dónde jugar. Pero entonces, el hotel Ponce Intercontinental abrió sus puertas sobre una colina detrás del pueblo. El Intercontinental fue el primer hotel verdaderamente moderno que se inauguró en Ponce, y era muy distinto a los elegantes edificios decimonónicos del pueblo. Todos los cuartos tenían puertas corredizas de cristal y unos balcones de balaustres de aluminio que sobrevolaban la árida vegetación del monte. La escalera circular que descendía a la piscina, cubierta por unos ladrillos redondos y decorativos, parecía el cuello de una jirafa y era el detalle más llamativo de su arquitectura moderna.

El hotel tenía un casino de lujo que era la esperanza del alcalde, porque estaba seguro de que atraería a los turistas. Pero se equivocó. El viaje de tres horas desde San Juan, la carretera estrecha y llena de curvas bordeando los riscos vertiginosos, al fondo de los cuales iban a dar de vez en cuando los automóviles de los turistas, resultó ser un obstáculo demasiado grande. Ponce no tiene playas; nunca ha sido un pueblo turístico y los ponceños lo prefieren así. Pronto el hotel Intercontinental perdía miles de dólares. Para enfrentarse a la situación, el gerente empezó a hacerle propaganda al casino entre la gente del pueblo. Los locutores de radio anunciaron un especial para damas: seis fichas por cada dólar en lugar de tres, hasta las ocho de la noche.

Carmita se enteró y empezó a ir al hotel con sus amigas. No tardaron en establecer una competencia entre ellas, a ver cuál se ganaba el pote de las traganíqueles más a menudo. Cada vez que Carmita perdía, le pedía a sus amigas que le adelantaran dinero. Cuando no quisieron adelantarle más, empezó a salir a la calle, y le pedía plata al primer extraño que se topaba. La gente no entendía por qué una señora bien vestida como Carmita Monfort pedía dinero prestado, y algunos empezaron a aprovecharse de la situación. Le prestaban diez dólares y después venían a decirle a Carlos que le habían prestado cien. Como lo que decían podía muy bien ser cierto —Carlos no tenía manera de comprobarlo pues Carmita nunca hubiese reconocido lo que había hecho—, no se atrevía a decir que no; se sacaba los cien dólares del bolsillo y se los daba. Pasaron los meses, y la situación empeoró. Cada vez que Carlos salía de la casa, había alguien esperándolo en la acera de enfrente, pidiéndole que le pagara una deuda de Carmita.

Finalmente, papá se sintió tan avergonzado que dejó de ir a la oficina y se quedaba en casa todo el tiempo. Le entregó al contable el manejo de las propiedades de mamá y no quiso tener más nada que ver con su dinero. Lo único que lo hacía feliz era sentarse debajo del árbol de capá blanco que crecía en el patio de atrás de la casa a darle de comer a los dos pericos —*Coto* y *Rita*— que había encargado a Florida. Le encantaba medir el diámetro del tronco del árbol cada tres o cuatro meses. El capá blanco era su madera preferida para tallar muebles, y cuando el árbol estuviese lo bastante crecido, pensaba derribarlo para fabricar con su madera por lo menos seis sillones y un sofá. Un día un huracán azotó a Ponce y tronchó muchos de sus árboles centenarios. Aquellos gigantes quedaron derribados por tierra, con las raíces expuestas como enormes cordales, y dejaron las calles intransitables durante semanas. El huracán derribó también nuestro árbol de capá, y *Coto* y *Rita* se escaparon de su jaula. Esa noche papá no se apareció en el comedor a la hora de la cena, y Abby lo buscó por toda la casa. Lo encontró en el desván, colgando de una de las vigas del techo. Se ahorcó con una manguera verde nuevecita, acabada de llegar de Sears.

La muerte de papá fue una pesadilla. Sólo logramos sobrevivirla gracias a Abby.

—«Cuando los corsos lo pierden todo, es que de veras aprenden lo mucho que valen», escribió la madre de Napoleón al duque de Wellington después de la derrota de su hijo en

Waterloo —me susurró Abby cuando estábamos velando el cuerpo de Carlos—. Así que párate derecha, levanta la barbilla y no llores. Dale las gracias a todo el mundo por haber venido.

No me quedó otro remedio que secarme las lágrimas y seguir su consejo.

Durante el funeral, Abby hizo un esfuerzo admirable por hacerme ver que había aceptado lo que el destino le deparaba. Pero cuando trataba de sonreírme, su boca era como un pájaro que no quería volar. Carlos era su único hijo. Después de su muerte, Abby se encogió siete centímetros y empezó a quedarse ciega. Sabía que Carlos nunca llegaría a ser gran cosa, pero lo siguió queriendo como el día en que nació. Cuando descubrió su cuerpo colgando de la viga en el desván, no gritó. Se tapó la boca con las manos y cayó redonda al suelo. La empleada y yo escuchamos el golpe de su cuerpo, y subimos corriendo las escaleras a ver qué pasaba. Mariana se arrodilló al lado de Abby para intentar revivirla y, de primera intención, no vio el cuerpo de Carlos. Yo lo vi primero. Bajé corriendo las escaleras, salí de la casa y me senté en la acera. No podía llorar; me quedé allí sentada no sé cuántas horas, mientras Mariana llamaba por teléfono a la ambulancia, que se llevó a Abby al hospital, y luego llamó a los bomberos para que vinieran a descolgar el cuerpo de papá. No lloré hasta el día siguiente, cuando Abby regresó del hospital y me refugié entre sus brazos.

Ese verano trajo muchos cambios. La salud de Carmita empeoró, y tuvimos que buscar una enfermera para que la cuidara. No podía quedarse sola ni un momento, porque se iba a la calle y empezaba a pedirle dinero a la gente. Abby vendió el pedazo de tierra que le quedaba en Adjuntas, que había incrementado bastante en valor porque la Squibb, la planta de productos farmacéuticos, había comprado la finca del tío Orencio para sembrar árboles de eucalipto, y Abby depositó en el banco todo el dinero que le pagaron.

La primavera siguiente me gradué en el Vassar College con honores. Había tomado todos los cursos de literatura española e hispanoamericana que el colegio ofrecía, porque había decidido ser escritora. Abby me dio todo su apoyo; le encantó la idea. Me escribió una carta sobre lo importante que era poder transformar nuestras experiencias más dolorosas a través del arte. Quintín fue el único que fue a mi graduación en mayo. Al día siguiente, volamos juntos de Nueva York a Puerto Rico. En San Juan me recogió el chofer en el Pontiac. Cuando llegué a casa en Ponce, subí de dos en dos las escaleras con el diploma en la mano. La enfermera me abrió la puerta. Me dijo que Abby estaba de cama; hacía varias semanas que no se sentía bien y no se levantaba. Aquello me sorprendió; durante nuestras conversaciones telefónicas, en ningún momento me había mencionado que no andaba bien de salud.

Corrí hasta su cuarto, abrí la puerta con cuidado y entré de puntillas. No esperaba un cambio tan drástico. Abby tenía los ojos cerrados, y me pareció que se había encogido aún más; parecía una de las muñecas de biscuit que abuela Gabriela guardaba en la vitrina de la sala. La besé en la frente y puse el diploma junto a ella sobre la cama.

—Te felicito —me dijo cuando abrió los ojos—. He vivido cincuenta años después de la muerte de Lorenzo nada más que para verte terminar lo que yo tuve que dejar a medias cuando tenía dieciséis años. Ahora podrás escribir lo que quieras, con la ayuda de los vivos y de los muertos. —La besé y le reñí por decir aquellas tonterías. Pronto se sentiría bien, le aseguré, y volveríamos a visitar juntas el barrio de Las Cucharas.

Al día siguiente me desperté muy temprano, sintiéndome contenta. Abby se desayunó conmigo en el comedor. Cuando estaba terminando de beberse el café, me dijo:

—Esta tarde me voy a morir, y quiero dejarlo todo listo. Necesito que busques el juego de sábanas de mi noche de bodas, el que traje conmigo cuando me fui de Adjuntas. Está guardado en un arcón del desván.

Le dije que no bromeara así, pero el corazón se me hizo un puño. La enfermera la regañó por hablar de cosas deprimentes. Abby siguió bebiéndose su café, sin añadir una sola palabra. Cuando terminó de desayunarse, se levantó de la mesa e hizo algo que me pareció raro. Salió a la terraza, donde Carmita se pasaba el día meciéndose en un sillón, y le dio un beso en la frente. Era la primera vez que la besaba desde la muerte de Carlos. Entonces, se fue a su cuarto y se encerró con llave.

Un poco más tarde, toqué en su puerta. Había encontrado las sábanas de hilo; estaban en el baúl de la buhardilla, tal y como ella me había dicho. Estaban bordadas con rosas diminutas y tenían un festón adornado con encaje de Bruselas. Estaban recién lavadas y planchadas, como si alguien supiera que se necesitarían pronto. Me sorprendió ver lo finas que eran. Abby siempre me había hablado del buen gusto de abuelo Lorenzo y de cómo había hecho todo lo posible por hacerla feliz, pero yo sólo le había creído a medias. Pensaba que estaba exagerando, porque en la vejez se tiende a idealizar lo que sucedió en la juventud. Pero aquel juego de sábanas tan exquisito era la prueba de que no se lo había inventado. Abby debió ser de veras muy feliz con abuelo Lorenzo.

Le di las sábanas a Abby y cerré la puerta. Después de un rato, escuché el ronroneo lejano de la máquina de coser de Carmita. Abby la había trasladado a su cuarto cuando Carmita se enfermó, y cosía todas las cortinas y las colchas de la casa ella misma. Pensé que se estaba sintiendo mejor y no quise interrumpirla, así que no entré a preguntarle cómo se sentía.

Salí a hacer unos mandados al pueblo, y cuando regresé le llevé la cena a Abby en una bandeja. Toqué en la puerta del cuarto pero nadie me contestó. Abrí la puerta poco a poco, y vi a Abby tendida en la cama, con las sábanas de boda perfectamente planchadas a su alrededor. Se había cosido una mortaja con el rebozo de rosas diminutas, y yacía envuelta en ella como una momia niña; las manos dobladas sobre el pecho y el rostro rodeado por el delicado festón de encaje de Bruselas. A su alrededor sobre la cama había una docena de sobres, todos sellados y con sus direcciones pertinentes, escritas en una letra clara. En el primero había una cantidad generosa para los niños de Las Cucharas; en los siguientes, el pago de la cuenta de la electricidad, el agua, el teléfono y la enfermera. El último sobre contenía la cantidad exacta para cubrir el costo de su ataúd y los gastos de su entierro. Todo saldado con fondos de la venta de la finca de Adjuntas.

Después de la muerte de Abby, la casa de la calle Aurora se me hizo cada vez más grande y más vacía. Aunque sabía que tenía que poner a Carmita en un asilo, quería retrasar, lo más po-

216

sible, el momento. Durante el día, la enfermera y yo teníamos que vestirla, darle de comer, llevarla al baño, sentarla y levantarla del inodoro cada vez que era necesario. Pero, en las noches, se lo hacía todo encima. En las mañanas amanecía cubierta de excrementos, y teníamos que bañarla y cambiarle la ropa de cama. Después del suicidio de Carlos, Carmita nunca volvió a hablar. Se pasaba todo el día sentada en el balcón, peinándose la melena que le caía como una catarata gris sobre los hombros, con la mirada perdida. Me gustaba sentarme a su lado y hablarle de mis cosas, aunque sabía que no me escuchaba. Casi nunca sonreía, pero cuando lo hacía era como si derramara un bálsamo sobre mis heridas.

20

El juramento de Isabel

Después de la muerte de Abby, Quintín siguió viniendo a verme todos los fines de semana a Ponce, pero era imposible pensar en casarnos porque no tenía dinero. Al final del verano, tuvimos un golpe de suerte. Madeleine Rosich murió en Boston y le dejó a Quintín, su nieto favorito, una herencia considerable. Quintín se me declaró ese mismo día, y fijamos la fecha de la boda para un año más tarde. Teníamos que decidir dónde viviríamos en San Juan, y hacer los preparativos para nuestro nuevo hogar. Decidí vender la casa de la calle Aurora, pero quería quedarme a vivir con mamá hasta el último momento. Una semana antes de la boda, la puse por fin en un asilo.

Quintín le dio a Rebeca todo el dinero que había ahorrado trabajando en Mendizábal y Compañía y le pidió que le comprara un brillante para el anillo de compromiso. Rebeca invitó a doña Salomé Beguín, una señora árabe de brazos rollizos y risa contagiosa que vendía alfombras y «brendas finas» a domicilio por el Viejo San Juan, a venir a su casa. Doña Salomé sacó una bandeja de terciopelo negro sobre la que brillaba una constelación de hermosos solitarios redondos, pero Rebeca escogió un diamante largo y afilado como una pequeña daga. Era una joya incómoda; el diamante se me enredaba en todo: en el pelo, cuando me lo cepillaba; en la ropa, cuando me vestía, y en las medias de nailon cada vez que me las subía por las piernas. Un día, Quintín y yo estábamos jugando al tenis cuando la bola me pegó en la mano, y el diamante se quebró en dos. Me sentí contrariada ante aquel mal presagio, pero Quintín me aseguró que su amor era eterno, aunque los diamantes no lo fueran.

Quintín y yo nos casamos en junio de 1955, después de dos años de noviazgo. La ceremonia se celebró en la iglesia de San José, en el Viejo San Juan: la más vieja de la Isla y todavía una de mis preferidas. Siempre me han gustado sus proporciones modestas; el lugar que ocupa sin pretensiones en una esquina de la plaza. Su severa fachada colonial se levanta contra el azul del cielo como una ola de cal. Allí no hay ningún conquistador enterrado; la tumba de Juan Ponce de León se encuentra en la catedral de San Juan, que está unas cuadras más abajo, por la calle del Cristo.

Hubiésemos preferido una boda pequeña e informal, pero no resultó así. Quintín y yo hicimos nuestra lista de invitados: mis tías Antonsanti y mis primas de Ponce, a quienes casi nunca veía; tía Hortensia, la hermana de Carmita, en cuya casa me quedaba cuando venía de visita a San Juan; Norma Castillo, mi maestra de ballet, y algunas de mis amistades de la Escuela de Ballet Kerenski. Entre estas últimas estaba Estefanía Volmer, quien vino a la boda en un traje de gasa semitransparente, con los pechos saltándole alegremente dentro del corpiño color geranio. A Esmeralda Márquez, mi mejor amiga, no la invitamos, pero nos mandó un regalo magnífico: un mantel de encaje de Madeira que todavía uso para las cenas formales. Quintín, por su parte, invitó a varios de sus compañeros de Columbia University, así como a sus primos Rosich de Boston, pero, desgraciadamente, muy pocos lograron viajar a la Isla para la ceremonia.

Rebeca insistió en que la boda se celebrara en la terraza dorada y nos pidió que la dejáramos encargarse de los preparativos. Empezó a añadir invitados a la lista y, muy pronto, teníamos una recepción formal entre manos. Rebeca invitó a todas sus amistades de la alta sociedad de San Juan; Buenaventura, a sus compadres del Casino y a sus amistades diplomáticas; Ignacio añadió a varios de sus amigos artistas. Patria y Libertad también querían divertirse, así que invitaron a un

219

buen número de chicos y chicas de su grupo de adolescentes. La lista final sumó más de trescientos invitados, y no nos quedó más remedio que aceptar cortésmente.

Rebeca siempre estaba de mal humor y casi no nos hablaba; era como si estuviera celosa de nuestra felicidad. No teníamos tiempo de preocuparnos por ella, sin embargo, porque estábamos viviendo en un torbellino. Yo tenía que ocuparme del ajuar de novia. Tía Hortensia se ofreció generosamente a prestarme el traje de peau de soie de abuela Gabriela, así como su mantilla de encaje de Chantilly. Doña Ermelinda, la madre de Esmeralda, modificó ambas prendas secretamente en su taller para que me sirvieran. También tuve que ocuparme del ramo, para lo que escogí flores de cafeto de la finca de Río Negro, en la cual a mamá todavía le quedaba un pedazo de tierra que había heredado de abuelo Vincenzo. Comprar todo lo que necesitaba para el ajuar me tomó bastante tiempo: las camisas de dormir, la ropa interior; toda la ropa íntima tenía que ser nueva y de buen gusto, porque ahora ya no me vestiría para mí sola ni para mi comodidad, sino para agradar a Quintín y hacer que me deseara. Y en medio de todo aquello, también tenía que llevar una lista de los regalos de boda que iban llegando, para así poder escribir las notas de agradecimiento cuando regresáramos de nuestra luna de miel.

Quintín no estaba menos ocupado. Con el dinero que heredó de Madeleine Rosich compró un hermoso piso con vista al océano, en uno de los condominios más modernos de Alamares, y me pidió que lo ayudara a amueblarlo. Fuimos juntos a comprar todo lo que necesitábamos: sábanas, toallas, platos, ollas y sartenes. Adquirimos algunos muebles nuevos, pero también utilizamos muchos de los que estaban en la casa de Ponce. Lo primero que me traje de allá fueron mis libros. Convertí la habitación de huéspedes en mi estudio, saqué los libros de sus cajas y los ordené en anaqueles. Amueblamos la sala con el diván y los sillones que papá había decorado con amapolas, lirios y trinitarias hacía mucho tiempo. También le encontramos lugar a una de sus magníficas consolas de mármol en el comedor. Cuando Quintín y yo nos miramos en su espejo biselado, nos sentimos absolutamente felices por primera vez en la vida.

Nos abrazamos y nos besamos como sellando un pacto. Tener nuestro piso quería decir que, finalmente, podríamos vivir nuestras propias vidas.

El día de la boda llegamos a la iglesia en el Rolls-Royce Silver Cloud de Buenaventura, conducido por Brambon en su uniforme de dril. El traje de abuela Gabriela me quedó perfecto. Quintín parecía un príncipe de leyenda, vestido con su chaqué de levita y con el sombrero de copa de Buenaventura. Rebeca lo había guardado envuelto en papel de seda durante veinte años, para que sus hijos lo llevaran puesto el día de su boda. Cuando caminamos juntos por el pasillo central de la nave, no pude dejar de pensar en papá, en lo mucho que le hubiese gustado estar allí en aquel momento. A Abby también le hubiese gustado asistir a mi boda, pero sólo si me hubiese casado con otra persona. No hubiese querido verme casándome con Quintín.

Después de la ceremonia, a eso de las seis de la tarde, regresamos en el Rolls a la casa de la laguna para la recepción. La casa se veía bellísima. El pasamanos de la terraza estaba decorado con una guirnalda de orquídeas blancas y las mesas habían sido colocadas cerca del agua. Petra misma confeccionó la torta de bodas: una fuente de tres pisos cubierta de glaseado, con dos palomas de azúcar bebiendo de la pila más alta. Esa mañana Petra nos llamó a Quintín y a mí a la cocina y nos mostró la torta; quería que la viéramos antes que nadie.

—El amor es la única fuente de la juventud —nos dijo con una sonrisa que le brillaba como una media luna en medio del rostro—. Ése es el secreto que Rebeca nunca aprendió.

Buenaventura ordenó que sólo se sirviera champán Codorníu —la marca que él importaba de España— durante la recepción, y los mozos, todos enguantados y de chaquetón blanco, revoloteaban alrededor de las mesas llenando una y otra vez las copas de los invitados. Ignacio logró pronunciar el brindis de los novios, después de mucho tartamudear a causa del nerviosismo, y la orquesta empezó a tocar *Tú y yo*, la danza de Morel Campos que Quintín y yo bailaríamos juntos. Estábamos a punto de levantarnos de la mesa para salir a la pista cuando de debajo de la terraza salió una hilera de botes iluminados por linternas de papel que parpadeaban alegremente sobre la negrura del agua. Adentro iba mucha gente cantando y tocando guitarras. Era una serenata que Petra y los sirvientes habían organizado en nuestro honor.

Bailamos nuestra danza y regresamos tomados de la mano a la mesa de los novios. Estuvimos allí sentados durante más de dos horas, sorbiendo champán de una misma copa y mirándonos embelesados a los ojos, aislados en nuestro pequeño mundo. Ni a Quintín ni a mí nos ha gustado nunca el tumulto ni los gentíos, y nos sentíamos un poco como extraños en nuestra propia boda. Contábamos, en silencio, los minutos que faltaban para salir hacia el acropuerto; esa misma noche volaríamos a Nueva York y al día siguiente viajaríamos a París para nuestra luna de miel. Las parejas bailaban lentamente frente a nosotros al compás de la música de Rafael Hernández. De pronto los movimientos sensuales de sus cuerpos me hicieron pensar en Rebeca y en su trágica representación de Salomé. Rebeca había soñado con ser bailarina y poetisa, y no logró alcanzar ninguna de sus metas luego de su matrimonio con Buenaventura. Juré que a mí no me sucedería lo mismo.

21

El libro de poemas de Rebeca

El capital de los Antonsanti era *peccata minuta* al lado de la enorme fortuna de los Mendizábal, y por eso la familia de Quintín hubiese preferido que se casara con la hija de una de las antiguas familias acaudaladas de San Juan. A los Monfort, por supuesto, no los mencionaban nunca, porque, aunque eran terratenientes, los Mendizábal los consideraban gente de medio pelo; su situación era demasiado dudosa para ellos.

En la opinión de Rebeca, el gran error de mis padres había sido enviarme a estudiar a Vassar College. Durante esos cuatro años me había americanizado demasiado, me dijo un día mi suegra, y había adquirido unas costumbres muy desenvueltas. Las mujeres no debían estudiar tanto porque luego no lograban adaptarse al matrimonio, y pocas veces eran felices. Por eso, cuando Patria y Libertad se graduaran en la escuela superior de San Juan, pensaba enviarlas a La Rosée, un colegio exclusivo de señoritas en Suiza. Rebeca misma estudió sólo hasta primer año de escuela superior en el Sagrado Corazón de Hato Rey; se casó a los dieciséis años y nunca le había hecho falta estudiar más; siguió leyendo poesía por su cuenta. Un diploma universitario en manos de una mujer casada era, por supuesto, una ventaja; le daba brillo a su conversación durante las actividades sociales, lo que era siempre una ayuda para el esposo, y le permitía educar mejor a sus hijos. Pero en una mujer soltera, un diploma universitario era una amenaza que asustaba a los hombres. Por eso, Patria y Libertad estudiarían en La Rosée, en donde aprenderían a ser unas anfitrionas consumadas y harían amistad con los hijos de las familias reales europeas. Yo escuchaba todo aquello algo amoscada, sin atreverme a contradecir a Rebeca. Me di cuenta de que ser huérfana era algo a mi favor, porque me ponía en una luz vulnerable. Mitigaba el hecho de que tuviese una educación superior a la de Rebeca y me ponía a la merced de la familia. Ahora yo formaría parte del clan y compartiría todas sus convicciones y prejuicios.

Durante los primeros meses de nuestro matrimonio fui conociendo mejor a los Mendizábal. Las cenas eran ocasiones muy importantes para ellos y por eso el comedor era el salón más impresionante de la casa. La mesa de caoba sentaba hasta cuarenta comensales y tenía unas hermosas patas de grifo que terminaban en gárgolas. Las sillas tenían asientos de cuero y respaldares repujados con cabezas de conquistadores españoles, decapitados con yelmo y todo. En una de las cabeceras de la mesa, oculto debajo de la alfombra, había un timbre que sonaba en la cocina y que Rebeca apretaba con la punta de su zapato para llamar a los sirvientes.

Las cenas eran interminables, pero los almuerzos del domingo se me hacían eternos. A veces la familia se sentaba a la mesa a las dos y a las cinco de la tarde todavía estábamos allí, con las posaderas encoladas a las sillas. Yo estaba muy enamorada de Quintín por aquel entonces y quería caerle bien a la familia. Pero necesitaba una fuerza de voluntad férrea para no levantarme en medio de la comida y salir corriendo al jardín, a dar unas cuantas cabriolas y a respirar aire fresco. Después de algunos meses, sin embargo, descubrí cómo hacer que aquella tortura fuese más soportable. Observaría cuidadosamente a la familia Mendizábal, para luego escribir sobre ella.

Conocía muy bien cuáles eran los defectos de mi propia familia. Abuela Gabriela había sido una feminista furibunda; abuelo Vincenzo un mujeriego empedernido; Abby era algo radical en sus opiniones políticas; Carmita se había enviciado con el juego; papá nació derrotado. Ahora llegaría a conocer a fondo las debilidades de los Mendizábal.

El mal genio de Buenaventura era legendario. Todo el mundo en la casa de la laguna le tenía pánico. Un domingo en la mañana, la familia salió para misa y luego fuimos a almorzar todos juntos al Swiss Chalet. Cuando regresamos a la casa, escuchamos un escándalo infernal en los altos. Buenaventura y Quintín subieron corriendo las escaleras y encontraron al plomero encerrado en el segundo piso. El hombre estaba a punto de un ataque de apoplejía; estaba bañado en sudor y tenía el rostro púrpura de ira. Lo habían llamado para que destapara uno de los inodoros justo antes de que la familia saliera para misa, y se habían olvidado de él. Cuando terminó su trabajo, descubrió que el portón del rellano de la escalera estaba cerrado y que no podía bajar al primer piso. Todas las ventanas tenían rejas, así que tampoco podía saltar fuera. Gritó pidiendo ayuda, pero los sirvientes no lo oyeron en el sótano. Después de tres horas de encierro, se desesperó y empezó a golpear el portón con la llave inglesa. Cuando vio venir a Quintín y a Buenaventura, empezó a soltar coños y carajos que era un contento mientras Buenaventura abría el portón con la llave que le colgaba de la leontina del chaleco. Siguió maldiciendo mientras bajaba las escaleras, escoltado por Buenaventura y Quintín, y no paró hasta que salió por la puerta. Rebeca, Patria y Libertad empezaron a llorar, las manos puestas sobre los oídos, y se refugiaron histéricas en el baño. Buenaventura no dijo nada. Le pagó al plomero lo que le debía, le pidió un recibo y, cuando el hombre estaba a punto de marcharse, le dio un puñetazo que lo dejó tendido en el piso. No podía permitir que a su esposa y a sus hijas les faltaran el respeto de aquella manera enfrente de todo el mundo, dijo.

Buenaventura me tomó cariño, siempre estaba tratando de congraciarse conmigo. «Tengo más de sesenta años y todavía me siento como si estuviera hecho de hierro —me decía en su estilo burdo y poco sofisticado a la hora de la cena, mientras Petra nos pasaba el sopón de garbanzos con patitas de cerdo, el arroz con butifarras y el lacón de ternera aderezado con papas—. La comida grasosa es, en realidad, muy buena para la salud, a pesar de lo que digan los médicos.» Yo padecía de la vesícula, y Buenaventura no lograba entender por qué tenía que cuidar tanto mi dieta. «Tendrás que entrenar mejor ese estómago firulístico tuyo —me dijo un día—. Los extremeños somos gente

225

primitiva pero fuerte; no somos como los franceses, que se deshacen en *soufflés* de viento como miriñaques. Nos gusta la comida robusta, porque la grasa nos permite comportarnos con igual denuedo en la cama y en la calle.» Estaba, además, muy orgulloso de su dentadura, y le gustaba jactarse de que los Mendizábal no tenían caries, aunque a veces padecieran, como los cetáceos, de andanas supernumerarias. «Los pueblos primitivos y sanos tienen los dientes como los nuestros —me aseguraba en broma—, grandes y gruesos como hachas. Cuando se nace con dientes de tacita de porcelana como los tuyos, acostumbrados a natillas y a bechameles, es una mala señal. Quiere decir que la raza se ha degenerado, precisamente por ser tan civilizada.»

Buenaventura estaba semirretirado y, al hacerse cargo Quintín del negocio poco a poco, empezó a ir a la oficina sólo en las mañanas. Se había hecho construir un muelle debajo de la terraza, y allí guardaba un bote de motor de cinco metros de largo. De vez en cuando me invitaba a pasear con él por el laberinto de los mangles. Se vestía con unos mahones rotosos y una camiseta que casi no le tapaba la barriga, y se cubría la cabeza con una gorra de lona. Guardando absoluto silencio, empujábamos el bote fuera del muelle. Atravesábamos la laguna de Alamares y, una vez que nos internábamos por los canales, Buenaventura apagaba el motor. Nos deslizábamos entonces bajo los túneles de ramas verdes, escuchando el extraño chasquido del fango entre las raíces. El manglar se extendía a nuestro alrededor como un manto hirsuto que se perdía en el horizonte. Buenaventura pilotaba desde la popa y yo me inclinaba sobre la proa, admirando la belleza misteriosa de ese lugar extraño. El agua que pasaba por debajo de la quilla parecía una esmeralda movediza. De vez en cuando, yo le avisaba a Buenaventura que se estaba poniendo demasiado llana y que corríamos peligro de encallar, y él timoneaba el bote un poco hacia la derecha o hacia la izquierda. «Estos canales, a veces, les sirven de escape a los contrabandistas de Las Minas —me dijo Buenaventura durante uno de nuestros paseos—. Por eso traigo siempre conmigo una calibre 42, oculta en el maletín de primeros auxilios.» Nunca me mencionó el hecho de que aquel laberinto le había servido para introducir ilegalmente su mercancía a la Isla en barcazas de poco calado hacía muchos años.

Durante los veinte minutos que se tardaba en cruzar la laguna de Marismas, casi no se podía respirar. Del agua fangosa, en la que se veía flotar todo tipo de basura, emanaba un hedor insoportable. En un extremo de la laguna se divisaban las casas de Las Minas montadas en zancos, que pronto dejábamos atrás, acelerando el bote hacia la playa de Lucumí. Al rato, las aguas terrosas se aclaraban y, al final del túnel de mangle, se divisaba la marejada blanca del Atlántico bullendo a la distancia. La playa de Lucumí era espléndida, toda de dunas blancas, con centenares de palmeras cimbreándose en el viento.

Casi siempre había varias negras en la playa esperándonos. Eran unas mujeres altas y fuertes como Petra, con la piel tan oscura como la suya. Siempre sospeché que estaban emparentadas, pero nunca me atreví a preguntar. Parecía que nos estuvieran esperando. Nos aguardaban silenciosas junto a unos calderos negros, que humeaban suspendidos sobre fogatas de carbón. En cuanto desembarcábamos, empezaban a dejar caer la mezcla dorada de las frituras en el aceite hirviendo, y luego nos las ofrecían con agua de coco fresca, que Buenaventura siempre espueleaba con un toque de ron pitorro.

«Cuando me muera, quiero que me entierren cerca de este lugar —me dijo un día Buenaventura riendo mientras comíamos sentados en la playa, a la sombra de una palma—. Quiero subir al cielo en alas de un bacalaíto frito y descansar la cabeza sobre una alcapurria gigante.»

Una vez me interné sola por el palmar y visité la aldea de Lucumí, que se encontraba a un kilómetro y medio de distancia de donde supuse que venían las negras de la playa. No era más que un callejón de tierra, con chozas a ambos lados, pero al final había un edificio de cemento moderno, con un letrero que decía «Escuela Elemental Mendizábal». La primera vez que la visité era domingo y estaba vacía. Le pregunté a los vecinos y me dijeron que Buenaventura había donado la escuela, y que se tomaba un interés especial en que los niños fuesen luego a estudiar a la escuela superior en San Juan. La segunda vez que visité la aldea fue un martes, y el edificio estaba lleno de niños. Me fijé que muchos tenían los ojos azules, del mismo azul gris que los ojos de Buenaventura, a pesar de tener la piel oscura. El descubrimiento me intranquilizó, y esa noche no pude dormir. Le pregunté a Quintín sobre aquel dato curioso, y él bajó la cabeza y no me dijo nada. Pero cuando insistí, Quintín me confesó que a su padre le gustaban las negras y que a menudo les hacía el amor en la playa por unos cuantos dólares. Aquello me escandalizó. Buenaventura era un ser repugnante, y juré que jamás regresaría con él a la playa de Lucumí.

Cuando Arístides Arrigoitia desapareció, Rebeca heredó su propio dinero y por fin se vio libre de las tacañerías de su marido. Se pasaba dando meriendas y almuerzos para sus amistades en la casa, y yo tenía que asistir a todo. Libertad y Patria tenían quince y dieciséis años, respectivamente. Tenían muchos amigos y llevaban una vida social activa, así que a mí me tocaba ayudar a Rebeca a servir el café y a pasar los entremeses entre sus invitados. Cada merienda suponía una visita al peluquero y otra al diseñador, porque había que estar siempre al último grito de la moda. A los seis meses de aquellos embelecos, me moría de aburrimiento.

Al principio, Rebeca se mostró cariñosa conmigo, pero después de la boda se puso insoportable. Era como si tuviera que probarle que mi cariño hacia su hijo era sincero. Yo no entendía por qué estaba tan celosa; era como si se sintiera relegada a un segundo plano, pero a su vez, trataba a su hijo con una indiferencia helada. Era sarcástica con él; en su opinión, Quintín nunca hacía nada bien. Por su parte, Quintín era todo condescendencia con su madre y nunca cogía en serio sus vituperios. Tenía a Rebeca en un pedestal, y a la menor crítica de mi parte, en seguida me ponía en mi sitio y me llamaba la atención. «Acuérdate de que Rebeca es mi madre —me decía severamente— y de que ha sufrido mucho.»

Durante años, Rebeca obedeció sin chistar a Buenaventura y aceptó la vida espartana que éste le impuso, pero, para cuando Quintín y yo nos casamos, se cansó de jugar al papel de mártir. Se estaba poniendo vieja y tenía la piel estriada como el marfil añejo. Ya no le importaban tanto la disciplina y el orden. Quería disfrutar de la vida y, por eso, le gustaba más la compañía de Ignacio, Patria y Libertad, sus hijos más jóvenes, que la del pobre Quintín.

Ignacio tenía el hábito de la alegría; siempre estaba bromeando y haciendo reír a Rebeca. Quintín, por el contrario, era un poco sombrío. Tenía la piel cetrina y el pelo oscuro de los Mendizábal, y, a veces, en los ojos una mirada tan intensa que a Rebeca le producía escalofríos. Ignacio era rubio y había heredado la personalidad luminosa de los italianos del norte. No sabía lo que era tener una pena en el mundo, porque Rebeca siempre lo consintió de niño. A Ignacio nunca lo relegaron a los sótanos, como le sucedió a Quintín cuando Rebeca no quería verlo porque le recordaba a Pavel. Y nunca dejó que Buenaventura lo intimidara, obligándolo a estudiar administración comercial, y a trabajar diez horas diarias en el almacén durante los veranos, subiendo y bajando cajas de bacalao con la carretilla elevadora. Cuando Quintín y yo nos casamos, Ignacio acababa de cumplir diecisiete años y estaba cursando su primer año de estudios en Florida State University. Nunca había trabajado ni quería saber nada de negocios; le interesaba estudiar algo que tuviera que ver con el arte, pero no sabía exactamente qué.

Rebeca, mientras tanto, había empezado a vivir para el cuerpo. Quería posponer su deterioro físico lo más posible, y para eso necesitaba gente que la cuidara. Le ordenó a Petra que trajera a la casa a varias de sus sobrinas de Las Minas. No pasaba un solo día sin que un bote atravesara la laguna de Marismas y atracara en el muelle debajo de la casa. Pronto, una nueva parienta de Petra se encontraba instalada en los sótanos. Petra le enseñaba sus deberes: una sería la masajista de Rebeca; otra, su peluquera y manicurista, y una tercera se ocuparía de su ropa. Más tarde, llegaron otras.

Un día, Petra estaba de rodillas, restregando vigorosamente el piso del comedor con cepillo, cuando la oí hablando con Eulodia, que estaba brillando la plata.

—Rebeca debió seguir bailando y escribiendo poemas —le dijo a su sobrina—. A lo mejor hoy no estaría tan loca.

Petra, a pesar de que era mucho mayor que Rebeca, no tenía una sola pasa blanca sobre la cabeza, y Rebeca un día se percató de ello. Le preguntó a Petra qué tenía que hacer para no ponerse vieja.

—Pregúntele a su marido —le respondió Petra cuando le pasó por el lado con un canasto lleno de sábanas recién planchadas sobre la cabeza—. Ponce de León era un conquistador como él y poseía el secreto de la fuente de la juventud. A los africanos no nos hace falta saberlo, porque no nos ponemos viejos.

Y se encerró con Eulodia y el resto de sus sobrinas en la cocina a reírse de Rebeca.

Empecé a cogerle pena a Rebeca, a pesar de que éramos tan distintas. En la casa de la laguna no había un solo libro; la biblioteca de Rebeca había desaparecido el día en que Buenaventura arrasó la casa de Pavel. Una tarde que estábamos sentadas charlando en la terraza, logré armarme de valor y le pregunté sobre su escritura.

—¿Es cierto que una vez usted escribió un libro de versos? —le pregunté tímidamente—. Me gustaría mucho leerlo.

Rebeca me escuchó con la cabeza baja, sin contestar una sola palabra. Cuando levantó los ojos, vi que los tenía llenos de lágrimas.

—Eres muy gentil —me respondió agradecida—. Te lo enseñaré con gusto.

Y se levantó, fue a buscarlo a su cuarto y me lo trajo.

No era un libro sino más bien una carpeta de poemas, y era exactamente como Quintín me la había descrito. Estaba encuadernada al estilo *art nouveau*, con tapas de nácar decoradas con nenúfares y cierres de filigrana a los costados. Las páginas estaban ajadas y amarillentas; se notaba que Rebeca no había escrito un poema en años. Me leí *Los nenúfares del olvido* de un tirón esa noche y, al día siguiente, esperé a que todo el mundo se hubiese marchado para expresarle mi opinión francamente. Primero, le dije lo mucho que me había gustado. Y, entonces, cometí el error de sugerirle —lo más delicadamente posible— que cambiara un adjetivo aquí, una metáfora allá. Juro que lo dije ingenuamente, no quise herirla. Yo todavía era joven y tenía poca experiencia. Rebeca, después de todo, no había estudiado literatura; escribía poesía a la antigua, confiando en la inspiración de las musas. Hoy ya no se puede escribir así; la literatura es un quehacer como cualquier otro, tiene sus leyes y sus técnicas, y, para escribir bien, hay que saber dominarlas. Pensé que me agradecería las sugerencias, pero fue una necedad de mi parte.

—¡Porque te graduaste en Vassar College te crees dueña del conocimiento del mundo! —me dijo, arrebatándome la carpeta de las manos—. No eres más que una universitaria poseída, y no sabes una mierda de la vida. Un día vendrás a pedirme ayuda y entonces sabrás lo que es bueno.

Y cerró las tapas del libro de los nenúfares, y no me lo perdonó nunca.

22

El duelo por Esmeralda Márquez

No fue hasta el incidente de Esmeralda Márquez que me di cuenta de lo profundamente que había herido a Rebeca. Allí empezó todo; aquel malhadado suceso fue la primera hebra en la madeja de resentimientos que luego envolvió a toda la familia. Desde ese momento, Ignacio dejó de confiar en Quintín y Rebeca nunca se volvió a fiar de mí.

Esmeralda nació en Ponce, y hemos sido amigas toda la vida. Fuimos vecinas de niñas —su casa estaba en el callejón Amor, a dos cuadras de la calle Aurora— y, aunque Esmeralda es cuatro años mayor que yo, íbamos a todas las fiestas y a los pasadías juntas. Ella también se matriculó en la Escuela de Ballet Kerenski, y bailó en el *corps* de ballet durante la representación de *El lago de los cisnes* en el teatro La Perla.

Esmeralda era hija de doña Ermelinda Quiñones, una modista de Ponce y la querida oficial de don Bolívar Márquez, un abogado de mucha reputación que mediaba en las disputas de los obreros de la caña. Don Bolívar estaba casado con doña Carmela, una señora gruesa y muy devota que se pasaba la vida en la iglesia. Doña Ermelinda había sido la querida de don Bolívar durante años. La llevaba con él a todas partes: al Club de Leones, al Ponce Country Club, hasta a las fiestas privadas en casa de sus amigos, quienes nunca le cerraban a doña Ermelinda las puertas. Esta situación no resultaba extraordinaria porque en Ponce a menudo los caballeros de cierta posición social tenían concubinas oficiales, y las llevaban a todas partes.

Doña Ermelinda era una mulata de facciones finas. Había nacido en una choza a las afueras de Mayagüez, un pueblo en la costa oeste de la Isla famoso por su industria de la aguja. Su madre era una viuda con siete hijas, y, para cuando la menor cumplió ocho años, ya todas se ganaban la vida cosiendo. Se pasaban la noche sentadas alrededor de un quinqué, bordando y calando piezas de ropa íntima, los camisones, pantaletas y sostenes más bellos que se vendían en el pueblo. Cuando la primera guerra mundial estalló en Europa, los encajes franceses que se utilizaban para la ropa interior ya no llegaban a Estados Unidos, porque los submarinos alemanes hundían los barcos que venían de Europa. Los empresarios norteamericanos dueños de las fábricas de lencería en Boston y Nueva York volvieron los ojos hacia Puerto Rico, que era ya famoso por su encaje de mundillo. Viajaron a la Isla y establecieron docenas de talleres de ropa en los pueblos del oeste. «Las bordadoras de Puerto Rico —decían los anuncios de ropa interior que aparecían entonces en Estados Unidos— tienen los dedos tan finos que parecen estambres de flores, y son tan frágiles y sensuales como las bordadoras de Gante.»

Ermelinda era la mayor de las siete hermanas, y una vez a la semana viajaba con su madre a Mayagüez, a vender en la fábrica los encajes y las piezas de ropa que habían confeccionado entre todas. Mr. Turnbull, el gerente de la fábrica, les tenía confianza —la madre de Ermelinda era una obrera responsable—, y les dejaba llevarse a la casa los rollos de satén y las madejas de hilo de seda que necesitaban para hacer su trabajo. Una semana después, cuando la madre de Ermelinda le entregaba la mercancía de vuelta, Mr. Turnbull le pagaba doce centavos por cada pieza de ropa exquisitamente bordada y sólo le cobraba una pequeña comisión por trabajar en la casa.

Un día, Ermelinda estaba sentada a la orilla de la acera, esperando a que su madre saliera de la oficina de Mr. Turnbull, cuando vio una copia vieja de Harpers Bazaar tirada en la cuneta. Ella asistía a la escuela pública de Mayagüez, en donde había aprendido a hablar inglés gracias a la ordenanza del comisionado Easton. Recogió la revista del suelo y empezó a hojearla. Uno de los anuncios le llamó la atención: mostraba a una modelo rubia, a punto de meterse en la cama. Tenía puesto el mismo *negligée* de encaje que sus hermanitas y ella acababan de bordar hacía tres semanas y por el cual Mr. Turnbull le había pagado a su madre cincuenta centavos exactamente. Se vendía en Nueva York por cincuenta dólares en una tienda llamada Saks Fifth Avenue. Ermelinda no podía creer lo que veía. Le dio tanto coraje, que juró que jamás volvería a coser para Mr. Turnbull.

Tenía dieciséis años, y un físico impresionante. Era alta y delgada como un almácigo, con los ojos melados y la tez canela clara. Pero su rasgo más llamativo era el matorral de rizos que le crecía indomable sobre la cabeza, que —de tan espeso y rebelde— no había peine que lo civilizara. Por eso, desde que Ermelinda cumplió los quince años, se envolvía la cabeza con un turbante de madrás colorado.

Durante la década del veinte, las mujeres isleñas se tiraron a la calle a ganarse el pan con el sudor de sus frentes. Las sufragistas, siguiendo el ejemplo de sus hermanas en el continente, marchaban por todos los pueblos, luchando por el derecho al voto y el derecho al trabajo. En 1926, el año terrible del derrumbe del azúcar, que arruinó a tantos hacendados criollos —los mismos que dejaron de encargarle sus mansiones a Milan Pavel—, miles de cortadores de caña se quedaron sin trabajo. Fue gracias a las obreras de la aguja que el pueblo no se murió de hambre, o que casi no se murió de hambre. Las bordadoras constituían más de la mitad de la fuerza laboral por aquel entonces, pero ganaban mucho menos que los hombres. El salario mínimo de las mujeres era de seis dólares semanales cuando eran mayores de dieciocho años, y de cuatro dólares semanales cuando eran menores.

Ermelinda oyó decir que las bordadoras de la Isla se querían ir a la huelga, y decidió unirse al movimiento. Aprendió todo sobre las huelgas gracias a un folleto publicado por el American Federation of Labor, que por casualidad cayó en sus manos. Se vistió unos pantalones usados y unas botas militares que le regalaron en el Ejército de Salvación, se subió a una mula vieja que rescató del matadero y empezó a hacer campaña. Cuando llovía, se cobijaba bajo una enorme hoja de malanga, que sostenía sobre la cabeza como un paraguas. Durante varios meses no hizo otra cosa que visitar los pueblos y repechar los trillos de las montañas, pronunciando discursos en todos los barrios y arengando a las mujeres a que se unieran a su cruzada.

La huelga estalló por fin, y doña Ermelinda llegó hasta Ponce en su empeño por promoverla. Un domingo, se subió a la tarima de la Banda de Bomberos en la plaza Degetau y empezó a pronunciar un discurso. Justo en ese momento, don Bolívar Márquez pasó por allí en su Mercury convertible amarillo. Su esposa, doña Carmela, estaba en misa de diez en la catedral, y como don Bolívar nunca pisaba la iglesia, daba varias vueltas alrededor de la plaza en su Mercury, hasta que llegaba el momento de recogerla. La semana siguiente se celebraría la marcha de las bordadoras a la capital, y Ermelinda estaba azuzando a las obreras de la aguja a que participaran.

—Si las bordadoras de Puerto Rico tienen los dedos tan finos como estambres de flores no es porque son frágiles y sensuales como las bordadoras de Gante, como dicen los anuncios de la industria de la aguja ni otras pamplinas por el estilo, sino porque están tuberculosas —exclamó.

En Estados Unidos, la ropa que ellas confeccionaban se vendía en cientos de dólares, y a ellas les pagaban cincuenta centavos la pieza y se estaban muriendo de hambre.

Era imprescindible que las obreras viajaran hasta la capital el lunes siguiente y se unieran a la huelga, les dijo. Ese día, se suponía que la Legislatura examinaría las condiciones laborales de la industria de la aguja. La Isla pronto sería sometida al nuevo código de conducta del NLRA, el National Labor Relations Act, que acababa de convertirse en ley en Washington D.C. Por eso, las bordadoras tenían que marchar hasta el Capitolio ese día, para exigirles a los legisladores puertorriqueños que respetaran sus derechos. Para ser identificadas fácilmente, terminó diciendo, las huelguistas llevarían sus tijeras en alto y se atarían un pañuelo escarlata a la muñeca izquierda.

Don Bolívar Márquez se bajó del Mercury y se acercó lentamente a la tarima de los bomberos. Estaba impresionado con el espectáculo. Antes de empezar un discurso, Ermelinda siempre se clavaba al turbante todas sus agujas de coser, y aquel día había hecho lo propio. Con el generoso pecho inclinado so-

235

bre el balaustre de la tribuna y el turbante rojo destellando al sol, Ermelinda parecía una misma amazona. Dio un discurso inflamatorio. Cuando terminó, dio las gracias y se despidió cálidamente de la concurrencia. Don Bolívar esperó al pie de los escalones del estrado a que la joven bajara a la plaza.

—La felicito por su excelente discurso —le dijo con una sonrisa—. Soy abogado, y siempre me he opuesto al maltrato que se les da a las obreras de la aguja en esta isla. Si cuando llegue a San Juan tiene algún problema, no dude en ponerse en comunicación conmigo. —Y le dio una tarjetita con su dirección.

Ermelinda se guardó la tarjeta en el corpiño, pero no le puso mucha atención a don Bolívar. Había conocido a otros caballeros como él; el brillo codicioso de los ojos y los labios sensuales lo delataban. No le interesaba tanto hacer justicia como salvar a las damiselas en peligro, y Ermelinda era muy capaz de salvarse a sí misma. A la semana siguiente marchó por la avenida Muñoz Rivera hasta el Capitolio, acompañada por cientos de bordadoras en huelga que levantaban sus tijeras en alto, pero nunca logró entrar al edificio a entregarles su petición a los legisladores. Un destacamento de la policía las estaba esperando en las escalinatas, y, en el motín subsiguiente, varias mujeres salieron heridas y hasta murió una niña. Ermelinda fue a dar a la cárcel. Después de pasar dos semanas en el infierno —la apalearon y la violaron dos veces, según ella misma me contó—, Ermelinda se sacó la tarjeta de don Bolívar del corpiño y le escribió una carta. A la semana siguiente estaba libre bajo fianza. Cuando salió de La Princesa en San Juan, el convertible amarillo de don Bolívar la estaba esperando en la puerta. Don Bolívar mismo manejó el Mercury hasta Ponce; le compró a Ermelinda una casa en el callejón Amor y se mudó a vivir con ella un mes más tarde.

La casa era pequeña pero hermosa. Recuerdo que tenía un balcón de medio alto y unas columnas de capiteles corintios decoradas con hojas de acanto. La puerta de entrada tenía un vitral ovalado, adornado por un detalle festivo: un Cupido con una venda atada a los ojos. El Cupido llevaba un arco y una flecha en la mano, y apuntaba con ellos a todo el que se acercaba a la puerta. Don Bolívar pasaba tres días a la semana en casa de doña Ermelinda y cuatro días en casa de doña Carmela —su hogar católicamente constituido, que se encontraba en la calle Castillo—. Todo el mundo estaba contento con el arreglo.

Doña Ermelinda abrió un pequeño taller de costura junto a su casa, en el cual instaló varias máquinas de coser Singer. Al frente del taller abrió una boutique con un letrero sobre la puerta que decía «Frivolité», y se sumergió por completo en su trabajo. El fracaso de la huelga de las bordadoras la descorazonó tanto que juró no molestarse jamás en marchar por los derechos de las obreras de la aguja. Pero no abandonó nunca su cruzada por las mujeres. A las buenas o a las malas, se juró que un día ganaría la contienda contra los hombres poderosos.

Los fastuosos ajuares de novia y los vestuarios de quinceañera diseñados por doña Ermelinda pronto se hicieron famosos en Ponce. Todas las novias y las debutantes la visitaban. Poseer uno de sus exquisitos atuendos significaba que se formaba parte de una sociedad exclusiva en la cual se aprendía el buen gusto y se adquiría un acuciado sentido de estilo. Pero, más que eso, quería decir que una se había iniciado en la profesión más antigua de todas: en la de la mujer de mundo. Ser una mujer de mundo exigía un conocimiento tan necesario para la supervivencia como aprender en qué tipo de utilidad invertir un buen dividendo.

Decían las malas lenguas que las habilidades de doña Ermelinda iban mucho más allá de su facilidad con la aguja y el hilo, y que sus trajes hacían misteriosamente atractivas a las mujeres que los llevaban puestos. Los jóvenes de buena familia se enamoraban perdidamente de ellas y no lograban sacárselas de la mente. Yo no le prestaba oído a esos rumores, pero cuando pasó lo que pasó, empecé a preguntarme si no habría algo de cierto en ello.

Los trajes de doña Ermelinda estaban maravillosamente bien cortados y eran verdaderas obras de arte. La confección de uno de sus vestidos llevaba media docena de visitas al taller de costura. Antes que nada, la clienta pagaba por adelantado. Luego, escogía el diseño y el material a usarse: encaje, tul o seda. Después, las operarias de doña Ermelinda cortaban el traje en tres etapas: en la de papel, en la de lona y, finalmente, en la de tela fina. En cada etapa la clienta tenía que medírselo, y se lo ajustaban al cuerpo con alfileres. Era en la etapa final, en la de la aguja, que la gente decía que doña Ermelinda operaba su magia, porque dondequiera que posaba la aguja, quedaba atrapado luego el corazón del pretendiente. En la opinión de doña Ermelinda, la aguja era un arma de conquista tan eficaz como lo había sido la pica para el conquistador español durante la guerra de Flandes y el rifle Mauser para el soldado norteamericano durante la guerra hispanoamericana.

Las clientas de doña Ermelinda eran todas muy amigas, y a menudo se pasaban la tarde meciéndose en los sillones de la sala de su casa, sorbiendo refresco de parcha con una pizca de ron y escuchándola impartir consejos. Un día les enseñó una lección muy importante que ella había aprendido durante su trágica estadía en La Princesa.

—El deseo —les dijo en un susurro para que los sirvientes no la oyeran— es el espigón principal sobre el cual gira el mundo; la causa de todos nuestros sufrimientos y de todas nuestras alegrías.

Y la mejor manera de mantener ese espigón bien aceitado era fomentando el deseo en los hombres. Por eso cada aspecto del cuidado personal de sus alumnas debería tener como objetivo hacerse más apetecibles a sus pretendientes. Si les tomaba horas hacerse un peinado que era una obra de arte; si se bañaban con leche de cabra y se perfumaban con esencia de vainilla; si se empolvaban con talco de Coty, mezclado con polvo de canela, o se ceñían un corsé al cuerpo para que los pechos se les asomaran por el escote como dos cabritillas tiernas, era para abrirles el apetito a los hombres que valieran la pena, a los que pudieran mantenerlas como Dios manda. Las graduadas de la academia de doña Ermelinda nunca gastaban sus municiones en pelafustanes arruchados, y sólo se dejaban cortejar por millonarios.

Doña Ermelinda Quiñones tuvo tres hijas con don Bolívar Márquez, y a las tres les puso nombres de joyas: Ópalo, Amatista y Esmeralda, que era la mayor de ellas. Don Bolívar no había tenido hijos con doña Carmela y por eso consentía a sus hijas. Les puso tutores privados, las mandó a viajar a Europa, les compró ropa exquisita y las hizo socias de los clubes más exclusivos de Ponce. Pero como don Bolívar nunca se casó con doña Ermelinda, las niñas eran ilegítimas oficialmente y no podían firmar con el apellido de su padre. Doña Ermelinda, sin embargo, tenía esperanzas de que esto cambiara, y de que algún día don Bolívar, que era un hombre de bien, enderezara el entuerto.

Las jóvenes eran igualmente bellas: las tres habían heredado los ojos de gacela y el porte de princesa masai de la madre, pero sólo Esmeralda heredó los ojos verdes y el pelo lacio de los Márquez, que le caía en hondas de miel sobre los hombros. En Ponce las llamaban las tres desgracias en lugar de las tres gracias, porque todo joven de buena familia que se les acercaba quedaba irremediablemente prendado de ellas, dando así al traste con los preceptos de limpieza de sangre.

Esmeralda Márquez conoció a Ignacio Mendizábal durante el verano de 1955, el mismo verano que Quintín y yo nos casamos. Ese año, a finales de agosto, se celebró el Baile de las Buganvillas en el Escambrón Beach Club, como todos los años. Doña Ermelinda y Esmeralda viajaron desde Ponce para asistir al baile y Esmeralda fue acompañada por Ernesto Ustáriz. Ernesto era hijo de un ganadero rico de Salinas y era muy buena persona, pero doña Ermelinda no estaba contenta con él. Le había dado permiso a Esmeralda para ir al baile, pero no quería que se casara con un vaquero. Además, ya sus hijas más jóvenes estaban casadas con los hijos de dos prósperos comerciantes de Ponce, y quería que su última hija soltera se casara con un joven de buena familia de San Juan. Esmeralda le había dicho a su madre que Ernesto no era ningún vaquero, que estaba estudiando en la Universidad de Puerto Rico y que pensaba algún día cursar leyes en Estados Unidos, pero doña Ermelinda no se convenció. Sabía que Ernesto trabajaba con su padre los veranos, ordeñando vacas desde el amanecer y ayudando a los peones a desinfectar el ganado, sumergiendo las reses en tanques de creosota para matarles las garrapatas. Aquellos trabajos le daban a Ernesto un aire rústico que le resultaba muy desagradable a doña Ermelinda.

Doña Ermelinda chaperoneaba a su hija a todas partes, y ese año la llevó a cuanta fiesta se celebró en San Juan, para darle la oportunidad de conocer a los mejores partidos de la capital. Gracias a las conexiones políticas de don Bolívar —que era un Popular del corazón del rollo—, el alcalde de San Juan las había invitado a una lechonada en las montañas de Cayey durante las Navidades. Allí, Esmeralda conoció a varios hijos de los políticos más poderosos, así como a los hijos del dueño de *La Prensa,* el diario de más circulación en la Isla. Pero doña Ermelinda no quería que su hija tuviera nada que ver con ellos. Quería que saliera con los jóvenes que pertenecían a la crema y nata de San Juan, los hijos de los banqueros, los comerciantes y los industriales, cuyos negocios estaban sólidamente establecidos.

La noche del Baile de las Buganvillas, doña Ermelinda se sentó en una silla al borde de la pista del Escambrón y no le quitaba los ojos de encima a Esmeralda, que estaba bailando un merengue con Ernesto Ustáriz. Desde su puesto de vigía, doña Ermelinda reconoció a varias de sus clientas de Ponce, vestidas con sus trajes de última moda, los cuales había copiado para ellas esa temporada de los ejemplares más recientes de *Vogue.* El traje de Esmeralda, sin embargo, era el más espectacular de todos. Era de seda verde tornasolada, con un escote muy abierto que dejaba al desnudo su hermosa espalda color melaza. Ernesto, por otra parte, como casi todos los demás jóvenes, estaba vestido con un esmoquin blanco y pantalón negro, y llevaba un clavel rojo en el ojal. Se veía muy elegante, con su porte atlético y su piel tostada por el sol, pero —en la opinión de doña Ermelinda— ni con aquella indumentaria elegante disimulaba su aspecto de mozo de cuadra.

Doña Ermelinda siempre se vestía de negro de pies a cabeza. Las malas lenguas de Ponce decían que sus faldas estaban hechas de brea, para que los jóvenes que revoloteaban alrededor de sus hijas como moscas se quedaran pegados a ellas. Pero compensaba por la severidad de sus atuendos con los alegres turbantes que siempre llevaba sobre la cabeza. Recuerdo que la noche de las Buganvillas llevaba uno de seda amarilla que parecía una misma piña. Un grupo de jóvenes saltaba y bailaba la rumba frente a ella al compás de la orquesta de Rafael Hernández, cuando doña Ermelinda de pronto vio a un joven de aspecto aristocrático vestido de frac acercarse a donde Esmeralda y Ernesto estaban bailando. La pareja se detuvo; el desconocido le dijo algo a Ernesto, tomó de la mano a Esmeralda y se alejó con ella por la pista. Por unos momentos, Ernesto se quedó pasmado y, finalmente, se fue al bar, donde pidió que le sirvieran un trago. Esmeralda y el desconocido se veían muy bien juntos; los dos eran rubios y de la misma estatura. La orquesta empezó a tocar un tango, y lo bailaron bien acoplados. Doña Ermelinda le preguntó a la chaperona más cercana que quién era aquel joven tan bien parecido vestido de frac y ésta le contestó que se trataba de Ignacio, el hijo más joven de Buenaventura Mendizábal. El corazón de doña Ermelinda dio un vuelco. Si Esmeralda se casaba con Ignacio Mendizábal, ¿qué importaba si don Bolívar no la reconocía como su hija, y ella no podía firmar con su apellido? Esmeralda no tendría que preocuparse nunca por tonterías como ésas.

Durante el resto de aquel verano, Esmeralda llevó a las quinceañeras fiestas progresistas y jaranas que se celebraron en la capital unos vestidos bellísimos, diseñados especialmente por doña Ermelinda para sorberle el merengue dulce de la voluntad a Ignacio Mendizábal. Al principio, Ignacio invitaba a Esmeralda a bailar sólo de vez en cuando. No era muy atlético, y le encantaban los postres, por lo que fue siempre un poco gordo. También era miope, y llevaba unos espejuelos redondos con montura de oro que se le deslizaban constantemente por la nariz cuando sudaba, lo que lo hacía sentirse incómodo bailando. Pero era muy simpático; le encantaba contar cuentos divertidos y hacer reír a las chicas. En cada fiesta había por lo general dos o tres jóvenes lindísimas flirteando con él. Esto lo halagaba, porque no era vanidoso y se creía más bien feo, pero no prefería a ninguna ni sacaba a bailar a nadie más de una vez. Cuando empezó a encontrarse con Esmeralda más seguido en los bailes, sin embargo, y al verla siempre tan bellamente vestida, empezó a invitarla a bailar a menudo. Pronto estuvo locamente enamorado de ella.

Quintín fue el primero en darse cuenta del cambio que había dado Ignacio. Nunca había oído hablar de Esmeralda ni tenía idea de quién era su familia; sabía que éramos amigas, y yo me cuidé de no enterarlo de más de lo necesario. Ignacio se la presentó en una de las fiestas a las que fuimos ese verano, poco después de que regresáramos de nuestra luna de miel, y Quintín se quedó impresionado. Lo mismo le sucedía a todo el mundo. No vi nada malo en que Ignacio se enamorara de Esmeralda. Me hubiese encantado tenerla de cuñada; de esa manera se mudaría a San Juan y nos veríamos con más frecuencia. Pero no estaba segura de cómo reaccionarían los Mendizábal a la noticia.

Un día, Rebeca nos dijo que Ignacio estaba actuando de una manera extraña y que sospechaba que estaba enamorado. Nunca regresaba a la casa antes de las tres de la mañana, subía bailando las escaleras de pasarela de lanzas, se acostaba completamente vestido y se quedaba despierto hasta el amanecer, oliendo la gardenia blanca que una joven llamada Esmeralda Márquez le había regalado. Rebeca sabía todo esto porque espiaba a Ignacio por la cerradura de la puerta de su cuarto y lo oía pronunciar el nombre de Esmeralda hasta que lo vencía el sueño.

Ignacio siempre había sido muy exigente sobre la manera como le preparaban sus alimentos, pero ahora se había vuelto imposible. Cuando a la hora del desayuno Petra le preguntaba si quería desayunarse con huevos fritos o con huevos revueltos; con leche de cabra o con leche de vaca; con pan de trigo o con pan de casabe, Ignacio le contestaba que le daba exactamente igual, porque no pensaba desayunarse en lo absoluto. No quería perder el sabor a buñuelos de crema de mocha que le quedaba en la boca después de que Esmeralda Márquez lo besara en el Patio del Fauno la noche antes. Cuando a la hora del almuerzo Eulodia le preguntaba si quería su bistec encebollado o empanado; su arroz con habichuelas rojas o con habichuelas blancas, decía que le daba lo mismo, porque no pensaba almorzar absolutamente nada. Lo único que le apetecía era recordar el olor a arroz con canela que le había humeado a Esmeralda Márquez del fondo de los sobacos cuando había bailado con ella la conga en el Jack's Place la noche antes.

Rebeca estaba casi histérica. Cuando Ignacio llevaba sin comer y sin dormir una semana, llamó por teléfono a Quintín y le pidió que hablara con su hermano, y que le preguntara quién era la famosa Esmeralda Márquez.

Esa noche, Quintín fue a la casa de la laguna y se quedó toda la noche esperando a Ignacio en su cuarto. Cuando a las cuatro de la mañana su hermano entró por la puerta, le dijo:

—Si sigues así te vas a enfermar y no podrás regresar a Florida State University cuando se te acaben las vacaciones. ¿No crees que deberías contarme lo que te pasa?

Ignacio quería mucho a Quintín y confiaba en él. A pesar de todo, cuando lo escuchó decir aquello, empezó a sudar de angustia.

—Estoy locamente enamorado de Esmeralda Márquez, y necesito tu ayuda —le imploró Ignacio—. Quiero presentársela a papá y a mamá, y no encuentro cómo hacerlo. La impresión inicial es siempre muy importante, pero Esmeralda es tan bella que estoy seguro de que, una vez Buenaventura y Rebeca la conozcan, no les va a importar quién es su madre.

—¿Y quién es su madre? —preguntó Quintín cautelosamente.

—Doña Ermelinda Quiñones, una modista de alta costura muy cotizada en Ponce. Pero su situación es algo polémica, ya que hace veinte años que es la amante oficial de don Bolívar Márquez, un abogado de asuntos obrero-patronales. Don Bolívar no ha querido casarse con ella, a pesar de que doña Carmela murió hace cinco años. Me temo que este asunto vergonzoso arroje una sombra sobre la reputación de la pobre Esmeralda —le respondió Ignacio.

Por aquel entonces Quintín era bastante tolerante; no le parecía nada extraordinario que la gente viviese junta sin casarse. No fue hasta muchos años después que se puso intransigente y que todo le parecía pecado. De todas maneras, le aconsejó prudencia.

—Quizá debas esperar un poco —dijo—. No es sabio escandalizar a la gente, y ya conoces lo religiosa que es Rebeca. Aunque como papá y mamá casi nunca van a Ponce y no conocen allí a casi nadie, dudo que estén al tanto del mal paso de doña Ermelinda, lo cual es una ventaja. No te preocupes más. Acuéstate a dormir y mañana buscaré una manera de ayudarte.

Quintín, sin embargo, estaba más preocupado de lo que le dejó entender a Ignacio. Esa noche, cuando regresó a nuestro piso, me comentó que Ignacio se estaba tomando un riesgo innecesario al cortejar a Esmeralda Márquez.

—Hay docenas de chicas bonitas entre las jóvenes de Alamares que conocemos desde niños y que le son mucho más afines —me dijo cuando estábamos cenando—. Hoy una persona tiene que tener mucho cuidado de quién se enamora. Esmeralda es de origen humilde, y la cuna es a veces más importante que las diferencias de cultura y raza.

Al principio le di la razón a Quintín, porque no quería ponérmele de frente. Pero luego le fui haciendo ver el asunto desde otro ángulo. Esmeralda era amiga mía, le dije, yo la conocía muy bien. No sólo era bellísima; era muy inteligente. Se había ganado una beca importante y estaba estudiando en el New York Fashion Institute; venía a Puerto Rico sólo durante las vacaciones. Había heredado el buen ojo de doña Ermelinda para el diseño y se estaba haciendo de una carrera de modas prestigiosa. Doña Ermelinda era un señora muy elegante, y se cuidaría de hacer una buena impresión ante Buenaventura y Rebeca, así como ante la sociedad de San Juan. Don Bolívar no debería preocuparlo; estaba viejo y ya no acompañaba a doña Ermelinda a ninguna parte, así que nunca lo conocerían. Todo esto le haría más fácil a Esmeralda salvar las barreras sociales a las que estábamos acostumbrados, si es que algún día Ignacio se decidía a casarse con ella. Además, Ignacio ya tenía dieciocho años, y si quería invitarla a salir era asunto suyo. No había razón alguna para que no lo hiciera.

Algunos días después Quintín le dijo a su hermano que estaba dispuesto a ayudarlo. Esmeralda era una chica muy linda; con su pelo claro y sus ojos verdes probablemente lograría convencer a Buenaventura y a Rebeca de que hicieran la vista larga en cuanto a su ilegitimidad. Después de todo, la muchacha no tenía la culpa, y era víctima de sus padres. Le pediría a Rebeca que diera una fiesta el sábado siguiente, y la invitaríamos a la casa. Me alegré mucho cuando Quintín decidió ayudar a su hermano. Todavía era mi Quintín de antes, el que me hacía el amor entre los helechos fragantes del jardín de Ponce.

Ese verano, Quintín y yo asistimos casi todas las noches a fiestas en casa de nuestros amigos, y Rebeca nos animaba a que les correspondiéramos. A Buenaventura le gustaba divertirse y aprovechaba aquellas veladas para darles a probar a nuestros amigos sus nuevas golosinas importadas y a catar sus vinos menos conocidos. Quintín y yo invitamos a un grupo de amistades de San Juan, y yo invité a varias amigas de Ponce. Esmeralda Márquez estaba entre ellas.

La noche de la fiesta, Esmeralda y su madre llegaron a la casa de la laguna en un Fleetwood Cadillac negro con parachoques plateados. Doña Ermelinda lo había alquilado para la ocasión, con todo y chofer uniformado. Cuando Esmeralda se bajó del carro, me quedé sin habla. Llevaba puesto el vestido más hermoso que yo había visto en la vida. El corpiño era de bordado y le cubría el pecho como un celaje; la falda era de organza de seda y se le empozaba a los pies como un lago embrujado. Y detrás de ella venía doña Ermelinda, vestida de tafeta negra de la cabeza a los pies, con un zigurat dorado en equilibrio sobre la cabeza. Se había empolvado y pintado con tanto esmero que relucía como una misma perla, envuelta en el negro opulento de su traje.

Ignacio le presentó a doña Ermelinda y a Esmeralda a sus padres. Buenaventura estaba encantado. Le gustaba la gente exótica, y enseguida se sintió a gusto con doña Ermelinda. Le ofreció una copa de champán y le dio una vuelta por la sala para que sus amigos la conocieran. Ignacio tomó a Esmeralda del brazo y se la llevó a conocer a la gente joven, pero —luego de charlar con ellos por dos o tres minutos— se escurrieron disimuladamente en dirección a la terraza, en donde Ignacio quería mostrarle a Esmeralda la luna llena temblando sobre la laguna. Cuando Rebeca los vio cogidos de la mano, le dio un escalofrío. Esmeralda Márquez parecía una niña bien educada. Su traje de organza blanca la favorecía, porque hacía resaltar el hermoso color de su piel, dorada por el sol de la playa. Pero Rebeca nunca había oído hablar de los Márquez, y eso la preocupaba.

Rebeca se sentó al lado de sus amigas y empezó a escrutar a doña Ermelinda a la distancia. Buenaventura le estaba dando una gira por la casa, y la hizo entrar al comedor. Doña Ermelinda expresó su admiración por las sillas de los conquistadores y las alabó profusamente. Del comedor pasaron a la terraza, donde el baile estaba a punto de comenzar. Doña Ermelinda se hizo traer una de las sillas de los conquistadores y la colocó cerca de la pista de baile. Se arrellanó en ella, sacó de su bolso el abanico de encaje negro que don Bolívar una vez le había traído de España, y empezó a echarse fresco. Se había bebido todo el champán, y le hizo una seña al mozo para que le llenara la copa otra vez. Varias señoras, las mamás de algunas de las otras niñas allí presentes, se sentaron a su lado y empezaron a conversar y a reírse, abanicándose al unísono.

Rebeca estaba cada vez más asombrada ante los modales desembarazados de doña Ermelinda. Era una extraña, y se comportaba como si conociera a los Mendizábal de toda la vida. Rebeca la observó más de cerca. Llevaba puesto un vestido muy elegante, pero había algo en ella que le sonaba falso, y, por más que le daba vueltas, no lograba ponerle el dedo encima. Todavía estaba pensando en eso cuando los músicos rompieron a tocar el primer pasodoble de la noche.

Ignacio había traído un combo para amenizar la velada y le ordenó que sólo tocara música española, para que su padre se sintiera contento. Invitó a bailar a Esmeralda, y pronto se perdieron por el rincón más oscuro de la terraza, envueltos en la neblina de su traje. Al rato, Buenaventura se acercó a donde estaba Rebeca y la sacó a bailar también.

—Tendrás que aceptarla como tu nuera, Rebeca —le susurró al oído—. Si conozco bien a Ignacio, querrá casarse con esa joven en cuanto se gradúe en la universidad. Es tan cabeciduro como tú, así que mejor te empiezas a acostumbrar a la idea. —Y como Rebeca no le contestó, pero siguió pensativa abriendo y cerrando su abanico sobre el hombro de Buenaventura mientras clavaba la mirada en doña Ermelinda, éste la estrechó contra sí con más fuerza y le dijo quedamente—: ¿Te acuerdas cuando teníamos esa misma edad y nos enamoramos la noche de tu reinado? Yo no tenía un centavo donde caerme muerto, pero era el hombre más feliz de la Tierra. Hoy podemos darnos el lujo de ser indulgentes con nuestros hijos y evitarles algunos de los malos ratos que tuvimos que pasar nosotros.

Rebeca siguió abanicándose sin decir nada, semiapoyada en el pecho de Buenaventura y dejándolo que le diera unos besitos huérfanos en el oído. Siempre se ponía romántico cuando tocaban un pasodoble, y ahora estaban tocando *El relicario*, uno de sus favoritos.

De pronto, Rebeca se irguió y puso su mano cuajada de anillos de diamantes sobre el pecho de Buenaventura. Hizo una presión discreta y lo obligó a mantener cierta distancia. «Ya déjate de tonterías y dirígete hacia donde está doña Ermelinda. Creo que ya adiviné lo que me estaba preocupando.» Dieron una vuelta de verónica y cruzaron la pista adquiriendo velocidad; los zapatos de charol de Buenaventura deslizándose raudos y perfectamente al unísono junto a las sandalias de fantasía de Rebeca por sobre la superficie de mosaicos de oro de la terraza. Rebeca observó atentamente a doña Ermelinda, y, cuando pasaron cerca de ella, hizo que Buenaventura diera un viraje súbito, sacó la mano derecha y le tumbó a doña Ermelinda el turbante dorado de la cabeza de un golpe de su abanico. La música se detuvo y se oyó una exclamación de asombro.

Cuando el turbante de doña Ermelinda salió volando y rodó por el suelo, Buenaventura se paró en seco. Rebeca se dobló y, con una expresión de sorpresa y consternación en la cara, se lo devolvió a su huésped. Le pidió mil excusas y le rogó que la perdonara; había estado mirando distraída para el otro lado, le dijo, cuando Buenaventura giró torpemente hacia la izquierda. El rostro de doña Ermelinda se puso gris. A alguien se le escapó una risita, acompañada por un comentario malévolo. Otra señora apuntó a la sereta de rizos que se le había esponjado a doña Ermelinda sobre la cabeza, y luego se tapó la boca con el abanico. Pero doña Ermelinda no se inmutó. Miró a su alrededor sin pestañear, se levantó muy digna de su asiento y se sacudió la cabeza varias veces, para que se le encrespara todavía más la maranta sobre los hombros. Entonces, tomando a Esmeralda de la mano, salieron juntas de la casa con la frente en alto.

Aquel suceso trajo cola, como era de esperarse. Le dio a la sociedad de San Juan tela que cortar durante meses, y en la familia Mendizábal las consecuencias fueron funestas. Ignacio se llenó de ira contra sus padres y empezó a hacerle la corte a Esmeralda abiertamente, sin importarle un comino lo que la gente pensara. Rebeca había convencido a Buenaventura de que aquella relación no era conveniente, y ahora ambos se oponían a ella. Amenazaron con quitarle la mesada a Ignacio si no le ponía fin al amorío. Tampoco le enviarían el pasaje de avión durante las vacaciones de Navidad, le dijeron, de manera que tendría que aguantarse todo el año escolar en Florida. Pero Ignacio no hizo caso.

Doña Ermelinda viajaba a menudo a la capital a comprar los tules y las sedas que necesitaba para confeccionar sus trajes de baile, y cuando Esmeralda estaba de vacaciones en la Isla, siempre la acompañaba. Se quedaban a dormir en el Viejo San Juan, en una casa que pertenecía a doña Ermelinda y que era muy agradable. Estaba en la placita de la Rogativa, pintada de rosa, y tenía un balcón que daba a la bahía. En cuanto Ignacio se enteraba que Esmeralda estaba allí, alquilaba un trío de guitarras y esa noche le llevaba una serenata. Se quedaba cantando boleros románticos bajo el balcón durante horas, pero Esmeralda no abría las persianas de su ventana ni un milímetro. Ignacio comprendió que doña Ermelinda no daría nunca su brazo a torcer. Lo único que curaría su orgullo herido era que Esmeralda le diese calabazas al heredero de los Mendizábal.

Unos días antes de regresar a la universidad, Ignacio nos vino a visitar a nuestro piso.

—Mamá tiene que pedirle excusas a doña Ermelinda —le dijo a Quintín—. Es el único modo de poder volver a verla. Tú puedes ayudarme a lograrlo.

Estábamos sentados en la biblioteca y Quintín estaba leyendo la *Vida de los doce césares* de Suetonio. Levantó la vista del libro y le respondió a su hermano con tristeza:

—No debes seguir cortejando a Esmeralda Márquez porque es mulata, Ignacio. Papá y mamá ya lo saben, y nunca la aceptarán como nuera. Pero no hay mal que por bien no venga.

Piensa cómo te hubieras sentido, sentado a la mesa a la hora de la cena, rodeado por tus hijitos grifos.

Fue sólo una broma de mal gusto, pero Ignacio se indignó (yo también me indigné, pero no me atreví a decir nada). Levantó a su hermano en vilo del sofá, le dio un empujón, y éste se fue al suelo de bruces. Quintín se levantó del piso y le dio a Ignacio una bofetada tan tremenda que sus espejuelos salieron volando y se hicieron añicos al otro lado del cuarto. Necesité toda mi ecuanimidad para lograr separarlos.

Algunas semanas después, Esmeralda se comprometió con Ernesto Ustáriz. Ernesto estaba locamente enamorado de Esmeralda y logró convencer a su padre de que le pagara a su novia los dos años de universidad que le faltaban en el New York Fashion Institute. A Ernesto le faltaban dos años para terminar su carrera de agricultura en Albany University; podían estudiar y pasar juntos los fines de semana en Nueva York, hasta que se graduaran y regresaran a la Isla. Los novios se tomarían aquel semestre de vacaciones, y la boda se celebraría en noviembre. La recepción sería en el hotel Almares, porque doña Ermelinda quería invitar a lo más granado de la sociedad de San Juan. Después de la boda, los novios pasarían la noche en la casita rosada de doña Ermelinda frente a la bahía de San Juan, antes de abordar el avión que los llevaría a Nueva York.

A fines de septiembre, Ignacio se marchó a Florida, pero dos semanas después, se encontraba de regreso en casa. No se sentía bien, dijo, y quería tomarse un semestre de descanso. Padecía de ataques de asma, y el día de la boda de Esmeralda se despertó más pálido que un muerto. Casi no podía respirar; caminaba por la casa en puntillas con el inhalador en la mano, como si se desplazara por debajo del agua. Su estado de ánimo oscilaba entre una furia terrible contra el mundo y una pena que lo mataba. Después del almuerzo se sintió mejor y se fue a dar unos tragos a un bar de San Juan. Rebeca insistió en que lo ignoráramos. Sólo tenía dieciocho años; ya se le pasaría el berrinche.

Esa noche fuimos juntos a la boda. Ignacio estaba medio bebido y hundido en un mutismo absoluto. Pero cuando llegamos al Patio del Fauno en el hotel Alamares, saludó a Esmeral-

da y a doña Ermelinda muy cortésmente. A las tres de la mañana, sin embargo, cuando Quintín y yo decidimos regresar a
casa, no encontramos a Ignacio por ninguna parte. Luego de
buscarlo por una hora, tuvimos que marcharnos sin él.

Quintín y yo estábamos muy preocupados por Ignacio,
pero a las cuatro de la mañana no se podía hacer nada. Cuando
llegamos a nuestro piso, nos fuimos derecho a la cama y nos
quedamos profundamente dormidos.

Serían como las seis cuando el teléfono nos despertó a los
dos. Quintín levantó el auricular. Era Rebeca.

—Ignacio está en el cuartel de la policía —le dijo, histérica—. Después de la recepción se fue a casa de doña Ermelinda y
empezó a disparar como un loco a diestra y siniestra. Me gustaría saber por qué lo dejaste solo en la boda. Es tu hermano
menor, Quintín, y tú eres responsable de lo que le pase.

Quintín podía oír a Buenaventura hablando por el otro teléfono del cuarto, tratando desesperado de encontrar un abogado a aquella hora.

Quintín se levantó de la cama, se vistió en un santiamén y
fue corriendo a la estación. Yo telefoneé a Rebeca y le dije que
lo sentía; habíamos buscado a Ignacio como aguja por todo el
hotel, pero se había esfumado. Estaba furiosa conmigo.

—¡Serás un genio literario —dijo en una voz iracunda que se
introdujo por los huecos del teléfono como el silbido de una
serpiente—, pero no tienes la menor idea de lo que quieren decir el respeto y la consideración!

Unos días más tarde me enteré de lo sucedido. Ignacio había ido a la boda armado con la calibre 42 de Buenaventura; esperó a que la novia y el novio se fueran del hotel y los siguió
hasta la casa de doña Ermelinda en el Viejo San Juan. Una vez
allí, se apostó frente a la puerta y empezó a gritarle a Ernesto
que saliera a enfrentársele. Como Ernesto no salió, le vació la
pistola a la puerta.

Los novios huyeron despavoridos hacia la parte de atrás de
la casa y se escondieron en el baño, pero una bala atravesó la
puerta y alcanzó a Esmeralda en el dedo meñique. Cuando Ignacio la oyó gritar, dejó de disparar y se desmayó en plena calle.
El alboroto despertó a todo el vecindario; las luces de las casas

cercanas se encendieron y, al poco rato, se escuchó la sirena de la policía. Cuando llegó la patrulla, se había formado un corro alrededor de Ignacio y todo el mundo vio que lo levantaron en vilo, lo esposaron y se lo llevaron preso.

Quintín pagó la fianza de Ignacio y lo sacó de la cárcel esa misma mañana. Ignacio regresó a la universidad un mes después y estudió los tres años y medio que le quedaban en Florida State University. Pero nunca volvió a enamorarse. Compró un velero de más de seis metros y le gustaba salir solo a navegar en las tardes por la laguna de Alamares. Bautizó el velero *La Esmeralda*, y juraba que aquél era el único amor de su vida.

23

El reino de Petra

El sótano de la casa de la laguna me fascinó desde la primera vez que lo vi. Databa de la época de Pavel, cuando Rebeca era una persona muy distinta de la que conocí cuando me hice novia de Quintín. Aquel lugar extraño le confería a la casa gran parte de su misterio. Cuando se lo visitaba, invadía la sospecha de que las cosas que sucedían allí no eran siempre lo que parecían, y que podían tener repercusiones y ecos inesperados en el mundo de arriba. Nuestra casa en la calle Aurora no tenía sótano. La tierra de Ponce es dura y seca, muy distinta a la arcilla húmeda de los manglares del norte. Los cimientos del pueblo están edificados sobre piedra de basalto, lo que imposibilita las excavaciones. En nuestra casa era fácil orientarse: había una derecha y una izquierda, un por delante y un por detrás; había poco margen para equivocarse. Pero, en la casa de la laguna, las cosas a menudo resultaban engañosas, y siempre había lugar para la ambigüedad o la duda.

Lo que más me llamó la atención cuando visité los sótanos la primera vez fueron las majestuosas vigas de hierro que sostenían la terraza de Pavel. Sobresalían de las paredes del sótano como enormes ramas, cubiertas de moho y carcomidas por el salitre. Pavel las había diseñado al estilo *art nouveau* para que estuvieran en armonía con el resto de la casa, a pesar de que nadie las veía. Tenían una elegancia orgánica que repetía la intrincada gracia de los mangles circundantes.

El espacio debajo de la terraza era el área comunal de los sirvientes; allí comían, fumaban y se sentaban a descansar y a conversar cuando terminaban sus trabajos. El suelo era de tierra apisonada, pero estaba tan bien cuidado que casi no se notaba. Los sirvientes lo rociaban con agua y lo barrían meticulosamente con la escoba todos los días. Petra lo amuebló con un juego de mimbre que una vez había estado en uso en los altos y que Rebeca había descartado. La silla de Petra, un trono de bejuco tejido con un respaldar enorme que parecía una cola de pavo real, estaba en el mismo centro del salón. Allí se sentaba Petra todas las noches, adornada con sus collares de semillas y sus pulseras de acero, a escuchar las quejas de los sirvientes y a aconsejarlos.

Los sirvientes se le acercaban uno a uno, se sentaban junto a ella en un taburete y se desahogaban. Si Eulodia había dejado caer una copa de vino al suelo y Rebeca la había insultado, Eulodia tenía que tener paciencia y no tomárselo a mal, porque Rebeca estaba mal de los nervios y no sabía lo que estaba diciendo. Si Rebeca le ordenó a Brunilda que le planchara su traje de noche y no se molestó en quitarle la etiqueta de la tienda, y Brunilda se escandalizó cuando vio que el traje había costado quinientos dólares cuando ella sólo ganaba ochenta dólares al mes, Brunilda no debía comentarlo con nadie. Rebeca era la esposa de Buenaventura y tenía derecho a gastarse lo que le diera la gana en su vestuario, porque la ropa era un símbolo de prestigio importante, y ella tenía que representar con dignidad a su marido en el mundo.

Al fondo del salón comunal se veía una puerta de bronce, incrustada en la pared del centro. Se remontaba también a la época de Pavel; uno se daba cuenta en seguida por su estilo gaudiesco. Estaba decorada con ramas y vástagos de una vegetación fantástica. Abría a un túnel oscuro, al que daban veinte habitaciones estrechas, con piso de adobe y sin ventanas. Cada cuartucho tenía una rejilla al fondo, a ras del suelo del patio, para la ventilación. Aquellas celdas fueron concebidas originalmente como depósitos: Buenaventura pensaba almacenar allí sus vinos, sus cajas de bacalao y sus jamones importados. Pero cuando mudó su negocio al edificio de La Puntilla en el Viejo San Juan, los depósitos se utilizaron como cuartos de servicio.

La primera vez que bajé a los sótanos había más de veinticuatro personas viviendo allí, todas emparentadas con Petra: Eulodia, Brígida y Brunilda, sus tres sobrinas; Confesor, el sastre de Buenaventura, que era sobrino de Petra; Eustasio, el jardinero, que era primo de Petra; Eusebia, la costurera, que era hermana de Petra; Carmelo, el que se encargaba de los animales encerrados en los corrales, que era hermano de Petra; Brambón, el esposo de Petra, que era el chofer de Buenaventura. Se llevaban muy bien juntos y pocas veces peleaban entre sí.

Una segunda puerta de bronce en la pared del fondo, al lado derecho del salón, decorada con estrellas y conchas marinas, abría a la gruta donde se encontraba el manantial. Pavel había construido en aquel lugar un magnífico baño de mosaicos azules, cubierto por una bóveda recamada de peces dorados. A Buenaventura le gustaba aquella habitación, y no había querido tumbarla cuando hizo demoler el resto de la casa. Se bañaba a menudo en las aguas del manantial porque estaba convencido de que lo mantenían joven. Adyacente a esta recámara había una habitación gemela con una alberca de concreto y una bóveda de cemento sin decorar, que se alimentaba también del agua subterránea del manantial. En aquella alberca se bañaban los sirvientes.

El salón comunal del sótano tenía una tercera puerta al lado izquierdo, que daba a la cocina. Ésta se comunicaba por una escalera de caracol con la cocina, que estaba en el primer piso de la casa. Los alimentos se subían rápidamente al comedor en una plataforma que llamaban «el muerto», para que no se enfriaran. Junto a la cocina, justo debajo del borde de la terraza, pasaba diariamente un tráfico de botes vendiendo comestibles. Éstos ofrecían también sus mercancías a otras casas de Alamares, las cuales tenían una salida posterior al agua. Los pargos azules, los chillos rojos y las colirrubias amarillas brillaban como rombos de colores alegres al fondo de las embarcaciones, junto a los mangos, los aguacates, las chinas y los mameyes. Un verdadero mercado flotante se acercaba al borde inferior de la terraza de los Mendizábal todas las mañanas.

De la cocina se salía a un patio, separado de la avenida por un tupido seto de amapolas. Allí se tendía a secar al sol la ropa recién lavada de la familia, luego de que Brígida y Brunilda la restregaran en las piletas. Al lado derecho del sótano, una cuarta puerta daba a los corrales, en donde se guardaban los animales. Allí estaba la jaula de los doberman pinschers de Buenaventura. Fausto, el misterioso perro que llegó de Alemania en uno de los barcos de Buenaventura, había muerto hacía tiempo. Pero, antes de morir, Buenaventura lo emparejó con una hermosa perra dóberman, y ésta le había parido dos machos: *Fausto* y *Mefistófeles*, sus favoritos. Buenaventura también era dueño de una vaca, porque le gustaba beber leche fresca todas las mañanas, de una docena de gallinas que ponían huevos todos los días y de varios cerdos encerrados en un huacal, a los cuales Petra examinaba cuidadosamente para escoger los que tenían las patas mas regordetas, con las que aderezaba los garbanzos guisados de Buenaventura.

Había una sola jaula que no le pertenecía a Buenaventura y a su familia: la de los cangrejos. Era un rústico cajón de tablones montado en zancos, con una tapa apisonada por una gran piedra, para que los cangrejos no la abrieran. A veces, había entre treinta y cuarenta cangrejos allí adentro, revestidos de sus caparazones grises y trepados unos encima de otros en su lucha por salir. Se hacinaban sobre todo en las esquinas, en donde encontraban más apoyo, y formaban lentas pirámides que casi llegaban al borde de la jaula, pero acababan siempre derrumbándose en una bulla sorda de palancas y de cuerpos. Brambón estaba encargado de alimentarlos con granos de maíz crudo y de pegarle, diariamente, la manguera a la jaula. Los cangrejos proliferaban entre los mangles, y los sirvientes los cazaban periódicamente para que no invadieran los sótanos. Cuando llovía mucho y el agua de la laguna subía unas cuantas pulgadas, se trepaban por las vigas de hierro del sótano y, a veces, alguno que otro cangrejo aparecía perdido deambulando por la terraza. Por suerte, *Fausto* y *Mefistófeles* les olfateaban enseguida la pista. En cuanto encontraban uno, le arrancaban las palancas y lo trituraban con sus poderosas mandíbulas.

La familia Mendizábal no comía cangrejos; los consideraban comida de negros. Pero, para los sirvientes, eran una parte muy importante de su dieta. Petra juraba que los cangrejos eran guerreros encantados y que comerlos hacía valientes a las personas. Cada sábado en la noche, los sirvientes se sentaban todos juntos alrededor de la mesa del sótano, frente a lo que parecía una montaña de adoquines azules. Sólo que los adoquines tenían patas espinosas, unas palancas enormes y unos ojillos que les sobresalían de la cabeza como dos semillas rojas. Cada cual agarraba entonces una maceta y abría los cangrejos a mazazos, bebiéndose el sabroso líquido negro que se empozaba en los carapachos y sacando la carne dulce de las palancas con un tenedor.

El cuarto de Petra era el primero a mano derecha, a la entrada del túnel de celdas subterráneas. Las paredes de su habitación estaban alineadas de frascos y tarros llenos de remedios: hojas de naranjo para tranquilizar los nervios, rúa para el dolor de la menstruación, sábila para las picadas de insectos, bruja para los orzuelos y el dolor de oído. Los sirvientes le tenían un gran respeto, porque tenían fe en el poder de sus manos. Petra sabía componer huesos salidos de sitio, volver la matriz a su lugar con sobos, vendar heridas con cataplasmas y amarrarlas con hojas de llantén que ella llamaba el vendaje universal. En su habitación había un altar lleno de santos, los cuales tenían dos nombres: uno cristiano y otro africano. Al centro se encontraba Elegguá, «Aquel que es más que Dios».

Petra le preparaba a Buenaventura su baño en el manantial todos los días. Cada dos o tres semanas, hervía unas raíces que según ella tenían poderes mágicos, y vertía el líquido en la pileta de mosaicos azules para que Buenaventura se sumergiera en ella. Buenaventura estaba seguro de que los baños de Petra lo ayudaban en los negocios. Si había una guerra de precios, por ejemplo, y una firma de California intentaba imponer en el mercado local los espárragos verdes marca Green Valley, vendiéndolos a un precio bajísimo, Buenaventura se daba uno de los baños de Petra y sus espárragos blancos de Aranjuez de repente se ponían de moda. La gente empezaba a comer rollitos de espárragos blancos con mayonesa, *quiche* de espárragos blancos con queso Brie o crema de langosta con espárragos blancos. Sus espárragos se vendían como pan caliente sin haberles bajado el precio, y de un día para otro Buenaventura se ganaba varios miles de dólares.

256

Petra era la mariscala de Buenaventura; ella imponía sus órdenes en la casa. Los sirvientes veían a Rebeca como una autoridad secundaria. Antes de hacer lo que Rebeca les mandaba, primero se asesoraban con Petra. Le estaban muy agradecidos, porque gracias a Petra habían logrado salir del fangal de Las Minas y podían vivir con relativa holgura bajo el techo de Buenaventura.

Petra siempre le prodigaba a Quintín una atención especial, pero no lo dejaba olvidar que aquellos privilegios se los debía a su padre. Buenaventura había desarrollado con los años, cierta simpatía hacia la independencia y una vez, hasta donó dinero para la causa secretamente. Había vivido en la Isla durante muchos años, decía, más de los que había vivido en España, y se le hacía difícil aceptar que su patria de adopción no se gobernara a sí misma. No poder comerciar con otros países, por ejemplo, no tener un ejército propio, no poder votar por el presidente de la nación eran cosas que se le hacía difícil aceptar a un descendiente de los conquistadores.

A Quintín le simpatizaba la estadidad, quizá por su cercanía a su abuelo Arrigoitia. Arístides le había enseñado a admirar a Estados Unidos, una de las pocas democracias auténticas que existían en el mundo, y estaba convencido de que la Isla tenía derecho a pertenecer a ella. «Estados Unidos nos invadió en 1898, y veinte años después nos dieron la ciudadanía sin que nadie nos preguntara si la queríamos. Esa nación hizo un compromiso con nosotros en ese momento, y ahora debe honrarlo.»

Cuando Quintín hizo su primera comunión, su abuelo mandó hacer una copia del Discurso de Lincoln en Gettysburg, lo enmarcó en listones dorados y se lo regaló a su nieto para que la colgara en su cuarto. Cuando Quintín se graduó en la escuela superior, Arístides le regaló *La democracia en América* de Alexis de Tocqueville y un volumen de las *Memorias* de Tomás Jefferson. Quintín leyó ambos libros con atención, y su admiración por Estados Unidos creció aún más.

Cuando Quintín era joven, le gustaba hablar sobre estas cosas a la hora de la cena con Buenaventura. Discutían amigablemente, y Quintín le señalaba a su padre que nuestra cercanía a Estados Unidos durante los últimos cincuenta años nos había americanizado más de lo que nos dábamos cuenta. Los puerto-rriqueños habían peleado valientemente por la defensa de la democracia y de la libertad durante la segunda guerra mundial, la guerra de Corea y la guerra de Vietnam; no había razón alguna para que Estados Unidos les negara el derecho a formar parte de la Unión norteamericana.

Buenaventura respetaba las opiniones de su hijo, sobre todo al ver lo serio que Quintín se ponía cuando tocaba estos temas. Había madurado bastante, y no se tomaba aquellos asuntos tan a pecho. Petra, sin embargo, se ponía furiosa. Inmediatamente se entrometía en la conversación y empezaba a regañar a Quintín.

—¿Eres un guerrero valiente como tu padre o eres un cobarde? —le preguntaba con la cabeza en alto—. No me digas que le tienes miedo a la independencia y que te gustaría permanecer bajo la tutela de Estados Unidos para siempre.

Y Quintín guardaba silencio.

Los sirvientes no entraban ni salían nunca por la puerta de enfrente de la casa —el arco gótico que Buenaventura había mandado tallar en granito gris de Valdeverdeja—. Esa puerta sólo la usaban los miembros de la familia, así como sus amigos y parientes. Los sirvientes viajaban periódicamente a visitar a sus familiares en el arrabal, pero siempre salían por la puerta de atrás, la que daba al muelle de pilotes donde Buenaventura atracaba su bote de motor. Iban y venían de Las Minas en unos esquifes de poco calado, los cuales les permitía adentrarse con facilidad por los canales de los mangles. Los alimentos que se consumían los traían a la casa sus parientes del arrabal, en su mayor parte yau-tías, ñames y malangas, que todavía olían a la montaña.

Fue en uno de esos botes de remo de Las Minas, cargado de verduras y frutas, que llegó un día Carmelina Avilés a la casa de los Mendizábal, cuando sólo tenía un año. La trajo Alwilda, la nieta de Petra, que era coja. La madre de Alwilda, que también se llamaba Carmelina, nunca trabajó en la casa de la laguna. Carmelina era la hija menor de Petra, y murió en un bar de Las Minas, víctima de una cuchillada que le asestó un amante poco después de nacer Alwilda. Alwilda casi no se acordaba de ella. La crió su abuela paterna, y se quedó coja porque le dio parálisis infantil. Su casa, como casi todas las de Las Minas, era una choza de madera montada en zancos, y las aguas malolientes de la laguna transitaban lentamente por debajo de ella.

La abuela de Alwilda criaba palomas mensajeras en el techo de planchas de zinc. En Las Minas no había teléfono; la gente se comunicaba enviando de casa en casa mensajes atados a las patas rojas de las palomas, y le pagaba a la anciana por su servicio. Alwilda tenía un gallinero y vendía huevos en la ciudad. Estos pequeños ingresos, así como el seguro social de la abuela, les permitía sobrevivir. Un día que Alwilda fue cojeando hasta la ciudad a recoger el cheque del seguro social de su abuela en el correo de San Juan, un marinero medio borracho la siguió hasta el muelle del arrabal, en donde se tomaba el bote de regreso. Empujó al botero al agua y se internó con Alwilda entre los mangles. Allí la violó, regresó remando hasta el muelle y desapareció. Alwilda nunca supo su nombre o de dónde venía; sólo que era negro como la noche; mucho más negro que ella.

Alwilda descubrió que estaba encinta y decidió tener al niño. Se hizo cargo de Carmelina hasta que empezó a caminar, y entonces se dio cuenta de que no podría quedarse con ella. Alwilda se movía lentamente y con dificultad, y Carmelina era un zahorí; se le hacía imposible seguirla en sus carreras por la casa. Un día, Carmelina se fue de cabeza por el balcón y Alwilda la pescó justo a tiempo del agua fangosa. Alwilda decidió entonces llevar a Carmelina donde su bisabuela, Petra Avilés. Petra le había dado techo y sustento a tantos de sus parientes en casa de Buenaventura, que nadie se daría cuenta si tomaba a un bebé tan pequeño como aquél bajo su ala.

Cuando el bote que traía a Alwilda se acercó al muelle, el botero le gritó que se doblara, porque las vigas de hierro de la terraza eran más bajas a la entrada de los sótanos y podía golpearse la cabeza. Alwilda obedeció; cuando se enderezó, se quedó asombrada. La sala de estar de los sirvientes era un lugar ameno, adornado con macetas de helechos y flores de papel de colores alegres. Estaba amueblado con viejos sillones de mimbre y una mesa de comedor con doce sillas. Al final del muelle vio a una mujer negra y alta, que adivinó era su abuela. La espe-

259

raba sentada en una desvencijada butaca de mimbre que tenía el respaldar muy grande. Varios espirales verduscos humeaban a su alrededor: eran cobras, que se encendían para espantar a los mosquitos. El aspecto de Petra era impresionante. Había cumplido cincuenta y ocho años, pero tenía aún los brazos tan fuertes como troncos de ausubo, y el pelo tan negro como el carbón. Mientras Alwilda se le acercó cojeando con Carmelina entre los brazos, se preguntó lo que debía hacer, si darle un beso a su abuela en la mejilla o hincarse para besarle la mano.

Alwilda le había puesto a Carmelina su mejor vestido —un trajecito de organdí rosado con volantes fruncidos en las mangas—, pero como temía perder el bote que salía todas las tardes para la casa de los Mendizábal, no le dio tiempo de bañarla. Se acercó adonde estaba Petra y estuvo a punto de sentar a la niña en el suelo para darle un abrazo a su abuela, cuando Petra la detuvo.

—No la sientes en el piso. Es una Avilés, y debe estar consciente de su rango —dijo Petra en una voz profunda.

Alwilda se excusó tímidamente y depositó a la niña en la falda de su abuela.

—Es su primera bisnieta —le dijo Alwilda—. Se llama Carmelina, igual que su hija, Carmelina Altagracia, pero me temo que su piel es más oscura que la de mamá.

Petra examinó a la niña detenidamente. Carmelina era preciosa: negra como el azabache, con grandes ojos ambarinos y una naricita respingada que parecía tallada en ónix.

—Se parece a mí cuando era niña —dijo Petra, riendo—, cuando mi piel era todavía retinta y no se me había desteñido con la edad.

Y empezó a mecer a la niña y a cantarle en un lenguaje extraño, que Alwilda no había escuchado antes. Carmelina cerró los ojos y se quedó dormida sobre la falda de Petra.

Alwilda le contó a Petra sus dificultades. La niña se había caído de un balcón medio podrido en Las Minas, y por pura casualidad ella se encontraba allí en ese momento y pudo salvarla. La próxima vez quizá no tendría tanta suerte. Y le preguntó si podía quedarse con Carmelina y criarla en la casa de la laguna.

Petra la escuchó sin pronunciar una sola palabra. Cuando Alwilda terminó, se quedó mirando pensativa a la niña.

—Carmelina Altagracia era la más bella de mis cuatro hijas —Petra le dijo a Alwilda—, y también la más temperamental. Nació durante una tormenta de rayos espantosa. Había una palma real que crecía junto a nuestra casa en Guayama, y acabando de nacer ella un relámpago fulminó la palma. El fogonazo eléctrico bajó corriendo por el tronco y entró de un salto a la casa por la ventana; la cuna de Altagracia estaba cerca, y se salvó de milagro. Pero el dios del fuego se alojó de todas formas en su cuerpo. Sólo que, en lugar de en el corazón, se le metió en donde no debía: en la chochita.

»Cuando Carmelina Altagracia creció y se hizo señorita, cada vez que cruzaba las piernas, los hombres de Las Minas quedaban fulminados por un rayo y se enamoraban de ella locamente. Los que eran amigos entre sí antes de conocerla se peleaban a muerte, hasta que por fin un día, uno de ellos la mató para eliminar el problema —dijo.

Petra se quedó pensando un rato, tratando de decidir lo que debía hacer. «Trataré de meterla de contrabando en la casa, pero ojalá no haya heredado la maldición de Altagracia.» Y una vez decidido el asunto, se llevó a Carmelina a su cuarto y cerró la puerta. La tendió dormida sobre su cama, se arrodilló frente a la imagen de Elegguá y empezó a frotar con el índice el tallo que el ídolo tenía en la mollera. *«Olorún, kakó koi bére»*, le rogó, para que se apiadara de la niña.

Alwilda regresó a Las Minas y Petra decidió darle un baño a Carmelina. La desvistió y la metió en la alberca del manantial; la restregó con una mazorca enjabonada hasta que la dejó más pulida que un granito de café. Entonces, le hizo en el pelo unas trencitas apretadas que parecían dos vainas de tamarindo, la perfumó con agua de lavanda, le puso otra vez su traje rosa y la subió a la casa para enseñársela a Rebeca. No tenía muchas esperanzas de que la dejaran quedarse a vivir con ella, pero a lo mejor lograba convencerlos de que la dejaran de visita por unos días.

Eran las cinco de la tarde, y Rebeca estaba jugando al bridge con tres de sus amigas en la terraza.

—¿No es preciosa esta belleza? ¡Qué bebé tan hermoso! —exclamaron las señoras cuando Petra se apareció con Carmelina en brazos. Petra se acercó a Rebeca y sentó a la niña en su falda. Rebeca se encantó con ella. La meció, la arrulló y le hizo cosquillas para que se riera.

—¡Pero si es igualita que una muñeca Kewpie negra! —dijo, pasándosela a sus amigas para que también la sostuvieran—. Tiene unos ojos enormes, y las manitas duras como avellanas por encima, y blandas y rosadas por debajo. —Y llamó a Patria y a Libertad, quienes estaban jugando a las damas chinas en el otro extremo de la terraza, para que fueran a verla.

—¡Miren lo que les trajo Petra! —les dijo—. ¡Es una muñeca nueva, sólo que bebe leche de verdad y se hace pipí en el pañal! No es como las muñecas de goma que ustedes tienen.

Las niñas empezaron a dar brincos y a reír de felicidad. Rebeca le ordenó a Petra que trajera una frazada y una almohada de su cuarto, y, pronto, Carmelina estaba acostada en el piso y las niñas muy ocupadas cambiándole su pañal.

Pasaron varios días y las niñas seguían encantadas con su juguete nuevo. Lo primero que decían cuando se despertaban por la mañana era que dónde estaba Carmelina, porque querían bañarla y vestirla. A Carmelina le encantaban aquellos juegos. Cuando Petra subía con ella las escaleras de la casa, ya la niña venía riéndose. Tenía muy buena disposición, y dejaba que Patria y Libertad hicieran con ella lo que quisieran. Se chupaba los biberones, se comía toda la avena que le daban y se quedaba sentada pacientemente en el piso cuando le restregaban las orejas y le quitaban y le ponían los trajecitos que Eusebia, la costurera de Rebeca, le cosía.

Una tarde, Eulodia bajó a los sótanos a hablar con un pariente que había venido a visitarla, y dejó sola a Carmelina por un rato. Patria y Libertad estaban jugando con ella en la terraza, cuando Patria dijo:

—Estoy cansada de jugar con una muñeca negra. Vamos a pintarla de blanco, para ver cómo se ve. —Y fueron a buscar la brocha y la lata de pintura blanca que el pintor había dejado en la cocina mientras salía a almorzar algo. La desnudaron y, mientras Patria sostenía a Carmelina por la cintura, Libertad le pasaba la brocha impregnada de pintura blanca por todo el cuerpo.

Al principio, Carmelina encontró el juego divertido, pero pronto empezó a sentirse incómoda y le dio una patada a Libertad para tumbarle la brocha de la mano. Pero Libertad era alta y delgada, y tenía los brazos largos como patas de esperanza, así que siguió pintando. Una vez terminaron, llevaron a Carmelina al baño para que viera lo bonita que estaba. Cuando Carmelina vio aquel fantasmita blanco mirándola desde el espejo, empezó a gritar, y Petra acudió corriendo de la cocina.

Unos minutos después, Rebeca, Petra y Carmelina iban en el Rolls-Royce de Buenaventura camino del Hospital Presbiteriano, el más cercano a la casa. Carmelina había perdido el conocimiento; el plomo de la pintura de aceite la estaba envenenando. Cuando llegaron al hospital, la llevaron corriendo a la sala de emergencia y le quitaron la pintura con una mezcla especial de aceite mineral diluido en agua y jabón. Una media hora más de ser blanca, y Carmelina se hubiese muerto.

Aquel episodio tuvo un resultado inesperado. Rebeca se sintió tan culpable al ver a la niña a las puertas de la muerte que dejó que Petra se hiciera cargo de ella. Y fue así que Carmelina Avilés se quedó a vivir en la casa de la laguna.

Quintín

La próxima vez que Quintín entró en el estudio había cinco capítulos nuevos dentro del cartapacio de Isabel. Le tenía cada vez más miedo al manuscrito, pero cuando empezó a repasar las páginas se tranquilizó. Si en los capítulos anteriores Isabel había hecho todo lo posible por arrastrarlo a su mundo de fantasía, y él había luchado por devolverla a la realidad en sus apuntes al margen, ahora estaban de acuerdo en todo.

Aquí, Isabel contaba algunos de los momentos más felices de su juventud, por ejemplo el día en que se conocieron en la pasarela de la playa del Escambrón, cuando él le había devuelto la medalla robada de la Virgen de Guadalupe. Quintín se acordaba claramente de aquel episodio, que sucedió tal y como ella lo había descrito en su novela. Fue la primera vez que la vio. Le pareció una diosa, con sus ojos negros como el azabache y su cuerpo perfecto, moldeado por el traje de baño Jantzen de una sola pieza. Se estaba riendo con su prima, recostada contra la barandilla de la pasarela, la melena roja ondeando al viento.

También recordaba su graduación en Vassar College una mañana lluviosa de primavera dos años más tarde. Él fue el único de su familia que asistió, luego de viajar desde San Juan especialmente para ello. La había tomado orgullosamente entre sus brazos después de la ceremonia y la había felicitado con un beso. También recordaba la muerte de Abby, cuando le tocó viajar a Ponce para consolar a Isabel y acompañarla durante el sepelio. Cuando fue necesario meter a Carmita en un asilo, él la había acompañado a dejarla en la institución, otro momento doloroso. ¡Qué unidos estaban entonces!

Al leer aquellos capítulos se sintió convencido de que Isabel lo quería todavía. Durante muchos días temió que la novela fuese una despedida; su manera indirecta de decirle adiós.

Rebeca y Buenaventura siempre albergaron sus dudas sobre Isabel; pensaban que su trasfondo familiar era demasiado distinto al suyo. Algunos de los vendedores de Buenaventura que visitaban el interior de la Isla aseguraban que los Monfort no eran más que una gentuza. Los Antonsanti eran una familia conocida de Ponce, pero cuando don Vincenzo murió, y Carlos, el esposo de Carmita, se hizo cargo de la herencia, aquello fue un desastre. Don Vincenzo le había dejado a Carmita varias propiedades en Ponce, además de una cartera de acciones en la Pan American y otra en la Kodak, las cuales dejaban un buen dividendo. Pero Carlos dijo que no le interesaba viajar, y que las cámaras de fotografía eran un misterio para él, así que vendió las acciones e invirtió el dinero en una fábrica de sombreros de Cabo Rojo. Poco después de esto, los sombreros dejaron de usarse, la fábrica quebró y lo perdieron todo. Abby tuvo que pelear con uñas y dientes para que su nieta se educara. Isabel ha sido probablemente la única graduada en Vassar College que pagó su educación en budines y flanes. Entonces, Carlos se suicidó y Carmelina se volvió loca. Los padres de Quintín le señalaron todo esto, y le aconsejaron que pensara bien las cosas antes de tomar una decisión. La demencia de Carmita era motivo de preocupación. Si tenían hijos, podían heredarla; y hasta Isabel podría desarrollarla más tarde. Pero Quintín estaba profundamente enamorado de Isabel. Cruzaría descalzo la Cordillera Central para estar junto a ella, le dijo a sus padres; nadaría alrededor de la Isla sólo para verla.

Abrumado por estos pensamientos, Quintín dejó de leer. Un ruido en los mangles —no sabía si de pájaros o murciélagos— lo devolvió a la realidad, y se levantó del sofá del estudio para servirse un brandy. Se lo bebió de un trago, y volvió a sentarse. El próximo capítulo se titulaba «El libro de poemas de Rebeca», y en cuanto empezó a leerlo, sintió escalofríos. Isabel cambiaba otra vez de tono; de nuevo empezaba a burlarse de los Mendizábal. Buenaventura era un glotón que se hartaba de patitas de cerdo y garbanzos; Quintín no pudo evitar una carcajada ante la caricatura. Pero cuando mencionó las aventuras de su padre en la playa de Lucumí, en donde hacía el amor con las negras de la aldea por unos cuantos dólares, no pudo evitar enfurecerse. Se preguntó cómo habría descubierto Isabel aquel secreto; él jamás se lo había mencionado. Desgraciadamente, era cierto.

¿Por qué este empeño de Isabel en sacar los trapos sucios de su familia al sol? Él creía que ya habían hecho las paces, y se le venía encima otra vez con el hacha en la mano. En lugar de señalar las excelentes cualidades de Buenaventura —su lealtad, su caballerosidad, su laboriosidad—, aseguraba que le pegaba cuernos a su mujer. Buenaventura tenía sus defectos; ¿quién en este mundo estaba exento de ellos? Pero Isabel hubiese podido ser más caritativa. Era una mujer cruel, no tenía corazón. Hubiese podido utilizar la imaginación—que, evidentemente, no le faltaba— para disimular las fallas de sus parientes, y no hacer aquellas inmolaciones sangrientas. Además, ¿cómo se atrevía a criticar a Buenaventura cuando su abuelo, don Vincenzo Antonsanti, había hecho lo mismo? A Vincenzo no lo criticaba por ponerle casa y calesa a su amiga en el pueblo de Yauco. Isabel no entendía nada de estas cosas. Después de todo, era una mujer, ¿cómo iba a saberlo? En aquella época, casi todos los caballeros de cierta posición social tenían queridas.

Reconocía que Buenaventura había hecho mal al acostarse con otras mujeres. Había violado el juramento sagrado del matrimonio. Pero la soberanía formaba parte del carácter del hombre; su naturaleza misma dependía de ella. La esposa le dice al marido: «Te quiero y soy tuya para siempre». El hombre le dice a su mujer: «Siempre te querré», pero nunca le dirá: «Soy tuyo para siempre». No estaría a tono con su masculinidad.

El hombre tiene que pertenecerse a sí mismo si quiere seguir siendo hombre. Cuando un hombre le dice a su mujer: «Soy tuyo para siempre», ¿qué es lo que ella escucha? Que tendrá que hacerse cargo de él; que cuando sople el huracán, él irá a guarecerse debajo de sus faldas. La mujer quiere un hombre fuerte en la casa, no un mentecato.

Rebeca estaba al tanto de las aventurillas de Buenaventura con las negras en la playa de Lucumí, pero jamás le mencionó el tema. Rebeca era sabia, como la mayoría de las mujeres de su época. Se hacía la de la vista larga. «Ojos que no ven, corazón que no siente», era uno de sus dichos preferidos. Lo que no se menciona, no existe. Así era Rebeca. Pero Isabel era diferente. Era una mujer moderna, de las que creen que en el matrimonio hay que confesarlo todo. Como nadie era perfecto, y todo el mundo caía en la tentación de vez en cuando, los divorcios estaban que hacían orilla.

Mientras más leía, más disgustado se sentía Quintín con Isabel. Rebeca había vuelto a caer en desgracia en la novela; prefería a Ignacio, no quería ponerse vieja, era un monstruo de egoísmo. ¡Qué ensañamiento con su pobre madre! ¡Isabel era una mentirosa empedernida!

La verdad era todo lo contrario. Rebeca siempre había sentido predilección por él, y estaba mucho más unida a él que a Ignacio. Isabel le tenía celos a Rebeca; la vio como a su rival desde un principio. Algo, alguien, estaba instigando a su mujer a que escribiera aquellas calumnias sobre su familia. Una fuerza misteriosa la empujaba hacia el abismo. Quintín estaba seguro de que era Petra. ¿Habría hechizado a Isabel, como había hechizado a Buenaventura hacía muchos años? Petra sabía introducirse en el corazón de las personas, y cuando se había posesionado de ellas, no había quien la sacara. Era una chismosa incorregible, desparramaba rumores falsos por todo el vecindario de Alamares.

Una cosa era evidente: Isabel estaba muy resentida con él. ¿No sería lo suficientemente cariñoso con ella? ¿La habría maltratado alguna vez? Por supuesto que no. Siempre se había esforzado por ser bondadoso y considerado, no por cortesía, sino porque de veras la quería. Eran la pareja perfecta; todas sus amistades envidiaban su felicidad. Entre los matrimonios de su misma edad, eran casi los únicos que no se habían divorciado. ¡Era increíble que se pelearan por algo tan tonto como una novela, después de veintiséis años de casados!

La descripción que Isabel había hecho de los sótanos como un laberinto de túneles, habitado por sirvientes que siempre eran nobles y sacrificados, mientras que en los altos sólo había monstruos, confirmaba sus sospechas. Él sabía muy bien cómo había sido el mundo de los sótanos cuando Rebeca y Buenaventura todavía estaban vivos. Los sirvientes se aprovechaban de la generosidad de su padre, y sin que él supiera nada llevaban a cabo todo tipo de actividad impía, desde ritos de magia negra hasta robo y contrabando. Por eso, un día él había decidido salir de todos ellos. La imagen de Petra, apoltronada en su butacón del sótano como una enorme araña, tejiendo su madeja de mentiras alrededor de su familia, le ponía los pelos de punta.

Tenía que ser valiente, destruir aquel manuscrito maldito. Se levantaría del diván, iría hasta la cocina y lo quemaría en el fregadero. Tenía los fósforos en el bolsillo. Hacía días que los llevaba consigo a todas partes para cuando llegara el momento. Pero no se movió de su sitio. Se sentía como una mosca, atrapado en la tela de araña de Petra.

24

Los vizcondes de Madrid

En abril de 1956, Rebeca y Buenaventura llevaron a Patria y a Libertad en un viaje de seis meses por España. Las muchachas tenían dieciséis y diecisiete años, respectivamente, y en septiembre entrarían en La Rosée, el exclusivo colegio de Suiza. Sus padres querían darles un paseo antes de que entraran internas. Quintín y yo no viajamos con ellos. Nos quedamos en la Isla, y fuimos muy felices durante esos meses.

Nuestro apartamento nos encantaba. Estaba en el décimo piso, y el Atlántico se divisaba por todas las ventanas como si uno viviera en un barco. Yo había empezado a escribir cuentos, pero ninguno me gustaba lo suficiente para intentar publicarlo. Quintín estaba sumido por completo en Mendizábal y Compañía. Ya para ese entonces tenía el negocio bajo control. Desde antes de que Buenaventura se embarcara para el extranjero, él tomaba todas las decisiones importantes. Ponía las órdenes de la mercancía nueva, supervisaba la contabilidad de las ventas, vigilaba, sabiamente al personal de la oficina y a los obreros del almacén. Trabajaba diez horas diarias y ganaba un salario de miseria, pero no le importaba el sacrificio. Lo consideraba un aprendizaje necesario.

En junio, tres meses después de que la familia se marchara a Europa, recibimos un cable desde Madrid. Patria y Libertad se acababan de casar con dos hermanos de una familia muy distinguida, Juan y Calixto Osorio de Borbón, ambos vizcondes de España. Unos días más tarde, llegó una carta de Buenaventura dirigida a Quintín, dándole los detalles de la boda. Sus hermanas habían conocido a Juan y a Calixto en Jerez de la Frontera, en una exhibición de bellas formas en las caballerizas de Pedro Domecq, siempre tan apasionado por el deporte ecuestre. El obispo de Madrid en persona casó a las parejas en misa nupcial doble, celebrada en la iglesia del Espíritu Santo. El papa Pío XII les impartió la bendición desde Roma y le envió a cada pareja un pergamino iluminado al estilo medieval. Después de la misa, se celebró una recepción exclusiva en los jardines del hotel Ritz, un hotel que a Rebeca le gustaba mucho porque no admitían ni negros ni estrellas de cine. Una tarde, Rebeca presenció cómo el conserje le negó una habitación a Ava Gardner y al famoso torero Luis Miguel Dominguín, porque no estaban casados. «La nobleza española es católica, apostólica y romana, y este hotel no puede darse el lujo de disgustarse con sus clientes», les dijo en voz alta el conserje, para que todos los que deambulaban por el vestíbulo se enteraran. Y la Gardner y su torero se vieron obligados a alojarse en el hotel Palace, al otro lado de la Castellana.

Los Osorio de Borbón estaban emparentados directamente con la casa real española, y varias de las infantas asistieron a la boda. De hecho, Juan y Calixto eran grandes de España, y les era permitido permanecer con la cabeza cubierta en presencia del rey. Todas aquellas marimoñas, añadía Buenaventura al finalizar su carta, tenían a Rebeca pisando nubes, y él no se había divertido tanto desde que había sido coronado Rey de las Antillas en el casino de una lejana colonia.

Buenaventura no podía resistir la idea de separarse de sus dos hijitas, e invitó a Juan y a Calixto a mudarse a vivir a la Isla. «¡Donde comen siete, comen nueve!», les dijo cordialmente, asegurándoles que tendrían trabajo en Mendizábal y Compañía. Juan y Calixto aceptaron gentilmente el ofrecimiento. La nobleza española se empobreció mucho durante la guerra civil. El generalísimo Francisco Franco había jurado restablecer la monarquía: un día Juan Carlos de Borbón, por aquel entonces un adolescente con la cara llena de barros, llegaría a ser rey. Pero nadie podía adivinar cuántos años pasarían antes de que esto sucediera.

La familia regresó a la Isla en agosto, dos meses después de la boda. Cruzaron el Atlántico en el Queen Elizabeth, luego de abordarlo en Southampton. Patria y Libertad se empeñaron en que su padre les comprara a cada una un condominio nuevo como el nuestro. Querían estar independientes y vivir sus propias vidas, dijeron, pero Rebeca no estuvo de acuerdo. La casa de la laguna era tan grande y estaba tan vacía que ella se ponía melancólica. Por otro lado, en España Juan y Calixto estaban acostumbrados a tener un ejército de sirvientes que les planchaba las camisas y las sábanas, y Patria y Libertad nunca habían planchado ni un pañuelo. Era mejor que se quedaran a vivir con sus suegros por un tiempo, para que se acostumbraran poco a poco a su nuevo ambiente.

Rebeca le adjudicó a cada pareja una suite particular, con cama de baldaquín, armario de maderas de galeón y ceibó con tablero de mármol y jarra de palangana. Le ordenó a Petra que tongoneara a los vizcondes y les consintiera todos sus caprichos: debía servirles el desayuno en la cama todos los días; tenderles la ropa que vestirían sobre la colcha mientras se estaban bañando y brillarles los zapatos y ponérselos fuera de la puerta del cuarto. A Brambón le ordenó que los llevara a todas partes en el Rolls-Royce de la familia.

Un mes después de llegar a la Isla, Patria y Libertad anunciaron que estaban encinta. Durante los próximos dos años y medio, cada una tuvo un niño cada nueve meses, de manera que al final del tercer año había seis bebés en la casa de la laguna, que eran la locura de Rebeca y a los cuales Buenaventura soportaba con la paciencia de san Roque. Rebeca estaba feliz. Le encantaba despertarse en las mañanas con el llanto de los nietos, y le ordenó a Petra que trajera más sirvientes, para que ayudaran a cuidarlos. Petra obedeció enseguida; al otro día, siete sobrinas suyas llegaron de Las Minas en bote. El sótano se convirtió en un verdadero enjambre de actividad. Cada nieto tenía su niñera particular; todos los días había que lavar cuatro docenas de pañales cagados; subir cuatro pailas de leche recién ordeñada a la casa y esterilizar cuarenta biberones vacíos. En la cocina se multiplicaron las comidas y fue necesario comprar tres vacas más, porque la de Buenaventura muy pronto se quedó sin leche.

Patria y Libertad tenían título de vizcondesas y les encantaba comportarse como tales. Desde su estadía en España, todo en la Isla les parecía de pacotilla. En San Juan no había cafés elegantes ni restaurantes de cinco estrellas, como en la capital madrileña. Sólo había un teatro polvoriento y triste, el teatro Tapia, en el cual se representaban dramas anticuados y zarzuelas de segunda. Se aburrían como ostras. Por eso, se pasaban la vida en las tiendas, en donde se divertían a mares comprándose joyas y ropa nueva, y cargándolo todo a la cuenta de Buenaventura.

Rebeca se llevaba muy bien con sus yernos. Quería presentarles a sus amistades y celebró unas recepciones espléndidas en la casa de la laguna. San Juan era un hervidero de anticipación; todo el mundo aguardaba con ansiedad la llegada de la invitación que les permitiría ir a casa de los Mendizábal a «conocer a los Borbones» como quien va al circo a ver los elefantes. Buenaventura también disfrutaba de la compañía de sus yernos, pero como era muy cazurro, de vez en cuando se burlaba de ellos a sus espaldas. Le gustaba imitar a Juan, que se vanagloriaba de haber heredado la quijada protuberante de Felipe V, el primer Borbón de España. Cuando alguien mencionaba a su yerno, Buenaventura proyectaba hacia afuera la mandíbula inferior, adoptaba una pose arrogante y comenzaba a pasearse por la casa llamando a Diego Velázquez, para que viniera a pintar su retrato. Cada vez que pronunciaba la palabra «Borbón» fruncía los labios, los cuales tenía gruesos y carnosos, como si fuera a soplar un pote, y enseguida se llevaba el índice y el pulgar a la nariz, afirmando que los Borbones, de tan nobles, apestaban a rancio. Al ver a Buenaventura hacer estas payasadas, me pregunté más de una vez si el famoso cuento del pergamino carcomido por las polillas que trajo consigo de Valdeverdeja, que supuestamente afirmaba su derecho a un título de nobleza, no habría sido más que un engaño. Siempre sospeché que mi suegro, como la mayoría de los conquistadores españoles, era de origen humilde. Pero eso fue algo que nunca logré aclarar; uno de los muchos secretos que Buenaventura se llevó consigo a la tumba.

25

El velorio de Buenaventura

Las ventas de Mendizábal y Compañía dejaban unos dividendos excelentes, pero cuando los vizcondes llegaron a la Isla, los gastos de la familia se remontaron por los cielos. Muy pronto, Buenaventura estaba gastando más de lo conveniente. Quintín se empezó a preocupar. Los jueves se pasaba la noche en vela; a las tres de la mañana todavía estaba con los ojos pegados al techo, devanándose los sesos y preguntándose de dónde sacaría el dinero para pagar la nómina del viernes. Buenaventura también se veía preocupado, pero al último momento y como de milagro, siempre encontraba la plata. Quintín no se explicaba cómo lo hacía. El ingreso personal de Rebeca definitivamente no alcanzaba para cubrir aquellos gastos. El asunto era un misterio, pero Quintín no se atrevía a preguntarle nada a su padre.

Quintín trabajaba once horas diarias, de seis de la mañana a cinco de la tarde. A esa hora pasaba por la casa de la laguna a conversar con Buenaventura sobre los negocios. Rebeca no parecía darse cuenta de nada. Todos los sábados en la noche se celebraba en la casa de la laguna una cena de gran cubierto. Juan y Calixto se sentaban a la derecha y a la izquierda de Rebeca, respectivamente, con el pecho cruzado por bandas azules y varias medallas prendidas a las solapas. Los domingos, todos íbamos juntos a misa, y luego asistíamos a algún bautizo o cumpleaños. Cada vez que las muchachas estaban a punto de dar a luz había que correr varias veces al hospital con ellas, porque les daban dolores de amago. Más tarde, cuando ya los niños fueron naciendo, si algún niño se enfermaba, había que acompañar a Patria y a Libertad al hospital, para que lo examinaran. Me encontré pasando cada vez más tiempo en la casa de la laguna, y un día me le quejé a Quintín. Me rogó que tuviera paciencia; había que hacer todo lo posible para estar de buenas con Rebeca. En las tramoyas y las intrigas que formaban parte de la familia por aquel entonces, era imprescindible tenerla de nuestro lado. Yo me sentía cada vez más asfixiada; era como si la familia nos estrechara entre sus brazos con las espirales del *Laocoonte*. Alejarse de la casa de la laguna era tan difícil como escapar de un zarzal; una rama espinosa siempre se me quedaba pegada y me tiraba con fuerza de vuelta.

Juan y Calixto fueron un dolor de cabeza para Quintín desde el principio. Cuando regresaba del almacén, se quejaba de ellos todo el tiempo. Según los vizcondes, vivir en la Isla era como vivir en una sauna; durante las noches, el calor no los dejaba dormir y se despertaban agotados. Daban vueltas y más vueltas en la cama, se levantaban a las nueve de la mañana empapados de sudor, se bañaban y perfumaban con Eau Imperial de Guerlain. Pero antes de salir por la puerta ya estaban otra vez empapados de sudor, y tenían que meterse de nuevo en la bañera.

Llegaban a Mendizábal y Compañía a eso de las once, trabajaban durante un par de horas, y a la una ya estaban sentados frente a los manteles de La Mallorquina, esperando que les sirvieran su cazuela de angulas al ajillo y su asopao de langosta con tostones. A las tres de la tarde se regresaban a casa a tomarse la siesta acostumbrada —como solían hacer en España— y, a las cinco, el Rolls-Royce de Buenaventura los llevaba de vuelta a la oficina. Allí se tropezaban con Quintín, quien a esa hora estaba cerrando las compuertas del almacén y pasando él mismo la tranca por las horquillas de hierro. Se quedaban allí bromeando con él por un rato, jurando que La Puntilla era un apelativo muy adecuado para aquel lugar, porque en Mendizábal y Compañía el trabajo era más duro que la puntilla con la que se remataba al toro. Quintín les sonreía cortésmente, y al día siguiente le ordenaba a su secretaria que les dedujera la mitad del sueldo.

Quintín le asignó a Juan la contabilidad de los comestibles y vinos, pero los inventarios nunca estaban al día porque Juan tenía el corazón demasiado tierno. Cuando las Siervas de la Caridad hacían a dúo sus rondas por las calles de la ciudad pidiendo limosna, y tocaban a las puertas de Mendizábal, Juan, en lugar de sólo darles los diez dólares acostumbrados, les regalaba también una caja de espárragos de Aranjuez o una sarta de embutidos de Segovia; y cuando veía a un pordiosero sacando huesos de pollo de los zafacones de la calle, le obsequiaba medio jamón ahumado envuelto en una bolsa de papel de estraza.

Calixto, por su parte, debía supervisar a los vendedores, pero no daba pie con bola. Se pasaba perdonando deudas como quien perdona vidas. Era un hombre afable, que nunca le reñía a sus vendedores cuando regresaban al almacén con las manos vacías, sin cobrarles a los pequeños comerciantes de la Isla lo que se les había encargado recaudar en la mañana. Esto sacaba de quicio a Quintín, porque Buenaventura le había enseñado que los vendedores necesitaban salir por la mañana del almacén como una bandada orgullosa de águilas y regresar a su guarida al atardecer, cargados con el producto de sus esfuerzos.

Los gastos de la familia, por otra parte, continuaban aumentando con una velocidad astronómica. Durante las primeras Navidades que pasaron juntos, Rebeca hizo a Juan y a Calixto unos regalos espléndidos, para compensar por los escuetos salarios que Quintín les pagaba: Juan recibió un Porche convertible rojo, y Calixto un caballo de paso fino, con una silla de montar que tenía sus iniciales labradas en oro. Como Rebeca no quería aparecer derrochadora, el caballo «apareció un día por casualidad», deambulando perdido por el patio de la casa. Rebeca no quería oír hablar de los problemas de la firma y se ponía furiosa cuando Buenaventura le rogaba que economizara.

Buenaventura empezó a bajar a los sótanos cada vez más a menudo, a darse baños en la pileta del manantial. Solamente inmerso en aquella agua helada y pura que brotaba misteriosamente de la tierra, lejos de la baraúnda de sirvientes y de niños que hacían retumbar con sus gritos las paredes de la casa, lograba olvidar sus penas. Los baños salutíferos que Petra le preparaba con sus hierbas mágicas le devolvían la paz.

Un día de julio de 1958, un ratero saltó la valla de amapolas que crecía junto a la avenida Ponce de León, atravesó el patio de atrás sin que nadie lo viera y se introdujo en el sótano. No había nadie. Rebeca estaba celebrando el cumpleaños de una de sus nietas en la terraza, y todos los sirvientes estaban en la planta alta. El ratero cruzó de puntillas el sótano, y escuchó un murmullo de agua. Sintió sed y abrió la puerta que daba a la gruta del manantial.

Hacía mucho calor, y Buenaventura estaba flotando tranquilamente en el agua con los ojos cerrados. El maleante vio sus ropas cuidadosamente dobladas sobre una silla y empezó a registrarle los pantalones. Buenaventura abrió los ojos y se incorporó. Salió del agua, y se fueron a las manos. Buenaventura tenía sesenta y cuatro años, y el ratero era mucho más joven que él; no se le hizo fácil dominarlo. Por fin, Buenaventura recogió una piedra del fondo del manantial y lo golpeó en la sien, dejándolo sin sentido. Pero dio un resbalón sobre el piso y fue a descalabrarse entre los helechos al fondo de la cisterna. Cuando intentó incorporarse unos minutos después, se dio cuenta de que no podía moverse. Un sirviente escuchó por fin sus gritos y corrió a avisarle a la familia. La caída le causó a Buenaventura la rotura de la cadera derecha y le afectó el funcionamiento de los riñones.

Lo llevaron al hospital en ambulancia, y al día siguiente Rebeca hizo reservaciones en Pan American para toda la familia. Lo llevarían a Nueva York, donde lo operarían en Mount Sinai Hospital. Se mandó avisar a Ignacio, quien también voló desde Florida para acompañar a Buenaventura. Durante tres semanas la familia se alojó en el hotel Plaza, en la Quinta Avenida. Quintín y yo nos hospedamos en el Elysée, en la calle 54, un hotel modesto en donde luchábamos por economizar al máximo. La operación de Buenaventura fue un éxito, y a la cuarta semana lo dieron de alta. La familia regresó toda junta a la Isla en el mismo vuelo.

Una vez de regreso, Buenaventura caminaba perfectamente bien por la casa, pero seguía teniendo dificultad al orinar. Se pasaba las noches en vela; sentía una quemazón en la ingle, y le daban ganas de desaguar. Cuando se sacaba el pene y lo intentaba, sin embargo, sólo le salían algunas gotas. Rebeca quería llamar al doctor, y le sugirió a Buenaventura que quizá debía regresar al hospital, pero Buenaventura se negó a ir. Se sentía muy bien, dijo. Aquello no era nada. Petra siempre le había curado los achaques, y no quería que le hicieran más exámenes. Rebeca tenía miedo de que le diera una de sus rabietas, así que no insistió. Sugirió que, por lo menos, contrataran los servicios de una enfermera, pero Buenaventura tampoco quiso. Petra se ocuparía de él, dijo. Ya lo había puesto en un tratamiento de infusiones de borraja, y se sentía mejor. Además, todas las noches le traía un ladrillo caliente al baño, para que orinara sobre él.

Algunos días después, Buenaventura le pidió a Rebeca que se mudara a otra habitación. Quería dormir tranquilo, dijo, no quería molestarla en las noches. Petra se quedaría con él en el cuarto para velar su sueño. Petra se hizo traer un camastro de hierro del sótano y lo colocó al pie de la cama de Buenaventura. Rebeca estuvo de acuerdo y mudó todas sus pertenencias al cuarto de huéspedes, que quedaba al otro lado de la casa. Parecía aliviada de que ahora ella también podría dormir tranquila. Empezó a celebrar sus tés y sus meriendas de siempre como si nada hubiese sucedido. Por las tardes, se iba de compras con sus amigas.

—Es un descendiente de los conquistadores; está hecho de hierro —le dijo a sus compañeras del club de bridge, aparentemente sin amargura—. No le pasará nada.

Durante los próximos días, Petra se pasó horas frotándole a Buenaventura las espaldas con ungüento de ubre de vaca mezclado con manteca de majá, para calmarle los dolores que lo acribillaban. Colocó la imagen de Elegguá cerca de su cama, le encendió una cobra perfumada y le rezó en voz alta todas las noches, pero fue en vano. Buenaventura empeoró. Pronto se le declaró una fiebre álgida, que no le bajaba con nada. Una mañana empezó a alucinar. Creyó estar en la playa de Lucumí y que las olas rompían suavemente sobre él, pero la espuma no lo dejaba respirar. Petra notó que le pasaba algo, pero cuando se hincó junto al lecho y colocó el oído junto a sus labios, Buenaventura no logró pronunciar una sola palabra. Entonces, Petra se puso de pie y lo cargó hasta el sótano con la ayuda de los sirvientes. Ni Rebeca ni nadie en la familia se atrevió a oponerse a que lo hiciera, porque Petra obedecía las órdenes de Buenaventura. Quintín y yo fuimos los únicos que los seguimos hasta la gruta del manantial. Petra se metió en la alberca con Buenaventura entre los brazos y empezó a bañarlo lentamente, dejando que el agua fría corriera sobre su cuerpo tembloroso.

Mientras lo mecía lentamente, cantándole algo en su lengua incomprensible, Buenaventura abrió los ojos.

—Nunca debí edificar mi casa sobre una fuente pública, Petra —le susurró al oído, aunque Quintín y yo pudimos escucharlo—. Edifiqué mi fortuna sobre el agua, y toda el agua que mana de la tierra es gratis porque viene de Dios.

Cuando Petra sacó a Buenaventura de la alberca, estaba muerto.

Los sirvientes cargaron el cuerpo y lo subieron por las escaleras hasta la casa. Rebeca lo estaba esperando en la habitación matrimonial. Le habían dado la noticia, pero no había tenido valor para bajar a los sótanos. Cuando vio a Petra ayudando a cargar el cuerpo y sosteniendo todavía la mano de Buenaventura, le dio un empujón y la sacó a gritos del cuarto.

Rebeca estaba echa una calamidad. Tenía el pelo desgreñado y los ojos enrojecidos de tanto llorar. Ordenó que tendieran el cuerpo de Buenaventura sobre el lecho, y se sentó a su lado.

—¡Es verdad lo que dicen: se muere como se vive! Fuiste mi rey desde el día en que te conocí, pero tú me traicionaste. Preferiste ahogarte en las cloacas del sótano abrazado a una bruja, a pasar a mejor vida serenamente en tu cama, junto a tu mujer que te adoraba.

El velorio se celebró al día siguiente. El cuerpo de Buenaventura se exhibió en la sala, en un ataúd de bronce con manijas de plata, y toda la sociedad de San Juan acudió a despedirse de él. Rebeca ordenó que le arrancaran los asientos de cuero gris al Rolls-Royce de la familia y que se le quitara la tapa al baúl, para que los despojos mortales de Buenaventura viajaran con el decoro debido hasta el camposanto. Todos seguimos en caravana su féretro cubierto por una montaña de flores, en nuestros automóviles cargados de coronas. El obispo de San Juan ofició personalmente la misa de réquiem, en el mausoleo que Buenaventura se había hecho construir hacía muchos años con granito de Valdeverdeja. Casi todos los sirvientes se llegaron a pie hasta el cementerio y dejaron también flores en la tumba, con excepción de Petra. Rebeca le prohibió que fuera. Se quedó en el sótano todo el día, sentada en su desvencijado trono de mimbre junto al manantial, rezando por Buenaventura. Quería asegurarse de que su alma llegara al otro mundo sana y salva, siguiendo la ruta subterránea del agua hasta su origen.

SÉPTIMA PARTE

LA TERCERA CASA DE LA LAGUNA

26

La venganza de Rebeca

Después del entierro de Buenaventura, los Mendizábal regresaron en comparsa a la casa y se sentaron en la sala a esperar la llegada del señor Doménech, el albacea de la familia. A él le tocaba abrir el maletín de cuero rojo que yacía sobre la mesa y leer el testamento de Buenaventura en voz alta. Eulodia y Brunhilda bajaron a la cocina, a prepararnos algún refrigerio ligero, sándwiches de queso suizo y un poco de café. Todo el mundo estaba de luto: Rebeca, Patria y Libertad iban vestidas de negro y llevaban la cabeza cubierta por mantillas sevillanas; Ignacio, Juan y Calixto llevaban gabardinas inglesas, con corbatas de seda gris. Al ver a la familia tan tiesa, sentada sobre las sillas doradas al fuego estilo Luis XVI de Rebeca, me entraron unas ganas de reír que apenas logré domeñar. Había algo ridículo y, a la vez, amenazante en todo aquello. Los Mendizábal parecían una manada de cuervos, y me acordé de una escena de *Los pájaros*, la película de Hitchcock.

Patria y Libertad empezaron a musitar el rosario en voz baja. Rebeca cerró los ojos, reclinó la cabeza contra el respaldar de la silla y dio un suspiro profundo. Ignacio se sentó a su lado, tomó su mano entre las suyas e intentó consolarla. Quintín ocupaba la silla vecina a la mía. Estaba pálido, y de tanto en tanto se secaba el sudor que le perlaba la frente con el pañuelo. Se sentía triste de perder a su padre, me dijo, pero por otra parte también se alegraba. Ahora Rebeca por fin se vería libre de sus groserías, y él podría ocuparse de ella.

El señor Doménech llegó por fin, vestido con un traje gris impecable. Besó cortésmente la mano de Rebeca y se sentó al otro extremo de la sala. Eulodia le ofreció una taza de café y por unos momentos charló de cosas inconsecuentes con la familia. Cuando retiraron la merienda, se levantó de su silla y abrió el maletín. El testamento era de media página y el señor Doménech carraspeó dos veces antes de leerlo en voz alta: Buenaventura le dejaba todo —la casa y todas las acciones de Mendizábal y Compañía— a Rebeca.

Aquello era de esperase, me dije. Buenaventura siempre le hacía la vida difícil a todo el mundo. Quintín se veía preocupado. A su lucha por controlar los gastos de la familia, tendría ahora que añadir el lidiar con Rebeca, quien sin duda intentaría entrometerse en los negocios. Necesitaba ser con ella lo más diplomático posible para lograr que las ventas de Mendizábal no se afectaran y que la casa siguiera teniendo los beneficios acostumbrados.

Cuando el señor Doménech terminó de leer el testamento, Quintín se dio cuenta de que no había mencionado para nada la misteriosa fuente de ingresos personales de Buenaventura. Mi marido no tuvo nunca ningún tacto y escogió aquel momento inoportuno, cuando Buenaventura estaba todavía tibio en la tumba, para abordar con Rebeca el espinoso tema.

—¿Tienes alguna idea de dónde guardaba papá su capital privado, mamá? —le preguntó—. Veo que no menciona bonos ni depósitos en el testamento, y tienen que existir por fuerza. Aunque te parezca increíble, los beneficios de Mendizábal y Compañía hace años que no alcanzan para cubrir los gastos de la familia. Los ingresos personales de papá compensaban la diferencia, y ahora nos resultarán imprescindibles.

Rebeca se quedó atónita.

—Buenaventura tenía una cuenta en el Banco Nacional de Suiza, en Berna, pero nunca me confió el número de la caja. ¡No me digas que tú tampoco lo sabes! ¡Tú fuiste siempre su hijo preferido!

Quintín no tenía idea de lo que Rebeca estaba diciendo. Era la primera vez que oía hablar de una cuenta en Suiza.

—Tiene que haberte comunicado el número antes de morir —gimoteó Rebeca—. ¡Hay varios millones de dólares en efectivo depositados en ella!

Quintín le juró que Buenaventura no le había mencionado nada a él, pero Rebeca no le creyó.

—Si ese dinero está en el Banco Nacional de Suiza, mamá, me gustaría saber de dónde salió —añadió Quintín, ya molesto—. ¿De dónde lo obtuvo papá?

Rebeca lo miró desafiante.

—Tu padre recibía un sobre registrado mensualmente —le disparó furiosa—. Al principio, tenía un acuse de recibo de Alemania; luego, de España, y recientemente del banco en Suiza. Los sobres empezaron a llegar poco después de terminarse la segunda guerra mundial, pero nunca supe quién se los enviaba.

—¿Quieres que te diga lo que pienso, mamá? —le dijo Quintín, agarrándola por un brazo—. Esos sobres contenían los pagos que el Gobierno alemán se comprometió a hacerle a papá por los secretos militares que les vendió durante la guerra. Si Buenaventura nunca nos dijo nada, es porque no quería que nos enteráramos. Y ahora se llevó consigo el secreto a la tumba.

—No me importa de dónde salió el dinero. Me importa averiguar dónde está —dijo Rebeca casi histérica, mientras se zafaba libre de Quintín—. Yo sé cuál es el nombre del banco; es el Banco Nacional de Suiza. Tú tienes que saber el número.

Quintín se hizo el sordo. Y como hablar de traición al Gobierno norteamericano frente a todo el mundo era muy peligroso, a Rebeca no le quedó otro remedio que callarse.

Algunos días después, Rebeca le dijo a Quintín que quería examinar los balances de la cuenta de Buenaventura en el Banco Popular y le ordenó que se los trajera. También quería ver el talonario de su chequera, los libros de contabilidad de Mendizábal y Compañía, y hasta su guía de teléfonos privados. Cuando no encontró lo que buscaba, Rebeca se presentó en las oficinas de Mendizábal y ordenó que abrieran la caja de seguridad de la compañía en su presencia. Lo examinó todo detenidamente: los pergaminos de las acciones, los pagarés del banco, cada recibo amarillento que llevaba años allí guardado, pero no encontró el número seceto por ninguna parte.

Rebeca se regresó a la casa al borde de un colapso nervioso. Si no encontraba el número —si es que de veras Quintín no sabía dónde estaba— no podrían nunca retirar el dinero del banco. Y si la cuenta permanecía inactiva por mucho tiempo, al final el Gobierno suizo confiscaría los fondos. Era precisamente lo que había sucedido con la cuenta de banco de los zares, después del asesinato de los Romanoff. Aquello era una trampa, y no veía la manera de salir de ella.

El número perdido nunca apareció. Unas semanas después, Quintín se reunió con Rebeca y sus hermanos y les informó que la familia tendría que alterar su estilo de vida. No era necesario pasar hambre ni nada por el estilo, les dijo diplomáticamente. No era tan grave como todo eso. Pero las extravagancias no podían continuar.

La familia tascó el freno y empezó a economizar. Pero Quintín no les tenía confianza. Se le veía taciturno; por las noches, regresaba a nuestro piso cada vez más tarde. Pensó que, al morir su padre, Rebeca pondría su confianza en él, y que reconocería públicamente su derecho a ocupar el lugar de Buenaventura a la cabeza de la empresa. Pero se equivocó. A los pocos días de su visita a las bóvedas de Mendizábal, Rebeca regresó a la oficina y le dio órdenes a los gerentes de que no tomaran ninguna decisión sin antes consultársela. A los contables les instruyó que Quintín no podía seguir firmando cheques por su cuenta, pues en adelante los firmaría con ella. Reunió al resto de los empleados y les informó públicamente que todos los salarios permanecerían congelados, incluyendo el de Quintín, por si acaso se le ocurría subírselo. No tenía la menor idea de quién sería el próximo presidente de la compañía, dijo, pero quería dejar claro quién era la presidenta por el momento.

Buenaventura creía en la primogenitura. «El hijo mayor tiene derecho a la presidencia de la empresa de una familia cuando muere el padre —le oímos decir muchas veces—. El mayorazgo está relacionado con el mandato divino. En España el hijo mayor es siempre el que hereda los títulos.»

Rebeca se enfurecía cuando lo escuchaba hablar así. «Las fortunas deben repartirse por partes iguales entre los hijos. ¡Es la única manera de evitar que el puñal de la *vendetta* aparezca sepultado un día en la puerta de enfrente!», decía.

Ignacio voló a la Isla para el entierro de su padre. Se quedó unos días más y trató de calmar los ánimos de todo el mundo cuando el número de la cuenta no apareció. Quintín le contó que Rebeca había ido furiosa a la oficina y lo había amenazado con que ahora ella llevaría las riendas de Mendizábal. Ignacio se echó a reír.

—No te preocupes —le dijo a su hermano—. Mamá sabe que tú eres el único que puede mantener a flote el negocio. Cuando yo cumpla los veintiún años te daré mi apoyo y podrás administrar mis acciones.

Estuvo de acuerdo con Quintín en todo y le aconsejó a la familia que había que cortar gastos.

Unos días más tarde, Quintín fue a ver a su madre a la casa de la laguna. Se sentaron a hablar solos en el estudio. Quintín estaba ojeroso; una barba de dos días le ensombrecía las mejillas. Ya no podía más.

—No sigas insistiendo en que vas a hacerte cargo del negocio, mamá. Nos estás poniendo a todos en ridículo, y los bancos nos pueden retirar el crédito. Te prometo que seguiré trabajando para la familia por el mismo sueldo hasta el día de tu muerte. Estoy seguro de que, con un poco de orden y disciplina, la compañía sobrellevará esta crisis. Pero necesito que escribas un testamento, en el cual me dejes suficientes acciones para que yo sea el presidente de Mendizábal cuando tú mueras. Si te niegas a hacerlo, Isabel y yo nos mudaremos a vivir a Boston, en donde abuela Madeleine me dejó varias propiedades, y podremos vivir cómodamente. La familia tendrá que averiguárselas como pueda.

Aquello era pura farsa, pero Rebeca se lo creyó. Al día siguiente, llamó al señor Doménech a la casa y le dictó el testamento, tal y como Quintín se lo había pedido.

Poco a poco, sin embargo, la familia regresó a sus viejas costumbres. Rebeca empezó otra vez a gastar dinero en joyas y antigüedades. Patria y Libertad nunca le hicieron caso a Quintín, y continuaron con sus safaris a las tiendas, y las bandadas de sirvientas uniformadas siguieron corriendo detrás de los niños. Ignacio regresó a la universidad, y no estaba allí para amonestarlos.

Era como si hubiesen dejado abierta la llave de paso de la casa y, en vez de agua, saliera oro por el grifo. Al terminar el año fiscal, Quintín tuvo que hacer un préstamo enorme para pagar las contribuciones, y Mendizábal y Compañía se encontró en deuda.

En lo único que Rebeca logró economizar fue en los salarios de los sirvientes. Un día llamó a Petra a los altos. Hacía más de un mes, desde la muerte de Buenaventura, que Petra no subía del sótano, y ya casi nunca la veíamos. Rebeca había ordenado que, en adelante, sólo trabajaría en los bajos.

Rebeca estaba en el estudio, intentando ordenar los recibos que se apilaban sobre el escritorio.

—La muerte de Buenaventura ha sido una tragedia para toda la familia, Petra. Ya no podemos seguir pagándoles a los sirvientes los mismos sueldos. De hoy en adelante, tus parientes recibirán la mitad de la paga por sus trabajos. Los que no acepten los nuevos términos, deberán regresarse de inmediato a Las Minas.

Petra no le respondió. Bajó la cabeza y regresó en silencio a los sótanos.

Esa noche Petra le dio a conocer la noticia a sus sobrinos y nietos. Quintín y yo presenciamos la escena por casualidad. Hacía mucho calor, y queríamos dar un paseo por la laguna en el velero de Ignacio. Bajamos al muelle y estábamos desamarrando los cabos de los pilotes cuando escuchamos lo que dijo Petra. Estaba sentada en su trono de mimbre, y a su alrededor había varias cobras humeando en las penumbras.

—Todo lo que ustedes tienen se lo deben a Buenaventura —les dijo—. Mañana, Rebeca les rebajará los sueldos por la mitad, pero, aún así, debemos agradecer lo que tenemos.

Los sirvientes habían formado un coro a su alrededor, y, cuando Petra terminó, empezaron a bendecir a Buenaventura por todo lo que había hecho por ellos. Aparentemente, Buenaventura a menudo enviaba a Petra a Las Minas con dinero en efectivo, y ayudaba a sus habitantes sin que nadie se enterara.

Rebeca quería botar a Petra de la casa, pero no se atrevía, porque sabía que el resto de los sirvientes se marcharía con ella. Desde la muerte de Buenaventura, los sirvientes tenían que acudir a Rebeca para todo. Rebeca los maltrataba y los amenazaba. Si se enfermaban y no podían subir a la casa a trabajar, les deducía la paga del día. Cuando Buenaventura estaba vivo, Petra contaba los cubiertos de plata Reed and Barton semanalmente, y jamás había faltado uno. Pero como Rebeca no confiaba en nadie, ahora los contaba ella misma, y siempre descubría que algún tenedor o alguna cuchara había desaparecido. Le daba entonces una rabieta monumental, llamaba por teléfono al cuartel de la policía, y los agentes acudían a registrar los sótanos. Pero nunca encontraban nada.

Rebeca vivía convencida de que Quintín era un pésimo administrador. Según ella, su hijo no sabía nada de negocios. Las ventas que llevaba a cabo no se debían en lo absoluto a sus esfuerzos; los productos Mendizábal eran tan buenos que se vendían solos. Rebeca se lo decía a Quintín en público, y lo abochornaba cruelmente.

Quintín trabajaba como un esclavo. Llegaba a las oficinas a las seis de la mañana; a las diez salía para los muelles a supervisar el desembarco del cargamento del día; a las once cruzaba la calle Tetuán, caminaba hasta el edificio de Aduana y pagaba los impuestos sobre lo que acababa de bajar a puerto; a las doce, subía por la calle Recinto Sur y entraba a la Cámara de Comercio Español, a discutir los nuevos contratos de compra con los representantes europeos; a la una caminaba hasta el Banco Nova Scotia, a hacer los depósitos de las ventas del día anterior; a las dos almorzaba de pie un bocadillo de jamón y queso en el Palm Beach, y veía a Juan y a Calixto que regresaban de La Mallorquina, limpiándose los dientes con un palillo.

En una ocasión Quintín descubrió, cuando ya todos los empleados de Mendizábal se habían marchado, que alguien había cerrado por fuera la compuerta de hierro de la bodega, y que no podía salir. Dio voces, pero eran más de las siete de la noche y nadie oyó sus gritos. Yo lo esperé en casa hasta las diez, entonces llamé a Rebeca, pero ella no sabía su paradero. Corrí entonces a los almacenes, busqué al guardia de turno y entre los dos abrimos la compuerta de la bodega. Encontramos a Quintín pálido y ojeroso como un topo polvoriento, casi asfixiado por las virutas en las que se empacaba el vino. Lo libramos de su oscuro calabozo oliente a mosto y lo llevamos a casa agotado. Aquello pudo ser una tragedia.

Quintín sabía que lo estaban explotando, pero no le importaba. Los domingos por la mañana se presentaba en la casa de la laguna con una canasta de golosinas para Rebeca —jamón serrano, paté, chocolates suizos—, que dejaba sobre la mesa del comedor, pero Rebeca ni le daba las gracias.

La predilección de Rebeca por Ignacio fue siempre una espina en el costado de Quintín, y cuando Ignacio se regresó a vivir a la Isla, la situación empeoró. Ignacio se graduó en diciembre de 1959. Se especializó en historia del arte, y Rebeca quería obsequiarle un viaje a Europa después de su graduación. El mismo día en que Ignacio desempaquetó las valijas, le dijo a la hora de la cena:

—Quiero que viajes a Italia. Así conocerás de primera mano todo lo que has estudiado en los libros.

—No puede irse de viaje ahora, mamá —intervino Quintín, alarmado—. Tenemos demasiado trabajo en la oficina, y necesito su ayuda.

Rebeca se indignó. Era como si el dinero creciese en los árboles.

A Ignacio le encantaba que Rebeca lo mimara. La había perdonado por lo sucedido con Esmeralda Márquez. Rebeca, por su parte, quería congraciarse con él. Como ya Petra no podía cocinarle a Ignacio sus postres preferidos —los merengues de guayaba, los tocinos de cielo y el arroz con leche de coco que tanto le gustaban—, Rebeca misma se los hacía. Ignacio disfrutaba de la vida de soltero. Salía a menudo con sus amigos, y siempre hacía reír a la gente, pero a mí me parecía que estaba triste. Me recordaba un astrónomo que observaba el mundo por el lado equivocado del telescopio. Todo lo veía al revés.

Era un buen acuarelista, pero nunca le parecía que sus acuarelas eran lo suficientemente buenas. Le gustaba ir a caminar por el Viejo San Juan y pintar las murallas de la ciudad al atardecer, cuando las baña esa luz malva que se filtra por el horizonte. Pero si alguien alababa su trabajo, se reía y hacía como si no tuviese importancia. Si una joven se le acercaba en una fiesta y le decía que el arte debía de ser una carrera sumamente interesante, porque la gente podía así ganarse la vida rodeada de cosas bellas, Ignacio le contestaba que el buen arte era, por lo general, una combinación de circunstancias trágicas y de trabajo duro, y que no debía envidiarle la vida a ningún artista.

Pero lo que más me entristecía de Ignacio era su incapacidad para comprometerse con nada. Si uno le preguntaba cuál era la condición política que le parecía más conveniente para la Isla, contestaba devolviendo la pregunta. Si uno decía que la independencia, Ignacio contestaba que a él también. Pero si cinco minutos más tarde un estadista le preguntaba si creía en la estadidad, también aseguraba que sí. Ignacio era tan sensible que no podía estar en desacuerdo con nadie. Hasta cuando uno le ofrecía una limonada y no la quería, se la bebía de todas maneras, porque le daba pena decir que no. Parecía transparente; nunca tenía una opinión propia.

Ignacio tenía muchos amigos artistas, y a menudo los invitaba a la casa a leer poesía, o a tocar música clásica en el piano. A Rebeca le encantaban esas veladas, y enseguida mandaba a que sacaran el Steinway de media cola a la terraza. En estas ocasiones, Ignacio se sacaba el pañuelo de hilo blanco del bolsillo y limpiaba con mucho cuidado sus espejuelos. Era una manía que tenía; todo lo demás podía estar más o menos bien, pero sus espejuelos marco de oro tenían que estar siempre inmaculados. Cuando Rebeca se sentaba cerca de él a escucharlo tocar los preludios de Chopin, o a recitar los poemas de Pablo Neruda, lo encontraba el joven más guapo de la tierra.

Ignacio quería llevarse bien con Quintín, aunque la manera como su hermano lo había tratado durante el asunto de Esmeralda Márquez le había dejado una cicatriz profunda. Su amor por Esmeralda fue algo avasallador, que lo llevó a desafiar los preceptos más estrictos de la familia. Pero cuando intentó dejar de amarla, algo muy profundo se quebró en su interior. Pasaron más de cuatro años desde la boda de Esmeralda con

289

Ernesto, antes de que Ignacio pudiera ver las cosas en otra luz. Un día le confesó a Quintín que había recapacitado, y que ahora le daba toda la razón.

—Esmeralda Márquez no me convenía —le dijo— porque me hacía perder la paz interior. La cachetada que tú me diste fue saludable, porque me trajo de vuelta a la realidad.

Quintín le pidió a Ignacio que lo ayudara en la administración del negocio, e Ignacio empezó a ir a La Puntilla regularmente. Llegaba temprano y se quedaba hasta las cinco, ayudando a supervisar el almacén. Pero las pajas de viruta en las que venían empaquetadas las botellas de vino le agudizaban el asma, que se le encrespaba como un puerco espín dentro del pecho. Haciendo un esfuerzo heroico, Ignacio se desplazaba por entre las góndolas del almacén con la bomba respiratoria en la mano, abriendo y cerrando la boca como un pez fuera del agua y apretando la perilla roja para inhalar el éter que le dilataba los bronquios. Pero de nada le valía.

Así que Ignacio empezó a trabajar en las oficinas. Era muy meticuloso en todo. Si había que entregar una caja de botellas de champán en un club privado para una boda, por ejemplo, verificaba personalmente que todas las botellas estuviesen en buenas condiciones, y las examinaba una por una. Si una lata de espárragos de Aranjuez se veía ligeramente hinchada o picada de moho, devolvía el cargamento completo a España, porque no quería que sus clientes se enfermaran. Las complicaciones de la contabilidad lo aburrían, y reunirse con los vendedores para sermonearlos en cuanto a sus deberes lo dejaba exhausto. Lo que lo entusiasmaba era diseñarles etiquetas nuevas a los productos Mendizábal, y le dedicaba horas a aquel trabajo, haciéndolas más artísticas.

Ignacio estaba convencido de la importancia de la publicidad, e insistía que la mitad del valor de un producto estaba en su mercadeo. Le diseñó una envoltura nueva a los jamones ahumados, por ejemplo, que tuvo mucho éxito. Los jamones de Valdeverdeja ahora se vendían envueltos en un celofán dorado estampado con amapolas rojas, que dejaba ver al trasluz su jugosa carne rosada. Los espárragos venían en unas latas decoradas con la Plaza de Armas, y los chorizos y las sobrasadas tenían una reproducción de la playa de Luquillo en la etiqueta.

Lo que a Ignacio más le gustaba diseñar era las botellas de licores de sobremesa. Buenaventura recibía estos licores de todas partes del mundo —a veces, en extracto, y otras en polvo— y había establecido una plantita en la parte de atrás del almacén, donde les echaba agua del grifo y luego los embotellaba con una elegante etiqueta que leía «Procesado en Mendizábal y Compañía». Antes de llegar Ignacio, todos los licores de sobremesa se vendían en la misma botella —la de a litro—, que servía también para embotellar el ron y se conseguía barata en la planta de Bacardí. Pero cuando Ignacio llegó al almacén, empezó a diseñar unas botellas hermosísimas, que fabricaba un amigo suyo. La esencia de mandarina que venía de Martinica se embotellaba en un hermoso envase de cristal amarillo y arrugado, que recordaba la piel de una naranja; el licor de *guavaberry* se importaba de San Martín y se vendía en una botella redonda color guayaba; el *chocomint* de Granada se mercadeaba en un recipiente de cristal ahumado que parecía una misma menta. A cada botella Ignacio le pegaba una etiqueta que decía «Procesado en Puerto Rico», en lugar de «Procesado en Mendizábal y Compañía». A Quintín no le gustaba aquello ni un poquito, pero no le mencionó nada a su hermano, para evitar problemas.

El licor favorito de Ignacio era el Parfait Amour, cuyos polvos se importaban de Francia. Era delicioso, color violeta. A Ignacio aquel licor le parecía perfecto, porque el amor era un veneno, y su color debía ser sin duda violeta. Le diseñó al Parfait Amour una botella espectacular. Tenía una forma elíptica con un hueco en el centro, que era precisamente como uno se sentía cuando estaba enamorado de alguien que no le correspondía.

Quintín y yo nos estábamos desayunando a las seis de la mañana, más o menos cinco meses después de que Ignacio empezara a trabajar en Mendizábal, cuando sonó el timbre de la puerta. Era el señor Doménech y, por la expresión de su cara, supimos al instante que algo muy serio había pasado.

—Es su mamá —le dijo a Quintín—. Murió ayer por la tarde de un ataque al corazón. En la casa no querían que us-

291

ted se enterara hasta hoy, para no molestarlo. El entierro será mañana.

Quintín se vistió en un santiamén, y fuimos juntos a la casa de la laguna. Rebeca le había prometido a Quintín que el testamento que le había dictado al señor Doménech sería el último, pero Quintín temía que su madre rompiese aquella promesa. Hizo correr la noticia entre los abogados más importantes de San Juan, de que si su madre los contrataba para hacer un nuevo testamento le avisaran de inmediato, pero aún así desconfiaba. No bien llegó a la casa, supo que Rebeca había evadido su red. Patria y Libertad le abrieron la puerta. Mr. Purcell, un abogadillo picapleitos vestido con un chaleco verde, era ahora el representante legal de la familia, y estaba de pie junto a ellas.

El ataúd de Rebeca estaba abierto en medio de la sala, para que todo el mundo la viera. Quintín y yo entramos solos; sus hermanas y Mr. Purcell se retiraron a la terraza, para darnos privacidad. Todavía no había llegado nadie. Eran las siete de la mañana, y el velorio no empezaría hasta más tarde. Quintín se detuvo junto a la caja y se quedó mirando a su madre. No intentó disimular las lágrimas que le bajaban por las mejillas.

—Qué hermosa es, ¿verdad? Tiene las facciones tan delicadas que parecen talladas en alabastro. —Y se acercó para besarla en la frente con los ojos cerrados.

Tengo que reconocer que yo no lloré cuando vi a Rebeca dentro de su ataúd. Había desempeñado tantos papeles durante su vida —la reina de las Antillas, la bailarina poetisa, la defensora del ideal de la independencia, la feminista recalcitrante, la que firmaba con las iniciales RF en honor a la República Francesa, la fanática religiosa, la rebelde obediente, el ama de casa perfecta, la aristócrata que había nacido con una cuchara de plata en la boca, la dama de sociedad, la intolerante racial, la madre injusta y rencorosa— que no podía estar segura de cuál de las Rebecas era la que estaba metida dentro de la caja. Me parecía imposible que estuviese muerta de veras.

Al día siguiente por la tarde, cuando regresamos del cementerio, nos sentamos alrededor de la mesa de café de la sala con el abogadillo picapleitos, tal como hicimos después del entierro de Buenaventura. Mr. Purcell leyó el testamento de Rebeca en voz alta, con mucho carraspeo y dándose una gran importancia. Buenaventura le dejaba a cada uno de sus hijos un número igual de acciones de Mendizábal y Compañía, y, entre todos, elegirían al nuevo presidente de la empresa.

—Me parece justo, ¿no crees? —le preguntó Libertad a Quintín arqueando las cejas cuando Mr. Purcell terminó de leer—. De esta manera todo el mundo tendrá algo que decir sobre el futuro de la compañía.

Quintín se le quedó mirando desconcertado, y me escoltó fuera de la casa.

27

La odisea de Quintín

Un mes después de que el abogado diera a conocer el nuevo testamento de Rebeca, se escogió la fecha en la que se celebraría la junta para elegir al nuevo presidente de Mendizábal y Compañía. Patria y Libertad hablaron con Ignacio varios días antes y le dijeron que habían decidido votar por él, pero Ignacio les rogó que no lo hicieran. Le gustaba ocuparse del lado publicitario del negocio y quería vivir en paz, dijo. Quintín era el hermano mayor, y lo correcto era que él fuera el presidente.

Patria y Libertad insistieron. Quintín era un tacaño; la situación de la compañía no era tan precaria como les hacía creer. Quería ahorrar, y reinvertir todo el dinero de los beneficios para ampliar el negocio. Pero ellas no estaban dispuestas a sacrificarse.

—Tengo dos niños y un bebé recién nacido; necesitan mucha atención —dijo Patria—. En estos momentos, no puedo prescindir de mis tres niñeras. ¿Te imaginas lo que sería lavar la caca de tantos pañales? Tú sabes cómo nos criaron papá y mamá, Ignacio. ¡No es culpa mía si tengo el olfato tan delicado!

Los padres de Juan y de Calixto habían muerto hacía unos meses en España, y les habían dejado dos títulos: conde de Valderrama y duque de Medina del Campo. Pero si no los reclamaban pronto, cualquiera de los sobrinos podría hacerlo. El problema era que los títulos costaban diez mil dólares cada uno. Cuando Patria y Libertad se enteraron, se pusieron eufóricas. Estar casadas con un conde y con un duque respectivamente era un privilegio que valía mucho más que eso. Y corrieron a comprarle los títulos a sus maridos antes de que se los quitaran.

Libertad estaba molesta con Quintín porque quería que Calixto vendiera a *Serenata*, una espléndida yegua negra, de pura sangre árabe, que el general Rafael Leónidas Trujillo acababa de venderle en Santo Domingo por veinte mil dólares. Calixto era, de los dos hermanos Osorio de Borbón, al que más difícil se le había hecho adaptarse a la Isla. Añoraba su patria, y a menudo le mencionaba a Libertad que le gustaría regresarse a vivir en España. Libertad, en su desesperación, cogió un préstamo en el banco para que Calixto se comprara unos caballos de paso fino. Como le gustaba tanto la equitación, así a lo mejor se le olvidaba la manía de regresarse a España. Calixto se compró un establo de seis caballos a las afueras de San Juan.

—Si Quintín llega a ser presidente, obligará a Calixto a que venda a *Serenata*, su yegua preferida. Calixto se regresará a España, y yo me quedaré sola, y me moriré de pena —le dijo Libertad a Ignacio—. Por favor, acepta el puesto de presidente, para que Calixto no se vaya.

Cuando Ignacio escuchó los ruegos de Patria y Libertad, se apiadó de ellas. Era una locura gastar tanto dinero en niñeras, títulos y caballos de pura sangre, pero a lo mejor las cosas se podían arreglar si cada uno ponía de su parte. Quizá tener dos niñeras en vez de tres, y cuatro caballos en vez de seis era la solución. El dinero que se economizara se podría invertir en la compañía. Quintín era demasiado exigente algunas veces; quería hacerlo todo a la tremenda, en lugar de paso a paso. Pero, aún así, Ignacio no quería ser presidente. No quería pelear con su hermano, dijo. Patria y Libertad rehusaron aceptar su decisión. Le rogaron que lo pensara un poco.

El día de la junta, toda la familia acudió a las oficinas de La Puntilla. Patria, Libertad, Ignacio y Quintín entraron a la oficina de Buenaventura, que estaba toda empanelada en caoba, y se sentaron alrededor de la mesa de conferencia. Juan, Calixto y yo también estábamos presentes, pero no podíamos participar en la votación. Los hermanos escribieron el nombre de su candidato en un pedacito de papel, lo doblaron y lo dejaron caer en el sombrero cordobés de Buenaventura, el mismo que llevaba puesto cuando desembarcó en la Isla más de cincuenta años antes. El sombrero dio la vuelta a la mesa, y los hermanos fueron dejando caer su papelito doblado dentro del sombrero. Quintín los derramó sobre la mesa. Los fue abriendo uno a uno: había dos votos en favor de Ignacio y uno en favor de Quintín. Un papel estaba en blanco. Ignacio se inhibió de votar.

Quintín se demudó.

—No estás preparado para ser presidente, Ignacio —le dijo—. Estudiaste historia del arte, tu mundo es el mundo de lo bello y no el de lo práctico. Yo tengo una experiencia vasta en los negocios, y Buenaventura mismo me entrenó. Hace poco, me admitiste que habías cometido un error al enamorarte de Esmeralda Márquez, cuando estuviste a punto de arruinar tu reputación. Ahora nos puedes arruinar a todos.

Ignacio empezó a sudar, y los espejuelos de marco de oro se le deslizaron por la nariz. Se quedó mirando a Quintín atentamente por encima de los cristales sin decir nada. Prefería dejarlo todo en manos de su hermano, pero no le gustó que Quintín mencionara el nombre de Esmeralda frente a todo el mundo. Lo que le había dicho sobre ella había sido estrictamente confidencial.

—¡No le hagas caso, Ignacio! —exclamó Libertad—. Quintín siempre se está haciendo propaganda a sí mismo, como si él fuese el único que sabe hacer las cosas bien. Tu campaña de mercadeo ha sido un éxito, y gracias a ti nuestros productos se están vendiendo más que nunca. Eres tan inteligente como Quintín; estás perfectamente capacitado para ser presidente.

Ignacio se enderezó en la silla.

—Esmeralda fue algo muy especial para mí, Quintín. Te agradeceré que no vuelvas a mencionar su nombre en público —le dijo a su hermano—. Voy a intentar desenvolverme en el mundo de lo bello y en el de lo práctico. Aceptaré ser presidente de Mendizábal y Compañía por un tiempo.

Quintín estaba tan colérico que no habló con nadie durante varios días. Entonces, una noche me pidió que le prestara mi anillo de diamantes; el que Rebeca me había comprado cuando el de nuestro compromiso se quebró en dos. Lo necesitaba por unos días, me dijo; me lo devolvería pronto. Lo llevó a una casa de empeño y con el dinero se compró un boleto de ida y vuelta en avión a España. Por qué España, le pregunté asombrada.

—Lo siento, Isabel. Tengo mis razones, pero ahora no puedo explicártelas.

A la semana siguiente, Quintín se marchó a Europa y durante un mes entero no supe nada de él. No tenía ni idea de dónde se había metido. Sé que los primeros días los pasó en Madrid, porque me mandó una postal desde el Puerta del Sol, un hotel comercial del centro de la ciudad. Después, le perdí la pista. Estaba muy preocupada; no sabía a quién acudir para pedir ayuda. En España, la burocracia era famosa por su incompetencia, así que telefoneé larga distancia al consulado norteamericano, a ver si me ayudaban a encontrar a Quintín. Me indicaron que en aquellos momentos había decenas de ciudadanos norteamericanos perdidos en Europa; un mes de ausencia no era lo suficiente para dar inicio a una búsqueda oficial. A lo mejor, mi marido había decidido tomarse unas vacaciones por su cuenta y aparecía en cualquier momento. No se podía hacer nada; sencillamente, tendría que esperar.

Mi situación financiera se hizo precaria; necesitaba ser cautelosa con mis gastos. No tenía acceso al sueldo de Quintín; el cheque se quedaba en las oficinas de Mendizábal y no podía ir a recogerlo. Aunque todavía recibía algunas rentas de las propiedades de mamá en Ponce, la economía del pueblo se había ido al suelo. Los contratos de arrendamiento estaban por expirar, y se me estaba haciendo difícil encontrar nuevos inquilinos. La crisis mundial del petróleo había hecho que los costos de electricidad se treparan por los cielos; la luz parecía oro líquido. La planta de la Union Carbide, así como la refinería de petróleo de la Corco, por ejemplo, cerraron, y muchos de los ejecutivos norteamericanos abandonaron Ponce. Era entre estas personas que yo conseguía arrendatarios para mis casas. Cuando finalmente las propiedades se quedaron vacías, me quedé prácticamente sin dinero.

Hacía varias semanas que no visitaba la casa de la laguna. Después de la muerte de Rebeca, Patria y Libertad dejaron de llamarme; no me hacían ninguna falta, y supongo que yo a ellas tampoco. Era un alivio no tener que visitar a la familia. Ahora podía quedarme en casa todo lo que quisiera; no tenía que fingir que me encantaba estar de fiesta en fiesta. Lo único que me preocupaba era Quintín. Había huido de la Isla con el can de la ruina y del rechazo materno pisándole los talones. La desesperación podía llevarlo a cometer cualquier locura.

Poco después recibí un telegrama de Suiza que me tranquilizó. Quintín se sentía mejor, y pronto estaría de vuelta en casa. Recibí una carta suya algunos días después, con un recuento detallado de sus peripecias. Era sorprendentemente tierna y todavía la guardo, a pesar de todo lo que sucedió después.

20 de agosto de 1960
Berna, Suiza

Querida Isabel:

Te ruego que me perdones por la preocupación que te causé con mi precipitado viaje a España y, lo que es peor, por desaparecerme después de permanecer en Madrid algunos días. Estoy consciente de lo poco considerado de mi comportamiento. Me sentía tan desgraciado, que escasamente si me daba cuenta de mis actos. El malagradecimiento de mi familia fue un golpe duro. Me había matado trabajando para ellos durante años, y no estaban dispuestos a reconocer lo que yo había hecho.

Cuando llegué a Madrid, me di cuenta de que me había subido al avión con muy poco dinero; tenía escasamente lo suficiente para pagar por un cuarto en el hotel Puerta del Sol durante una semana, Con el último billete de cien dólares que me quedaba, alquilé un automóvil, metí la maleta en el baúl y emprendí viaje en dirección oeste. Luego de muchas horas llegué a Valdeverdeja, que queda por el rumbo de Cáceres. La aldea estaba casi desierta. Las casas estaban en su mayoría abandonadas; la región se había despoblado en los últimos años. Ya los extremeños no crían cerdos ni ganado en los páramos de Extremadura. La industria de los jamones desapareció hace tiempo, y el municipio es muy pobre. Los jóvenes emigran todos a Madrid o a Sevilla en busca de trabajo. Casi nunca regresan.

Se me había olvidado por completo traer conmigo las señas de Angelita y Conchita, las tías de papá, pero sólo tuve que preguntarle a un campesino que arreaba sus bestias por allí para enterarme. Me señaló un edificio ruinoso y semiabandonado, muy distinto del alegre caserón que Buenaventura me había descrito cuando yo era niño, con sus paredes blanqueadas, sus macetas de geranios en las ventanas y su techo de tejas rojas. Golpeé a la antigua puerta con el aldabón, y me abrió una anciana. Había sido empleada de mis tías hacía muchos años y vivía en una de las habitaciones de enfrente, donde no había coladeras en el techo. Me contó que mis dos tías habían muerto, y como no tenían descendientes en el pueblo, el municipio había expropiado la casa.

Sentí el corazón cada vez más oprimido mientras la oía hablar. No sé de dónde me había sacado la idea de que podría quedarme allí, refugiarme entre aquellos muros que vieron nacer a papá. Le di las gracias a la mujer, y caminé desalentado en dirección a la plaza. Dejé caer la maleta en el piso y me senté en la acera, la espalda apoyada contra un árbol. Estaba al final de mi cabuya; no tenía idea de adónde ir. Entonces, la campana de la austera iglesia vecina empezó a tañer. Era una iglesia románica muy antigua, construida con la misma piedra de granito gris que Buenaventura había importado a la Isla para construir nuestra casa hacía mucho tiempo. Los arcos de las puertas, las almenas del techo, la escalera monumental, con su exótica pasarela de lanzas, todo estaba construido con aquella piedra. Hasta el panteón de la familia en el cementerio de San Juan había sido cincelado en el mismo granito. Me levanté del suelo, caminé hasta la iglesia y deslicé mi mano sobre la superficie áspera de la fachada. Me sentí consolado. Era como si sacara fuerzas de aquellas rocas.

Entonces recordé que Buenaventura me había mencionado una vez un monasterio que quedaba por allí cerca, en donde los conquistadores recibían la bendición de los monjes jerónimos antes de zarpar hacia el Nuevo Mundo. Solía visitarlo cada cuantos años, y le gustaba quedarse allí a descansar. Me regresé al automóvil y crucé la sierra de Guadalupe hasta que lo encontré. Se llama el Monasterio de la Virgen de Guadalupe, la Virgen de los Conquistadores. Cuando los monjes supieron que yo era el hijo de Buenaventura Mendizábal, me recibieron con los brazos abiertos. Me invitaron a quedarme con ellos todo el tiempo que quisiera. Podía dormir en una de sus celdas y compartir con ellos la comida en el refectorio. Me quedé allí una semana, y pronto mis heridas comenzaron a sanar. Nunca me había sentido tan cerca de Buenaventura. Recordé todos los consejos que me había dado de niño.

Papá insistía que no había empresa demasiado difícil para un Mendizábal. Una noche en el monasterio escuché sus palabras en sueños: «Uno es más hijo de su obras que de sus padres naturales». Había que ser el primero en la clase de física, ganarse el premio de matemáticas, triunfar en la competencia de inglés. Aquellos logros no eran nada, ante las terribles pruebas que habían tenido que pasar nuestros antepasados. Cuando ingresé en la Universidad de Columbia tuvimos nuestros encontronazos serios. En Columbia me volví loco con las clases de historia y de política internacional. Soñaba con seguir una carrera diplomática, que me permitiera viajar y tener una vida interesante. Cuando Buenaventura se enteró, rehusó seguir pagándome los estudios. Quería que regresara a la Isla luego de mi tercer año, sin ni siquiera terminar de graduarme. «Lo que non da natura, Salamanca non procura —me escribió una vez en una carta—. El comercio es nuestro fuerte y la verdadera universidad está en la calle, que es donde se aprende a comprar y a vender.» Me costó docenas de cartas y lágrimas sin cuento convencer a papá de que me dejara terminar la carrera de historia, combinada con cursos de administración comercial y de finanzas.

A la semana de mi llegada al monasterio hablé con el prior. Tuve que inventarme un cuento para que me ayudara; había viajado hasta allí en busca de ayuda espiritual, le dije. La muerte reciente de mamá, sólo dos años después de la muerte de papá, me había afectado mucho. Necesitaba estar solo, buscar consuelo en mis orígenes. Cuando emprendí aquel viaje no me había dado cuenta de cuánto dinero traía conmigo, y me encontraba sin un centavo. Necesitaba un préstamo para regresar a casa; se lo pagaría escrupulosamente en cuanto llegara. El prior me creyó. Recordaba que Buenaventura y Rebeca viajaban siempre hasta el monasterio en una limosina Bentley, y que habían sido unos mecenas espléndidos. Me prestó mil dólares, que era todo lo que necesitaba para mi propósito. Al día siguiente regresé a Madrid en auto.

Telegrafié a las distintas compañías de vinos y comestibles con las que Mendizábal solía llevar a cabo sus negocios en Europa y les *pedí que me concedieran entrevistas. Conocía los nombres de todos los dueños; me había carteado con ellos durante los últimos cuatro años, desde que papá se había retirado del negocio. Como era el administrador de la compañía y firmaba todos los cheques y las órdenes de compra, enseguida accedieron a reunirse conmigo.*

Durante dos semanas, ni comí ni dormí ni bebí. Viajé en trenes de tercera día y noche, cruzando de costa a costa el continente. Primero visité los viñedos de La Rioja, en el norte de España. De allí continué hasta Aranjuez, de donde provienen nuestros espárragos; y luego pasé por Segovia, donde compramos nuestra sobrasada y nuestros chorizos. Finalmente llegué hasta Barcelona, donde se fabricaba nuestro champán Codorníu. Cuando terminé de visitar a los proveedores españoles, viajé hasta Francia y visité al conde de San Emilión, cerca de Burdeos. De allí pasé a Italia a encontrarme con el marqués de Torcello, dueño de la destilería Bolla, aledaña a Venecia. Finalmente crucé el canal de la Mancha y viajé hasta Glasgow, donde conocí por fin a Charles McCann, que nos ha suministrado nuestro whisky durante más de veinte años.

Les relaté confidencialmente lo sucedido en nuestra familia. Yo era el hijo mayor de Buenaventura Mendizábal, les dije. Mi madre, su viuda, acababa de morir y había dejado un testamento polémico. De ahora en adelante, la firma estaría presidida por Ignacio, mi hermano menor, que no sabía nada de negocios. Mis hermanas tampoco entendían nada, pero compartían el control del negocio con Ignacio. Mendizábal y Compañía se arruinaría en menos de un año. Mejor le cancelaban los contratos y firmaban uno nuevo conmigo en la empresa que yo acababa de fundar, que se llamaba Gourmet Imports.

La nueva empresa sería mucho más moderna y dinámica. Además de vender los productos en la Isla, también establecería nexos comerciales con Estados Unidos. Como los puertorriqueños hablábamos inglés, podríamos servirles de eslabón y ayudarlos a mercadear sus productos en el continente. Así, podrían seguir devengando los mismos ingresos a los que estaban acostumbrados (y les cité exactamente cuáles eran, pues me conocía las cuentas de memoria) y lograr aún mayores ganancias en el futuro. No tendrían que preocuparse por nada.

Mis entrevistas tuvieron un éxito sorprendente. En menos de un mes me había metido al bolsillo los contratos de un cincuenta y

301

cinco por ciento de los antiguos socios de papá. Y hubiese podido añadir otros, pero no quise estrangular a Mendizábal y Compañía. Le
dejé el resto a Ignacio y a mis hermanas. ¡Buenaventura tenía razón, Isabel! Uno es más hijo de sus obras que de sus padres naturales.
A los que heredan riqueza, poco respeto se les debe. El mundo pertenece a los que, teniendo la fortuna en contra, salen remando a buen
puerto.

Estaré de regreso en casa dentro de una semana. Estoy ansioso
por verte, para celebrar juntos nuestra buena suerte. Lo primero que
haré cuando llegue es ir a buscar tu anillo a la casa de empeño y colo-
cártelo en el dedo con un nuevo juramento de amor.

Tu esposo, que te quiere siempre,

Quintín.

28

El martirio de Ignacio

La carta de Quintín me dejó completamente confundida. Quería estar de acuerdo con él en todo, pero seguía dudando. Si Buenaventura se hubiese enterado de que Quintín había resuelto abandonar Mendizábal y Compañía, se habría levantado a protestar de la tumba.

Lo que finalmente me hizo ver las cosas desde la perspectiva de Quintín fue, irónicamente, el comportamiento de sus hermanas. Patria y Libertad continuaban tirando la casa por la ventana. Dieron una fiesta espléndida para celebrar la presidencia de Ignacio. El combo de Mingo y sus Whopee Kids, en el que cantaba entonces Ruth Fernández, una negra con voz de gruta de terciopelo negro, tocó hasta las tres de la mañana en la terraza de la casa de la laguna.

En circunstancias normales, yo hubiese estado de acuerdo con lo que Patria y Libertad proponían: distribuir las acciones de Mendizábal por partes iguales. Cuando la gente se muere y se reparten las herencias, a las mujeres les toca siempre la rabiza. Pero Rebeca misma le imposibilitó a sus hijas llegar a ser presidentas de Mendizábal, al no estimularlas a que estudiaran una carrera. Ni siquiera habían asistido a La Rosée, el famoso colegio de señoritas de la nobleza europea. Como eran tan ignorantes, siempre estaban aburridas, y lo único que sabían hacer era gastar dinero.

Los maridos que las niñas escogieron, por otra parte, no mejoraron sus probabilidades de tener mayor injerencia en el negocio. Juan y Calixto no eran perezosos ni nada por el estilo. Como la mayoría de la nobleza española de la época, creían en trabajar para vivir, no en vivir para trabajar. La ética de trabajo norteamericana, que la burguesía puertorriqueña había adoptado como suya, les era completamente ajena.

«La vida está llena de placeres maravillosos, como la buena mesa, las mujeres hermosas y la siesta a las tres de la tarde, para sacrificarlo todo por una estrellita de buen comportamiento en la libreta de Quintín», le decían alegremente a sus amistades en La Mallorquina mientras brindaban con jerez seco antes del almuerzo. Cuando yo oía a mis cuñados hablar así, no me cabía la menor duda de que mi marido estaba mucho mejor preparado que ellos para ser presidente de Mendizábal.

El caso de Ignacio era distinto. Era un joven que llevaba una vida ordenada. No era ningún inepto; hizo un trabajo de publicidad excelente en la firma. Yo conocía bien a Quintín. Tenía buenas cualidades, pero la ambición era uno de sus defectos. A menudo, desprestigiaba a los demás a sus espaldas, para adquirir más poder. Por eso nunca le creí cuando me hablaba mal de su hermano.

Ignacio no quería aprovecharse de la situación en la cual Patria y Libertad lo habían metido, pero tampoco quería parecer un incompetente. Yo le cogí pena. No entendía por qué los dos hermanos no podían alternarse la presidencia cada cuatro años, y repartirse las responsabilidades y los salarios por partes iguales. De esa manera, Quintín no tendría que irse de Mendizábal y Compañía.

Le sugerí a Quintín esta solución cuando regresó de Europa, pero siguió con su empeño de independizarse. El problema no era Ignacio, me dijo. Era que si se quedaba, tendría que matarse trabajando para alimentar a sus hermanas, a sus maridos y a sus seis sobrinos. Tuve que reconocer que tenía razón. Durante los próximos meses traté de olvidarme de Ignacio y del resto de la familia.

Quintín estaba más ocupado que nunca. Compró un edificio en la avenida Fernández Juncos, un almacén con los equipos más modernos: aire acondicionado central, un frigorífico enorme, varios ascensores para estibar las cajas de los productos, básculas y cajas registradoras eléctricas. Allí, Gourmet Imports abrió sus puertas. En aquel momento, no se me ocurrió preguntarle que de dónde había sacado el dinero para todo aquello; la pregunta no me vino a la mente hasta después. Quintín se quedaba cada vez más tarde en la oficina; sólo nos veíamos cuando nos íbamos a la cama. Gourmet Imports fue un éxito rotundo desde el comienzo.

Por esos días sucedió otra cosa que me hizo olvidar a Ignacio y a sus hermanas: en octubre de 1960 salí embarazada de Manuel. Quintín y yo nos sentimos muy contentos cuando nos enteramos; queríamos tener una familia. Pero tuve un embarazo difícil. Durante los primeros tres meses, me daban náuseas y mareos todas las mañanas. Lo único que me ayudaba era dar largas caminatas por la playa y acostarme a leer un libro debajo de una palma. Cuando estaba seis meses encinta, Quintín me pidió que fuéramos a la casa de la laguna a hacer las paces con sus hermanas. Patria y Libertad habían llamado varias veces para invitarnos a la casa, pero yo no había querido ir a verlas. Cuando Quintín andaba desaparecido por Europa y yo me había visto completamente sola, no se habían molestado en llamar ni una sola vez. No veía por qué tenía que ser simpática con ellas ahora. Quintín las fue a visitar por su cuenta. Pero ahora insistió que lo acompañara.

—Tienes que venir conmigo. Se marcharán pronto a España y tenemos que despedirnos.

—¿Patria y Libertad se van a ir a vivir a España? —pregunté asombrada.

—Patria, Libertad, sus dos maridos, la tribu completa —me aseguró Quintín—. Han reservado la mitad del *Antilles*, el transatlántico francés que viaja de San Juan a Vigo. La semana pasada vinieron a pedirme un préstamo; necesitaban comprar diez boletos, y no tenían bastante dinero en efectivo. Les presté seis mil dólares que, por supuesto, jamás volveré a ver. ¡Pero qué importa! Como decía Buenaventura: «Al enemigo que huye, puente de plata». Esos seis mil dólares serán la mejor inversión de mi vida.

Esa tarde fuimos juntos a la casa de la laguna. Hacía más de un año que no la visitaba, y me impresionó que estuviera tan vacía. El juego de sala Luis XVI dorado al fuego de Rebeca ya no estaba; Patria y Libertad se lo llevaban con ellas en el *Antilles*. El piano, el juego de comedor de los conquistadores decapitados, los tapices de las paredes y hasta la lámpara del recibidor (la rueda de espigones de hierro con que a Buenaventura le gustaba bromear que había servido para torturar a los moros durante la Reconquista) habían desaparecido. Patria y Libertad lo habían vendido todo.

Los cuartos se veían sucios y destartalados. Petra todavía estaba allí; la escuché hablando en voz alta con Carmelina en la cocina. Por la ventana del estudio divisé a Brambón regando las amapolas. Pero los demás sirvientes ya no estaban. Más tarde me enteré que cuando Ignacio no pudo seguir pagándoles sus sueldos, les hizo a cada uno un regalo: una cabra, una vaca, un cerdo, una gallina; y les dijo que volvieran a Las Minas. Sólo se quedó con *Fausto* y *Mefistófeles*, que todavía estaban encerrados en sus jaulas, al cuidado de Brambón.

Cuando tocamos el timbre, Patria misma nos abrió la puerta. Ya estaba vestida para el viaje; tenía puesto un conjunto de hilo muy chic, color crema. Estaba más delgada, pero parecía de buen ánimo. Llevaba en brazos a su hijo más pequeño, y una de sus hijitas la seguía por todas partes. Mandó a la niña a que le avisara a su tía Libertad que estábamos allí, y pronto nos encontramos los cuatro sentados en la terraza, hablando de mil cosas como si jamás nos hubiésemos peleado. Quintín estaba muy solícito con sus hermanas, preguntándoles todos los detalles del viaje. Juan se estaba llevando consigo el Porche rojo a España, pero Calixto había vendido a *Serenata*, así como a los demás caballos de la cuadra. Afortunadamente, había obtenido una buena cantidad por ellos. Quintín se ofreció a enviarles por barco de carga todo lo que no pudieran llevarse en el *Antilles*.

Patria nos contó que pensaban radicarse en Madrid, en donde Juan y Calixto tenían muchas amistades entre la nobleza. Algo aparecería que les permitiera a un conde y a un duque ganarse la vida dignamente.

—Además, podrán cazar y correr a caballo en los cortijos de sus amigos todo lo que se les antoje. Nosotras también estaremos mejor. En España el servicio es barato, y se puede economizar mucho más. Por cierto, queríamos agradecerte el que nos hubieras comprado nuestra participación de la casa. El dinero nos vendrá al dedillo cuando compremos nuestros pisos en Madrid.

El comentario de Patria me sorprendió. No sabía que Quintín hubiera hecho eso; nunca me lo mencionó. Para no crear discordia, me hice la que estaba enterada.

Quintín empezó a aconsejarle a sus hermanas todo lo que debían hacer cuando llegaran a España: visitar al embajador norteamericano, que era amigo suyo, y presentarle sus respetos; inscribir sus pasaportes en la embajada por si se los robaban y acordarse de regresar a Estados Unidos cada seis años, para no perder la ciudadanía. Mientras Quintín hablaba me puse a merodear por las salas a ver si veía a Ignacio, pero no lo encontré por ninguna parte. Regresé donde sus hermanas, y por fin me atreví a preguntar:

—¿Cómo está Ignacio? ¿Se quedará en la casa viviendo solo? ¿O vendió él también su parte?

—¿Ignacio? —me respondió Libertad, indignada—. Me importa un bledo lo que le pase. Si no fuera por él, no tendríamos que irnos de la Isla. Fue por culpa suya que Mendizábal y Compañía se fue a la quiebra.

Libertad empezó a llorar, y Quintín le dio su pañuelo para que se secara las lágrimas. Trató de calmarla lo mejor que pudo.

—No debes tomarte las cosas tan a pecho —le dijo—. La mudanza a Madrid es sólo una medida temporera; cualquier día de éstos podrán regresar a la Isla. —Y les recordó que todavía eran dueñas de varias propiedades en San Juan: dos edificios de apartamentos que habían heredado de Rebeca, y que Quintín había logrado salvar de la catástrofe de Mendizábal. Ignacio las había hipotecado, y cuando la compañía se fue a pique, Quintín saldó el préstamo del banco para ayudarlas. Les prometió ocuparse de cobrar el alquiler de los pisos y de enviarles la renta a España.

Juan y Calixto se nos unieron en la terraza, llevando a sus hijos de la mano. Brambón venía detrás de ellos, cargado de maletas, y Petra y Eulodia traían el resto. Los cuñados se despidieron de Quintín con un apretón de manos, y a mí me besaron en las dos mejillas. Pero no se sentaron a conversar con nosotros. Tres taxis acababan de llegar y estaban esperando frente a la casa en la avenida, para llevar a la familia al muelle.

Cruzamos juntos la terraza y caminamos hasta la puerta de entrada. Salimos al patio y allí nos besamos y nos abrazamos de nuevo. Patria y Libertad estaban a punto de subirse a uno de los taxis, cuando apareció Ignacio. Estaba parado al pie de la escalera, debajo del arco gótico de la puerta. Cuando lo vi, me quedé muda; había rebajado por lo menos ocho kilos y el pelo se le había puesto blanco. Se veía veinte años mayor que Quintín.

Venía a despedirse de sus hermanas, dijo, e insistió en que aceptaran dos bellas acuarelas de la casa de la laguna como regalo. Patria se le quedó mirando con tristeza.

—¿Estarás bien aquí, viviendo solo? —le preguntó.

—Estaré bien. No te preocupes.

Patria le dio un abrazo y se montó en el taxi, pero Libertad rehusó abrazarlo. Cogió su acuarela y se subió al taxi sin darle las gracias. Los automóviles se alejaron por la avenida. Ignacio sonreía ingenuamente mientras les decía adiós, como si nada extraordinario estuviera sucediendo. Fue la última vez que lo vi, y cuando pienso en él siempre lo recuerdo así.

Cuando regresamos a nuestro piso, me sentí tan mal que tuve que ir al dormitorio a acostarme. Quintín me siguió y se sentó al lado mío en la cama. Le pedí que me explicara lo sucedido. ¿Por qué no me había dicho que Mendizábal y Compañía se había ido a la quiebra? ¿Por qué Ignacio se veía tan desmejorado? Si la memoria no me fallaba, Quintín me había asegurado que, al montar su propio negocio, le había dejado a Mendizábal suficientes líneas comerciales abiertas para que pudiera seguir operando. Durante su viaje relámpago por Europa, no se había quedado con todas las cuentas de los socios de su padre. ¿O sí se las había quedado?

Quintín se molestó conmigo. Yo no tenía que estarme metiendo en aquellos asuntos, me dijo. Lo que había sucedido era muy sencillo, intentaría explicármelo de nuevo, aunque yo no recordaba que me lo hubiese explicado antes. Ignacio no sabía nada sobre el comercio. No lograba motivar a los vendedores, no salía a la calle a ocuparse de los embarques, no visitaba a los clientes para relacionarse con ellos. Pensaba que, quedándose sentado en la oficina todo el día haciendo dibujitos para los anuncios, los productos se iban a vender solos. Cuando no fue así, y las ventas de Mendizábal se vinieron al suelo, las firmas europeas empezaron a cancelarle los contratos. Un año más tarde, a Mendizábal no le quedaba nada que vender. Quintín tenía su conciencia tranquila. Había hecho todo lo posible por ayudar a Patria y a Libertad, eran casquivanas y atolondradas pero eran sus hermanas. Sin embargo, Ignacio era otra cosa. Era un hombre hecho y derecho; tenía que aprender a ser responsable de sus propios actos.

Lo que vi y escuché aquel día me causó un mal rato tan grande que me empezaron unas contracciones severas. Estaba encinta de siete meses, y la posibilidad de perder el niño me aterraba. Quintín se preocupó y me llevó al hospital. Allí me dieron un sedante que me durmió profundamente. Cuando desperté, las contracciones habían desaparecido, pero el doctor me ordenó guardar cama hasta que diera a luz. Debía tomar Librium todos los días y dormir lo más posible.

Quintín estaba de buen humor y se pasaba tratando de complacerme. Buscó enfermeras que me cuidaran y regresaba a la casa temprano de la oficina. A los tres años de la muerte de Rebeca, la familia había desaparecido. Por fin podíamos vivir nuestras propias vidas. Cuando naciera Manuel, nuestros dos mundos, el Mendizábal y el Monfort, se fundirían en uno.

Durante dos largos meses viví en medio de una neblina. Ignacio estaba cada vez más lejos; era como si no hubiese existido nunca. Supongo que, inconscientemente, quería olvidarme de él. Su recuerdo me hacía sufrir, y él, como un fantasma bien educado, me había complacido y se había esfumado. Perdí la cuenta de los días, hasta que por fin di a luz a Manuel el 14 de julio de 1961. Quintín me vino a buscar al hospital y no bien llegamos a nuestro piso, me dio una noticia terrible: Ignacio se había pegado un tiro.

La noticia me dejó aniquilada. Quería saber más, pero Quintín se negó a hablar más sobre el asunto. No era sabio pensar en cosas tristes en aquellos momentos, me dijo con una mirada severa. Debíamos pensar en nuestro hijo, en cómo organizaríamos nuestras vidas de ahora en adelante para que tuviéramos un hogar normal. Teníamos que estar agradecidos de que la pesadilla de la familia había tocado a su fin.

Unas semanas más tarde, le dije a la enfermera que necesitaba hacer un mandado en San Juan, y la dejé a cargo del bebé. Necesitaba hablar con Petra; estaba segura de que ella podría contarme lo que le había sucedido a Ignacio. Conduje el auto hasta la casa de la laguna, y encontré la puerta abierta. La casa estaba más deteriorada que cuando la visité unos meses antes, el día en que Patria y Libertad se embarcaron para España. Las ventanas de la sala se habían quedado abiertas y la lluvia había levantado el parquet del piso. Vi con horror un par de cangrejos escurriéndose por entre las penumbras, sobre la madera húmeda.

Bajé a los sótanos y encontré a Petra sentada en su silla de siempre. Estaba pelando una raíz de yuca que tenía varias protuberancias, y era difícil distinguir sus dedos del tubérculo cubierto de tierra. Su cuerpo era una mole maciza, tan enigmática como siempre. Acerqué un banquillo y me senté a su lado. Petra dejó el cuchillo y la yuca encima de la mesa, se lavó las manos en una palangana y se las secó en el delantal. Por varios minutos no dije nada, me quedé allí sentada con los ojos cerrados. Por fin, di un suspiro y recosté mi cabeza sobre su falda. Petra tampoco habló. Me acarició el pelo suavemente.

Estaba cansada y confundida. Por fin le dije:

—Quiero saber por qué Ignacio se suicidó, y si su suicidio tuvo algo que ver con la ruina de Mendizábal. Quintín no quiere hablar del asunto; dice que no es sabio. Pero yo necesito saber. Acabamos de tener un hijo, y me aterra toda esta violencia. Si no logro descifrar el misterio de Ignacio, el destino terrible de los Mendizábal puede apoderarse de mi hijo Manuel un día.

—¿Tiene un nieto Buenaventura? ¡Qué buena noticia!—dijo Petra en voz baja, como si no hubiese escuchado mi pregunta—. Deberías estar contenta. Déjate llevar por los consejos de Quintín.

Me incorporé y la miré a los ojos.

310

—No trates de escudar a Quintín, Petra. Un secreto como éste es una bomba de tiempo. Quiero saber la verdad.

Petra bajó la cabeza y se miró las manos.

—Todo lo que puedo contarte —dijo— es que un día Quintín vino a la casa y los hermanos se encerraron en el cuarto de Ignacio a discutir. Una casa vacía es como un caracol; se podía oír todo lo que estaban diciendo: «¿Por qué no me vendes tu parte de la casa, como hicieron Patria y Libertad?», le preguntó Quintín a Ignacio. «Te pagaré bien. Con ese dinero podrás alquilar un piso en el Viejo San Juan y arreglártelas cómodamente hasta que encuentres un trabajo.» Pero Ignacio no se quería mudar de la casa. Había nacido aquí, dijo, y tenía miedo de no acostumbrarse en otra parte. En vez de aceptar la oferta de Quintín, le pidió un préstamo; creo que fueron quinientos dólares. Encontraría trabajo pronto, le aseguró. Necesitaba el dinero para comer. Pero Quintín rehusó prestárselos. «Tú no estás buscando ningún trabajo», le contestó furioso. «El vicio de no trabajar necesita una cura drástica, y la mejor de todas es el hambre.»

»Cuando Quintín se marchó —continuó Petra en un susurro—, Ignacio se encerró en la casa y no volvió a salir. Ya sabes lo sensible que era para todo; le daba pavor que algún amigo de su padre lo pudiera reconocer y le preguntara por la quiebra de Mendizábal. No se atrevía a salir a la calle ni a comprar cigarrillos; yo tenía que ir a comprárselos. Como Ignacio no podía pagar la cuenta de la luz, nos cortaron la electricidad, y en la noche nos alumbrábamos con velas. Entonces se llevaron el agua. Pero como teníamos el manantial de Buenaventura, no nos importó. Ignacio se bañaba en la alberca de los sótanos, y yo subía agua en cubos al segundo piso, para lavar los platos y hacer la limpieza. Teníamos que bebernos el agua tibia, pero a ninguno de nosotros nos importaba.

»Ignacio se quedó sin dinero para comprar provisiones, pero mis parientes de Las Minas venían a visitarnos en bote todos los días y nos traían de todo. Ignacio se acostumbró a comer nuestros guisos: viandas, verduras, frutas y algún que otro asopao de cangrejo que yo le preparaba de vez en cuando. El pobre nos decía que nos marcháramos a casa y lo dejáramos solo, que aquella desgracia era asunto suyo, pero Brambón y yo rehusamos irnos. Era el hijo menor de Buenaventura; no podíamos abandonarlo.

»La vergüenza y la soledad, sin embargo, fueron acabando poco a poco con él. Al mes no pudo más y me pidió que le lavara y le planchara su mejor traje. Fue a donde Brambón para que le recortara el pelo y lo afeitara, y finalmente se dio un baño prolongado en el manantial. Entonces, se vistió y se tendió en la cama. Lo último que hizo fue sacarse el pañuelo del bolsillo y brillar con él sus espejuelos de marco de oro, hasta que estuvieron inmaculados. Entonces agarró la pistola de Buenaventura y se disparó un tiro en el lado izquierdo del pecho.»

Petra terminó su historia en un tono completamente neutral. No hubo lágrimas, aspavientos, ni acusaciones de ninguna clase.

—Pues yo pienso que Quintín fue un monstruo con su hermano. Debió ayudarlo y no lo hizo. Ignacio debió sentirse en el infierno. —Como Petra no me contestó, insistí—: Todavía no me has contestado la pregunta, Petra. ¿Fue culpa de Quintín el suicidio de Ignacio? ¿Es cierto que Quintín viajó a Europa estrictamente para establecer las líneas comerciales de Gourmet Imports, como me ha jurado cien veces, o viajó en realidad a Berna, a sacar los tres millones de dólares que Buenaventura tenía depositados en el Banco Nacional de Suiza? ¡A lo mejor sabía el número secreto de la cuenta, después de todo!

Petra parecía una esfinge. Ni aceptó ni negó lo que le acababa de decir.

—Hay muchos secretos en esta familia que tú desconoces, Isabel —me dijo calladamente—. Yo no tengo derecho a revelártelos.

Me enjugué las lágrimas y me incorporé. Si lo que Petra insinuaba era cierto, Quintín era un canalla y yo debía abandonarlo. Pero ¿adónde iría con un bebé recién nacido y sin dinero? Lo único que podía hacer era esperar. Culpable o inocente, el tiempo me revelaría la verdad sobre Quintín.

Quintín

Quintín le dijo a Isabel que era absolutamente necesario deshacerse de Petra. Tenía más de noventa años; en cualquier momento, podía sufrir un accidente serio y ellos serían los responsables. Lo mejor era enviarla a Las Minas para que sus parientes se ocuparan de ella. Estaba dispuesto a pagarles una pensión generosa para que la cuidaran. A Petra no le faltaría nada.

Isabel quiso posponer la decisión por un tiempo. Willie quería mucho a Petra, le dijo; le haría mucha falta. Y además, Petra era la única que sabía el paradero de Manuel. Manuel se había ido a vivir a Las Minas desde hacía varias semanas. Si despedían a Petra ahora, le perderían el rastro por completo.

Quintín sabía que aquello no era cierto, pero no quiso contradecir a Isabel. Para encontrar a Manuel, lo único que tendría que hacer era alquilar los servicios de un detective privado. Pero le hizo creer que sus razonamientos lo habían convencido, y no volvió a mencionar el asunto.

Quintín pensó que, al mudarse a vivir de nuevo a la casa de la laguna, debió insistir en que se deshicieran de Petra. Su sombra siempre doble y poderosa se proyectaba demasiado lejos; sus oídos habían recogido demasiados secretos de la familia detrás de las puertas; sus ojos, escrutado demasiados mensajes arrojados irresponsablemente al cesto de la basura.

Sabía que Petra se pasaba criticándolo a sus espaldas. Defendía siempre la memoria de Ignacio, e insistía que no era porque era un indolente y un bohemio —como a él le constaba— que Mendizábal había quebrado, sino porque Ignacio estaba enfermo.

313

Isabel no se daba cuenta de nada. Era asombroso la manera como había caído completamente bajo el hechizo de Petra. Y Petra no se daría por perdida. Seguiría espueleando a Isabel a que continuara escribiendo la novela, porque sabía que era la manera más efectiva de torturarlo.

La historia nacional y familiar se tornaba cada vez menos importante en el relato. Era como si Isabel tuviese un rifle con un lente telescópico en la mano; tenía la mirilla puesta en él, y —cada vez que le disparaba— daba un poco más cerca del blanco. Y detrás de Isabel, Quintín sentía el ojo malévolo de Petra siguiéndolo por todas partes, observando sus movimientos, sus palabras, hasta sus pensamientos. Se sentía como un animal acechado.

Quintín sacudió la cabeza y se pasó una mano temblorosa por la frente. Aquel miedo era absurdo. Isabel podría exagerar y encolerizarse con él todo lo que quisiera, pintarlo como un monstruo y acusarlo de todo tipo de crímenes, pero aquello no era más que tinta sobre papel. No podía hacerle daño. ¿O sí podía?

Quintín levantó la vista del manuscrito. El corazón quería salírsele de dentro del pecho. A la luz tenue de la lámpara de lectura podía ver que, en el estudio, reinaba el mismo orden perfecto de siempre. Los libros en hilera sobre los estantes. El jarrón de porcelana verde celedón lleno de flores frescas. El magnífico escritorio de Rebeca, sostenido por sus cuatro cariátides de bronce, resplandecía de limpio en las penumbras. Patria, Libertad, Ignacio, Rebeca y Buenaventura, reunidos en una foto que él mismo les había tomado hacía más de diez años, le sonreían como para darle confianza desde el fondo de su marco de plata. Pero nada lograba tranquilizarlo.

29

El coleccionista de arte

Nunca le conté a Quintín lo que Petra me dijo aquel día, y trataba de no pensar en ello. Decidí seguir el consejo de Abby: «La rama que se dobla no se quiebra; ése es el secreto de la supervivencia». Quintín y yo habíamos estado casados seis años. Fue una época turbulenta de nuestras vidas: los dos habíamos perdido a nuestros padres, y nos habíamos visto al borde de la ruina. Habíamos sobrevivido muchas tormentas juntos, y ahora teníamos un hijo. Yo quería creer desesperadamente en la inocencia de Quintín.

Dos meses después de que nació Manuel, Quintín decidió que nos mudáramos a la casa de la laguna. Vendió nuestro piso en el condominio, y con ese dinero le hicimos algunas mejoras a la casa. Mandamos a pintar todo, y cuando vi la emulsión blanca cubriendo los muros me sentí mejor. Pensé que era importante esparcir aquella capa de olvido sobre los muros, borrar lo que había sucedido allí dentro. Quintín vendió *La Esmeralda*, el velero de Ignacio, así como el Rolls-Royce de Buenaventura, que ya para esa época era una antigualla. Luego, nos fuimos de tiendas y compramos unos muebles italianos modernos, trastes de cocina, sábanas y toallas; todo lo necesario para aviar la casa. Lo último que hice antes de mudarnos fue llevar a cabo un despojo con la ayuda de Petra. Sin que Quintín lo supiera, asperjamos la casa con agua florida y escondimos algunas varas de nardos por los cuartos, porque dicen que su olor pone contentos a los fantasmas.

Petra, Brambón y Eulodia se quedaron a trabajar con nosotros, aunque Quintín les explicó que tendríamos que pagarles un sueldo bajo al principio. Brambón estuvo de acuerdo. Petra regresó a la cocina. Eulodia limpiaba, lavaba y planchaba. Pronto, el orden volvió a establecerse en nuestro hogar. Nunca faltó un solo cubierto de plata, las comidas se servían siempre a la misma hora y la casa estaba impecable. Carmelina ya tenía quince años, y le pusimos una camita cerca del cuarto de Manuel, para que ayudara a cuidarlo. Quintín le tenía un cariño especial y la trataba como si fuera de la familia. Quintín era muy generoso con ella. Le estaba pagando la matrícula en una escuela privada cerca de Alamares, y también le pagaba los libros y los uniformes. Le había prometido a Petra enviar a Carmelina a la Universidad de Puerto Rico cuando llegara el momento.

Cuando las ganancias de Gourmet Imports se acumularon, tuvimos que pensar en invertirlas. Pero, en lugar de comprar bonos y certificados de depósitos que estuvieran bajo nuestros nombres como a mí me hubiera gustado, Quintín decidió invertir en obras de arte. Tenía un amigo llamado Mauricio Boleslaus que lo entusiasmó en aquel mundo.

Mauricio era *marchand d'art* y mantenía a Quintín informado de todo lo que se estaba vendiendo en las casas de subasta europeas de mayor prestigio. Mauricio se hizo amigo mío más tarde, pero por aquel entonces no me inspiraba ninguna confianza. Era demasiado excéntrico para mi gusto; se perfumaba la barba de perilla, usaba corbata de mariposa y vestía trajes de shantún de seda con pañuelos de estampados escandalosos en el bolsillo. No salía jamás a la calle sin sus guantes de gamuza gris, lo que me parecía el colmo del ridículo en una isla tan calurosa como la nuestra. Yo, entonces, no sabía cuán necesarios eran aquellos guantes, dado el tipo de negocio que Mauricio llevaba a cabo.

Una vez, Mauricio me contó la historia de su vida. Su familia era noble, original de Bohemia; por eso, él tenía derecho al título de conde de Boleslaus, aunque nunca lo usaba. Había nacido en un pequeño castillo a orillas del Moldava, y cuando cumplió los dieciocho años sus padres lo enviaron a estudiar a l'École des Beaux Arts de París. Allí vivió como estudiante durante tres años, hasta que los alemanes invadieron Checoslovaquia, en 1939. Cuando sus padres ya no pudieron enviarle más dinero, se las tuvo que arreglar por su cuenta. Al terminar la segunda guerra mundial, Mauricio prefirió no regresar a su patria, y se quedó a vivir en París. Era un dibujante prodigioso. Sus maestros en l'École des Beaux Arts se quedaban asombrados ante la facilidad con que dominaba el carboncillo. Sus dibujos estaban llenos de gracia, tenían una delicadeza exquisita. Pero Mauricio tenía un problema: no se le ocurrían temas originales. Cuando se enfrentaba al papel con el carboncillo en la mano, la mente se le quedaba absolutamente en blanco. Era como si dos páramos de nieve se reflejaran el uno al otro.

Sólo cuando Mauricio estudiaba los dibujos de los grandes maestros sentía que se inspiraba. Iba al Louvre y se pasaba las horas contemplándolos extasiado. Luego, compraba una reproducción barata del dibujo —los tulipanes de Matisse, por ejemplo—, que fijaba con tachuelas a la pared de su cuarto. Se sentaba entonces frente a la reproducción, lápiz en mano, y era como si el espíritu del pintor se posesionara de él. Sólo tenía que dejar fluir la energía que le brotaba de los dedos, y podía copiar la obra casi con los ojos cerrados. Cuando llevaba su dibujo a las galerías de arte, nadie se daba cuenta de que era una falsificación. Así, los *marchands d'art* le pagaban lo que él pidiera.

Pronto, Mauricio se estaba ganando miles de francos copiando los dibujos de Picasso, de Matisse y de Modigliani. Vivió así por más de cinco años, hasta que un día cometió el error de ejecutar varios dibujos en papeles nuevos, en lugar de hacerlo en los pliegos de libros antiguos que solía comprar en las librerías de viejo. La policía lo atrapó y lo metieron en la cárcel. Cuando lo soltaron diez años después, voló a Nueva York, y de allí viajó a Puerto Rico. Escogió la isla al azar en un mapa, porque le pareció lo suficientemente apartada de la civilización para vivir de incógnito. Poco después de su llegada, abrió con sus ahorros un galería pequeña pero muy elegante en el Viejo San Juan, que llamó La Flor de Jade.

Enmendó su vida y no volvió a falsificar nada más. Sabía tanto de dibujo, pintura y grabado que podía sobrevivir muy bien vendiendo obras de arte en su galería. En Puerto Rico, la burguesía estaba comenzando a desarrollar el gusto por el arte, que pronto se convirtió en un símbolo de prestigio. Mauricio tenía muchos parientes en Europa, que peinaban los palacetes derruidos de la campiña en busca de pinturas de valor. Las compraban por una bagatela y luego se las enviaban por barco a Puerto Rico. El arte era una inversión segura. Después de todo, había un número limitado de grandes pintores europeos, y cada vez quedaban menos pinturas importantes fuera de los museos. Los primeros cuadros que Mauricio le vendió a sus clientes triplicaron su valor en menos de tres años. Mauricio recibía los catálogos de Sothebys y se los enseñaba para que vieran lo ventajosas que habían sido sus inversiones. Un cuadro de Jacopo Bassano, por ejemplo, igual al que él le había vendido a uno de sus clientes por cinco mil dólares, a los tres años se había vendido en Sothebys por quince mil. Los clientes de Mauricio estaban encantados. Mauricio era escrupulosamente honesto, y sus clientes le tenían confianza. Como varios de ellos tenían posiciones políticas importantes, le consiguieron el permiso de residente.

Gracias a Mauricio Boleslaus, en 1970 Quintín ya había invertido más de un millón de dólares en pinturas y esculturas de los grandes maestros europeos. Compró *La Virgen de la granada*, de Carlo Crivelli; un San Andrés dramático, crucificado sobre un madero en forma de X, de José Ribera; una Santa Lucía, virgen y mártir, que sostenía los ojos que acababan de sacarle en un platito frente a ella, de Lucca Giordano; y *La caída de los ángeles rebeldes*, de Filippo d'Angeli. Este cuadro era el que yo encontraba más impresionante de todos. En él una docena de ángeles hermosísimos se precipitaban de cabeza en el infierno.

El negocio de Mauricio tenía otra vertiente menos respetable, sin embargo, que explicaba por qué siempre llevaba guantes de gamuza puestos. Cuando a uno de los clientes a quien él había ayudado a invertir su capital en obras de arte le iba mal en el negocio, Mauricio se vestía con su traje de shantún de seda, se ponía un clavel rojo en el ojal, se calzaba sus guantes de gamuza gris y se presentaba en su casa a darle el pésame.

—He oído decir que su firma está a punto de irse a la quiebra —le decía quedamente a su amigo mientras se bebía una taza de té en la sala—. La vida está difícil en todas partes, pero en Puerto Rico está peor. Uno no sabe ya ni dónde está. Cada vez que la Isla cambia de rumbo, que si hacia la derecha para la estadidad, que si hacia la izquierda para la independencia, a los inversionistas les da un ataque de nervios y los dólares vuelan en bandada al continente. Pero no se preocupe en absoluto, amigo. En lo que a su caso concierne, antes de que los agentes federales que vi apostados frente a su casa entren a incautarle sus bienes, confíemelos a mí, que yo los pondré a buen recaudo.

Y su cliente, que no sabía a quién recurrir para salvarse de aquel naufragio, corría a su caja fuerte, buscaba las joyas de su mujer y se las entregaba. Mauricio, mientras tanto, sacaba de su gabán una chaveta de zapatero y un destornillador, y en menos de media hora quitaba de sus marcos los lienzos que le había vendido a su cliente, los enrollaba en papel de periódico y salía de la casa con ellos ocultos debajo del brazo. Algunas semanas después los vendía en una subasta fuera de la Isla, y le depositaba al cliente el dinero en un banco de las Bermudas.

Un día, Mauricio le hizo saber a Quintín que estaba viviendo dentro de un tesoro artístico y que lo estaba desperdiciando.

—Mi compatriota, Milan Pavel, fue uno de los genios arquitectónicos de este siglo. Usted está viviendo en la casa de la laguna, su obra maestra, y no ha hecho nada por restaurarla. Sólo tendría que hacer un poco de investigación arqueológica para devolverla a su antigua gloria. Los cimientos de la casa de Pavel seguramente están intactos —le dijo Mauricio.

Quintín no necesitaba que lo convencieran. Siempre había sentido una admiración enorme por Milan Pavel, y en su juventud había contemplado escribir un libro sobre él. Ya para aquel entonces en Puerto Rico se sabía que las casas de Pavel eran copias exactas de las de Frank Lloyd Wright, pero a Quintín eso no le importaba. El dato hacía al personaje de Pavel aún más interesante.

Decidió emprender la tarea de restaurar la casa de la laguna inmediatamente. Visitó los archivos de la Escuela de Arquitectura de la Universidad de Puerto Rico y encontró la copia del Wasmuth Portfolio que Pavel había donado a la institución poco antes de morir. Allí estaban los planos originales de las casas del genio de Chicago. Una de ellas era exactamente igual a la casa de la laguna, tal y como él la recordaba en su niñez.

Nos mudamos al hotel Alamares, que nos quedaba cerca, y enviamos todos los muebles a un almacén de depósito. Quintín alquiló los servicios de una compañía de demolición, que en una semana arrasó con los arcos góticos, las almenas de granito gris, los techos de tejas rojas y las rejas estilo *Verbena de la Paloma*. Cuando terminaron, de la españolada de Buenaventura no quedaba ni el recuerdo. Un palacio de cuento de hadas empezó a elevarse poco a poco sobre aquellas ruinas. Quintín trajo varios artesanos de Italia y edificaron otra vez el arco iris de mosaicos que Pavel había creado para Rebeca sobre la puerta de entrada. Las ventanas de cristal de Tiffany, los tragaluces de alabastro y el piso de capá blanco, todo se restauró cuidadosamente a su estado original. En la cocina se eliminó el fogón de carbón de Petra y se instaló una estufa General Electric. El ala de los dormitorios se climatizó por completo con aire acondicionado central y se instalaron tres modernas salas de baño. Cuando la casa estuvo terminada, se retiraron los andamios y los encofrados de madera, y se unió una vez más a la magnífica terraza de mosaicos dorados. Nos mudamos en septiembre de 1964.

La casa era de veras espectacular, pero yo no podía evitar sentirme incómoda. En la Isla, la situación económica estaba cada vez peor. La agricultura seguía por el suelo. Cuando el petróleo que se producía en Venezuela y se refinaba en la Isla alcanzó unos precios astronómicos, cerraron otras refinerías más. La gasolina era el doble de cara que en Estados Unidos y la tasa de desempleo estaba en un veinticinco por ciento. El alto costo de vida desató una serie de huelgas y de marchas estudiantiles; era imposible salir a la calle sin que uno se encontrara con un tropel de gente gritando y arrojando piedras.

A pesar de todo, Gourmet Imports continuaba devengando unos ingresos magníficos. Quintín decidió invertir en el negocio de procesamiento de alimentos. Abrió una fábrica de enlatar tomates, mangos y piñas en la carretera de Arecibo, un pueblo del noroeste de la Isla. Mi vida había mejorado notablemente. Tenía un hijo saludable y una casa bellísima. Una vez terminaba de supervisar las labores de Petra y Eulodia, tenía tiempo para leer y escribir todo lo que se me antojara. Sin embargo, no me sentía feliz. Cuando menos lo esperaba, una duda minúscula empezaba a germinar en mi corazón, como un retoño de alfalfa. La restauración de la casa de la laguna había costado un capital. ¿De dónde había salido todo ese dinero? Era cierto que Quintín trabajaba de sol a sol y que era muy buen comerciante. Pero, después de mi conversación con Petra, no podía estar segura de nada.

Manuel se crió como un niño fuerte y saludable. Había heredado el físico imponente de su bisabuelo Arístides, y a los quince años ya medía dos metros de alto. Tenía muy buen carácter. De bebé, siempre se tomaba el biberón solito, y se quedaba dormido en cuanto yo lo acostaba en la cuna. Siempre fue un niño obediente. A veces, nada más que para disciplinarlo, Quintín le ordenaba que le diera un baño a *Fausto* y a *Mefistófeles*, cuando estaba a punto de salir a jugar pelota con sus amigos. Pero Manuel nunca se quejaba. Bajaba la cabeza y obedecía a su padre.

Manuel se parecía a mí sólo en una cosa: los ojos, que tenía negros y brillantes como todos los Monfort. Recuerdo el día después de dar a luz, cuando la enfermera me lo trajo al cuarto en el hospital; pensé que si lloraba, sus lágrimas seguramente serían de tinta. Lo tomé entre mis brazos y me quedé mirándolo fascinada. No podía creer que su cuerpecito fuese tan perfecto; su carne parte de mi carne, su sangre la misma que la mía.

Manuel tenía una gran seguridad en sí mismo. Jamás le dio una pataleta de niño; nunca lo vi llorar ni lo escuché gritar. Era un ser que no se violentaba por nada. Y, sin embargo, una vez que su padre le ordenó que repitiera la tarea de la escuela cuando ya estaba perfecta, Manuel lo paró en seco. Le dio una de sus miradas Monfort, y Quintín no se atrevió a decirle nada más.

Poco después de Manuel cumplir un mes de nacido, Quintín regresó temprano de la oficina y se sentó a mi lado en el sofá verde del estudio. Se veía cansado y tenía unas ojeras profundas.

—Hoy mamá cumple cuatro años de muerta —me dijo, pasándose la mano por los cabellos en un gesto de preocupación—. Hace tiempo que vengo pensando en hacer algo, pero no me había atrevido a decírtelo. No creo que debamos tener más hijos.

—Y ¿por qué? —le pregunté consternada—. Me gustaría tener una familia grande. Los niños se sienten más felices cuando no se crían solos.

Quintín empezó a pasearse taciturno por el cuarto.

—Eso precisamente es lo que quiero evitar, Isabel. Las familias grandes sólo traen problemas. Si tenemos otros hijos, Manuel tendrá que sufrir la envidia y el resentimiento de sus hermanos menores. Si nuestros hijos se pelean, no creo que podría soportarlo.

—¿Y si tuviéramos una hija? Yo nunca tuve hermanas, y me encantaría tener a una niña que me hiciera compañía.

Pero Quintín no quería correrse el riesgo.

—Tú sabes lo mucho que te quiero, Isabel. Eres la persona más importante en mi vida. Pero si sales encinta de nuevo, tendré que pedirte que te hagas un aborto. No estoy dispuesto a pasar otra vez por la misma angustia que sufrí a causa de Ignacio.

Sentí una gran tristeza. De pronto me vi otra vez jugando a las muñecas debajo del árbol de jobos en Trastalleres. Volví a escuchar el grito de mamá, y la vi desmayada en el piso del baño, en medio de un charco de sangre. Juré que yo nunca me haría un aborto.

30

El maleficio del lunar

Tres años después del suicidio de Ignacio, Quintín empezó a sentirse terriblemente culpable. Nunca entendí el porqué de aquella reacción tardía de Quintín; quizá fue a causa de la soledad. Mi marido ha sido siempre un lobo estepario. Le gusta ir de pesca de vez en cuando en su *Bertram*, pero casi siempre va solo, o se lleva a Brambón de copiloto. A veces juega al tenis con algún conocido en el Sports Club de Alamares, pero después no se reúne con él fuera de las canchas. Nunca ha tenido vida social; su familia era todo su mundo.

Los Mendizábal eran una tribu extraña, se odiaban y a la vez se amaban intensamente. Para ellos, el resto del mundo estaba en segundo lugar. Quintín vivió siempre pendiente de su familia: de Rebeca, de Buenaventura, de sus hermanos. Despotricaba contra ellos, se quejaba y los maldecía, pero estaba siempre pensando en ellos. Y cuando de pronto la tribu se esfumó, empezó a echarlos de menos. A veces se pasaba las noches en vela, caminando por la casa en la oscuridad sin encender las luces. Un domingo al salir de la iglesia lo escuché hablando con el sacerdote. Le estaba pidiendo que dijera una misa por el descanso del alma de Ignacio.

Lo único que sacaba a Quintín de su melancolía era su colección de pintura. Dejó de ir a la oficina y se pasaba las horas contemplando *La Virgen de la granada*, de Carlo Crivelli, que habíamos colgado en la sala sobre el sofá tapizado de damasco azul. Era una pintura hermosa: la Virgen se veía de perfil, con las manos piadosamente dobladas en oración, y estaba rodeada por una guirnalda de frutas y flores.

Margarita Antonsanti llegó a nuestra casa de Río Negro el 15 de mayo de 1965. Nunca olvidaré la fecha. Quintín estaba trabajando en el garaje, colgándole la última lágrima al candelabro de cristal antiguo que acabábamos de comprar para la sala, cuando la Línea Yaucana en la que viajaba Margarita se estacionó debajo del pabellón *art nouveau*. Quintín se acercó y la saludó cordialmente.

—No sé si Isabel se lo habrá comentado —le dijo después que el chofer le bajara la maleta del auto. Sabía quién era Margarita porque la estábamos esperando—. Usted se parece mucho a una Virgen de Carlo Crivelli que tenemos en nuestra sala.

Margarita estaba de perfil y Quintín sólo le había visto el lado izquierdo de la cara. Pero cuando se dio vuelta y Quintín la vio de frente, le causó una impresión tan grande que dejó caer al suelo la lágrima que tenía en la mano, y ésta se quebró en dos. En el lado derecho de la cara, sobre el arco perfecto de la ceja, Margarita tenía un lunar grande y ovalado, cubierto de pelos.

—Perdone la indiscreción, señorita —le dijo Quintín—. Le ruego que olvide el comentario.

Margarita estaba acostumbrada a la impresión que causaba en los extraños cuando la veían por primera vez. Por eso, no le devolvió el saludo a Quintín y subió las escaleras cabizbaja, cargando ella sola su maleta. En la mano izquierda llevaba un pañuelo atado por la punta, en donde guardaba el dinero que le había dado su padre para el viaje.

Margarita era mi prima segunda y tenía diecinueve años. Tío Eustaquio, su padre, era primo hermano de mamá, y sus padres venían a menudo a visitarnos a Ponce cuando yo era niña. Cuando abuelo Vincenzo vendió la finca de café de Río Negro, tío Nene, mi tataratío, no vendió su parte de la hacienda. Su hijo, Eustaquio, que era viudo, se mudó a vivir allí con sus dos hijas: Lirio y Margarita. Al principio, a tío Eustaquio le fue bien. Tres años antes de llegar Margarita a la casa de la laguna un grupo de científicos norteamericanos del National Astronomy and Ionosphere Center, de Washington D.C., lo fue a visitar. Le dijeron que estaban interesados en comprarle la finca para un proyecto del Gobierno. La topografía del lugar era perfecta para un observatorio ionosférico. Las montañas circundantes formaban una concavidad de varios kilómetros, sobre la cual se podía tender un radar de trescientos metros de diámetro que apuntara hacia las estrellas. Sería el radio observatorio más grande del mundo, y su propósito era descubrir si existía vida inteligente en algún lugar del universo que no fuese el planeta Tierra.

Tío Eustaquio era un campesino trabajador; su hacienda de café devengaba unos ingresos modestos, los suficientes para vivir con dignidad. Pero la idea de tener un radar que le permitiera escuchar las estrellas le pareció fascinante. No quiso vender la finca, pero estuvo dispuesto a alquilársela a los científicos por cinco años. Llegó a un acuerdo con los astrónomos para que le permitieran seguir cultivando su café debajo de la malla del radar. Ésta le proveería una sombra adicional a su cosecha.

Cuando tío Eustaquio vio el observatorio terminado, no podía creer lo que veía. Era como si los astrónomos hubiesen colgado un mosquitero gigante sobre el bosque. Tres torres de acero le daban apoyo a una plataforma triangular de 600 toneladas, que se desplazaba lentamente sobre la malla, recogiendo las señales de las estrellas. El aparato causó sensación entre los campesinos de Río Negro. Tío Eustaquio se hizo famoso en el vecindario, y sus vecinos lo embromaban preguntándole si ya había aprendido a hablar en marciano. Pero Eustaquio pronto se dio cuenta de que había cometido un error. Bajo la malla del radar, sus arbustos de café empezaron a producir cada vez menos granos. Nadie logró descubrir la causa de aquel fenómeno, pero en poco tiempo tío Eustaquio ya no podía pagarle a sus jornaleros, y tuvo que pedir un préstamo al banco. Al año siguiente no amortizó los intereses y tuvo que sacar un segundo préstamo. Cuando se dio cuenta de que iba a perder la finca viajó hasta San Juan y le rogó a Quintín que le prestáramos el dinero para no tener que pignorarla. Sólo necesitaba lo suficiente para costear los gastos de la cosecha; con los beneficios pagaría los intereses del primer préstamo y le devolvería parte del capital al banco. No podría amortizar los intereses del prés-

325

tamo, pero podía enviarnos a Margarita, su hija menor, para que trabajara con nosotros sin que tuviéramos que pagarle nada.

—Ésta puede ser la oportunidad que estabas buscando para expiar tu culpa por el suicidio de Ignacio —le dije a Quintín luego de escuchar a tío Eustaquio—. Si puedes salvar a un anciano y a su familia de la bancarrota, Dios te perdonará y podrás volver a dormir tranquilo. Una buena obra puede borrar mil pecados.

Quintín le prestó el dinero a tío Eustaquio, y Margarita se vino a trabajar con nosotros. Estaba en su cuarto año de escuela superior, y tuvo que abandonar los estudios, pero era sólo por un tiempo. Regresaría a la escuela en cuanto su padre lograra liberar la finca de su hipoteca. Yo no pensaba dejarla trabajar de gratis; abrí secretamente una cuenta de ahorro a su nombre y empecé a depositarle el sueldo para que un día pudiese ir a la universidad. Si Quintín estaba ayudando a Carmelina, no veía por qué yo no podía hacer lo mismo con Margarita.

Margarita se convirtió en mi hija adoptiva; me encantaba tenerla en casa. Su carita siempre sonreída me traía recuerdos felices de mis excursiones a la playa de Las Cucharas y de pasadías a las montañas de Yauco con mi familia. Pero la verdadera razón por la cual me encantaba que estuviera conmigo era que ahora tenía alguien con quien hablar. Como yo era de Ponce, nunca tuve muchas amistades en San Juan. Para aquel entonces, Quintín y yo andábamos distanciados. Él estaba siempre ocupado con sus negocios y casi nunca nos hablábamos. Era como si habitáramos en riberas opuestas de la laguna; por más que nos gritábamos, no lográbamos oír lo que el otro estaba diciendo. A veces me sentía terriblemente sola.

Margarita cambió todo eso. Me trajo noticias de los primos y las primas que todavía vivían en Río Negro, así como de mis parientes en Ponce. Hablábamos de libros y de música, y chismeábamos a nuestro gusto. Yo le hablaba de mis expectativas como si ella fuera un adulto. En lugar de invertir todo nuestro dinero en cuadros, me hubiera gustado viajar con Quintín, conocer el mundo. Con la religión por un lado y los negocios por el otro casi no pasábamos tiempo juntos. Margarita me escuchaba decirle todo esto, y trataba de consolarme. Su terrible lunar la hacía más perceptiva de los sufrimientos de los otros: era la persona más compasiva que he conocido. Después de tantos años viviendo rodeada de gentes como los Mendizábal, que sólo pensaban en sí mismos, tener a Margarita a mi lado era como beber un trago de agua.

A Margarita la habían educado muy bien en su casa, a pesar de vivir en las sínsoras. Se notaba que tenía cuna, y pensé que podría ayudar a cuidar a Manuel. Poco después de que llegara a la casa, le sugerí a Quintín que la pusiéramos a dormir en la pequeña alcoba adyacente a la de nuestro hijo, donde estaba la cama de Carmelina. Carmelina podía regresarse a dormir en el sótano por ahora.

Desde el día que Margarita llegó a la casa, Petra empezó a librar contra ella una batalla campal. Estaba brillando la plata en la cocina cuando divisó a Margarita subiendo por las escaleras del pabellón de cristal, con su maleta vieja en la mano.

—Ésa debe de ser la nueva empleada que viene del campo—le dijo a Eulodia—. Con esa cucaracha peluda que tiene en la frente, no augura nada bueno.

Cuando se enteró de que en adelante Margarita se ocuparía de Manuel y se mudaría a la habitación de Carmelina, Petra se indignó. Margarita venía de la montaña, dijo, donde la gente era poco saludable, muy distinta a la gente sana de la costa. Además, a Carmelina le tocaba cuidar a Manuel como ella había cuidado a Quintín y a Ignacio. No me agradeció el hecho de que ahora su nieta podría ir a la escuela todas la mañanas y limpiar la casa sólo en las tardes.

—Margarita no es una empleada —le expliqué a Petra unos días después, cuando ya no soportaba más sus caras largas—. Es mi prima segunda, y ha venido a pasarse una temporada con nosotros. Se ha ofrecido generosamente a enseñarle a Manuel a leer y a escribir, y de paso ayudará a cuidarlo.

Margarita logró apaciguar los ánimos de Petra sin dificultad. Era una muchacha tranquila y sin pretensiones; cuando Petra la corregía, aceptaba el regaño humildemente y le pedía perdón. Era una excelente manejadora de niños. Tenía mucha paciencia con Manuel, nunca le gritaba ni le pegaba. Lavaba y planchaba su ropa, limpiaba su cuarto y mantenía sus juguetes en un orden perfecto. A los dos meses de llegar Margarita, ya Manuel había aprendido a leer.

Muy pronto descubrí que la presencia de Margarita surtía un efecto sedante en todo el mundo. Si Quintín estaba intentando resolver un problema de contabilidad, y Margarita pasaba por casualidad junto a él en el estudio, al punto Quintín lo resolvía. Si Petra estaba cocinando un *soufflé* y Margarita se asomaba a la cocina, el *soufflé* le quedaba perfecto; si entraba en la biblioteca cuando yo estaba escribiendo, las oraciones salían volando de mi maquinilla como por arte de magia.

Carmelina tenía diecinueve años, la misma edad que Margarita, pero eran muy diferentes. Margarita era tímida y delgada, tenía la piel pálida y delicada. Carmelina era alegre y entrada en carnes; sus caderas parecían «calderos bailando sobre la estufa», como le oí decir una vez a Quintín en broma. Margarita llevaba el cabello recogido en una trenza gruesa que le caía por la espalda. Carmelina tenía una sereta pasa que le flotaba alegremente alrededor de la cabeza. Margarita se lavaba la cara con agua y jabón todas las mañanas; a Carmelina le encantaban las cremas, los perfumes y los polvos, y se pasaba birlándolos de mi tocador. Margarita vestía unos trajecitos de agodón estampados de flores, y a Carmelina le gustaban las camisetas de colores brillantes y llevaba los mahones embutidos con calzador.

—Tú eres una palomita tierna y yo soy un cisne negro —oí a Carmelina decirle a Margarita un día—. A las dos nos trajeron por equivocación a este estanque de patos, y un día nos iremos de aquí volando juntas.

Carmelina era malcriada y contestona; a menudo, nos faltaba el respeto a Quintín y a mí. Petra nos rogaba que no le hiciéramos caso; su mal genio era el resultado del relámpago que había caído junto a la cuna de su abuela, hacía mucho tiempo. Petra tenía a su biznieta en un pedestal; la admiraba por su espíritu de independencia, por la manera orgullosa con la que se refería a «la manera de ser de los negros» frente a «la manera de ser de los blancos». Cuando la escuchaba decir cosas así, me preguntaba si Carmelina no se estaría acordando de la travesura de Patria y Libertad, cuando la pintaron toda de blanco y por poco se muere envenenada.

Carmelina odiaba lo que ella llamaba «comida de jinchos»: las chuletas, el pollo frito y los espaguetis. Le gustaban el mofongo, el cuajo y el mondongo, que supuestamente venían de África. Le encantaban los cangrejos, y cazarlos era uno de sus pasatiempos favoritos. Construía las trampas ella misma: una caja pequeña de madera con una tapa corrediza enfrente, que se sostenía abierta con un alambre. El alambre se introducía en la caja por un hueco en la parte de atrás, al que se ensartaba un pedazo de jamón bañado en miel. Carmelina sabía que a los cangrejos les encantaba la miel y que eran carnívoros: algo poco común en los crustáceos. Los espiaba acercarse lentamente a la trampa, agarrar la lonja de jamón con una palanca, y, entonces, la tapa caía de golpe, cogiéndolos presos.

Carmelina y Margarita se hicieron muy buenas amigas, a pesar de ser tan distintas. Carmelina estaba acostumbrada a ver gentes con deformaciones físicas. Visitaba a menudo con sus abuelos el arrabal de Las Minas, donde vivían muchos veteranos mancos y cojos de la guerra de Vietnam. Por eso, a Carmelina, el lunar espeluznante de Margarita no le parecía nada extraordinario. Los domingos las muchachas salían juntas al parque de diversiones, o se subían a la lancha de Cataño, que cruzaba la bahía de San Juan cada media hora. Por diez centavos, se balanceaban alegremente sobre las olas, contemplando desde cubierta la ciudad tachonada de luces en la distancia, y soñaban con el día en que zarparían definitivamente de la Isla. Margarita le contaba entonces a Carmelina sobre la finca de café donde había nacido, y Carmelina le relató cómo un marino negro había violado a su madre, y cómo Alwilda la había pescado del fondo del fangal, donde por poco se había ahogado. A ella no le iba a pasar lo mismo que a Alwilda, sin embargo. No pensaba casarse ni tener hijos. Cuando se graduara en la escuela superior, se mudaría a Nueva York, en donde trabajaría de modelo en una de esas revistas prestigiosas para negros solamente, como *Ebony* o *Jet*, que le gustaba hojear en Woolworths.

Margarita la escuchaba embelesada y estaba de acuerdo con ella en todo. Ella tampoco pensaba casarse. ¿Quién querría una novia con un lunar peludo en la frente? Antes de venir a la casa de la laguna, su padre le había dicho que mejor se iba acostumbrando a la idea de quedarse soltera, porque alguien tenía que cuidarlo a él. Pero Margarita no estaba segura de si ella quería hacerlo. No le daría ningún miedo mudarse a Nueva York, si Carmelina la acompañaba. Podrían compartir el mismo piso y vivir sus propias vidas.

Una noche, cuando estábamos ya en la cama a punto de apagar la luz, Quintín se volvió hacia mí y me dijo:

—Margarita está cuidando muy bien a Manuel, pero lo bueno debe ir siempre acompañado de lo bello. No creo que sea sabio que el niño siga mirando todos los días ese lunar repugnante que Margarita tiene en la frente. ¿No crees que debía operarse? Por supuesto, es tu parienta. A ti te toca decidir lo que se debe hacer.

El razonamiento de Quintín me pareció absurdo, pero más tarde pensé que la operación no era tan mala idea. Me preocupaba el futuro de Margarita. Sus sueños de irse a vivir a Nueva York, que me había confiado durante uno de nuestros *tête-à-tête*, me parecieron no sólo imprácticos, sino peligrosos. Margarita había llevado una vida muy resguardada; no tendría la menor idea de cómo bandeárselas en la jungla de Nueva York. Carmelina era muy viva, tenía instinto callejero y sabría defenderse con uñas y dientes. Pero Margarita no estaba acostumbrada a ese tipo de vida. Sería mucho más feliz si se casaba y formaba un hogar.

Mientras más lo pensaba, más me convencía de que era recomendable encontrarle un marido a Margarita. Y sin aquel muñón negro en la frente, sería mucho más fácil lograrlo. Unas semanas más tarde, le mencioné a Margarita lo de la operación. Al principio, se negó rotundamente a considerarlo.

—El lunar siempre me ha traído buena suerte —me dijo—. Nunca pienso en él, y si alguien quiere ser mi amigo de veras, no le molesta para nada.

—¿Y qué harás cuando llegues a Nueva York? Carmelina podrá conseguir trabajo como camarera o criada, pero a ti no te van a dar trabajo en ningún sitio por culpa del lunar. A la gente le da miedo verlo.

Margarita se quedó callada y vi que tenía los ojos húmedos.

—Por otro lado, si te operas, se te hará mucho más fácil encontrar novio —seguí diciéndole—. Te presentaremos a los hijos de nuestros amigos; en San Juan, hay muchos jóvenes solteros de tu edad que estarían encantados de conocerte. Es sólo cuestión de tener paciencia; un buen día aparecerá tu media naranja.

Margarita se quedó pensativa.

—Mamá pensaba igual que tú —dijo—. Creía que si me quitaba el lunar tendría más oportunidad de encontrar un compañero. Pero nunca tuvimos suficiente dinero para la operación. —Entonces me preguntó en un susurro—: ¿De veras crees que sea posible? ¿Que pueda encontrar a alguien que me quiera?

No le contesté nada; sólo la estreché entre mis brazos.

Cuando Petra se enteró de que a Margarita le iban a operar el lunar, se puso las manos en la cabeza. Seguía siendo curandera, y la salud de Margarita le preocupaba. Se encerró en su cuarto y se arrodilló frente a la imagen de Elegguá.

—*Olorún, kakó bei kébe!* Santo de todos los santos —rezó—. Ten compasión de esa pobre niña. El lunar que tiene en la frente la protege del mal de ojo y el día que se lo saquen, le pasará lo mismo que al hombre que mató al dragón y luego se bañó en su sangre. Una hoja de mango se le pegó a la espalda y por allí mismo le entró la lanza del enemigo.

Cuando oí aquello me preocupé, pero los preparativos para la operación ya estaban listos. Quintín y yo llevamos a Margarita al hospital; entró en la sala de operaciones y le pusieron anestesia general. No bien los cirujanos le quitaron el lunar, le empezaron unas convulsiones, y a las tres horas, misteriosamente, había fallecido. El informe oficial del cirujano fue que Margarita había muerto de bilharzia, un parásito común en los ríos de la Isla, que entra por las plantas de los pies y que desintegra el hígado. Por alguna razón, al extirparle el lunar, a Margarita se le había acelerado el proceso. Pero en la casa nadie le creyó al cirujano.

Tío Eustaquio viajó a San Juan e insistió en llevarse el cuerpo de Margarita con él hasta Río Negro. Quintín y yo pagamos todos los gastos del entierro. Me sentí destruida. Tío Eustaquio me había confiado su querendona, y yo no había logrado evitar su muerte.

331

Quintín

Durante los últimos días, Isabel había estado muy afable con Quintín. En el curso de la cena, empezó a discutir con él la novela que estaba leyendo por aquellos días: Les liaisons dangereuses, de Choderlos de Laclos. La encontraba sumamente interesante. La convención literaria de las cartas intercambiadas entre monsieur Valmont y madame de Merteuil, sobre todo, le pareció particularmente eficaz. Los personajes se comunicaban indirectamente por medio de ellas, a través de un eco postergado.

—Entre la escritura y la lectura de un texto, el mundo da vueltas, la gente cambia, los matrimonios se hacen y se deshacen. La persona que escribe la última oración de una página no es la misma que escribió la primera. ¿No es ésa la naturaleza misma de la escritura? —le preguntó Isabel a Quintín, mientras brindaban con sus copas de vino—. Cada pliego es una carta dirigida al lector; su significado no estará completo hasta que alguien lo lea.

¡Así que ella sabía que él sabía que el manuscrito existía! ¡Estaba jugando con él al gato y el ratón, desafiándolo abiertamente ¡Su único recurso era seguirle la corriente, intentar ganarle la partida escribiendo mejor que ella.

—Es cierto que la literatura fluye como la vida misma —reconoció Quintín al empezar a comer—. La historia, por el contrario, es algo muy distinto. Es también un arte, pero tiene que ver con la verdad. Como registro de los conflictos y de los esfuerzos humanos es inalterable. Un novelista puede escribir mentiras, pero un historiador nunca puede. La literatura no cambia nada, pero la historia ha llegado a alterar el curso del mundo. Piensa en Alejandro Magno, por ejemplo. Se identificaba con Aquiles y casi llegó a conquistar el mundo. Por eso, estoy convencido de que la historia es mucho más importante que la literatura.

Isabel le clavó una de sus miradas Monfort, negras como el pedernal.

—No estoy de acuerdo contigo en lo absoluto, Quintín —le dijo—. La historia no tiene que ver más con la verdad que la literatura. Desde el momento en que el historiador escoge un tema en lugar de otro, ya está ejerciendo un criterio subjetivo, está manipulando los hechos. El historiador, como el novelista, observa el mundo a través de sus propios lentes y cuenta lo que le da la gana. Pero es sólo una parte de la verdad. La imaginación, lo que tú llamas la mentira, no es menos real porque no pueda verse. Nuestras pasiones ocultas, nuestras emociones ambiguas, nuestras preferencias inexplicables; de eso trata la verdadera verdad. Y eso son los temas de la literatura. Pero yo sé que tú nunca vas a estar de acuerdo conmigo, así que mejor abandonamos el tema.

Pero Quintín no se daba por vencido. Quería traer la conversación de vuelta al manuscrito de Isabel, obligarla a reconocer que estaba escribiendo una novela, pero no sabía cómo hacerlo.

—La escritura puede ser también una ruta de escape en una situación desesperada —dijo—. Las novelas son como botellas con mensajes adentro. Uno las tira al mar, y algún turista las recoge en una playa lejana.

—Y también puede ser un cóctel mólotov arrojado en medio de la calle —ripostó Isabel, evidentemente molesta. Quintín se rió nervioso y se hizo el desentendido.

A pesar de sus desavenencias, esa noche Isabel se acercó a Quintín, deseosa de una reconciliación. Él correspondió a sus caricias e hicieron el amor después de dos meses de abstinencia. Petra estaba de vacaciones; se estaba pasando una semana en casa de su nieta Alwilda en Las Minas, y se llevó consigo a sus dos biznietas, Carmina y Victoria. Willie estaba en la Florida, con uno de sus amigos del Pratt Institute. En la casa sólo quedaba Brambón, que nunca subía de los sótanos.

Hacía una noche sin luna, perforada por miles de alfileres de fuego. Isabel se acordó de sus noches en el jardín de la calle Aurora en Ponce. Se desnudaron en la oscuridad y salieron a la terraza cogidos de la mano. Una brisa fresca se levantaba de la laguna cuando

Isabel se montó sobre Quintín y envolvió sus piernas alrededor de sus caderas. La piel de sus cuerpos se fundió en una sola columna de mármol tibio. Isabel entrelazó las manos detrás del cuello de Quintín y empezó a columpiarse hacia atrás y hacia adelante, arrastrándolo con ella hacia el olvido del mundo.

31

El banquete prohibido

Quintín me echó la culpa por la muerte de Margarita, a pesar de que fue él quien me sugirió la idea de la operación. Si yo no le hubiese pedido que ayudara a tío Eustaquio, me dijo, Margarita no se habría mudado a la casa con nosotros, y hoy no estaría muerta.

Todos la lloramos. Manuel se pasaba preguntando por ella en las noches. Petra y Eulodia la mencionaban a cada rato, recordando lo mucho que las ayudaba en los quehaceres de la casa. Carmelina, sin embargo, no hablaba nunca de ella. No la vi derramar una sola lágrima. Murmuraba todo el tiempo en voz baja, reprochándole a Margarita haberse marchado sola. Yo me sentía devastada por aquella pérdida y por el caos emocional que me rodeaba.

La muerte de Margarita tuvo unas consecuencias mucho más trágicas de lo que nadie se hubiese imaginado. Cuando regresé de Río Negro, mi marido había aceptado invitaciones a fiestas y a reuniones sociales a las que yo no tenía la menor gana de asistir.

—¡Estoy cansado de tanto gimoteo y de tanta lágrima! —me dijo, con la misma falta de tacto que Buenaventura demostraba a veces—. No quiero más caras fúnebres en esta casa por culpa de Margarita Antonsanti.

Un mes después del entierro de Margarita, Quintín quiso ir de pasadía a la playa de Lucumí, y le ordenó a Petra que se ocupara de los preparativos. Petra tenía setenta y seis años; ya casi no trabajaba. Pero cuando Quintín le pedía que hiciera algo, se tiraba de pecho a hacerlo.

Quintín mandó a buscar a Gourmet Imports una caja de los mejores vinos y comestibles. Petra hizo un caldero de arroz con gandules, adobó un cerdito lechal, lo envolvió en hojas de plátano y amarró una docena de cangrejos a una pértiga que Brambón llevaría sobre los hombros durante el viaje en barco hasta la playa: seis cangrejos colgados a cada lado, para mantener el equilibrio. Al llegar, se hervirían al aire libre, en un latón de manteca lleno de agua. Los cangrejos eran uno de los platos preferidos de Quintín. Les había cogido el gusto de niño, cuando Rebeca lo exilió a los sótanos, y hacía tiempo que no los comía. La sugerencia de Petra de llevar cangrejos al pasadía le pareció muy atinada.

A las ocho de la mañana, salimos en dirección de Lucumí en la *Bertram* de Quintín, que siempre estaba anclada en los sótanos. Éramos siete entre todos: Petra, Brambón, Eulodia, Carmelina, Manuel, Quintín y yo. Navegamos por el canal principal, que era por donde la *Bertram* podía atravesar los mangles sin dificultad, y salimos a la laguna de Marismas. Aguantamos la respiración para evitar el mal olor mientras la atravesamos lo más rápidamente posible, y por fin salimos a mar abierto. Enfilamos hacia la playa y desembarcamos. Manuel y yo nos sentamos debajo de una sombrilla, casi desmayados por el calor. Me sentí rara al estar de nuevo en aquel sitio después de tantos años. La última vez que había estado allí, había descubierto la escuela elemental Mendizábal, llena de niñitos negros con los ojos azules.

El lugar estaba tan hermoso como siempre: la misma luz tierna se filtraba por entre las ramas de los mangles, las mismas olas, como de cuarzo líquido, lamiendo la arena blanca. Al poco rato, aparecieron las negras, arrastrando los pies por entre los matojos y con la cabeza envuelta en turbantes de colores. Empezaron a ayudar a Petra y a Eulodia a preparar la comida. Pero noté algo extraño: cada vez que cruzaban frente a Petra, hacían un pasito de baile, casi como una reverencia.

Las mujeres lo organizaron todo. Pusieron una botella de vino en un balde de hielo, desplegaron varios manteles sobre la arena y sacaron la comida de los canastos. Llenaron un latón con agua, hicieron una fogata con yaguas y hojas de palma, pusieron encima el latón, y fueron dejando caer los cangrejos uno a uno dentro del agua hirviendo. Yo las observaba desde donde estaba sentada, sin ánimo para moverme. Estaba tan deprimida que no podía ni mirar la comida. Pero Quintín estaba de buen humor. Empezó a embromar con Petra y con Eulodia, y pidió a las mujeres de Lucumí que le contaran cómo era Buenaventura de joven. Cuando por fin sirvieron el almuerzo, Quintín se comió media docena de cangrejos él solo y se bebió una botella de vino. Estaba feliz. Era como si el sabor a fango primigenio de los jueyes y la helada exquisitez del Riesling le hubiesen hecho olvidar el duelo de campanas tristes que los demás seguíamos arrastrando por todas partes.

Me tendí debajo de una palma con Manuel a mi lado y me dispuse a dormir la siesta. Quintín se puso el traje de baño detrás de unos arbustos y se fue a caminar por la playa. Petra, Brambón y Eulodia se internaron por la maleza, y me imaginé que iban a visitar a sus amistades en la aldea cercana. Carmelina se quedó asoleándose en la playa. Tenía puesto un traje de baño de dos piezas que se había cosido ella misma con tela de saco. Tenía un cuerpo espectacular, parecía tallado en caoba pulida. Vi por qué Quintín se pasaba comparándola con la escultura nubia —una diosa de la fertilidad— que teníamos en la sala.

Carmelina seguía deprimida. No había pronunciado una sola palabra durante el almuerzo. Me daba pena verla tan descorazonada, y me imaginé que estaba pensando en Margarita. Después de un rato, se levantó y se metió al agua; pronto, desapareció entre los mangles. Cerré los ojos, y me quedé dormida. Cuando desperté, vi a Carmelina saliendo del agua. Se veía igual que siempre, no parecía nerviosa ni alterada. No fue hasta mucho después que me enteré de que Quintín la había seguido, nadando dentro de los mangles.

Volvimos a subirnos a la *Bertram*, e hicimos el viaje de regreso. Esa misma noche, Carmelina desapareció de la casa. Esperó a que todo el mundo estuviera dormido y se escapó en el bote de remos de los sirvientes, que estaba atracado en el sótano. Se llevó toda su ropa, así como nuestro jarro de agua Gorham, de plata sólida. No le dijo nada a nadie ni dejó un solo mensaje. Cuando Petra descubrió que Carmelina había desaparecido, dio un grito terrible y cayó al piso de rodillas. Fue como si una montaña se derrumbara.

32

El hijo del amor

Nueve meses después del pasadía en la playa de Lucumí, teníamos invitados a cenar por la noche, y esa tarde bajé a los sótanos a ver los vinos que teníamos disponibles en la bodega. Petra estaba sentada en la sala comunal, con un hermoso bebé en la falda. Estaba meciéndolo, y mientras lo mecía murmuraba:

—Heredaste la piel de los Avilés y los ojos de los Mendizábal. Pero no tienes nada que temer, porque pronto abandonarás este mundo. —Y al rato continuó—: Ya tengo todo listo para tu último baño: hojas de laurel, de ruda y de romero al fondo de la alberca. Dentro de poco, irás a reunirte con tu abuelo.

No podía creer lo que estaba oyendo.

—¿De qué estás hablando, Petra? —le pregunté. Pero estaba tan acongojada, que ni cuenta se dio de mi presencia. Llamé a Eulodia y a Brambón—: Les agradecería que me explicaran quién trajo este bebé a la casa —dije en un tono severo. Eulodia bajó la cabeza y se tapó la cara con las manos.

—Carmelina estuvo aquí antes de anoche, doña Isabel —respondió Eulodia—. Llegó a la casa con dolores de parto y cuando la sacaron del bote, el bebé estaba ya prácticamente asomándosele por entre las piernas. Unos minutos más tarde, dio a luz sin emitir un gemido. Petra misma le sirvió de comadrona. Le cortó la tripa con un cuchillo caliente de la cocina y se la amarró con un cordón de amarrar pasteles. Después, enterró la placenta al fondo del patio, para que los perros no se la

339

comieran. No nos dio tiempo de subir a la casa a darle la noticia. Y ahora Petra quiere ahogar al niño en la alberca, para que nadie se entere de que ha nacido.

—¿Y dónde está Carmelina? —pregunté.

—Se fue esta mañana —dijo Eulodia—. Estaba tan débil que apenas podía caminar, pero no quiso quedarse aquí. Le pidió a Brambón que la llevara en bote de vuelta a Las Minas, a casa de una prima. Se regresa a Nueva York la semana que viene, y quería dejar al bebé con su abuela. Dijo que no lo quería. Hace nueve meses que vive en Harlem, y sólo regresó a la Isla para parirlo.

Tomé al bebé entre mis brazos para examinarlo más de cerca. Era delicado como un pájaro. Su piel no era blanca, pero tampoco era negra; era más bien color melaza. Noté que tenía los ojos entre gris y verdes, y, aunque los tenía entreabiertos, estaba profundamente dormido. Era obvio que no llevaba más de veinticuatro horas de nacido.

—Si el bebé es de Carmelina, tenemos que avisarle a Alwilda para que venga a buscarlo. No podemos quedarnos con él, y Alwilda es su abuela. Ella podrá encontrar a alguien que lo cuide en Las Minas; los Avilés tienen muchos parientes —dije.

Petra se levantó de la silla y me exigió que le devolviera al niño. Hacía varios meses que no andaba bien de la cabeza. A veces, la mente le divagaba y empezaba a murmurar disparates. No quería causarle un mal rato, pero no le devolví al bebé. Éste siguió durmiendo tranquilamente entre mis brazos.

Petra me hizo una seña para que me apartara con ella a una esquina de la sala comunal. Quería decirme algo en privado.

—Carmelina me confió un secreto antes de marcharse —me dijo en voz baja—. El día de la excursión a la playa de Lucumí, alguien la violó. Por eso desapareció durante la noche y no volvimos a saber de ella.

Casi no lograba entender lo que Petra me estaba diciendo. Últimamente los cuentos de Petra rayaban en lo fantástico; un día juró que había visto un polluelo con dos cabezas picoteando un cascarón y tratando de salir de él. Más tarde, había visto al mismo polluelo dándose de picotazos, hasta que se mató a sí mismo. Una mañana, amarró una docena de pañuelos

340

de percal rojo a los arbustos de los mangles que crecían cerca de la casa mientras invocaba a Elegguá para que alejara a los malos espíritus de allí. Pero este bebé no era un cuento, era de carne y hueso. Y yo quería saber cómo había llegado hasta la casa.

—¡Qué bebé tan precioso! —dije, acariciando sus mejillas que parecían de terciopelo—. Se parece mucho a Carmelina menos en los ojos, porque los tiene verdes. Pero más tarde seguramente se le tornarán marrones, como sucede con los bebés mulatos.

Petra empezó a quejarse amargamente.

—¡Carmelina es demasiado orgullosa para su propio bien! —dijo—. Si fuera más humilde, no hubiese tenido este bebé; me hubiese pedido que le hirviera hojas de ruda para abortarlo.

Cuando la vi tan angustiada, empecé a preocuparme. Algo tenía que haber sucedido durante el pasadía a Lucumí; aquella congoja de Petra era demasiado genuina para que se la estuviera inventando. Quizá, alguien había violado a Carmelina, después de todo. Lucumí era un lugar desolado, donde cualquier cosa era posible. De todas formas, pensé que lo más sabio era darle a Petra la sensación de que creíamos lo que estaba diciendo, para tranquilizarla.

—Vamos a hablar con Quintín un momento —le dije—. A lo mejor, él puede ayudarnos a aclarar este misterio.

Subimos juntas las escaleras hasta el primer piso. Yo cargaba al bebé en mis brazos y Petra venía caminando detrás de mí. Quintín estaba en el estudio, leyendo el periódico de la tarde. Entramos y cerramos la puerta detrás de nosotras. Estaba sentado en el sofá de cuero verde, tomándose una copa de vino. Pensé que lo mejor era echar aquel asunto a broma; no darle demasiada importancia.

—Te presento al bebé de Carmelina —le dije mientras le acercaba el bebé para que lo viera—. ¡Adivina lo que Petra anda diciéndole a todo el mundo! ¡Que es hijo tuyo porque tiene los ojos verdes! —Quintín se demudó y dejó caer la copa al piso. La mancha del vino se esparció a sus pies como si fuera sangre.

—¡No puedo creer que seas hijo de Buenaventura! —le dijo Petra, furiosa—. Tu deber era cuidar a mi nieta y la violaste en la playa de Lucumí. —Quintín la miró acobardado, pero sin desmentirla.

—¿Es verdad lo que dice Petra? —le pregunté asombrada.

—Sí, Isabel —respondió cabizbajo—. El diablo me la puso por delante. Carmelina me invitó a nadar hasta los mangles, y no pude resistir la tentación. Todo empezó como un juego, y, cuando me di cuenta de lo sucedido, ya era demasiado tarde. Yo sé que no tengo derecho a pedirte que me perdones, pero haré todo lo posible por educarlo como si fuera mi hijo.

Apaciguada por las palabras de Quintín, Petra regresó al sótano con el niño en brazos. Yo salí del estudio detrás de ella dando un portazo.

—Carmelina se regresará a Nueva York —me tranquilizó Petra más tarde—. No tienes por qué preocuparte. Además, esto no fue culpa suya. Carmelina tiene al dios del fuego metido entre las piernas.

Durante muchos días me sentí como si alguien se me hubiera muerto. Mi único consuelo era que Abby, que en paz descanse, nunca se enteraría de aquel asunto, porque hubiese ultimado a Quintín de un tiro en la cabeza. Le devolví a mi marido el anillo heráldico de los Mendizábal, así como el aro de matrimonio, y mudé mis cosas al cuarto de huéspedes. Si nos encontrábamos de casualidad por los pasillos, le pasaba por el lado como si no existiera. Quintín se mostraba genuinamente arrepentido. A la hora de la cena, me juraba que me quería y que nunca volvería a serme infiel. Después de todo, abuelo Vincenzo también había tirado sus canas al aire y yo no lo criticaba por eso. Abuela Gabriela lo había perdonado. ¿Por qué yo no podía hacer lo mismo?

Lo que más me dolía no era la infidelidad de Quintín sino lo que yo me había hecho a mí misma. Cuando unos meses antes Quintín me había expresado que no quería tener más hijos, al principio me dio mucho sentimiento, pero luego me invadió una indignación terrible. Si él no quería tener más hijos conmigo, yo tampoco quería tenerlos con él. Visité al ginecólogo poco después. Quintín ya había firmado los documentos —la esterilización de una mujer casada sólo podía llevarse a cabo con el permiso legal del marido—, y se los entregué al doctor ese mismo día. A la semana siguiente ingresé en el hospital. Fue una operación sencilla. Me hicieron una pequeña incisión en el bajo vientre, me ataron las trompas de Falopio, y al día siguiente estaba de regreso en casa.

Cuando me di cuenta de lo que había hecho, me sentí desconsolada. Bajé a los sótanos y le pedí a Petra que me dejara subir el bebé de Carmelina a la casa por unos días, porque tenerlo conmigo me tranquilizaba. Me senté a mecerlo en la terraza y dejé vagar mis pensamientos como sombras sobre el agua. Ahora, yo era estéril, por culpa de Quintín. Las mujeres nos quejamos de que la naturaleza discrimina contra nosotras y, sin embargo, cuando perdemos la capacidad reproductora, nos sentimos desvalijadas.

Dios opera por métodos misteriosos. La Biblia dice que Rebeca concibió a Jacob casi a los noventa años. Yo no podría tener un hijo ni aunque llegara a los cien. Pero Dios me estaba dando una segunda oportunidad; podía criar al bebé de Carmelina como si fuera mío.

Esa misma tarde abordé a Quintín sobre aquel asunto.

—Una vez, hace mucho tiempo, me aseguraste que el amor era el único antídoto contra la violencia. Quiero que me lo pruebes ahora. Ya han pasado tres semanas, y el bebé de Carmelina todavía tiene los ojos verdes. Creo que es prueba suficiente de que es hijo tuyo. —Y añadí amargamente—: Si radico en corte una demanda de divorcio y tu adulterio queda comprobado, el juez me dará la custodia de Manuel, y me iré de la casa con él. Pero si adoptas al hijo de Carmelina y le das tu apellido, estoy dispuesta a quedarme.

Quintín aceptó, sin chistar, mis condiciones. Sabía que podía hacer valer mi amenaza, y le daba terror perder a Manuel.

Dejamos correr el rumor por Alamares de que, como yo no había podido salir encinta por segunda vez, habíamos decidido adoptar un niño en Estados Unidos. Dos semanas después de la visita de Carmelina, nos embarcamos para Nueva York, y nos llevamos al bebé secretamente con nosotros. Queríamos que lo examinaran en Children's Hospital, para asegurarnos de que estuviera saludable. Cuando regresamos, le dijimos a todo el mundo que lo habíamos adoptado. Una tarde se lo comuniqué a mis amigas, quienes estaban de visita en casa jugando al bridge.

Quintín desconfiaba de Petra y se llenó de miedos. Al adoptar secretamente a su tataranieto, me dijo, nos estábamos abriendo a todo tipo de extorsión. Quién sabe si ahora Petra esperaba que le compráramos una casa, o si contaba con que ayudáramos con dinero a sus parientes, que acudían por docenas a visitar al «principito recién nacido». Le traían todo tipo de obsequios extraordinarios: una maraca de ébano llena de semillas que susurraban secretos al oído; un anillo de marfil decorado con plumas iridiscentes que giraban sobre su cuna; una peinilla de concha de tortuga gracias a la cual nunca se quedaría calvo. Yo, por mi parte, preferí enfrentar la realidad cara a cara. Le hice jurar a Petra que nunca le revelaría al niño cuál era su verdadero origen.

Le pusimos William, por William Shakespeare, nombre que yo escogí; y Alejandro, por Alejandro Magno, nombre que escogió Quintín. William Alejandro Mendizábal Monfort fue bautizado por el obispo en la catedral de San Juan, y luego de la ceremonia, invitamos a nuestros amigos a una recepción en la casa. Dios había sido generoso con nosotros y nos había colmado de privilegios; era justo que los compartiésemos con los menos afortunados.

Petra se hizo cargo del bebé desde un principio. Lo llevaba a pasear en su cochecito inglés de capota negra por la acera de la avenida Ponce de León, le lavaba y le planchaba ella misma las camisillas de batista bordada, y le colgó un puñito de azabache al cuello, de la misma cadenilla de oro de la que pendía un crucifijo diminuto.

—Es para la buena suerte —le explicó a Quintín, cuando éste le preguntó que qué era aquello—. La figa lo protegerá del mal de ojo.

A Quintín no le gustó nada.

—El único ojo que Willie debe temer es el de Dios, Petra —le dijo solemnemente—. Él ve todas nuestras acciones, y por eso, cuando hacemos algo malo, tenemos que enfrentar las consecuencias.

Pero ella le prendió la figa a Willie por el revés de la camisilla con un imperdible, para que Quintín no la viera.

344

Manuel era el nieto de Buenaventura y Petra lo quería muchísimo; pero Willie llevaba en sus venas la sangre de sus antepasados. En el vecindario de Alamares no había descendientes de africanos; en la iglesia nunca se veían negros, como tampoco en el teatro Tapia, en el Roxy o en el Metro. Ver entrar a un negro a una de las salas de Alamares hubiese dejado pasmados a los presentes. A Petra se le hacía difícil aceptar aquello. Por eso, cuando el día del bautizo vio que acostamos a Willie en la cuna de bronce de los Mendizábal, y que a Quintín no le importaba que sus parientes asistieran al bautizo y le trajeran obsequios, se sintió invadida por el optimismo.

Le dimos a Willie la habitación contigua a la de Manuel, su medio hermano de sangre. Quintín mandó a decorar su cuarto con una lámpara italiana de plástico rojo que parecía un hongo, una alfombra de salón azul marino y cortinas de hilo con avioncitos y botecitos de vela, exactamente igual que como estaba decorada la habitación de Manuel. En las Navidades, Santa Claus y los Reyes Magos les traían los mismos regalos: dos bicicletas Shwinn, una roja para Manuel y una azul para Willie; patines; guantes de jugar pelota; bates marca Spalding; todo de dos en dos, como quenepas guaretas. Los vestíamos con idénticos pantaloncitos cortos y chaquetitas de lino, que les encargábamos a Best and Co. Asistieron desde primer grado a la misma escuela elemental, y luego a St. Albans, la mejor escuela privada de San Juan, que quedaba muy cerca de nuestra casa en Alamares. Allí, todos los maestros eran americanos y enseñaban en inglés; los niños sólo podían hablar español durante el recreo; por eso, Manuel y Willie se educaron bilingües. Cuando tuvieron edad para ello, ambos viajaron al norte y entraron a la universidad: Manuel a Boston University y Willie al Pratt Institute de Nueva York, donde fue aceptado a los dieciséis años, por ser un alumno brillante.

Ninguno de nuestros amigos se hubiese atrevido a hacer lo que nosotros hicimos: adoptar a un niño mulato y darle nuestro apellido. La familia iba junta a todas partes: a los restaurantes más elegantes de San Juan, al Berwind Country Club, al Festival Casals y a la ópera, y en todos sitios causábamos sensación. Al vernos llegar, la gente se quedaba callada y nos miraba como si estuviéramos locos. Fue ponerle el chisme en bandeja de plata a la sociedad de San Juan. La gente disfrutó más comentando aquella situación, que todos los escándalos amorosos de los últimos veinte años. Pero a mí, francamente, no me importaba. ¿Sería el espíritu combativo de Abby, que había venido a habitarme en la edad madura? ¿Sería un deseo subliminal de justicia, por el insulto que la sociedad de San Juan le había hecho a Esmeralda Márquez, mi mejor amiga? Llevé aquella espina clavada en el corazón por mucho tiempo. ¿O sería la felicidad que me daba acunar a Willie entre mis brazos, con sus ojitos como dos zafiros en medio de su carita color avellana? Fuera por la razón que fuese, me sentía mejor de lo que me había sentido en años.

Cuando vi a Quintín esforzándose tanto por ser justo con sus dos hijos, mi corazón se ablandó. Un año después de que Willie llegara a la casa de la laguna, mudé mis cosas a nuestro cuarto y nos reconciliamos.

Quintín

*Eran los últimos días del verano. Del cielo bajaba el vaho infernal
de agosto cuando está agonizando. Quintín llevaba algún tiempo
sintiéndose mal. Se quejaba de dolores en el pecho y fue a ver al cardiólogo para que lo examinara. El cardiólogo le tomó la presión y se
llevó un susto tremendo. La tenía que volaba: la diastólica en 160 y
la sistólica en 80. En cualquier momento podía darle un ataque; no
en balde se quejaba de angina de pecho. Le recetó píldoras —Dysa-
zide y Procardia—, que tendría que tomar el resto de sus días. Necesitaba hacer ejercicio, eliminar la sal y llevar una vida sin angus-
tias. ¿Cómo seguir sus consejos? Aquel manuscrito era el origen de
todos sus males, y no podía dejar de leerlo.*

*Quintín nunca pensó que moriría joven. Acababa de cumplir
los cincuenta años y todavía no había alcanzado ninguna de las
metas que se había propuesto. La religión católica no era mejor que
las otras, pero ayudaba a uno a vivir en armonía consigo mismo, y le
permitía la ilusión de inmortalidad. Quintín no creía en la inmortalidad individual, pero sí en la energía positiva del universo. Esa
energía impredecible era lo que hacía posible que los científicos, los
historiadores y los artistas crearan sus grandes obras. Y su profundo
sentido de fracaso venía precisamente de que él no había creado nada.
A la hora de su muerte, su nombre quedaría borrado de la faz de la
Tierra.*

*Isabel acompañaba a Quintín a misa, pero su devoción era sólo
superficial. Rezaba con los labios; su corazón permanecía en silencio.
Se arrodillaba junto a él en el banco de caoba de la catedral y jugaba
con las cuentas de cristal del rosario mientras paseaba los ojos por los
arcos polvorientos, buscando en qué distraerse. ¿A quién le estaría*

347

rezando, a Jesús o a Elegguá? Desde que había caído bajo el influjo de Petra, Quintín ya no sabía en lo que creía su mujer.

Era curioso ver cómo el dolor alteraba la manera en que uno veía las cosas. Gourmet Imports ya no le importaba tanto. Había empezado a pensar más en su colección de arte. Si no podía llegar a ser un artista, por lo menos había logrado juntar una magnífica colección de pinturas. Quería convertir su casa en un templo dedicado al arte. Sería una manera de asegurar su inmortalidad, de perpetuar el apellido Mendizábal. La casa de la laguna, la obra maestra de Milan Pavel, era ya de por sí un monumento, parte del acervo artístico de la Isla. Transformarla en un museo no sería difícil. Todo lo que se necesitaba era crear una fundación —la Fundación Mendizábal— para que el museo se sostuviera y la colección se mantuviera intacta después de su muerte.

Una vez se le ocurrió esta solución, Quintín se sintió más tranquilo. Pero como temía que Isabel dejara de mimarlo, como había comenzado a hacer desde que el médico le diagnosticó una salud precaria, no le informó sobre sus planes. Isabel estaba últimamente muy cariñosa con él. Le ordenó a Carmina que cocinara todos sus alimentos sin sal. Ella misma hacía la compra en el mercado y se esmeraba en conseguirle los meros más frescos y las chuletas más tiernas. Se levantaba a las seis de la mañana y lo acompañaba a dar largas caminatas alrededor de la laguna, cuando todavía estaba envuelta en una leve bruma color violeta. Quintín le agradecía aquellas atenciones, pero por más que lo intentaba, no lograba confiar en ella cabalmente.

Una noche ya no pudo más. Se levantó a las cuatro de la mañana y entró de puntillas en el estudio en busca del manuscrito. Había nueve capítulos nuevos dentro del cartapacio marrón. Se sentó con ellos sobre las rodillas. Ignorar lo que decían aquellas páginas era como estar dentro de un buque que se estaba hundiendo, sin decidirse a hacer nada. Pero no se atrevió a leerlas. Volvió a colocarlas intactas dentro del compartimento secreto del escritorio de Rebeca.

33

Willie y Manuel

Nuestra vida cambió notablemente después de que adoptamos a Willie. Quintín salió de su depresión y empezó a ir a la oficina regularmente. Tenía cada vez más negocios con sus clientes de Estados Unidos, vendiéndoles productos europeos. A menudo íbamos juntos a la iglesia a rezar porque Ignacio y Margarita descansaran en paz. Con el tiempo logré olvidar el desgraciado asunto de Carmelina. Quintín cumplió su promesa y nunca volvió a enredarse con otra mujer.

Los dos estábamos en buena salud y nuestras vidas eran relativamente agradables. Con frecuencia leíamos los mismos libros, y luego los discutíamos. Viajábamos a Europa cada dos o tres años y teníamos amigos con los que nos reuníamos regularmente. Disfrutábamos a nuestros hijos y compartíamos la responsabilidad de educarlos. En 1982, Manuel se graduó en la Boston University y empezó a trabajar con su padre en Gourmet Imports. Willie cursaba su primer año en el Pratt Institute y estaba entusiasmado con la pintura. Los dos se iban abriendo camino, y estábamos orgullosos de ellos.

Decidí no preocuparme más por los enigmas de la familia: si había existido una cuenta de banco en Suiza, o si Quintín había empujado o no a Ignacio al suicidio. Quería ser feliz, y lo más sabio era dejar que los fantasmas de la familia descansaran en paz. «El tiempo es como el agua —me decía Petra—. Desgasta hasta los cuchillos más amolados. Al fin y al cabo, el polvo del olvido nos sepultará a todos.»

Atravesábamos por una época tranquila. Los mares de la política no estaban tan procelosos. Los motines, las huelgas de hambre, las manifestaciones de los años sesenta se habían esfumado como por arte de magia. La gente no estaba interesada ahora en luchar por los derechos civiles, el feminismo o ideales improbables como la independencia. La obsesión nacional —la eterna duda de si éramos puertorriqueños, norteamericanos o habitantes del limbo— parecía haberse relegado al desván del subconsciente. Mencionar la situación política ya no disparaba el fogonazo de la discordia en los bares y las plazas públicas de la capital.

La Isla estaba en calma, y lo mismo le sucedía a mi corazón. Si en mi juventud a menudo me había enfrascado en feroces discusiones políticas con Abby, y más tarde también con Quintín, ahora sólo sentía una ligera soflama de cenizas cada vez que se mencionaba el tema. Me interesaba mantener la paz, no atizar las controversias.

Estaba conforme con mi situación en el mundo; yo era la esposa de Quintín Mendizábal, ama y señora de la casa de la laguna. Hacía todo lo posible por mantenerme joven; me preocupaba por los estudios de Willie como me había preocupado antes por los de Manuel. Llevábamos una vida sencilla, a tono con el *american way of life*. Teníamos sirvientes, pero jamás tantos como en la época de Rebeca. Petra hacía de niñera; Carmina, de cocinera; Victoria, de planchadora; Eulodia limpiaba y Brambón era a la vez chofer y jardinero. Mis deberes eran velar porque Carmina preparase comidas sanas, según las recetas del *Boston Cooking School Book*; que Victoria blanqueara con agua de Clorox las camisas de Quintín y que a Brambón no se le olvidara darle de comer a los perros y podar el matorral de los mangles, que siempre estaba amenazando con asfixiar los cimientos de la casa. También me había hecho socia de varios comités, como el Carnegie Library Ladies Club, el Red Cross Ladies Committee y el comité de señoras del Hospital Oncológico, que se ocupaban de recoger fondos para obras de caridad. Frecuentemente celebraba tés para estas damas, y otras veces invitábamos a los amigos de Quintín y a sus elegantes esposas a la casa, por lo general gente agradable y educada, hombres de negocios que habían tenido éxito en el mundo.

Quintín y yo disfrutábamos de nuestra bella casa. Nos gustaba vivir rodeados de obras de arte: de los cuadros, las esculturas y las antigüedades que habíamos ido coleccionando a través de los años. Pero casi nunca hablábamos. Me enamoré de la terraza de Pavel, que al atardecer brillaba como un lago de oro sobre la laguna. Me deleitaban las ventanas Tiffany, los tragaluces de alabastro, los pisos de taracea y de mármol, y me afanaba para que relucieran de limpios. Estaba tan ocupada cada minuto del día que me quedaba muy poco tiempo para escribir. A veces permanecía despierta hasta tarde, pensando en todo lo que escribiría al día siguiente, pero desde que me levantaba era un vira y vira, un correr de aquí para allá, y no escribía una sola palabra. Aquella armonía matrimonial tan difícil de lograr, ¿me había hecho perder de vista mi objetivo? Isabel Monfort, la que el día de su boda veintiséis años antes había jurado llegar a ser escritora, ¿existía todavía?

Hace sólo tres meses —el 15 de junio de 1982 para ser exacta—, empecé a escribir *La casa de la laguna*. Estaba hastiada del papel de Penélope, siempre relegando mis propios logros.

Años atrás había llenado páginas y páginas con una escritura nerviosa, que luego se me hacía difícil descifrar, por lo insegura que estaba. Después escribí cientos de páginas a espacio sencillo con la Smith Corona portátil que compré a espaldas de Quintín. No sabía si estaba escribiendo una novela, un diario o un manuscrito caótico que nunca lograría terminar, porque siempre andaba aterrada de que Quintín lo descubriera. Entonces, cuando Willie nació, escondí el manuscrito y no volví a escribir una sola palabra durante años.

Cuando Quintín y yo regresamos de la graduación de Manuel en la Boston University, volví a sacar clandestinamente el manuscrito y empecé a garabatear algunos párrafos, pero pronto volví a descorazonarme. Aquello era como intentar cruzar a pie un desierto. En cuanto cogía el rumbo, me tropezaba con la mirada inquisitiva de Quintín, y todo se me hacía arena y viento. Se me olvidaba dónde habían nacido mis padres, cuáles habían sido sus querencias, cuáles las de los padres de Quintín; se me olvidaba hasta mi propio nombre, la fecha y el lugar de mi nacimiento. Un día, Willie me vio sentada frente a la maquinilla llorando. Se me acercó y me dijo que no tuviera miedo de persistir, que el arte era lo único que podía salvar el mundo. Con el apoyo de Willie empecé a escribir este texto.

Willie nació en 1966, y su llegada a esta casa fue como si un golpe de aire fresco abriese de par en par las ventanas. Las preferencias con los hijos son siempre deleznables. Manuel era mi hijo mayor, y yo lo amaba profundamente; saber que podía contar con la protección de su poderoso brazo me daba una tranquilidad enorme. Pero Willie, a pesar de no tener ni una gota de mi sangre, despertó en mí una ternura especial. Yo tengo una gran fe en los nombres, y creo que, a menudo, son proféticos. Al nacer, nuestros padres nos los dan a ciegas, pero a través de los años vamos poco a poco llenándolos, insuflándolos con nuestro aliento. Isabel, por ejemplo, es un nombre que cumple con su palabra porque lleva una espada justiciera adentro, la espada de la I mayúscula; Quintín es un nombre débil, que reniega de lo prometido y requinta al pasado; Manuel fue el nombre de Cristo, al que decían Emmanuel, «el Esperado»; Willie es el nombre de un inocente que nunca ha dejado de serlo.

Willie fue siempre muy perspicaz; de niño se daba cuenta de todo. Era intuitivo por naturaleza, y era también muy sensible. Si yo estaba triste o preocupada por algo, venía enseguida y me daba un beso en la mejilla. Cuando a Quintín y a Manuel a veces se les olvidaba mi cumpleaños, Willie se acordaba. Ese día me invitaba a pasear por el Viejo San Juan, y merendábamos juntos en La Bombonera un café con leche y mallorcas tostadas.

Petra tenía setenta y siete años cuando empezó a cuidar a Willie, pero nadie lo hubiera dicho. Era como si se hubiese sacudido veinte años de encima. Corría detrás de él, aleteando los brazos como una gallina enorme, y no lo perdía de vista ni por un momento. La artritis le había deformado los pies, pero ella misma se los curaba con cataplasmas de sábila. Petra se sentía orgullosa de que Willie fuese el nieto de Buenaventura, además de ser su tataranieto. Pero cumplió su promesa y nunca le reveló que Buenaventura era su abuelo. Se amparó en nuestra historia de que lo habíamos adoptado en Nueva York y de que era hijo de una pareja de jóvenes puertorriqueños, muertos trágicamente en un accidente de auto. Petra también quería mucho a Manuel, y me molestaba que fueran a donde ella a pedirle permiso para todo. Sólo venían donde mí más tarde, a informarme de lo que habían hecho: si habían jugado pelota en el Club Deportivo de Alamares, o si habían ido a nadar a la playa con sus amigos. Willie y Manuel querían tanto a Petra que al fin y al cabo, me di por vencida y no intenté competir más con ella.

Petra se esforzaba por hacer que los hermanos se llevaran bien. En su falda siempre había lugar para los dos —tenía unos muslos y unas caderas enormes—, y cuando los niños se arrebujaban debajo de su delantal almidonado, éste se derrumbaba a su alrededor como las almenas de un castillo. Otras veces los dejaba que se subieran a sus espaldas y se iba a navegar con ellos por el jardín como una enorme ballena negra. Les cantaba las mismas canciones, les contaba los mismos cuentos, y trataba de ser lo más cariñosa posible con Manuel, para que no se diera cuenta de que Willie era su preferido.

Un día, cuando Willie tenía sólo tres años, estaba jugando cerca de mí en la terraza con su trencito de juguete. De pronto, cayó redondo al suelo. Corrí hasta él y lo tomé en brazos; tenía los ojos en blanco y un copo de espuma blanca salpicaba la comisura de sus labios. Corrí con él al hospital de Alamares y le diagnosticaron algo que llamaron *pétit mal*: un ataque epiléptico benigno. Me aterré. Estaba segura de que ni en la familia Mendizábal ni en la Monfort había casos de epilepsia, pero no sabía nada sobre los Avilés. Esa noche visité a Petra en el sótano.

—¿Puedes curarlo? ¿Hay alguna medicina que puedas darle? —le pregunté angustiada.

Me tranquilizó.

—No tienes por qué preocuparte, Isabel —me dijo—. En África, lo que tiene Willie no es una enfermedad; es más bien un buen augurio. Quiere decir que alcanzará grandes logros.

A Manuel le encantaban los deportes, y a veces Quintín jugaba baloncesto con él los domingos. Otras veces salían juntos por la boca del Morro en la *Bertram*, a pescar en las aguas siempre intranquilas y picudas del Atlántico. Regresaban al atardecer, a punto de una insolación, pero felices. Quintín, en ocasiones, llevaba consigo a Manuel cuando asistía a los mítines políticos del partido estadista, y cuando le preguntaba al niño que cuál era el mejor país del mundo, Manuel siempre exclamaba «¡USA!», lo que divertía a Quintín enormemente. Manuel lo hacía todo sin esfuerzo. Salió nadando la primera vez que Quintín lo tiró al agua en la piscina del Club Deportivo, y era el jugador estrella de su equipo de baloncesto en la escuela. Pero le tomaba el doble de tiempo que a Willie completar sus tareas escolares. A Quintín se le había suavizado el genio con la edad, y cuando Manuel comenzó a trabajar los veranos en Gourmet Imports, se esforzó por enseñarle la sabiduría del comercio por las buenas, sin los métodos espartanos que él había tenido que soportar.

Willie no tenía nada de atlético; había heredado la constitución delicada de los Rosich. Vivía para el arte, como su abuela Rebeca y su tío Ignacio, e insistía en que uno tenía que «embriagarse todos los días con la inspiración para ser feliz». Petra y yo estábamos convencidas de que Willie era un niño prodigio. A los diez años podía tocar las sonatas tempranas de Mozart en el piano; a los once, obtuvo el papel principal en la obra de teatro del club de drama en su escuela; a los doce ya sabía que quería ser pintor. Petra lo llamaba el «pararrayos de la casa», porque recogía todas las descargas eléctricas negativas de sus habitantes —los miedos míos y las rabietas ocasionales de Quintín— y las convertía en impulsos benéficos.

Willie tenía un sexto sentido que le advertía cuándo debía callar, para no provocar el mal genio de su padre. Quintín se reía de sus cuadros, que parecían rombos y cubos de colores brillantes flotando en el espacio, pero lo dejaba hacer lo que le daba la gana. Nunca jugaba baloncesto con él ni lo llevaba a los mítines políticos. Era obvio que se sentía aliviado porque a Willie no le interesaba para nada Gourmet Imports, y prefería hacerse su propio camino como artista. De esa manera, los hermanos nunca se pelearían entre sí.

34

Coral de fuego

En cuanto Manuel regresó a la Isla después de su graduación en la Boston University, su padre enseguida le dio trabajo en Gourmet Imports. Manuel estaba contento; había estudiado administración comercial y le hacía ilusión trabajar con su padre. Su oficina era pequeña pero amueblada con gusto: un trofeo de baloncesto brillaba sobre su escritorio, y su diploma enmarcado colgaba de la pared, junto al tapiz carcomido por las polillas que las tías de Buenaventura le habían tejido hacía muchos años, en el cual se veía el pueblo de Valdeverdeja a la distancia.

—Mi oficina y la tuya están puerta con puerta —le dijo Quintín cuando le dio las llaves—. De ahora en adelante, serás mi mano derecha. Quiero que aprendas el negocio desde la A hasta la Z, y necesito que lo aprendas pronto, porque me quiero retirar.

Y ese mismo día, le regaló a Manuel el anillo de oro con el escudo de los Mendizábal que yo le había devuelto cuando Carmelina dio a luz a Willie.

—Este anillo perteneció a tu abuelo, Buenaventura Mendizábal —le dijo—. Y antes de él, perteneció a nuestro antepasado Francisco Pizarro. Llévalo puesto siempre como señal de autoridad. Así, cuando tu padre no esté presente, todo el mundo te obedecerá.

Estaba cumpliendo con una tradición y lo alegraba poder tratar a su hijo mejor de lo que Buenaventura lo había tratado a él.

Un poco más tarde, Quintín regresó a la oficina de Manuel con cuatro libros enormes debajo del brazo y se los entregó.

—Buenaventura estudió contaduría, y estaba convencido de que el éxito de un negocio dependía de que los libros de contabilidad se llevaran con orden. Un buen comerciante no se los entrega a nadie, porque son tan susceptibles a la traición como la castidad en la mujer. A los dos años de empezar yo a trabajar en Mendizábal, Buenaventura me hizo su contable, y yo llevaba la cuenta de cada centavo que se gastaba y se ganaba en la compañía. Quiero que seas, desde hoy, el contable oficial de Gourmet Imports. —Manuel lo abrazó y le dio las gracias. Confiaba en su padre y le alegraba mucho que confiara en él.

Ese verano, Willie se pasó las vacaciones en casa. Quería dedicarse a pintar estampas del Viejo San Juan. Le encantaba levantarse cuando todavía estaba oscuro, montarse en su Vespa roja y correr hasta el castillo San Jerónimo. Armaba entonces su caballete sobre las murallas que daban al este, y esperaba la salida del sol.

Un domingo, Willie invitó a Manuel a que lo acompañara en su excursión matutina a la ciudad. Aquél fue un día importante para ambos; luego, Willie me contó lo que pasó. Llegaron en sus motos idénticas, Manuel en su Vespa azul y Willie en la roja, y las estacionaron en la placita de La Rogativa, junto a la escultura del obispo. Aquella estatua de bronce que parecía flotar sobre las murallas del Viejo San Juan era una de las obras favoritas de Willie. Llegaron tarde y se perdieron la salida del sol. A Manuel no le gustaba madrugar, y Willie había tenido que esperar hasta las nueve para que se despertara. Cuando por fin se dio por perdido, le derramó encima un vaso de agua helada. Manuel saltó fuera de la cama. «¿Estás ensayando para bombero?», le dijo riendo. Y se revolcaron jugando por el piso.

Manuel se dispuso a correr sus cuatro kilómetros y medio habituales por el campo del Morro. Luego, se desayunarían juntos en La Bombonera. Willie armó su caballete sobre la acera, en la placita de La Rogativa. Le colocó encima un bastidor con un lienzo, agarró un pincel y empezó a pintar. Una brisa salitrosa subía de la bahía, al pie de las murallas. Manuel empezó a dar saltos gimnásticos y asustó a las palomas de la plaza, que salieron volando. Willie levantó la vista cuando oyó el escándalo de sus alas, y dejó el pincel suspendido en el aire.

—¡Mira eso! Me equivoqué de sujeto. Esas dos esculturas que están en el balcón son mucho más interesantes que La Rogativa del Obispo.

Dos jóvenes se asoleaban en el balcón de la casa de enfrente, tendidas sobre sillas de playa y vestidas con unas tangas idénticas, tan atrevidas que parecían sellos de correos. La casa era muy bonita, estaba pintada de rosa y tenía un hermoso balcón de balaustres, del que colgaba una enredadera de trinitaria. Una escalera de mármol subía al segundo piso.

—¿No visitamos una vez esa casa cuando éramos niños?—dijo Manuel—. Me acuerdo de esa enredadera púrpura. Tenía muchas espinas y nos pinchamos con ellas cuando nos asomamos al balcón.

—Ésa es la casa de Esmeralda Márquez, la mejor amiga de mamá —dijo Willie—. Tenía dos hijas: Perla y Coral Ustáriz, dos nenitas con trenzas que se mudaron a vivir a Estados Unidos. Nunca volvimos a saber más de ellas, pero parece que están de vuelta.

Willie tenía una memoria de elefante. Era cinco años menor que Manuel y se acordaba de todo mejor que él. Manuel se levantó del piso y se quedó mirando aquellas bellezas con la boca abierta.

—¡Benditas sean las tetamentas y los culipandeos de los monumentos más hermosos de nuestra capital! —dijo Manuel en voz alta, dejando salir de entre sus juveniles bigotes rubios un silbido agudo que la brisa levantó en vilo y fue a plantar como un mosquito travieso en la oreja de Coral. Manuel se subió entonces a la base de la escultura del obispo y empezó a sacudir un pañuelo no demasiado limpio que se sacó del bolsillo, para llamar la atención de las jóvenes. Willie se trepó a su vez a uno de los parapetos de la muralla y empezó agitar los brazos para que lo vieran.

Coral empujó a Perla con el dedo gordo del pie. Se acababa de esmaltar las uñas de rojo brillante y se las estaba secando con la brisa que entraba por los balaustres del balcón.

—¿Quiénes serán esos dos incordios que nos están adobando con los ojos desde hace rato como si fuéramos gallinas desplumadas? Uno se parece a Pedro Picapiedra, y el otro a un vikingo. Mira a ver si todavía queda limonada en la nevera, y tírasela por el balcón a ver si se van.

—Gallinas adorables, no adobables —ripostó Willie, que había oído el comentario de Coral porque tenía un oído de tísico—. ¡Bajen a la plaza, a saludar a dos viejos amigos!

Perla se echó a reír y se quedó mirando a los jóvenes. El de estatura más baja tenía la piel oscura y un colchón de pelo rizo en la cabeza. Estaba vestido con unos mahones deshilachados y una camiseta «*Save the Earth*», igual que la que llevaba puesta el segundo joven, que era mucho más alto. Éste tenía barba y bigotes rubios, y una melena de escobillón le barría los hombros. Coral, ya molesta, volvió a patear a su hermana, y Perla entró a la casa y regresó con un jarro lleno de limonada que vació sobre las cabezas de sus admiradores.

El chubasco pegajoso no desanimó en lo absoluto a Manuel y a Willie, quienes siguieron aullando y dándose golpes de pecho a lo Tarzán hasta que los vecinos empezaron a asomarse por las ventanas. Perla y Coral, avergonzadas, se metieron corriendo en la casa y cerraron las puertas del balcón.

Cuando Ernesto terminó sus cursos de agricultura en Albany, se regresó con Esmeralda a vivir a la Isla. Esmeralda nunca pudo asistir al New York Fashion Institute, porque tuvieron que amputarle el dedo meñique de la mano derecha a causa del balazo que le disparó Ignacio. Casi no podía escribir, y mucho menos dibujar los modelos de los trajes que tendría que diseñar en la escuela. Logró, sin embargo, sobreponerse a su pequeña tragedia, y fue muy feliz con Ernesto.

Coral nació seis años después de la boda, y Perla a los seis de nacer Coral. Vivían en Ponce —Ernesto era la mano derecha de su padre en la finca de Salinas, que le quedaba cerca— y a menudo venían de visita a San Juan y se quedaban en la casa rosada de doña Ermelinda. Aunque yo sabía que a Quintín le habría dado un gran disgusto si se hubiese enterado, en aquella época me reunía con Esmeralda frecuentemente. Durante una de aquellas visitas, llevé conmigo a Willie y a Manuel, y fuimos todos juntos a la playa.

Cuando don Ernesto Ustáriz murió en 1969, Ernesto vendió la finca de Salinas; Esmeralda empaquetó todo lo que poseían en dos baúles viejos y se mudaron a vivir a Nueva York con sus dos hijas. Alquilaron un piso en Washington Heights, y Ernesto se matriculó en la escuela de leyes de la New York University.

Ernesto era un estudiante brillante, y se especializó en leyes de inmigración. No necesitaba ganar dinero; la fortuna que había heredado de su padre era lo suficiente para vivir con holgura el resto de sus días. Pero Ernesto no era así. Se graduó en leyes, pasó la reválida y buscó empleo enseguida en un bufete de abogados que le brindaba ayuda a los inmigrantes ilegales en Nueva York. Simpatizaba con los socialistas, y pronto se ganó la reputación de ser un abogado radical.

El suicidio de Ignacio Mendizábal, cinco años después de su boda con Esmeralda, lo impresionó profundamente. Ignacio tenía diecisiete años cuando Ernesto lo conoció en el baile de las Buganvillas. Lo recordaba bien: era un muchacho agradable y más bien tímido, que se había obsesionado con Esmeralda, a pesar de ser dos años más joven que ella. Esmeralda le tenía pena y trató de no herirlo cuando Ignacio se le declaró. Ignacio se hizo ilusiones, sin embargo, y le dijo a sus padres que estaba enamorado de Esmeralda. Cuando algún chismoso le comentó a Rebeca que las Márquez eran mulatas, la familia puso el grito en el cielo. Esmeralda no estaba al tanto de nada de esto y acudió inocentemente a la fiesta de Isabel. Hacía tiempo que no la veía —desde su boda con Quintín— y Esmeralda la echaba de menos.

Doña Ermelinda, que era todo un personaje, le dijo una vez a Ernesto antes de que se casara con su hija: «Los Mendizábal se creen la gran cosa, pero en España se ganaban la vida vendiendo jamones de casa en casa. Hoy seguirían siendo pulperos si Buenaventura no se topa con una botija de oro llamada Rebeca Arrigoitia al llegar a las costas de América».

Al principio, Ernesto se moría de risa con los cuentos de su futura suegra. Pero cuando la noche de la boda Ignacio se apa-

359

reció frente a la casa disparando a diestra y siniestra como un vaquero del Oeste, Ernesto se convenció de que doña Ermelinda tenía razón. La burguesía puertorriqueña era una de las más prejuiciadas de la Tierra. Ocultaba sus prejuicios raciales bajo melindres y miriñaques, pero encontrar un negro entre los altos ejecutivos de las corporaciones o en los altos puestos del gobierno era más raro que avistar a un mirlo blanco. Ernesto nunca se lo mencionó a Esmeralda, pero el recuerdo de lo que le pasó con Ignacio Mendizábal fue la razón principal que lo hizo regresar a Puerto Rico. Buscó trabajo con un bufete afiliado al Gobierno Federal, que investigaba casos de discriminación racial. Le dijo a Esmeralda que empaquetara sus cosas, y se regresaron a la Isla. Quería contribuir, personalmente, a acabar con aquella situación injusta.

Coral y Perla aprovecharon muy bien los años que vivieron en Nueva York. Coral se graduó con honores en la escuela de periodismo en Columbia University, y en cuanto llegó a Puerto Rico consiguió trabajo en *The Clarion*, el único diario que se publicaba en inglés en la Isla. Coral se parecía mucho a su padre: era más viva que un alambre eléctrico y le encantaba la política. Perla era más tranquila. Quería ser enfermera y pensaba tomar cursos en la Escuela de Enfermería de la UPR cuando se graduara en la escuela superior. Ambas eran bilingües; hablaban español e inglés perfectamente.

El domingo siguiente, Manuel y Willie regresaron a la plaza de La Rogativa en sus Vespas. Habían visitado Zabós Unisex Salón y se habían hecho podar las melenas y afeitar las barbas y los bigotes. Llevaban puestos idénticos pantalones de hilo blanco, chaquetas azul marino y corbatas de seda roja. Las dos jóvenes estaban asoleándose en el balcón, con los mismos bikinis del domingo anterior. Esta vez, Manuel y Willie ni silbaron ni aullaron. Subieron las escaleras y tocaron civilizadamente a la puerta. Esmeralda misma les abrió.

—Somos Manuel y Willie Mendizábal, los hijos de Isabel Monfort. Mamá está contentísima, porque se enteró de que ustedes están de vuelta. Quiere saludarlas, y nos pidió que les preguntáramos el teléfono —dijeron.

Esmeralda los abrazó cariñosamente y los hizo pasar a la sala. Unos minutos después, Coral y Perla bajaron del balcón, con camisetas idénticas sobre los bikinis.

—Yo soy el cavernícola y aquél es el vikingo —dijo Willie, guiñándole un ojo a Coral—. Venimos a invitarlas a pasear en moto.

—¡Pero si son Willie y Manuel Mendizábal! —gritaron Perla y Coral al unísono.

—La última vez que te vi fue en la playa de Isla Verde, cuando una aguaviva violeta me quemó la pierna, y tú me la measte para que no me doliera —le dijo Coral a Manuel, riendo. Perla, por su parte, se acercó tímidamente a Willie y lo besó en ambas mejillas. Las hermanas se vistieron y a los quince minutos estaban paseando juntos por San Juan.

Aquello fue un cuarteto histórico desde el principio. Pronto, la sociedad de San Juan dio por sentado que los hijos de Quintín Mendizábal y las hijas de Ernesto Ustáriz eran novios. Coral y Perla venían a menudo a la casa. A Manuel y a Coral les encantaba hacer esquí de agua y dibujar arabescos efímeros sobre la laguna. Willie le estaba enseñando a pintar a Perla en la terraza. Nunca iban solos a ninguna parte. Si Manuel y Coral iban a El Yunque de pasadía, Willie y Perla iban con ellos. Si Willie y Perla visitaban la playa de Luquillo, Coral y Manuel los acompañaban. La Vespa roja y la Vespa azul, cada una con su pareja, subían y bajaban zumbando por las empinadas montañas como abejones enamorados. El último en darse cuenta de aquel apestillamiento fue Quintín, quien llegaba a la casa y saludaba distraído a las muchachas, sin preguntarles nunca sus nombres.

Un día, Coral invitó a Manuel a un mitin político en Jayuya, un pueblo del centro de la Isla, porque tenía que cubrir la noticia para *The Clarion*.

—Es un acto independentista, por supuesto —le dijo—. Yo no asisto a mítines de los otros partidos por cuestión de principios. —Estaban bajando una cuesta a gran velocidad y la melena de Coral, azotada por el viento, se le metía en los ojos a Manuel todo el tiempo—. En noviembre se va a celebrar un plebiscito en la Isla, y lo único honorable que podemos hacer es pedirle a Estados Unidos que nos dé la independencia.

Manuel se sorprendió; era la primera vez que la escuchaba decir aquello.

—Tú has vivido casi toda tu vida en Nueva York. ¿No te sientes americana? —le preguntó.

Coral hizo que Manuel detuviera la Vespa y se bajó.

—No me digas que eres estadista, porque si lo eres, me quedo aquí mismo y sigues solo. No quiero volver a verte —le dijo colérica. Manuel no lograba salir de su asombro. Su padre era estadista, y él siempre estaba de acuerdo con Quintín. Por eso se quedó callado cuando escuchó hablar así a Coral.

Coral había heredado la belleza de su madre: tenía los ojos verdes, la piel color canela y una melena roja en la que se quedaban atrapados los corazones. Era dinamita pura: cuando discutía, saltaba de una idea a la otra como si sus palabras fuesen pavesas en el viento. Manuel tenía un temperamento pacífico, pocas veces se entusiasmaba por algo; la impaciencia apasionada de Coral lo atraía. A su lado experimentaba todo más intensamente. Cuando estaban juntos, Manuel casi no hablaba; Coral era la que llevaba la voz cantante. Él se limitaba a mirarla embelesado y a cogerle la mano.

Coral le explicó a Manuel que los ideales políticos eran muy importantes. Uno tenía que creer en algo, si no la vida no tenía sentido. Los ideales mantenían vivo a uno, y el ideal más puro que uno podía tener era la independencia de la Isla. La estadidad era una barbaridad. Quería decir que el inglés sería nuestra única lengua oficial, y si hablábamos inglés, tendríamos también que sentir y pensar en inglés. Además, nos veríamos obligados a pagar contribuciones federales y no podríamos participar en los Juegos Olímpicos ni en el concurso de Miss Universo bajo nuestra propia bandera: todos golpes duros a nuestro orgullo.

—Piensa en lo que te digo por un momento. Somos un país que, durante quinientos años, nunca hemos sido nosotros mismos. ¿No te parece trágico?

Pero Manuel no le contestaba palabra. No quería serle desleal a Quintín, y se quedaba callado.

35

La rebelión de Manuel

Una semana después, Manuel y Willie, con Perla y Coral abrazándolos por la espalda, corrían ronroneando en sus Vespas por la carretera de Lares, en donde se celebraba otro mitin independentista.

—¿Sabes lo que quería decir «lar» antiguamente? —le preguntó Coral a Manuel por sobre el rugido infernal de la moto—. Era la piedra del hogar de los romanos, sobre la cual mantenían encendido el fuego con el que preparaban sus alimentos. Mientras los dioses de Lares sigan vivos, siempre habrá esperanza para nuestra isla.

En Lares escucharon discursos y entonaron cantos patrióticos. Alguien le regaló a Manuel una bandera puertorriqueña —una estrella solitaria en campo azul, rodeada de franjas rojas y blancas— y Manuel la agitó sobre su cabeza para complacer a Coral. Cuando regresó a la casa, la fijó con tachuelas en la pared detrás de su cama, porque le hacía pensar en ella.

Cuando Quintín fue a darle las buenas noches a Manuel, vio la bandera clavada en la pared del cuarto.

—¿Y qué hace eso ahí? —preguntó alzando las cejas—. ¿Se trata de un truco para Halloween?

Estábamos a 30 de octubre; la fiesta de Halloween se celebraba la noche siguiente.

—Me la regaló una amiga, papá —le contestó Manuel en un tono despreocupado—. Después de todo, es nuestra bandera. Aunque un día seamos un estado norteamericano.

—No me gustan las amistades con las que andas últimamente, Manuel —le advirtió Quintín—. Recuerda que los Mendizábal tenemos mucho dinero, y la Isla está llena de gente que quiere aprovecharse de nosotros. Deja la bandera ahí por ahora; pero te agradeceré que la quites mañana.

A la noche siguiente, sin embargo, cuando Quintín volvió a asomarse al cuarto de Manuel, la bandera estaba en el mismo lugar, clavada firmemente en la pared. Esta vez Quintín fue un poco más severo, pero logró disimular su irritación.

—El nacionalismo ha sido siempre una maldición en nuestra familia —le dijo pacientemente a Manuel—. Fue por culpa del tiroteo de los nacionalistas en Ponce que tu abuelo Arístides se enfermó y desapareció de la Isla. Tu tío Ignacio se obsesionó con los licores, porque halagaba su orgullo decir que estaban manufacturados en Puerto Rico, y acabó arruinando a Mendizábal y Compañía. Uno nunca se puede fiar de los independentistas. Por eso, cuando entrevistamos candidatos para trabajar en Gourmet Imports, lo primero que hacemos es preguntarles cuáles son sus convicciones políticas. Si nos dicen que son independentistas, no les damos trabajo. Yo creo que es hora de que quites esa bandera de ahí.

Manuel no tenía ideales políticos de ninguna clase. A pesar de la insistencia de Coral, no le había dado al asunto mucho pensamiento. Pero era testarudo y no le gustaba que le dijeran lo que tenía que hacer. A la mañana siguiente, cuando Quintín abrió la puerta del dormitorio de su hijo de paso para el comedor, vio que la bandera estaba todavía clavada a la pared. Quintín no le dijo nada a Manuel. Pero cuando el muchacho llegó a Gourmet Imports se enteró de que su padre había ordenado que sacaran su escritorio de la oficina y que lo pusieran al fondo del almacén, cerca de la planta de licores. Ya no era contable. Ahora estaría a cargo de examinar las botellas antes de llenarlas de ron, para asegurarse de que no tuvieran imperfecciones en el cristal o de que no hubiese alguna cucaracha alojada en el fondo. Tendría que manejar un camión hasta el vertedero de la ciudad varias veces al día y tirar allí la basura que se acumulaba detrás de los almacenes cuando se abrían las cajas en las que venían embalados los productos de Europa. Manuel no se inmutó.

—Entiendo perfectamente que quieras asegurarte de que soy una persona de fiar antes de entregarme los libros de contabilidad de Gourmet Imports, papá —le dijo a Quintín tranquilamente.

—No te preocupes por eso.

Unas semanas después, Manuel y Willie invitaron a Perla y a Coral a pasar el día en la playa de Lucumí. Quintín les había regalado un Boston Whaler ese verano, y podían llevar consigo la merienda y sus cañas de pescar. Pero ese día Perla amaneció resfriada, así que Coral fue sola, acompañando a Willie y a Manuel. Hacía un día precioso y la playa estaba desierta. Se sentaron en la arena y comieron sándwiches de salami con vino blanco. Willie se bebió una copa de más y se quedó profundamente dormido debajo de una palma. Coral y Manuel se zambulleron en el agua juntos. Flotaron un rato bajo la sombra de los mangles, y poco a poco empezaron a sentirse tan bien, tan relajados, que era como si estuviesen en otro mundo, donde ni el calor ni la gravedad podían afectarlos. De pronto, sin ponerse previamente de acuerdo, empezaron a quitarse los trajes de baño hasta quedarse completamente desnudos debajo del agua. Había una ligera resaca y el agua empezó a acariciarles las ingles, las nalgas y los sobacos con su lengua fresca. Suavemente, se fueron acercando el uno al otro. Manuel, que flotaba de espaldas, con los brazos y las piernas abiertas, de pronto se volvió todo proa, todo verga erguida y compacta en dirección al sexo de Coral. Coral sintió que se transformaba en un arrecife de fuego; su cuerpo era la ensenada en donde atracaría la proa de Manuel.

—Así debe ser la muerte, mi amor —le susurró Coral cuando se encontraron.

—Te equivocas —le contestó Manuel—. Así será nuestra vida juntos.

A la mañana siguiente, Manuel le informó a Quintín que tenía que decirle algo importante, pero Quintín le sugirió que esperara hasta esa noche. Después de cenar, tendrían más tiempo para hablar en privado. Yo venía notando raro a Manuel. Me había enterado del problema que había tenido con su padre por culpa de la bandera que tenía clavada en su cuarto, pero en lugar de parecer abatido por la situación, andaba con una sonrisa de oreja a oreja. Cuando intenté abordarlo sobre el asunto, me dio un abrazo y me aseguró que yo era una madre maravillosa, pero no me dijo más nada.

Esa noche, Manuel bajó al comedor con chaquetón y corbata, en lugar de su habitual indumentaria de camiseta y mahones. Se había peinado cuidadosamente y llevaba en el anular el anillo de los Mendizábal. Sospeché que tenía planeado algo. Willie también entró en el comedor, vestido con su mono de trabajo y una camisa a cuadros. Tenía olor a aguarrás, porque había estado pintando hasta el último momento. Quintín llevaba puesto uno de sus trajes elegantes de Ralph Lauren, y yo, un camisero sencillo de Fernando Pena. Nos sentamos alrededor de la mesa estilo Majorell, la de pata de lirio que habíamos comprado en nuestro viaje a Barcelona el año anterior. El botón del timbre para llamar a los sirvientes estaba escondido debajo de la alfombra Kilim, y lo apreté disimuladamente con la punta de mi zapato. Al punto apareció Victoria, con los platos de sopa humeando sobre la bandeja.

Durante la cena, Quintín se esforzó por ser cariñoso con Manuel.

—Eres un testarudo como tu madre —le dijo, alargando hacia él la mano y despeinándolo en broma—. Sólo estoy esperando a que me obedezcas para devolverte tu trabajo. ¿Ya la quitaste?

Manuel se alisó el pelo y se sentó más derecho en su silla.

—No, papá, todavía no la he quitado. Pero no tienes por qué preocuparte. Yo no soy independentista. Necesito hablar contigo de algo mucho más importante.

Terminada la cena, entraron juntos al estudio y cerraron la puerta. Quintín había decidido no hacerle caso a la pequeña insurrección de su hijo. Gourmet Imports sería suyo algún día, así como las valiosas líneas comerciales de Buenaventura. Lo había estado poniendo a prueba con el asunto de la bandera y le había complacido la reacción de Manuel. Había demostrado temple al defender sus derechos. Al día siguiente pensaba ordenarle a sus empleados que colocaran otra vez el escritorio de su hijo en la oficina junto a la suya y devolverle su puesto de contable. Pero lo que le dijo Manuel lo tomó por sorpresa completamente.

—Estoy enamorado de Coral Ustáriz, papá, y ella también me quiere —dijo Manuel—. Nos gustaría casarnos cuanto antes, pero vamos a necesitar tu apoyo. Como no tenemos dinero, queríamos pedirte un préstamo en lo que ahorro lo suficiente para comprarnos un piso. Aunque los dos tenemos más de veintiún años y podemos irnos a vivir juntos, no queríamos hacerlo sin informárselo primero a mamá y a ti.

Habló en un tono tranquilo; ni se le había pasado por la mente que su padre pudiera oponerse.

Quintín estaba sentado en su butaca frente al escritorio. Había un lápiz sobre el tope de cuero del mueble, y Quintín sacó su cortaplumas del bolsillo y se concentró en sacarle punta. El estudio estaba tan callado que se podía oír caer las esquirlas de madera amarilla sobre la superficie bruñida del cuero.

—¿Conoces a la madre de Coral Ustáriz? —le preguntó a Manuel con parsimonia.

—Es una señora que se llama Esmeralda Márquez, y creo que es de Ponce. Mamá dice que es su mejor amiga —le contestó Manuel. Y añadió inocentemente—: Una vez la visitamos en el Viejo San Juan, cuando Willie y yo éramos niños. Conocemos a Coral y a Perla desde hace tiempo.

Quintín levantó la vista, sorprendido.

—¿Isabel te llevó a casa de Esmeralda Márquez?

—Por supuesto que me llevó —le contestó Manuel—. ¿Por qué no había de llevarme?

—Te mostraré por qué —dijo Quintín. Y se punzó deliberadamente la punta del dedo índice con el cortaplumas, de manera que una gota de sangre brotó a la superficie—. ¿Ves esta sangre, Manuel? No tiene ni pizca de herencia árabe, judía o negra. Miles han muerto para que permanezca así, pura como las nieves de Guadarrama. Le hicimos la guerra a los moros y en 1492 los expulsamos de España, junto con los judíos. Cuando tu abuelo llegó a esta isla, existían en las parroquias unos libros en los que se llevaba la cuenta de los matrimonios blancos. Muchos todavía están allí; los párrocos los guardan celosamente, aunque no todo el mundo lo sabe. Te aseguro que el matrimonio de Esmeralda Márquez y Ernesto Ustáriz no aparece inscrito en ninguno de ellos, porque Esmeralda es mulata. Por eso no puedes casarte con Coral Ustáriz.

Yo estaba escuchando la conversación al otro lado de la puerta, al borde del pánico. Se hizo un silencio sepulcral. Golpeé tímidamente, pero nadie me respondió. Empuñé el picaporte y encontré la puerta abierta; la abrí lentamente. Quintín y Manuel estaban de pie junto al escritorio. Por unos momentos pensé que se habían reconciliado y que se estaban abrazando, pero pronto me di cuenta de que estaban tratando con todas sus fuerzas de derribarse. Aquello duró sólo unos segundos. Antes de que pudiera intentar separarlos, Quintín le dio un empujón a Manuel.

—¡Sal de esta casa ahora mismo si no quieres que te mate! —le rugió a su hijo—. Eres un malagradecido.

Manuel salió del estudio, se encerró en su cuarto a empaquetar sus cosas y se marchó de la casa. La ira de Quintín no era nada comparada con el agrio olor a adrenalina de león que Manuel dejó por todas partes.

36

La locura de Quintín

Intenté, por todos los medios a mi alcance, devolverle la cordura a Quintín.

—Eres un abusador y un troglodita —le dije mientras nos desvestíamos para meternos en la cama—. Crees que Manuel es como tú, que haría cualquier cosa por heredar a Gourmet Imports. Pero a él no le importa el dinero tanto como a ti. Y además, es orgulloso. La hija de Esmeralda es una profesional y una muchacha muy simpática. Tienes que pedirle disculpas a Manuel y dejarlo que se case con Coral.

Pero Quintín rehusó escucharme.

—Buenaventura y Rebeca nunca me lo perdonarían —masculló—. Antes de tener un nieto mulato y quedar emparentado con Esmeralda Márquez, tendrán que matarme.

—¿Y Willie? —le dije iracunda—. ¿Dónde lo dejas a él? Tú eres de los que tira la piedra y esconde la mano.

Las paredes de la casa de la laguna tenían oídos, y esa noche ya todo el mundo sabía que Quintín y Manuel habían estado a punto de irse a los puños. Eulodia me dijo que Petra estaba muy angustiada y se había pasado toda la tarde rezándole a Elegguá en su cuarto. Esa noche me envió recado con Victoria de que quería verme. Petra tenía noventa y tres años, y casi nunca subía a la casa. La artritis se le había recrudecido y subía las escaleras con mucha dificultad. Respiraba acezando cuando entró a mi cuarto.

—Manuel bajó al sótano a verme antes de irse —me dijo Petra—. Me contó que su padre lo botó de la casa y que no tenía

369

dónde quedarse. No tenía dinero así que le dije que se fuera con Alwilda a Las Minas. Su casa es bastante cómoda; recibe un cheque mensual del Gobierno Federal por estar incapacitada. Le aconsejé que no le hiciera caso a Quintín y que mañana por la mañana se presentara al trabajo como si nada hubiera sucedido. «Ya se le pasará la rabieta», le dije para calmarlo. «Tu padre está disgustado, porque cree que eres demasiado joven para casarte. Pero es un hombre bueno.» Manuel prometió seguir mi consejo.

Al día siguiente fui a visitar a Esmeralda al Viejo San Juan, porque quería hablar con ella de lo sucedido. Ella ya estaba al tanto de los pormenores. Manuel se había comunicado con Coral y le había contado todo. Alwilda se había ido a vivir a otra parte y le había dejado su casa a Manuel. Pero Esmeralda andaba muy angustiada, porque Coral se había mudado a Las Minas también.

—Ni siquiera nos pidió permiso —me dijo Esmeralda—. Sencillamente empaquetó sus cosas y nos informó que se iba a vivir con Manuel. Nos alegramos mucho; creemos que Manuel es un gran muchacho, y esperamos que se casen pronto. Pero nos preocupa que a Coral le pase algo en el arrabal. Estará yendo y viniendo del trabajo, y se quedará sola en la casa cuando Manuel no esté.

Le expliqué a Esmeralda que la mitad de los habitantes de Las Minas eran parientes de Petra, y que tanto Coral como Manuel estarían perfectamente seguros allí.

—Petra es como la soberana del arrabal —le dije—. Una vez sepan que Manuel y Coral son sus protegidos, harán todo lo posible por ayudarlos.

Intenté ponerme en comunicación con Manuel, pero se me hizo difícil. A la casa de Alwilda sólo se podía llegar en bote, y no me atrevía a cruzar la laguna de Marismas yo sola. No quería llamar a Manuel al almacén, porque Quintín me había prevenido que no intentara arreglar las cosas por mi cuenta. Era a Manuel al que le tocaba venir donde nosotros a disculparse.

Durante las próximas semanas, le pedí a Quintín varias veces que diera el primer paso y se reconciliara con Manuel, pero todo fue en vano. Era evidente que se sentía desgraciado. Se había puesto más pesado; no era que estuviese gordo, más bien era como si la carne se le hubiese petrificado sobre los huesos. Por las noches, cuando se acostaba a dormir en la cama, me hacía pensar en un guerrero medieval, tendido sobre su tumba con la armadura puesta. Cuando se encontraba a Manuel en el almacén, no le dirigía la palabra. Le canceló el seguro médico y le pagaba tres dólares la hora —el salario mínimo— a pesar de que Manuel trabajaba de seis de la mañana a seis de la tarde. Pero Manuel nunca se quejaba. Era muy puntual y no faltaba un día al trabajo.

Un domingo por la mañana, Manuel vino a la casa en uno de los camiones de Gourmet Imports. Me dijo que venía a recoger el resto de sus cosas: la ropa, la pelota de baloncesto, la cámara, la caña de pescar, hasta su Vespa azul, que logró subir al camión con bastante dificultad. Ver aquello me rompió el corazón. Fui a donde Quintín y le rogué que hiciera las paces y le pidiera a Manuel que se quedara, pero Quintín siguió leyendo el periódico con cara de piedra.

—Dile que en cuanto termine, devuelva el camión a los almacenes de Gourmet Imports. Mañana lo necesitarán para repartir la mercancía —dijo.

Willie estaba ayudando a su hermano a mudar sus cosas y no comentó nada. Yo los observé de lejos por un rato porque no quería entrometerme. Por fin, me fui a la terraza y me senté a leer, segura de que Manuel vendría a donde mí a despedirse antes de irse. Pero no lo hizo. Bajó a los sótanos, se despidió de Petra y escuché el motor del camión que se alejaba. Fue como si alguien se me hubiese muerto.

Willie no podía entender por qué su padre estaba siendo tan obstinado con Manuel, pero no quería juzgarlo. Quintín siempre había sido un buen padre con sus dos hijos. Le contaba a Willie sobre los conquistadores españoles y le decía lo orgulloso que debía sentirse de formar parte de su tradición heroica. Cuando Willie le respondía que él no tenía sangre de los conquistadores, Quintín le aseguraba que eso no importaba, porque de todas maneras formaba parte de la familia.

Quintín le explicó que sus desavenencias con Manuel se debían a su atolondrada decisión de casarse antes de tiempo, para colmo con alguien que conocía muy poco. Cuando uno tomaba un paso como aquél, debía estar completamente seguro de lo que hacía. Buenaventura no le había dado permiso para casarse con su madre hasta que ya había trabajado en Mendizábal durante todo un año, y él ya tenía su propio ingreso. Willie debía recordarle esto a Manuel la próxima vez que lo viera. Él miró a su padre con tristeza; sabía que estaba mintiendo. Manuel le había dicho la verdadera razón por la cual Quintín se oponía a su matrimonio con Coral. Pero se hizo el desentendido para no contrariarlo.

Las relaciones entre Willie y su padre fueron afables siempre. Willie tenía sólo dieciséis años, pero era una de esas personas que nacen viejas. Cuando salía de paseo con Perla, se besaban y se acariciaban, pero nunca fueron más allá de eso. Iban juntos al cine y se cogían de manos en la oscuridad. Soñaban con casarse algún día, pero querían una boda tradicional.

Willie estaba preocupado por Manuel y se devanaba los sesos pensando en cómo ayudarlo. Cuando su hermano se mudó al arrabal, insistió en que quería irse a vivir con él. Se sentía incómodo viviendo en una casa tan lujosa como la nuestra, me dijo, cuando su hermano estaba pasando necesidad. Al principio, empezó a visitar a Manuel con alguna frecuencia, quizá esperando que su hermano lo invitara a quedarse con él algunos días. Le trajo comida, ropa, su tocacintas de batería marca Sony, y hasta el televisor portátil que habían compartido en casa. Pero Manuel no parecía alegrarse de las visitas frecuentes de su hermano. Era como si quisiese espantarlo, alejarlo de su lado como un mosquito enojoso.

Un día, Willie llegó a la casita de Alwilda en el Boston Whaler alrededor de las diez de la noche, cuando estaba seguro de que su hermano estaría allí. Podía escuchar su respiración a través de las tablas de las paredes, curtidas por el agua y el tiempo, y lo llamó en voz baja varias veces, pero Manuel no le contestó. En Las Minas no había electricidad, y a esa hora el arrabal estaba como boca de lobo. Había muchos insectos, y Manuel cerraba herméticamente las ventanas y las puertas para que no entraran a la casa. Willie amarró el bote con una soga a uno de los pilotes, se subió al balcón y tocó repetidamente en la puerta.

Nadie contestó, pero él seguía escuchando una respiración extraña que lo preocupó. ¿Sería que Manuel estaba enfermo? ¿Le habría pasado algo? Empezó a llamar a su hermano en voz baja, rogándole que le abriera la puerta para asegurarse de que estaba bien, pero la puerta permaneció cerrada.

A la noche siguiente, Willie regresó y volvió a subirse al balcón. Susurró el nombre de Manuel varias veces y escuchó los mismos jadeos de la noche anterior. Estaba ya a punto de la desesperación cuando Manuel se cansó de la candidez de su hermano. Encendió, de pronto, la linterna de baterías que tenía sobre el piso y, a través de una rendija de la pared, Willie vio el remolino de brazos, piernas y caderas que se trenzaban apasionadamente unos a otros, y la melena roja de Coral envolviéndolo a Manuel en su manto de fuego. Y ésa fue la última vez que fue a casa de Alwilda a visitar a su hermano, me dijo Willie riendo. Ahora ya sabía por qué Manuel no tenía tiempo para reunirse con él.

A mí, la historia de Willie no me dio ninguna gracia. Cuando la escuché, empecé a sospechar que Coral también había sido la causa de que Manuel se alejara de mí. Pensé que lo mejor era reunirme con Coral, y le pedí a Esmeralda que nos pusiera en contacto.

—Trataré de hacerlo, Isabel —me contestó inquieta—. Pero hace días que no sabemos de ella. Dejó su empleo en *The Clarion* y está trabajando con el Partido Independentista a tiempo completo. Casi nunca viene a visitarnos.

Pero unos días más tarde, Coral se presentó en casa de sorpresa. Llevaba puestos unos mahones que se le adherían a las caderas como una segunda piel, y era evidente que no llevaba sostén. Sus pechos flotaban debajo de su blusa semitransparente como dos lunas de alabastro, y de pronto me acordé de lo mucho que a Estefanía y a mí nos gustaba escandalizar a la gente de Ponce cuando éramos jóvenes, vistiéndonos con ropa estrafalaria. Pero Coral era distinta. Tenía una belleza fría, parecía tallada en mármol. No era ninguna Eva tentadora y juguetona como Estefanía.

Yo estaba en el estudio cuando Virginia tocó a la puerta e hizo pasar a Coral. Le hice lugar para que se sentara a mi lado en el sofá verde, pero Coral prefirió sentarse en una de las butacas de cuero estilo Chesterfield. Coral me caía bien. La encontraba mucho más interesante que Perla, que me parecía un haba sin sal. Coral siempre tenía algo polémico que decir, y estaba clara en cuanto a lo que quería en la vida. Se parecía un poco a mí cuando yo tenía su edad. Yo era igual de intensa; sentía la misma ansiedad por apurar la copa de la vida hasta las heces.

Sacó un cigarrillo del bolso, lo encendió y le dio varias chupadas sin siquiera darme las buenas tardes.

—Me dijo Willie que Manuel y tú piensan casarse, y me alegró mucho la noticia —le dije—. No se preocupen por lo que diga Quintín, es un pesado y vive en otra época. El tiempo todo lo arregla. ¿No les gustaría ir juntos a buscar un piso donde instalarse cómodamente? Las Minas no es un lugar adecuado para vivir.

Coral dijo que lo pensaría, y no insistí. Se levantó de la silla y caminó hasta la mesa donde estaban las fotografías de la familia en marcos de plata: Buenaventura, recién llegado de España, con su sombrero cordobés inclinado en un ángulo picaresco que le sombreaba la cara; Rebeca, vestida de Reina de las Antillas con su corona de perlas; Arístides Arrigoitia, vestido con su uniforme de gala, en una recepción en los jardines de La Fortaleza junto al gobernador Winship; Willie y Manuel cuando eran niños, de pie en la entrada de St. Albans, y Manuel rodeándole a Willie los hombros con el brazo cariñosamente. Coral levantó esta última foto de la mesa y la examinó más de cerca.

Era mi foto preferida, y cuando la vi en manos de Coral, no pude evitar decirle:

—Es triste, ¿no es cierto? Por primera vez en la vida, Willie y Manuel han dejado de hablarse. No sabemos nada de Manuel desde que se fue de la casa; no nos ha venido a ver ni una vez.

Coral me dio la espalda y caminó hasta la ventana.

—¿Manuel está bien? No le ha pasado nada, ¿verdad? —le pregunté con ansiedad—. Está viviendo en Las Minas para congraciarse con sus amigos independentistas. Seguramente, le han exigido que se aleje de nosotros y de su casa. Les han comido el cerebro a los dos.

Lo dije con resentimiento. No pude evitarlo. Coral se volvió hacia mí.

—Nadie nos está obligando a vivir en Las Minas, Isabel—me dijo severamente—. Vivimos allí porque nos gusta; el arrabal es parte de nuestras vidas ahora. Creemos que, para cambiar el mundo, es necesario unirse al proletariado. Manuel no ha venido a verte porque no ha tenido tiempo. Cuando sale de Gourmet Imports va a las oficinas del partido, en donde trabaja hasta tarde en la noche. Pero está contento. Por primera vez en la vida tiene algo en que creer.

Ya Esmeralda me había contado sobre las ideas revolucionarias de Coral, así que sus palabras no me sorprendieron. En lugar de llevarle la contraria, empecé a hablarle de mi juventud; de cómo, antes de conocer a Quintín, yo había trabajado con Abby en los arrabales de Ponce, enseñándoles a los niños pobres a leer, a coser y a tomar fotografías, para que pudieran ganarse la vida.

—Nunca le he reprochado a Manuel que sea independentista—le dije—. En mi corazón, yo también lo soy.

Coral soltó una carcajada sarcástica.

—Te conozco bien, Isabel. Manuel me ha hablado mucho sobre tus ideales políticos. Pero esta casa tan lujosa, la vida regalada que llevas, te contradicen. ¡Toda la propiedad privada proviene del robo! Tú no eres más que una farsante y una traidora.

Quintín

Quintín estaba intranquilo. El detective privado que había contratado unas semanas atrás acababa de informarle que Manuel estaba metido en un lío serio. Coral y él se habían unido a un grupo de terroristas, el AK 47, que tenía su base de operaciones en Las Minas. La estadidad estaba tomando cada vez más impulso, y se esperaba que los estadistas ganaran el plebiscito. Faltaban dos meses todavía para que se celebrara la votación, y los independentistas estaban frenéticos. Seguramente desatarían una ola de violencia para intentar evitar que ganara la estadidad.

Pero Quintín estaba más preocupado aún por Isabel. La veía mal; estaba tan deprimida que ni se peinaba ni se pintaba; casi nunca salía de la casa. Se pasaba las horas sentada en el estudio contemplando la laguna por la ventana.

Quintín se sentía culpable porque, en vez de confesarle a Isabel que había encontrado el manuscrito y que lo estaba leyendo, se había enfurecido con ella y había añadido de su puño y letra comentarios insultantes sobre su familia en los márgenes de las páginas. Petra la estaba envenenando con sus mentiras, y debió decirle lo mucho que estaba sufriendo por todo aquello. Si se hubieran sincerado uno con el otro desde un principio, quizá él no habría perdido la paciencia con Manuel y su hijo no se habría ido de la casa.

Esta vez encontró cuatro capítulos nuevos en el estudio. Un total de doce capítulos sin leer, acumulados dentro del cartapacio marrón. A pesar de las órdenes que le había dado el médico de evitar todo tipo de actividad que pudiera excitarlo, Quintín se sentó ante el escritorio y empezó a leerlos con avidez. El capítulo que más lo impresionó fue «El banquete prohibido»; todo lo que Isabel narraba allí

376

era cierto. Tuvo una relación sexual con Carmelina; imposible negarlo. Pagó con creces por aquel desliz; Isabel lo magnificó hasta convertirlo en una traición monstruosa, que no le permitió olvidar por diecisiete años. No era un superhombre ni se las daba de serlo; el espíritu era fuerte, pero la carne era débil. En su manuscrito, Isabel lo pintaba como un demonio, pero él no era ni demonio ni santo. Era, sencillamente, un hombre, y había caído en tentación.

Después del malhadado episodio de Carmelina, se esforzó por ser un esposo leal, un buen padre, un proveedor responsable. Hasta había adoptado a Willie sin estar seguro de que fuera su hijo, nada más que para complacer a Isabel. Después de todo, Carmelina se había marchado de la casa inmediatamente después de su relación con él, y había vivido en Nueva York casi por un año. Un sinnúmero de amantes pudieron venir a continuación.

Pero sabía que estaba en desventaja. Si se celebraba un juicio de diorcio, Petra y todos los sirvientes de la casa testificarían en su contra, y él no podía soportar la idea de un escándalo público. Lo que más le dolía, sin embargo, era que Isabel no lo hubiera perdonado.

Isabel consintió a Willie desde un principio. Era su favorito, su apego por él se convirtió en una obsesión. Se enfurecía si alguien le hacía un desaire; era capaz de insultar a cualquier extraño en la calle si le parecía que lo menospreciaban. Quintín tenía que ser tan justo como Salomón, porque si no, Isabel desataba su cólera contra él. Quintín había logrado lidiar con aquella situación a duras penas cuando Willie y Manuel eran niños. Le tenía cariño a Willie. Pero no podía negar que quería más a Manuel, porque era su hijo.

Quintín empezó a sentirse mal. Su corazón era un tambor destemplado, batiéndole dentro del pecho. Amaba a Isabel sobre todas las cosas; no podía pensar en lo que sería su vida sin ella.

Dejó el manuscrito sobre el escritorio y decidió escribir su versión de lo sucedido el día del funesto pasadía en Lucumí. Quizá de esa manera lograría despertar la compasión de Isabel. El problema era que no podría escribir tan bien como ella. Su relato sería un remedo esquemático del suyo. Se le hacía fácil escribir sobre doña Valentina Monfort, sobre Margot Rinser, sobre Estefanía Volmer, adornando un poco las cosas aquí y allá, porque esas gentes no le importaban. Pero ¿cómo consignar su dolor en el papel, para que todo el mundo se enterase? ¿Cómo decir que tenía el corazón hecho pedazos sin sonar *a bolerista melodramático? ¿Cómo revelar su pasión vergonzosa por una mujer que lo rechazaba y barría el piso con él? Sabía que no lo lograría. Lo único que podía hacer era anotar un resumen insulso de los hechos.*

Quintín sacó una pluma de la gaveta del escritorio y empezó a escribir al dorso de una de las páginas del manuscrito:

«*El día del pasadía en Lucumí me sentía muy deprimido, pero hice un esfuerzo por aparentar estar alegre. La muerte de Margarita nos había afectado a todos. Manuel necesitaba que lo alegraran, y yo también. Pero Isabel no hacía el menor esfuerzo por infundirle ánimo a la familia. Resentida y distante, se encerró en un silencio hosco. Traté de consolarla, pero me alejó de su lado con una mano más fría que el hielo.*

»*El cangrejo es un afrodisíaco, todo el mundo lo sabe, y ese día en la playa me comí media docena y me bebí una botella de Riesling. De pronto me sentí inexplicablemente feliz. Me levanté de las dunas donde estaba sentado y vi a Carmelina a lo lejos, que nadaba hacia los mangles. Una fuerza poderosa me arrastró hacia ella y la seguí. Lo que sucedió entre nosotros fue algo que nadie, ni siquiera Dios Todopoderoso, hubiese podido evitar.*»

37

AK 47

Manuel se hizo miembro del Partido Independentista sólo para complacer a Coral, pero el resentimiento contra su padre lo fue radicalizando. Le repugnaba el conservadurismo político de Quintín, que pintaba la estadidad federada como la panacea de todos los males de la Isla.

Durante las noches, tendida en mi cama, me imaginaba a Manuel acostado junto a Coral en la choza de Alwilda, rodeado por los vahos miasmosos que fluían por debajo del piso, y el corazón se me hacía un puño. Me consolaba pensando que al menos no estaba solo. Conociendo a Coral, no hablarían de sus sueños románticos, como todos los enamorados, sino de cuál sería la manera más eficaz de componer el mundo.

Coral se había radicalizado aún más. Se enteró de que su abuela, doña Ermelinda, había sido líder obrera antes de conocer a don Bolívar Márquez, y que una vez había dirigido una huelga hasta las escalinatas del Capitolio que le había valido una paliza y varias semanas de cárcel. Viajó a Ponce, buscó su tumba en el Cementerio Viejo y dejó una rosa roja sobre su lápida. Un día, Coral le dijo a Quintín:

—El liberalismo es una mojigatería que no lleva a ninguna parte. Tenemos que dejar de ser Hamlets y decidirnos a actuar. A veces la violencia está justificada, porque sólo actuando se puede cambiar el mundo.

La situación política de la Isla seguía agravándose, y a todos nos sorprendió cuando el primer escrutinio que se celebró antes del plebiscito demostró que la estadidad llevaba una ligera ventaja: tenía el cuarenta y nueve por ciento de los votos. El Estado Libre Asociado tenía el cuarenta y seis por ciento y la independencia el cinco por ciento. Pero ningún escrutinio preelectoral era de fiar; los electores eran veleidosos y la situación podía cambiar de un día para otro. Los que favorecían el Estado Libre Asociado y la independencia insistían que ser un estado de la unión significaría la pérdida de nuestra cultura y de nuestro lenguaje. Los estadistas repetían una y otra vez los argumentos económicos por la radio y la televisión. Armados de estadísticas hasta los dientes, disparaban dólares y centavos como si fueran ametralladoras. La Isla recibía en aquel momento ocho mil millones y medio de dólares de fondos federales, pero el día que fuéramos estado recibiría tres mil millones de dólares más. Los beneficios del seguro social y de los programas de salud nacional serían el doble de lo que eran en aquel momento. Aun después de pagar las contribuciones federales el saldo a favor de la estadidad era enorme, por lo menos de cinco mil millones de dólares.

—No hay quien pare la estadidad—le repetía Coral a Manuel, descorazonada—. No seremos nunca un país independiente, y hasta el Estado Libre Asociado corre peligro ahora.

La atmósfera política en San Juan se tornó volátil; la gente se peleaba por cualquier cosa. Nuestro gobernador, Rodrigo Escalante, predicaba la estadidad con el fervor de un ministro evangélico, aunque hablaba inglés con un acento muy pronunciado. Como tenía la cabellera plateada, sus enemigos lo bautizaron «El Gallo Manilo» pero él les viró la tortilla y le sacó provecho al insulto. En adelante, siempre llevó un hermoso gallo americano, blanco como la nieve, a todos los mítines.

El gobernador Escalante era famoso por sus medidas estrictas contra los disidentes. Quería que el plebiscito se celebrase en una atmósfera de orden y de respeto a la ley. Por eso, cuando varios meses antes de la votación se celebró una huelga en la Universidad de Puerto Rico, ordenó a las tropas paramilitares de la policía que entraran en el recinto universitario. Varios estudiantes y un agente de la ley murieron en la refriega, y docenas de personas fueron golpeadas. En la oficinas de *El*

Machete, el periódico independentista, se declaró un incendio que dejó el edificio hecho cenizas, y nunca se capturó a los culpables. La policía les abrió expedientes secretos a todos los ciudadanos con tendencias independentistas, identificándolos como subversivos, a pesar de que el Partido Independentista estaba inscrito legalmente y participaría en el referéndum. Que un independentista viniera de visita era sumamente peligroso, porque inmediatamente ponía al anfitrión en la lista de los simpatizantes. Las casas, los teléfonos y los automóviles de los independentistas estaban intervenidos secretamente. De vez en cuando, bandas de maleantes rodeaban sus hogares a altas horas de la noche y apaleaban a todo el que intentara entrar o salir de ellos.

Tres meses antes del plebiscito, en agosto, Coral convenció a Manuel de que se uniera al AK 47, un grupo de activistas de filiación independentista. Nos enteramos a través del informe del detective privado que Quintín contrató para que le siguiese la pista a Manuel. Los del AK 47 se reunían casi a diario en Las Minas, en donde celebraban sesiones de estudio y capacitación. El lugar no quedaba muy lejos de la casita de Alwilda, y Manuel y Coral empezaron a asistir a ellas regularmente por las noches. Tenían que aprenderse de memoria *El libro rojo* de Mao y después recitarlo en voz alta; analizar y discutir *El Capital* de Carlos Marx, así como los discursos de Pedro Albizu Campos. Manuel leía muy despacio y se le hacía difícil quedarse sentado tanto tiempo descifrando aquellos textos aburridos. Pero gracias a la ayuda de Coral, que siempre los leía con él, fue adelantando poco a poco.

También estudiaban los informes civiles y económicos que el Gobierno de Puerto Rico publicaba oficialmente, y que detallaban el escalofriante incremento en el consumo de drogas, la tasa de desempleo que alcanzaba un dieciocho por ciento, los sueldos por debajo del salario mínimo, el deterioro de las escuelas públicas y de los hospitales municipales, la tasa de mortandad por homicidio —una de las más altas en el mundo— y los robos a mansalva. Todos estos males, insistían los AK 47, eran el resultado de la condición colonial de la Isla, que llevaba a la pérdida de la identidad y del respeto propio.

El plebiscito inminente, decían los AK 47, les daría a ellos la oportunidad de demostrarle al mundo que el ideal de la independencia no estaba muerto, que en la Isla todavía había gente íntegra. Puerto Rico debía ser una república socialista, estructurada libremente alrededor del modelo cubano. Cada cuatro años, al llegar la época de las elecciones, la Isla se dividía en dos: la mitad votaba por la estadidad, y la mitad por el Estado Libre Asociado y la independencia. El miedo mantenía a la isla equilibrada sobre el filo del cuchillo. Miedo a qué, les preguntó Manuel a los AK 47. Miedo a escoger por fin un camino, a abandonar la esquizofrenia colectiva. Después de todo, votar a medias era una manera de no decidirse. La polémica sobre si éramos puertorriqueños o americanos, sobre si debíamos hablar español o inglés, se había prolongado tanto que nos había atarantado el seso. Nunca decidiríamos lo que queríamos ser por nuestra cuenta propia. Necesitábamos que nos dieran un empujón, que nos ayudaran a escoger nuestro destino. Y los AK 47 estaban dispuestos a hacerlo.

Manuel y Coral se convencieron de que sus compañeros tenían razón. Se arrojaron con más ahínco que nunca a trabajar para la causa: recogían dinero, ayudaban a organizar huelgas, vendían *El Machete* por las calles, agitándolo sobre sus cabezas como una bandera mientras se jugaban la vida cruzando las calles en medio del zigzag vertiginoso de los autos.

Soñaban con una patria en la que todo el mundo fuera libre —de las drogas, de la ignorancia, de la pobreza—, donde nadie durmiera en sábanas de hilo bordadas y almohadones de pluma de ganso, como en la casa de la laguna, cuando otros tenían que dormir sobre piso de tierra. Y, lo que era más importante, querían ondear la bandera puertorriqueña y entonar el himno nacional sin que fuese un crimen, quedarse dormidos frente a una ventana abierta sin miedo a que alguien entrara a apalearlos. Y como ellos sentían un verdadero amor por su patria y por el proletariado al que ahora pertenecían, les dijeron los AK 47, todos los métodos de conquista eran válidos. Manuel y Coral estuvieron enteramente de acuerdo.

Cuando los AK 47 se enteraron de que Manuel era el tataranieto del coronel Arístides Arrigoitia, el renombrado jefe de la policía responsable de la matanza de los nacionalistas el Domingo de Ramos, y el hijo de Quintín Mendizábal, el millonario dueño de Gourmet Imports, le pidieron un donativo para la causa. Después de todo, la familia Mendizábal se había lucrado más que muchísimas otras de la manera desigual en que estaba distribuida la riqueza en la Isla. La casa de la laguna era prácticamente un mito en Las Minas. Todo el mundo había oído hablar de su terraza, confeccionada con mosaicos de oro de 24 quilates, en donde la gente bailaba y se divertía hasta el amanecer y en donde los sirvientes vivían en los sótanos. A él lo habían criado con cremas y natillas; su carne, sus huesos, sus pensamientos mismos eran el producto de la explotación inmisericorde del pobre. Era su deber hacerles un donativo generoso. Manuel dijo que no tenía dinero, que se había peleado con su padre y que lo habían echado de la casa, pero no le creyeron. El muchacho se sintió culpable e intentó reunir algún efectivo. Vendió su caña de pescar, su cámara Canon, su colección de sellos, hasta su Vespa azul, y le entregó todo el dinero a los guerrilleros, pero se rieron de él y le dijeron que no era suficiente.

Los AK 47 le sugirieron entonces que invitara a su hermano menor a las reuniones de capacitación. Si no podía contribuir enconómicamente, al menos podía traerles a un colaborador. Habían oído decir que Willie era muy listo; ya encontrarían la manera de que los ayudara. Manuel le envió entonces un mensaje a través de Perla, para que viniera a casa de Alwilda. Willie acudió enseguida; estaba ansioso por ver a su hermano. Fueron juntos a varias sesiones de capacitación.

Willie, Coral y Manuel se sentaban en el piso a leer juntos el libro de pensamientos de Mao Tse-tung. Manuel cogía todo aquello muy en serio, demasiado en serio, en la opinión de Willie. Los AK 47 nunca tocaban música, ni siquiera conversaban entre sí. Jamás se reían; andaban siempre con el ceño fruncido. Willie se fijó que cuando a Manuel le tocaba leer en voz alta los pensamientos de Mao, le temblaba la voz y bajaba la cabeza como si estuviera rezando. Pero Willie estaba contento de poder compartir con él y no le comentó nada. Al fin y al cabo, estaba de acuerdo con que había mucha injusticia social en la Isla.

Willie lo aprendía todo con una rapidez impresionante. Pronto, se sabía aquellos textos al revés y al derecho, y empezaron a darle algunas tareas en *El Machete*. Por las noches, escribía reseñas de libros y artículos en los que destacaba los males sociales. Un día, el líder de los AK 47 le habló en privado. Le preguntó si no le gustaría trabajar para ellos a tiempo completo, ayudando a diseñar una campaña de publicidad que favoreciera la independencia.

—Con el plebiscito a sólo un mes de distancia, necesitamos toda la ayuda que podamos conseguir —le dijo el líder—. No podemos pagarte por tu trabajo, pero estarás acumulando puntos para el futuro. Algún día te devolveremos el favor, cuando eliminemos a los traidores del poder.

Willie rechazó el ofrecimiento. Si trabajaba para ellos tendría que dejar de pintar, y eso era imposible. En ese momento estaba elaborando unas telas importantes, y quería terminarlas antes de regresar al Pratt Institute al final de las vacaciones.

Al cabecilla de los AK 47 no le hizo ninguna gracia la negativa de Willie. En la próxima reunión, lo amonestó públicamente. Sus cuadros eran egocéntricos; sólo trataban de comunicar un placer hedonista. ¿Dónde estaba el compromiso político de su obra? Era vergonzoso dedicarse a pintar aquellas figuras abstractas, aquellos rombos absurdos de colores, cuando el país se estaba hundiendo en la corrupción y se necesitaba tan urgentemente artistas que la denunciaran.

Willie se quedó sentado en el piso, sintiéndose avergonzado. Estaba esperando que Manuel mandara a callar a aquel mentecato, pero su hermano no pronunció una sola palabra. Se le quedó mirando con ojos de piedra, como acusándolo él también. Willie se molestó y se fue de la reunión dando un portazo. Regresó solo a la casa de la laguna en el Boston Whaler. Ésa fue la última vez que asistió a una reunión de los AK 47, o que intentó comunicarse con Manuel.

38

La huelga de Gourmet Import

Quintín empezó a desvelarse otra vez. A menudo se pasaba toda la noche deambulando por la casa en la oscuridad. Pero si yo me levantaba para ir a buscarlo y trataba de convencerlo de que se regresara a la cama, se enfurecía conmigo. A veces lo espiaba, ocultándome detrás de los muebles, y lo escuchaba rezándole a los santos de los cuadros. Una noche lo vi arrodillarse frente al San Andrés crucificado y lo escuché decirle: «Todos acabamos en una cruz, pero no me imaginaba que me sucedería tan pronto. Me he matado trabajando para que mi hijo pudiera llevar mi apellido con dignidad, y todo ha sido en vano».

Se acababa de enterar de que Manuel había dejado el trabajo; no había vuelto más por los almacenes. Petra nos informó que todavía estaba viviendo en la casa de Alwilda. El detective privado de Quintín descubrió que los AK 47 lo obligaban a cocinar para ellos, y hasta les limpiaba la casucha donde se ocultaban. Era como si Manuel se hubiese convertido en su rehén voluntario. Pero lo que más le molestaba a Quintín era que, en el Casino Español, en el Club Deportivo de Alamares, en todos los círculos sociales de San Juan, se comentaba que nuestro hijo era independentista.

Yo no me preocupaba por eso. Manuel tenía veintiún años; tenía derecho a creer lo que quisiese y a vivir como le diera la gana. Pero su silencio era una daga que me atravesaba el corazón. Ni una palabra, ni una llamada en más de tres meses.

Nos hubiésemos podido morir y ni se hubiese enterado. «Cuando uno quiere a un hijo hay que dejarlo que vuele —le oí decir a Petra una vez—. Pero eso no quiere decir que uno lo ha perdido. El día menos pensado vuelve a aparecerse por ahí.»

—El AK 47 es una organización peligrosa —nos dijo el detective privado—. La policía está tratando de atraparlos desde hace tiempo. Seguramente están a punto de cometer algún crimen, y entonces se esfumarán y Manuel tendrá que dar la cara.

Pocos días después, recibimos un anónimo: que dejáramos tranquilo a Manuel o tendríamos que atenernos a las consecuencias.

Quintín se enfureció y mandó a reforzar la vigilancia de Manuel. Varios agentes de la policía se unieron al detective privado y lo seguían a todas partes. Gracias a su abuelo, el coronel Arrigoitia, cuyo recuerdo todavía infundía respeto, a Quintín le quedaban algunos amigos en el cuartel.

Le preocupaba Gourmet Imports. Temía que si algo le pasaba a él, Gourmet Imports, así como nuestra casa y nuestra valiosa colección de arte, caerían en manos de la organización terrorista que se había apoderado de nuestro hijo. El día en que recibimos el anónimo, justo antes de salir para la oficina, Quintín me dijo que estaba pensando hacer un testamento nuevo. Quería poner todo su dinero a nombre de una fundación, la cual se ocuparía de manejarlo hasta que Manuel recobrase la cordura. Si Manuel nunca la recobraba, la fundación administraría sus bienes en el futuro y pondría a buen recaudo su colección de arte.

—¿Y qué pasará con Willie? Él no tiene la culpa de nada. No es justo que lo desheredes y que tenga que pagar por la locura de Manuel.

Pero Quintín insistió.

—No puedo dejar a Willie una fortuna si Manuel no hereda nada. Sobre todo, cuando nunca he estado seguro de si Willie es mi hijo.

Ese mismo día, después de que Quintín saliera para Gourmet Imports, Eulodia vino a mi cuarto y me dijo que Petra quería verme. Me estaba esperando en la sala comunal del sótano; Brambón, Eulodia y sus dos biznietas estaban con ella.

—Quiero que le adviertas algo a tu marido, Isabel —me dijo Petra secamente—. Por culpa de su soberbia, Manuel se fue de la casa, y ahora se le ha olvidado que la familia Avilés le permitió adoptar a Willie. Pero Willie nos pertenece a nosotros. Si Quintín lo deshereda, le diremos quién es su padre, y entonces perderá a sus dos hijos porque Willie pensará que está avergonzado de él.

Regresé a la planta alta llena de miedo. Tenía que esperar a que Quintín regresara de la oficina para informarle lo que había dicho Petra.

Quintín regresó por la tarde, pero no pude hablarle del asunto. Estaba muy alterado por lo que estaba sucediendo en Gourmet Imports.

—Nunca hemos tenido una unión, y de pronto Anaconda, que es una de las peores, se nos ha colado por el hueco de la cerradura —me dijo cuando nos sentamos a cenar. Yo había oído hablar de Anaconda, una unión casi tan poderosa como el Oso Negro. Ambas tenían fama de que, cuando abrazaban a su presa, no la soltaban hasta que le quebraban todos los huesos—. Les he dicho terminantemente a los empleados que no voy a permitirlo. Y ahora están amenazando con irse a la huelga.

Tenía tanta rabia que se pasaba dando mandobles en el aire con el cuchillo de plata, como si los huelguistas estuviesen allí presentes frente a nosotros. No me atreví a mencionar el asunto de Petra.

Al otro día Quintín despidió a cincuenta empleados, la mitad de los que trabajaban en Gourmet Imports, antes de que lograran consolidar la unión. Tenía sus espías entre ellos y le fue fácil descubrir quiénes eran los cabecillas. Pero ya era demasiado tarde. Muy temprano a la mañana siguiente —serían alrededor de las seis, porque todavía estábamos en la cama— sonó el teléfono. Era uno de los centinelas del almacén, para informarle a Quintín que un grupo de gente se estaba reuniendo frente a Gourmet Imports. Quintín se subió al auto y se fue para allá corriendo. Esa noche me contó lo sucedido.

Al llegar a los almacenes, se topó con una manifestación de los trabajadores frente a los portones. Éstos tenían un equipo de micrófonos instalado en un camión estacionado en la acera.

Algunos trabajadores se habían subido al techo del camión y desde allí le daban ánimo a los huelguistas repitiendo sus consignas. La calle estaba cubierta de basura: botellas de vino arrojadas contra las paredes del almacén, salchichas, jamones, cajas de bacalao vaciadas sobre la acera. Una jauría de perros ya se estaba cebando en todo aquello. Varias ventanas estaban rotas a pedradas. Quintín acababa de bajarse del auto cuando llegó la patrulla de la policía. Aquello fue una batalla campal. Agentes y huelguistas se cayeron encima a tablonazo limpio. Poco después, llegó la bomba de incendios de los bomberos, y barricron de allí a los manifestantes con sus mangas de agua.

Cuatro horas más tarde, la situación se encontraba bajo control. Quintín regresó a la casa a las cinco, agotado y con una herida en la sien derecha. Le habían arrojado una piedra al salir del almacén, me dijo mientras se restañaba la sangre con un pañuelo. Yo intenté ver cuán grave era la herida, pero Quintín no paraba de hablar. La huelga daría al traste con todas las ventas de la temporada de Acción de Gracias, decía. Las órdenes para los vinos, las nueces, el relleno del pavo, y hasta los pavos mismos, que se importaban de Free Range Farms, en Kentucky, y se almacenaban en las enormes neveras de Gourmet Imports, estaban llegando por docenas, y él no podría recibirlos porque se había quedado sin empleados. Tendría que colocar anuncios en el periódico, y empezar a entrevistar a docenas de personas para hacerse de un nuevo equipo de trabajadores, y, mientras tanto, los alimentos se pudrirían en el muelle. Aquello le significaba miles de dólares de pérdida. Juró que descubriría quién había sido el responsable de la huelga, aunque tuviera que sacarle la información con pinzas a los empleados que quedaban. Por fin logré tranquilizarlo y le curé la herida, que era superficial después de todo.

Esa noche serían alrededor de las diez, y Quintín estaba acostado con una bolsa de hielo en la cabeza, cuando me asomé de casualidad por la ventana de nuestro cuarto y se me heló la sangre. Los huelguistas se estaban reuniendo enfrente de nuestra casa, en la acera de la avenida Ponce de León. Habían llevado consigo los cartelones y las pancartas, y arengaban por un megáfono a un grupo de curiosos que se había congregado en la acera. Una huelga en Alamares era algo insólito. La gente de Barrio Obrero o de Las Minas, por ejemplo, nunca se atrevía a entrar a Alamares, en donde había un policía encargado de hacer que los desconocidos se trasladaran a otra parte. Pero esta vez era distinto. Había por lo menos cincuenta trabajadores marchando por la avenida flanqueada de palmas reales como si les perteneciera.

La sirvienta de los Berenson, la familia que vivía en una mansión victoriana con pórtico de columnas frente a nosotros; la de los Colbergs, quienes eran los dueños de la casa que colindaba con la nuestra, y que también había sido diseñada por Pavel, habían salido a la calle a ver qué pasaba. De pronto vi que Petra, Eulodia, Brambón, Carmina y Victoria, pulcramente uniformados, se les habían unido. La cara se me quiso caer de vergüenza cuando vi a nuestros vecinos empezar a salir de sus casas y congregarse también en la acera.

Los huelguistas empezaron a marchar en círculo, dando voces:

—¡Quintín, seguro, al pobre dale duro! ¡Quintín, seguro, contigo ni un mendrugo! —gritaban, sacudiendo los puños en alto y arrojando piedras en dirección de la casa.

Quintín dormía profundamente. El zumbido del aire acondicionado ahogaba por completo la gritería de afuera, hasta que una pedrada hizo trizas el cristal de la ventana y lo despertó. Salimos corriendo juntos a la calle y vimos a Willie junto a Petra, con una expresión tensa en la cara.

—¡Corre a la casa y llama por teléfono a la policía! —le gritó Quintín, mientras se agachaba a coger una piedra del piso. Pero Willie no se movió. Era como si le hubiesen crecido raíces en las plantas de los pies.

La calle estaba completamente oscura, porque los manifestantes habían fundido los faroles de la acera a pedradas. A la cabeza de la manifestación marchaba un hombre alto, que gritaba: «¡Quintín, avaro, al pobre ni un andrajo». No podía verle la cara pero lo reconocí al instante: era Manuel.

Se movía con pasos felinos y casi líquidos, dirigiendo a los que cantaban como si se tratase de un coro endemoniado mientras sacudía la cabeza y agitaba sus largos cabellos de un lado para otro con desafío. Había algo de fiera en la mirada relampagueante que me dirigió cuando me vio parada en la acera. Quería hacerme unir al motín en el cual su propio padre era arrastrado por el fango. Empecé a temblar, y miré para otra parte.

—¡Ya sé cómo bregar con estos hijos de puta! —gritó Quintín, y desapareció corriendo dentro de la casa. Temí que fuera en busca de la pistola de Buenaventura y le grité a Willie que lo atajara. Pero a Quintín se le había ocurrido otra cosa. Del jardín de atrás de la casa salieron corriendo dos relámpagos negros en dirección de la calle. Quintín había soltado a *Fausto* y a *Mefistófeles*.

Los perros eran feroces. Sólo se dejaban sueltos tarde en la noche, y estrictamente dentro del recinto del jardín que se encontraba rodeado por una verja. Rondaban la casa, protegiéndola de los asaltos. Me quedé petrificada cuando los vi ladrando y soltando espuma por la boca. Los vecinos, los sirvientes, los manifestantes, todo el mundo salió corriendo despavorido. Pero Manuel y un grupo de huelguistas armados con palos y piedras se mantuvieron firmes ante el asalto.

En ese preciso momento llegó la patrulla de la policía y en medio de un remolino de sirenas y de luces azules, desbandaron el motín. Los perros también huyeron, acobardados por los disparos al aire. Manuel salió corriendo con su pandilla, perseguido por la policía. Yo me preocupé, porque no veía a Willie por ninguna parte. De pronto lo vi corriendo junto a Manuel, tratando de defenderse de la lluvia de porrazos de los agentes. Lo habían tomado por un huelguista y tenía la cara ensangrentada. Manuel tenía las piernas largas pero a Willie lo agarraron enseguida. Vi que lo esposaron y lo perdí de vista. Manuel y sus compañeros siguieron corriendo en dirección a un camión destartalado, que los esperaba al final de la calle. Dejaron atrás a los policías, pero los perros venían pisándoles los talones. Algunos sangraban a causa de los golpes, pero todos lograron subirse a la parte de atrás del camión. Éste arrancó y empezó a alejarse lentamente, con los perros ladrando detrás furiosos.

Entonces sucedió algo insólito. Manuel saltó del camión a la calle y se enfrentó a los perros. Uno de sus compañeros le arrojó una varilla de construcción desde el vehículo, y Manuel la empuñó como si fuera una lanza. *Mefistófeles* reconoció a Manuel y se detuvo, empezó a mover la cola como para saludarlo. Pero a *Fausto* el olor a sangre lo había enardecido y se le abalanzó encima. Manuel le arrojó la varilla y lo atravesó de costado a costado. Entonces corrió detrás del camión, se subió a la plataforma trasera y desapareció. De un salto Quintín estaba junto a *Fausto* y lo tomó entre sus brazos, pero estaba muerto.

Mientras tanto yo me estaba volviendo loca, porque no lograba localizar a Willie por ninguna parte. Por fin, vi a un grupo de agentes que golpeaban a alguien y me les acerqué gritando. No me querían dejar pasar; sus cuerpos formaban una muralla azul, embutida de músculos. Adiviné que era Willie. Como los demás se les habían escapado, se estaban ensañando con él. Por entre el bosque de piernas que terminaban en zapatos que parecían bólidos de pólvora negra, por las patadas que estaban dando, pude ver a mi hijo tirado en el suelo. Tenía espuma saliéndole por la boca y los ojos virados para atrás, como cuando le daba un ataque epiléptico.

Empujé y pateé a los agentes que tenía enfrente hasta que logré llegar a donde Willie; pero Petra se me había adelantado. Parecía un molino de viento; sus brazos volaban como aspas, asestando golpes a diestra y siniestra, y sus pulseras de metal sonaban como relámpagos. Los agentes de la policía estaban tan sorprendidos ante aquel espectáculo, que no se atrevieron a detenerla y la dejaron pasar. Entre las dos, levantamos a Willie del suelo y lo llevamos hasta la casa.

Willie permaneció inconsciente durante horas. Llamamos al médico y nos dijo que lo más recomendable era no moverlo. Le recetó algo para evitar los coágulos, en caso de una hemorragia interna. Petra y yo lo cuidamos toda la noche, poniéndole compresas en las heridas y dándole a beber infusiones medicinales.

—Está vivo gracias a la figa de Elegguá —dijo Petra—. Afortunadamente, la llevaba puesta.

Al día siguiente, Willie recobró el conocimiento pero seguía muy débil. Tenía el ojo derecho tan hinchado que no podía abrirlo.

Manuel desapareció. Se fue de la casa de Alwilda, y ahora nadie, ni siquiera Petra, sabía dónde encontrarlo. Coral, seguramente, sabía su paradero, pero no confiaba en nadie. Se regresó a vivir con sus padres y dejó de visitarlo, para no darles la pista a los detectives. Quintín juraba que Manuel se había refugiado con los terroristas.

—Quiero que la policía lo encuentre —le gritó al oficial del cuartel de Alamares por teléfono—. ¡Por culpa suya somos el hazmerreír de Alamares!

Willie pensaba que los AK 47 habían secuestrado a Manuel. Habló con Quintín y le dijo lo que pensaba. Manuel era incapaz de participar en aquel motín a menos que lo hubieran obligado. Quintín lo regañó por estar inventándose excusas para defender a su hermano. Yo todavía no había podido librarme del terror que me invadió durante la huelga. La ira que había visto en la cara de Manuel me había helado la sangre. Casi no lo había reconocido. Me hizo pensar en uno de los demonios del cuadro de Filippo d'Angeli, *La caída de los ángeles rebeldes*.

Cuando finalmente desapareció la hinchazón, Willie descubrió que por ese ojo no podía ver bien, y lo llevamos al oftalmólogo. Éste lo examinó y descubrió que se le había desprendido la retina a causa de los golpes. Le recetó espejuelos, pero le informó que nunca recobraría la visión completa por ese ojo. Me enfurecí con Quintín. De él haber intervenido a tiempo, los agentes de la policía no se hubiesen atrevido a darle a Willie aquella paliza tan tremenda. Pero estaba tan agotada emocionalmente que no tuve ánimo para reprochárselo. La adrenalina provocaba a veces en los hombres un comportamiento extraño. Quién sabe si era verdad lo que decía Quintín, y no se había dado cuenta de que los agentes estaban golpeando a Willie.

Poco a poco, mi furia contra Quintín se fue calmando. Él también estaba sufriendo; había perdido a su hijo preferido. Debíamos consolarnos el uno al otro, compartir nuestra tragedia. Hice lo posible por intentarlo, pero no me valió de nada.

La presencia de Manuel a la cabeza del motín impulsó a Quintín a redactar el testamento del que me había hablado.

—Manuel es un líder de Anaconda, una de las uniones más feroces de la Isla, y es también un terrorista. ¿Crees que es justo que herede Gourmet Imports? —me preguntó una noche en un tono duro, como si yo tuviera la culpa de lo sucedido—. Seguramente donará nuestra fortuna a la causa independentista. Willie no se opondrá, porque tiene a su hermano en un pedestal y hace lo que le dice siempre. A ninguno de los dos les importa un bledo el buen nombre de los Mendizábal. Mi fortuna se merece un destino mejor que ése.

Y ese mismo día hizo venir a la casa al señor Doménech para que redactara el testamento, y me hizo firmarlo con él.

Ni siquiera intenté defender a Manuel; sabía que no tenía remedio. Pero Willie era distinto. No había participado en la huelga; lo habían apaleado, y era inocente. Era injusto que lo desheredáramos. Pero me tranquilicé pensando que, con el tiempo, a Quintín se le pasaría la saña, y confié en hacerle cambiar de opinión más tarde.

39

La amenaza de Petra

Al día siguiente, a la hora del desayuno, Petra entró al comedor con paso decidido. Llevaba atado a la cintura su delantal blanco como tela de coco y el cuello adornado con sus alegres collares de colores. Me quedé asombrada ante su transformación; hacía sólo unos días casi no podía subir las escaleras para venir a cuidar a Willie, y ahora parecía la misma de antes. Carmina era la que nos servía siempre el desayuno y le pregunté a Petra que dónde estaba.

—Se fue con el resto de los sirvientes a Las Minas, al bautizo de una de mis tataranietas —dijo Petra— y no regresará hasta esta tarde.

Petra nos sirvió un café con leche delicioso, acabadito de colar, y subió un platón de mallorcas recién horneadas de la cocina.

—Les estoy sirviendo el desayuno porque hoy es el cumpleaños de Buenaventura —nos dijo Petra gravemente. Estaba de pie junto a Quintín, con las manos dobladas sobre el delantal. Quintín se puso los espejuelos y abrió la primera página de *La Prensa*.

—Tienes razón, Petra —le dijo, después de leer la fecha en el encabezamiento—. Estamos a septiembre 18 de 1982. Buenaventura nació en septiembre 18 de 1894. Hoy hubiese cumplido ochenta y ocho años. Te agradezco que te acuerdes de él.

—Tu padre me trajo a esta casa hace más de cincuenta años —añadió Petra, aún más solemnemente—. Yo estaba a su lado cuando murió y estaba con Rebeca cuando tú naciste. Les he servido fielmente. Nunca te he reprochado nada, ni siquiera cuando te enredaste con Carmelina en los mangles. ¿Es cierto que hiciste un testamento en el que le dejas toda tu fortuna a una fundación? —La cara se le había puesto gris.

Quintín la miró distraído y siguió mojando la mallorca dentro del tazón de café con leche.

—Y si la respuesta fuera sí, ¿a ti qué te importa? —le contestó con frialdad.

Petra lo miró de hito en hito. Como era tan alta, y estaba muy cerca de la mesa, sostenía la cafetera de plata todavía humeando justo encima del hombro de Quintín. De pronto vi a Petra asestarle tremendo golpe a Quintín en la crisma con la cafetera. No sucedió nada por el estilo, fue sólo una visión aterradora que pasó como un relámpago frente a mis ojos, pero me dejó temblando.

—Willie es el nieto de Buenaventura, pero es también un Avilés —le recordó Petra—. Si desheredas a Willie, le diré el secreto de Carmelina, y toda la familia Avilés se te opondrá. —Su voz retumbó por la casa.

Quintín empujó hacia atrás la silla sin inmutarse y se levantó.

—Lo siento mucho, Petra —le dijo—. Siempre he tratado de ayudar a Willie lo más posible; nadie en San Juan hubiese sido tan generoso como yo. Pero si insistes en que es mi hijo, lo negaré en corte. No tienes prueba ninguna.

Era la primera vez que Petra desafiaba a Quintín. Lo había defendido en los momentos más difíciles, hasta después del suicidio de Ignacio. En su opinión, la quiebra de Mendizábal no había sido culpa de Quintín, sino el resultado de una ley inexorable: el pez más fuerte siempre devora al más débil. Aparentemente, el caso de Willie era distinto.

Me levanté de la mesa y corrí detrás de Quintín, que ya iba saliendo por la puerta. Le puse una mano sobre el brazo para aplacarlo.

—Tienes que perdonar a Petra —le dije en voz baja—. Es una anciana y no sabe lo que está diciendo.

—Por supuesto que la perdono —me contestó Quintín bruscamente—. Pero ya es hora de que se mude a vivir con sus parientes a Las Minas. Mañana mismo tendrá que marcharse.

Me sentí frustrada. Había estado de acuerdo con Petra en todo y no me había atrevido a defender a Willie.

Quintín

Esa noche, mientras descansaba en la cama, Quintín repasó en su mente lo que Petra le había dicho; ahora entendía por qué lo odiaba. Willie creía que era adoptado; nunca le había dicho que era su hijo o que tenía derecho a la fortuna de los Mendizábal. Pero Petra estaba convencida de ello. No le perdonaba lo del testamento a Quintín.

Era su dinero; se lo había ganado con el sudor de su frente y podía hacer con él lo que le diera la gana. La Fundación Mendizábal era una causa noble; gracias a ella, San Juan tendría su primer museo de arte. Además, no era cierto que Quintín fuese a desheredar a Willie ni a Manuel, como afirmaba Isabel falsamente en su manuscrito. Cuando él pasara a mejor vida, sus dos hijos recibirían unas rentas generosas por el resto de sus días, así como también Isabel. Pero nada de esto le hacía mella a Petra. Ella quería que Willie lo heredara todo: Gourmet Imports, la colección de pintura, el dinero depositado en el banco, en fin, la fortuna completa de los Mendizábal.

Fue como si un relámpago lo iluminara. Isabel no se encontraba bajo el hechizo de Petra, eso era una fantasía suya, un invento de su subconsciente porque no podía soportar la idea de perderla. Isabel y Petra eran aliadas, y estaban escribiendo juntas el manuscrito para destruirlo. Querían que la novela fuese un escándalo de tal magnitud, que la fundación quedaría desacreditada antes de nacer. ¿Cómo iba a existir una Fundación Mendizábal para beneficiar al pueblo si la familia estaba desacreditada por completo? ¿Quién asistiría a aquel museo? Tenía que tomar la situación bajo control. Destruiría el manuscrito esa misma noche.

Quintín se levantó y entró al estudio. Sacó la gaveta del escritorio de Rebeca y abrió el compartimento secreto. Pero el cartapacio de la novela no estaba allí. Introdujo la mano en el hueco y tanteó en la oscuridad, pero no encontró nada.

Fue directamente al dormitorio y encendió las luces. Isabel se sentó en la cama, sobresaltada. Le preguntó si sucedía algo. Quintín la agarró por los hombros y la sacudió violentamente.

—¿Qué has hecho con el manuscrito de La casa de la laguna? —le dijo, blanco de ira—. Estaba en el escritorio de Rebeca antes de la huelga.

—¿Cómo te atreves a leer mi manuscrito? —le gritó Isabel, saltando fuera de la cama—. No tenías ningún derecho a hacerlo.

—¿Cómo te atreviste a escribirlo? —le ripostó Quintín, ya fuera de sí—. Te juro que si lo publicas, te mato.

—¡Nunca lo vas a encontrar! —le gritó a su vez Isabel. Y entonces añadió, silabeando las palabras con odio—: ¡Te mataré yo primero!

OCTAVA PARTE

CUANDO LAS SOMBRAS SE AVECINAN

Isabel

Decidí bajar a los sótanos para hablar con Petra. Quería asegurarle que no tenía nada que ver con la decisión de Quintín de desheredar a nuestros hijos. Petra estaba rezando. Me había acostumbrado tanto a escuchar sus rezos que yo también había empezado a creer un poco en Elegguá, sobre todo después de ver cómo la figa había protegido a Willie durante la huelga. De pronto, se me ocurrió que si le entregaba el manuscrito a Petra para que Elegguá lo custodiara, a lo mejor la paz regresaba a nuestro hogar. Quién sabe si Manuel abandonaba el AK 47; si Willie recobraba la visión del ojo derecho; si Quintín se arrepentía y destruía aquel testamento injusto.

Subí otra vez a la planta alta y entré al estudio. Retiré el cartapacio del manuscrito del escritorio, bajé al sótano y se lo entregué a Petra.

—Estos papeles son muy importantes —le dije—. Me gustaría que los guardaras por un tiempo. Le he hecho una promesa a Elegguá, para que proteja a mis dos hijos.

Pasaron tres años antes de que volviera a escribir una sola palabra de la novela. Willie y yo nos mudamos a Florida con la ayuda de Mauricio Boleslaus, nuestro amigo comerciante de arte. Nos refugiamos en Anastasia, un islote estrecho en la costa este de la península, que nos agradó por su tranquilidad. Algunos meses más tarde nos mudamos a otro islote más al sur, en donde compramos una pequeña casa rodeada de hermosos naranjos. Todos los meses nos llega un cheque de Mauricio, y gracias a él llevamos una vida placentera aunque sin lujos.

Al año de estar aquí, ya Willie se había repuesto de los ataques epilépticos casi por completo. Había recobrado fuerzas suficientes para empezar a pintar de nuevo. Yo me sentía enormemente aliviada. Unos años más tarde Willie llegó a ser un pintor reconocido, y sus cuadros se exhiben hoy en las galerías más prestigiosas de Estados Unidos. Petra había tenido razón después de todo, cuando le vaticinó a Willie un futuro de grandes logros.

Llegamos a Anastasia en diciembre y nos alojamos en un pequeño hotel de la costa. Frente al hotel había un muelle desde el cual los pescadores arrojaban sus redes y las sacaban llenas de peces todas las mañanas. Me gustaba pasear por allí y observarlos. Antes de meterlos en cajones de madera con hielo, los pescadores retiraban los más pequeños de la red y los volvían a arrojar al mar. Docenas de pelícanos volaban enardecidos a su alrededor, dando aletazos y gritos y levantando un remolino blanco sobre la superficie del agua. El eterno drama del mundo se repetía ante mis ojos: el pez más fuerte siempre se come al más débil.

Después del banquete de los pelícanos me quedaba sentada en el muelle durante horas, arrebujada en mi suéter de lana negra mirando la superficie plomiza del Atlántico. La playa de Anastasia era desolada, un pino solitario ondulaba en el viento. Pensaba en el tibio océano que rodea a San Juan con su zafiro profundo, pero no tenía absolutamente ningún deseo de regresar a la Isla.

Contemplar el Atlántico me consolaba. Los muertos y los vivos descansaban entre sus brazos: Abby, mamá, papá y Manuel en Puerto Rico; Willie y yo en Florida. Recordé lo que Petra había dicho poco antes de morir: «El agua siempre es amor, porque hace posible la comunicación».

No fue hasta muchos años después, cuando ya nos habíamos mudado a vivir a Long Boat Key, y la paz de este lugar maravilloso había por fin sanado mis heridas, que regresé a terminar de escribir La casa de la laguna. *Yo sé que publicar la novela puede tener consecuencias funestas para mí, pero un relato, como la vida misma, nunca se completa hasta que alguien con un corazón comprensivo lo escucha y comparte.*

Quintín nunca leyó lo que sigue. Nunca tuvo la oportunidad de añadir sus comentarios iracundos al margen de estas páginas, o de estampar sus pensamientos torturados en ellas. Pero se enteró de cómo terminó la novela; porque ésa es la historia que voy a contar ahora.

40

El viaje de Petra al otro mundo

Unos días después de la disputa entre Quintín y Petra, Eulodia tocó a la puerta de nuestro dormitorio y me despertó.
Afuera todavía estaba oscuro; no podían ser más de las cinco
de la mañana. Seis mujeres acababan de llegar en bote desde
Las Minas, me dijo en un susurro para no despertar a Quintín,
y estaban esperando en el sótano.

—Quieren ver a Petra —añadió asustada—. Pero cuando
fui hasta su cuarto y toqué varias veces, no me contestó nadie.
Traté de abrir la puerta, pero la encontré cerrada con llave. Me
temo que algo anda mal.

Me puse la bata y bajé enseguida al sótano con Eulodia.
Abrí la puerta del cuarto de Petra con la llave maestra, y la encontré tendida en la cama con los ojos cerrados. Sospeché que
le había dado un derrame durante la noche, pero entonces vi su
ropa colocada cuidadosamente a su alrededor: su mejor falda
de satén rojo, su blusa de encaje de mundillo y sus collares de
semillas. Cuando me acerqué, vi que todavía respiraba.

Estaba a punto de salir del cuarto para ir a buscar ayuda
cuando las cuatro mujeres que habían llegado hasta la casa en bote
entraron silenciosamente al cuarto y rodearon la cama de Petra.
Las reconocí al instante. Eran las mismas que había visto durante
el pasadía en la playa de Lucumí, sólo que ahora vestían enteramente de blanco, y llevaban turbantes blancos sobre la cabeza.

—No te preocupes, Isabel. Nosotras nos encargaremos de
todo —me dijeron—. Pronto empezará a llegar la gente.

¿Cómo se habían enterado de que Petra estaba moribunda? Me di por perdida; mejor era no intentar descifrar los misterios de Elegguá.

Las mujeres empezaron a rezar en voz baja, mientras frotaban el cuerpo de Petra con ungüentos y hierbas. Yo no entendía nada de lo que decían, pero a veces me parecía reconocer algunas palabras que Petra le cantaba a Carmelina cuando era niña: «*Olorún, kakó koi bére; da yo salú orissá; da yo salú Legbá*». Cuando terminaron de ungirla, la vistieron cuidadosamente y la peinaron. Unos minutos después, empezaron a llegar botes cargados de gente. Salí del cuarto para avisarle a Quintín y a Willie lo que estaba sucediendo, y cuando atravesé el salón comunal vi a Carmina y a Victoria ayudando a Eulodia con la comida. Circulaban bandejas con tazas de café con leche entre los presentes, así como bizcochuelos y vasitos de ron. Aquello tenía un aire sospechoso, como si hubiese sido planeado de antemano.

Cuando Quintín, Willie y yo bajamos una hora después, el velorio se encontraba en pleno apogeo. El sótano estaba abarrotado de gentes, y más botes seguían llegando de Las Minas. Sacaron la cama de Petra al salón comunal y le encendieron velas alrededor. Armaron un pequeño altar para Elegguá en una de las esquinas, y lo decoraron con flores. Frente al santo colocaron un carrucho rosado, varios cigarros y media docena de bolas rojas que los parientes habían traído como ofrendas. Había gente cantando y rezando por todas partes. Cuando me acerqué a la cama, vi que Petra agonizaba. La piel se le había puesto color ceniza, y tenía los labios resecos.

Muy pronto el ron comenzó a entonarle los ánimos a todo el mundo. Los parientes hablaban en voz alta y parecían a la espera de algo a punto de suceder. Quintín y yo nos retiramos hacia el fondo de la sala, para no entorpecer la celebración, pero Willie se arrodilló junto a la cama de su abuela. No le tenía miedo a la muerte; le había visto la cara muchas veces durante sus ataques de epilepsia. Tomó la mano de Petra entre las suyas y se la besó; luego, se sacó el pañuelo del bolsillo y le secó el sudor que le humedecía la frente.

—¿Hay algo que pueda hacer para que te sientas más cómoda, abuela? —le preguntó Willie calladamente. Me sorprendió que la llamara «abuela», era la primera vez que lo hacía, pero supuse que había sido de cariño.

Petra abrió sus ojos enormes, y se le quedó mirando.

—Sí, puedes —le dijo claramente—. Entre los Avilés es costumbre, antes de que muera el custodio de Eleggúa, que se le adjudique al santo un nuevo dueño. Mis parientes están esperando que yo decida. Por lo general, se pasa al miembro de la familia que tiene más autoridad, pero yo quiero que tú lo recibas.

Y Petra le ordenó a las mujeres que le trajeran la imagen de Eleggúa a la cama, así como la caja de cartón en la que estaban guardados sus juguetes: el carrucho, los cigarros y las bolas de goma que unos minutos atrás se encontraban expuestos sobre el altar. Willie aceptó ambas cosas y las sostuvo con veneración contra su pecho.

Entonces, las seis mujeres levantaron a Petra de la cama y la cargaron hasta el manantial subterráneo. Me llamó la atención que supieran exactamente dónde se encontraba, cuando nunca habían visitado la casa. Entraron todas juntas en la alberca de cemento, sin molestarse en quitarse las faldas, y sumergieron lentamente el cuerpo de Petra en el agua. Cuando sintió la frescura del líquido sobe la piel, Petra pareció revivir por un momento. En sus labios apareció una media sonrisa, como si la hubiesen librado de un gran peso. Willie se le acercó, con el agua hasta la cintura.

—Buenaventura tenía razón —le dijo Petra—. La vida empieza y termina en el agua. Por eso, hay que aprender a perdonar. —Entonces dio un gran suspiro y cerró sus ojos enormes.

Esa noche, los parientes de Petra colocaron su cuerpo en un ataúd abierto y lo montaron en una barca cubierta de flores. El cortejo fúnebre, iluminado por velas que parpadeaban por entre los mangles, viajaría hasta la playa de Lucumí, en donde Petra había pedido que la cremaran, para que el mistral transportara sus cenizas hasta las costas de África. La caravana de botes que navegó en pos de la barca fúnebre fue tan larga que atravesó el manglar de extremo a extremo, y por un momento unió el elegante barrio de Alamares al arrabal de Las Minas.

Quintín se quedó en casa y no quiso ir al entierro de Petra. Dijo que no se sentía bien. Willie y yo fuimos solos en el Boston Whaler. Y mientras navegábamos, cantando y rezando por el laberinto de arbustos poblados de garzas y de criaturas que se escabullían en la oscuridad, le di gracias a Petra por todo lo que había hecho por nosotros. Su nombre le iba bien: Petra quiere decir piedra, y desde que la conocí, Petra había sido la roca sobre la cual la casa de la laguna estaba fundada.

41

Quintín le propone a Isabel un trato

Al día siguiente del entierro de Petra, Quintín me tomó cariñosamente la mano a la hora del desayuno.

—Creo que debemos discutir tu manuscrito abiertamente, Isabel —me dijo en un tono conciliatorio—. Hace semanas que lo estoy leyendo, y yo sé que tú sabes que lo estoy leyendo. Hagamos un trato. Si me prometes no publicarlo, te prometo que destruiré el testamento. Estoy dispuesto a perdonarte si tú me perdonas.

Lo miré estupefacta. No podía creer que hubiese tenido los cojones de hablarme por fin del asunto.

—Es absurdo empeñarse en custodiar una fortuna después de muerto —me dijo para aplacarme—. Después de todo, todavía soy joven. Puedo vivir algunos años más, a pesar de mi enfermedad. ¿Y quién sabe lo que nos traiga el futuro? A lo mejor dentro de dos años Manuel ya no es independentista y regresa a trabajar conmigo a Gourmet Imports. La policía me informó que Willie no tuvo nada que ver con la huelga, tal como tú dijiste; fue una equivocación castigar al pobre muchacho por eso. Acabo de llamar al señor Doménech por teléfono a la oficina para que traiga el testamento a la casa, y lo destruiremos juntos. Entonces podremos deshacernos también de tu manuscrito.

Bajé la cabeza y sentí una marea de resentimiento que me ahogaba.

—¿Y qué te pareció la novela? —le pregunté, sin poder evitar que me temblara la voz—. ¿Te gustó? Si la destruyo, tú habrás sido mi único lector, Quintín.

Fue implacable conmigo.

—Tu novela tiene algunas partes bien escritas, Isabel —me dijo—. Pero no es una obra de arte. Es un alegato independentista, un manifiesto feminista y, lo que es peor, falsea la historia. Aunque decidieras no hacer el trato conmigo, yo que tú no la publicaba.

—Mi novela no es sobre política —le respondí—. Es sobre mi emancipación de ti. Tengo derecho a escribir lo que pienso y tú nunca has podido aceptarlo. —Y entonces añadí—: Lo siento, pero no puedo hacer un trato contigo, Quintín. No tengo la menor idea de dónde está el manuscrito. Se lo di a guardar a Petra después de la huelga, y esa misma noche enfermó. Nunca me dijo dónde lo había puesto, y yo no llegué a preguntárselo. Podría estar escondido en cualquier sitio de la casa, o a lo mejor se lo llevó consigo al otro mundo. Tendrás que viajar hasta allá a pedírselo, Quintín.

Quintín no me creyó. Buscó por todas partes: vació los roperos de las habitaciones, los libreros del estudio, prácticamente viró el sótano al revés, pero no encontró el manuscrito.

Yo lo busqué también por mi cuenta, sin que Quintín lo supiera, pero tampoco tuve suerte. Al principio aquello me trastornó; no podía creer que algo que había sido tan parte mía se hubiera esfumado sin dejar rastro. Entonces poco a poco me fui conformando con mi suerte. Quizá era lo más sabio que la novela se hubiese perdido. Era mi sacrificio secreto a Elegguá, para que protegiera a mis dos hijos.

42

La clarividencia de Willie

Cuando nuestro amigo Mauricio Boleslaus se enteró de que Willie había sufrido un desprendimiento de la retina, y de que no podría volver a pintar, enseguida vino a visitarnos. Había montado una exposición con algunas de las pinturas de Willie en su galería del Viejo San Juan, y le habían hecho muy buenas reseñas; hasta vendió varios de los cuadros.

—Esto es una tragedia para el mundo del arte —le aseguró a Willie, abrazándolo.

Yo hacía meses que no sabía de Mauricio, y verlo entrar a la casa con sus estrambóticos guantes de gamuza gris, su barbita perfumada y su pañuelo de seda en el bolsillo me alegró enormemente.

Charlamos toda la tarde. Le conté, con lujo de detalles, la huelga y la golpiza de Willie. El que Manuel se hubiese hecho miembro del Partido Independentista nos había asombrado a todos, le dije. Pero desde que se apareció con los huelguistas a marchar por la avenida Ponce de León, nuestros vecinos se negaban a saludarnos. Eran una partida de trogloditas, sólo vivían para sí mismos. Estaba harta de ellos y arrepentida de haberlos invitado a mi casa.

Mauricio me dio unas palmaditas afectuosas en el hombro.

—Deberías darte un viajecito; visitar París, Londres, Roma. ¡En el mundo hay tanta belleza! Te aseguro que la vida vale la pena vivirla. Me encantaría acompañarte —me dijo, haciéndome un guiño. Me reí y le di las gracias, pero desgraciadamente irme de viaje era imposible en aquel momento.

Willie le dijo a Mauricio que se sentía algo mejor. Le contó sobre la muerte de Petra —que yo no había querido mencionar— y sobre su extraordinario velorio. Había enterrado la imagen de Elegguá en el cuarto de Petra, dijo Willie, no porque creyese en los ritos de santería, sino porque le pareció lo apropiado, ya que Petra había pasado casi toda su vida allí. Había guardado la caja de juguetes debajo de su cama, para tener un recuerdo suyo.

Mauricio encontraba a Petra fascinante; siempre que venía a visitarnos nos preguntaba por ella. El interés de Mauricio por Picasso, Modigliani, Wifredo Lam y otros artistas modernos como ellos le habían despertado la curiosidad por los ritos mágicos de origen africano. Una vez, le sugirió a Petra que le enseñara la imagen de Elegguá, y Petra se ofendió profundamente. Mauricio tuvo que traerle una caja de chocolates para que se le quitara el enojo.

—Ahora que Petra ya no está, me encantaría ver al ídolo. Podríamos ir al sótano y exhumarlo juntos —le dijo a Willie en broma.

Pero Willie no quiso.

—Petra le rezó a Elegguá durante muchos años —dijo—. Sería una falta de respeto.

Willie todavía se sentía débil y decidió no regresar al Pratt Institute ese otoño. Ingresó en la Universidad de Puerto Rico, en donde las clases ya habían empezado. También le pidió a Quintín que le diera un trabajo temporero en Gourmet Imports. Tenía mucha habilidad con las computadoras; yo le había regalado una cuando cumplió los dieciséis años, y podía escribir anuncios y hasta desarrollar una campaña de publicidad en ella. Quintín estuvo de acuerdo. Le regaló un Toyota del 75 de segunda mano, que había pertenecido a uno de sus vendedores, para que se le hiciera más fácil ir de la universidad al trabajo en las tardes.

Willie no había mencionado para nada el secreto de Petra, y pensé que era mejor ignorar el asunto. No estaba segura de si Petra había tenido tiempo de comunicárselo. Si Willie no lo sabía, a lo mejor podía resentirse con su padre por lo de la he-

410

rencia. Pensé que la decisión de que empezara a trabajar en Gourmet Imports era una decisión sabia. De esa manera se irían resanando las heridas, y a lo mejor más tarde Quintín cambiaba de opinión sobre lo del testamento.

Hablábamos de Petra con frecuencia.

—He estado pensando mucho sobre lo que Petra dijo antes de morir: «La vida empieza y termina en el agua» —me confesó Willie una noche en que estábamos cenando solos en la terraza. Quintín se encontraba de viaje y yo había puesto una mesita con dos sillas al aire libre, en donde se podía disfrutar de la brisa deliciosa que subía de la laguna, siempre quieta y límpida al atardecer—. Cuando me di cuenta de que no podría volver a pintar, lloré a tus espaldas como no te imaginas, porque no quería hacerte sufrir. No podía creer que el cuerpo contuviera tanta agua. Lágrimas, saliva, semen: nuestros cuerpos están hechos prácticamente de agua. Petra sabía que el agua es amor —prosiguió Willie—. Cada vez que nos metemos al mar, le extendemos la mano a nuestro prójimo y compartimos sus alegrías y sus tristezas. Cuando se vive al borde del agua, no hay barrera física, cordillera de montañas, desierto o valle interminable que nos imposibilite fluir hacia los demás. La comunicación es posible, mamá. A través del agua, podemos tratar de entender mejor a nuestros vecinos.

Willie guardó silencio y me miró pensativo. Me pregunté qué habría detrás de aquellas divagaciones filosóficas, cuando añadió calladamente:

—Después de todo, fue por los canales de los mangles que la familia Avilés viajó desde la laguna de Marismas hasta la de Alamares en un principio. Y yo fui concebido en el manglar. ¿No es cierto, mamá?

La pregunta de Willie se quedó colgando en el aire, no necesitaba respuesta. Ahora entendía por qué me estaba dando aquel discurso sobre el agua. Era su manera indirecta de dejarme saber que Petra le había comunicado su secreto antes de morir.

43

El regalo dePerla

Se acercaba la fecha del plebiscito, y la Isla se arrojó de pecho a celebrar el evento. Los tres partidos —el Estadista, el Estadolibrista y el Independentista— intensificaron sus campañas. La televisión y los diarios se llenaron de comentarios políticos, mientras los partidos intentaban explicar sus posiciones a los votantes. Los estadistas y los independentistas sostenían que Puerto Rico era una colonia de Estados Unidos; que sólo la estadidad o la independencia pondría a los puertorriqueños al timón del destino de la Isla. Los estadolibristas insistían que nuestra situación política respondía a un pacto bilateral legítimo entre Puerto Rico y Estados Unidos, y que las Naciones Unidas así lo habían reconocido públicamente.

Se celebró un segundo escrutinio preelectoral, en el cual la estadidad sacó una ventaja menor —sólo un cuarenta y ocho por ciento de los votos—, mientras que el Estado Libre Asociado sacó un cuarenta y siete por ciento, y la independencia se mantuvo firme en el cinco por ciento. A Quintín le preocupó la noticia. La ventaja de la estadidad debería de ser mayor.

—Si ganamos por un margen tan estrecho, de seguro habrá una reacción violenta —dijo—. El plebiscito es, en realidad, una lucha entre la estadidad y la independencia; el ELA no es más que una bambalina falsa. Si gana la independencia, acabaremos todos comiendo plátanos y disparándonos los unos a los otros como en el tiro al pichón. Es lo que sucede en nuestras islas vecinas.

Era cierto que la situación se tornaba más álgida cada vez; ganara quien ganara, habría derramamientos de sangre.

No habíamos tenido noticias de Manuel; la policía no sabía dónde buscarlo. Cada vez que yo miraba su fotografía en el estudio, se me saltaban las lágrima. No se podía hacer nada, sólo esperar y rezar.

Un día, Willie se topó por casualidad con su hermano en el Viejo San Juan. Manuel no quería que Quintín supiese que Willie lo había visto; le tenía miedo a los detectives y le hizo prometer que no se lo diría. Pero Willie me lo contó a mí.

—¿Estás bien? —le preguntó Willie, eufórico, dándole un gran abrazo—. ¿Dónde diablos andabas metido? En casa estamos preocupadísimos por ti.

Manuel le devolvió el saludo efusivamente; de veras se alegraba de verlo. Había perdido peso y sus ojos negros resaltaban aún más en su rostro adelgazado. Por suerte había docenas de personas transitando por la calle, así que se le hizo fácil pasar desapercibido. Willie invitó a Manuel a tomarse una cerveza en un restorán cercano. Ocuparon una mesa del fondo, debajo del abanico eléctrico, que giraba lentamente sobre sus cabezas. Ordenaron hamburguesas y dos Budweisers bien frías.

—No tengo domicilio fijo —dijo Manuel—. Duermo a salto de mata; cada noche en un sitio distinto. Es la única manera de no dejar pistas. Pero las cosas van bien. Es posible que la independencia gane el plebiscito, después de todo.

Willie permaneció entre las sombras, observando atentamente a su hermano.

—¿Estás seguro de que eso es lo que quieres? ¿Por qué no dejas la AK 47 ahora, antes de que sea demasiado tarde? No debieron obligarte a participar en la huelga, y mucho menos a insultar a papá —lo recriminó benévolamente.

Manuel se echó a reír ante la ingenuidad de su hermano.

—Nadie me obligó a unirme a la huelga. La organicé yo mismo. Yo soy puertorriqueño, y papá cree que es americano. Le gustaría que tú y yo sólo habláramos inglés y que nos olvidáramos por completo del español. A lo mejor de esa manera podría vender mejor sus jamones en el continente.

—No hables así de papá —lo reprendió Willie—. Todos tenemos nuestros defectos; papá también los tiene, pero te quiere; y le estás faltando el respeto.

Manuel vació su vaso de cerveza de un solo trago y se sacudió la melena fuera de los ojos.

—No le estoy faltando el respeto. Estoy siguiendo sus enseñanzas al pie de la letra. ¿Te acuerdas cuando nos decía de niños que teníamos que ser como los conquistadores, y no dejar que nada entorpeciera nuestras metas? El comercio es una guerra también, y yo estoy haciendo lo mismo que él. Sólo que su meta es hacer dinero, y la mía es la independencia.

Cuando Manuel vio la expresión de angustia en el rostro de su hermano, decidió callar. Examinó el ojo amoratado de Willie y observó que todavía tenía la sien llena de verdugones.

—Es típico de lo que hacen esos cerdos. Nunca se atreven con los fuertes. Le pegan a los más débiles.

Willie bebió un trago de cerveza. No le gustaba que su hermano pensara que él era débil.

—No voy a regresar al Pratt Institute por ahora —dijo, cambiando de tema—. Estoy estudiando en la Universidad de Puerto Rico, y en las tardes ayudo a papá en Gourmet Imports. Me dio tu oficina vieja, la que tiene el tapiz comido por las polillas colgado en la pared.

Manuel puso el vaso de cerveza encima de la mesa.

—No me digas. Te estará ofreciendo villas y castillas para que ocupes mi lugar. Pero nadie heredará Gourmet Imports.

—Eso no es cierto, Manuel —dijo Willie, tratando de calmarlo—. Antes de morir, Petra me dijo que Quintín había decidido dejarle todo su dinero a una fundación con fines benéficos. No me interesa Gourmet Imports, pero quiero ayudar a papá.

Manuel no le creyó. Se levantó furioso, derribó la silla a sus espaldas y salió a grandes trancos del establecimiento. Unos días después Willie encontró una nota pillada debajo del limpiaparabrisas de su Toyota que decía: «¡Gourmet Imports es un negocio fascista! Si sigues trabajando ahí, te pesará».

Perla era el único consuelo de Willie durante esta época difícil. Tenía una belleza predecible y serena, razón por la cual el nombre le iba bien. Era muy distinta a Coral; no le interesaban para nada las ideologías. Cuando Coral empezaba a hablar de política, Perla se levantaba y salía del cuarto. Venía a ver a Willie todos los días a la casa de la laguna y le contaba sobre su trabajo como enfermera voluntaria en el arrabal. La primera vez que vio el laberinto de casuchas prendidas al bosque de mangle no podía creer que un sitio tan hermoso pudiese ser un infierno. A la orilla de los mangles había montones de basura, jeringuillas desechables, muebles descuajeringados, colchones destripados, chasis de autos herrumbrosos: podredumbre por todas partes.

En el arrabal había muchos niños abandonados, en su mayoría hijos de adictos a las drogas. Los padres salían durante el día y los dejaban encerrados dentro de las casuchas con algún alimento tirado por el piso. Los aviones cargados de droga llegaban de Colombia tarde en la noche, sobrevolaban el arrabal y dejaban caer los paquetes envueltos en plástico a la entrada de la laguna de Marismas. Cuando la marea subía, arrastraba los paquetes casi hasta las mismas casuchas alineadas en la orilla.

—A veces llegan flotando hasta los balcones de las casas —le contó Perla a Willie—. Le meten linternas de batería encendidas dentro del plástico, y así pueden verlos cuando entran a la laguna en la oscuridad. Los centinelas los recogen, los suben a los esquifes de poco calado que navegan fácilmente entre los mangles y se los entregan a los magnates de la droga. Pero muchos traficantes también la usan, y por eso hay tantos adictos en Las Minas. Los he visto inyectarse en varias ocasiones. Es casi un rito que llevan a cabo en grupo: comparten la misma cuchara para mezclar la heroína con agua, la misma vela para calentarla, la misma goma para hacer que la vena se hinche, la misma aguja para inyectarse.

En el arrabal existía un dispensario médico, y Perla iba allí todos los días después de salir de la escuela. Era de constitución delicada, pero tenía una voluntad de hierro. Se parecía a su abuela, doña Ermelinda: no le tenía miedo a nada. Se peinaba la melena en una trenza negra, se calzaba unos Levis deshilachados, se ponía una camiseta despintada y se internaba sin temor por el laberinto de casuchas. Ayudaba en lo que podía;

aconsejaba a los pacientes sobre cómo lidiar con la adicción, o adónde acudir para reunirse con otras personas que eran adictas también. Lo que más pena le daba eran los niños. A veces, un esqueleto de mujer llegaba al dispensario cargando un bebé entre los brazos, lo dejaba en el piso y se marchaba.

—Los dejan y nunca regresan —le dijo a Willie con lágrimas en los ojos.

Empezaron a visitar juntos Las Minas en busca de niños abandonados. Un día atracaron el bote junto a una de las casuchas y descubrieron la puerta de enfrente abierta. Perla entró y cruzó en puntas de pie el piso de tablas podridas. En un cuartucho del fondo encontró a un niño escuálido, de seis o siete meses, dormido sobre unos periódicos. Lo levantó entre sus brazos y pesaba menos que un saquito de huesos de lagartijo.

—Si yo fuese mayor de edad, me llevaría éste a casa conmigo —le dijo a Willie. Willie la admiraba enormemente.

Cuatro días antes de celebrarse el plebiscito, ocurrió la tragedia. El terrorismo seguía incrementando: en Sabana Seca, un autobús de la Marina norteamericana estalló a causa de una bomba; murieron dos soldados y nueve quedaron heridos. Poco después, balacearon un vehículo del ROTC en el campus de la UPR. El gobernador Rodrigo Escalante juró que encontraría a los culpables, y ordenó a la Guardia Nacional que peinara los residenciales en busca de independentistas. Armados de ametralladoras y rifles, los soldados se apostaron a la entrada de los repartos de clase baja de la capital, para registrar a todo el que entraba y salía. Un día el auto de Perla amaneció con la batería agotada, y al salir de la escuela, tuvo que tomar el autobús a Las Minas. Al bajarse en la parada de Barrio Obrero, estalló un tiroteo entre los soldados de la Guardia Nacional y un grupo de residentes del reparto. Una bala perdida alcanzó a Perla en la frente y la mató al instante.

44

El entierro de Perla

Esmeralda y Ernesto quedaron hechos polvo; en cuestión de días se avejentaron diez años. Abuelo Lorenzo, Ignacio, papá, todos habían sufrido muertes violentas. Pero esto era distinto. Perla Ustáriz tenía sólo dieciséis años, todavía no había empezado a vivir. Fui al hospital y la vi antes de que se la llevaran a la funeraria Ehret. Esmeralda le había acomodado la melena negra alrededor del rostro, lo que destacaba aún más su hermoso color perla. No debía de existir perdón para los que cometían crímenes como aquéllos.

Al experto en balística se le hizo imposible determinar de dónde había venido el proyectil, si del lado del arrabal o del cuartel de los soldados. Esmeralda y Ernesto se sentían tan apabullados que no les interesaba descubrir quién era el culpable, no hacían sino llorar. Pero Quintín estaba furioso. Juraba que era una bala terrorista, y que los AK 47 estaban emboscados por allí cerca.

—No tienes pruebas —le dije, intentando calmarlo—. El tiro también pudo dispararlo un miembro de una de las bandas de traficantes de droga que abundan en Las Minas. —Pero Quintín se negó a aceptar mi explicación.

Durante todo el trayecto hasta el cementerio, Quintín siguió repitiendo que los independentistas habían asesinado a Perla. Estábamos todos de pie alrededor del ataúd y el sacerdote leía el responso, cuando llegó Coral. Llevaba una falda de cuero negro que le cubría la mitad de los muslos y calzaba unas botas de charol con tacón alto. Tenía el pelo suelto y le flotaba como una nube roja sobre los hombros. Cuando empezaron a bajar el ataúd a la fosa,

Coral sacó un papel de su bolso y empezó a leer un poema en voz alta: *El llamado*, de Luis Palés Matos; el poeta que los amigos de Rebeca tanto habían admirado años atrás. Era bellísimo, algo sobre el llamado de la muerte que todos tenemos que obedecer al final. Pero Quintín creyó que era una falta de respeto que Coral lo leyera, porque Palés era un poeta independentista.

—No tienes derecho a estar aquí —le dijo a Coral—. Los AK 47 mataron a tu hermana, y tú eres uno de ellos. Eres cómplice de su asesinato. —Coral lo miró aterrada y huyó.

Pero nadie más de los allí presentes pensaba que Coral había tenido que ver con la muerte de su hermana. No todos los independentistas eran terroristas: la mayoría eran ciudadanos que cumplían con la ley y que luchaban por la independencia con métodos pacíficos. Esmeralda y Ernesto, por ejemplo, ambos creían que la Isla debería poder determinar su propio destino algún día, aunque por temor a las represalias nunca expresaban sus opiniones públicamente.

El día después del entierro de Perla, Coral desapareció de casa de sus padres. Nadie sabía dónde se había metido, pero yo estaba segura de que se había reunido con Manuel. Él se ocuparía de ella y podría consolarla mejor que nadie.

El plebiscito se celebró el 7 de noviembre de 1982, dos días después del entierro de Perla. Nos sentamos frente al televisor y nos enteramos de los resultados: el Estado Libre Asociado recibió un cuarenta y ocho por ciento de los votos; la estadidad un cuarenta y seis por ciento y la independencia el seis por ciento. Los votos combinados de los estadolibristas y de los independentistas hacían imposible que Puerto Rico pidiera la estadidad ante el Congreso de Estados Unidos por ahora.

Quintín se sintió aturdido.

—La estadidad perdió por culpa del miedo —repetía frenético—. La campaña de los independentistas fue un éxito, amedrentaron a todo el mundo con sus tácticas terroristas, y la gente no se atrevió a votar por la estadidad. —Y otras veces añadía—: Nos estamos tambaleando al borde de un precipicio. Si persistimos en nuestra locura colectiva, un día el Congreso se cansará de nosotros y nos quitarán la ciudadanía norteamericana.

El gobernador Rodrigo Escalante tenía que acudir a los cuarteles generales del partido para admitir la derrota, y pronto vimos su imagen aparecer en la pantalla. Toda la plana mayor del partido se encontraba reunida allí, así como los periodistas y los camarógrafos de los distintos canales.

Escalante parecía un mismo gallo de pelea, con la cabellera blanca revuelta y la camisa azul empapada en sudor. Estaba de pie sobre una plataforma que abría al estacionamiento del cuartel, y a sus pies, una muchedumbre de por lo menos diez mil personas agitaba frenéticamente cientos de banderas norteamericanas. Escalante parecía más que nunca un cacique latinoamericano, tronando contra sus enemigos y acusándolos de robarse las elecciones.

—El resultado de este plebiscito es una declaración de guerra —gritó—. De ahora en adelante, los estadistas tendrán que ser más valientes que nunca. Los independentistas y los estadolibristas intimidaron al pueblo con sus métodos ilegales, y muchos no se atrevieron a defender el ideal. Nosotros siempre nos hemos mantenido respetuosos de la ley, pero ahora será distinto. Bien dice el jíbaro: un clavo saca otro clavo. En adelante, tomaremos medidas que debimos tomar hace mucho tiempo.

La muchedumbre arremolinada al pie de Escalante se desgañitó dando vivas. Afuera, se escuchaba a los estadolibristas y a los independentistas, tocando enloquecidos las bocinas de sus automóviles por la avenida Ponce de León y ondeando a gritos la bandera de Puerto Rico.

Al día siguiente del plebiscito, salieron varios comentarios en los diarios continentales. El *Washington Post* publicó una caricatura de un jibarito de bigotes negros con un sombrero de paja en la cabeza, metido en la cama con la Estatua de la Libertad. Un pie al calce decía: «¿Para qué casarnos si estamos felices así?». Quintín se indignó al leerlo. Estábamos viviendo en contubernio con Estados Unidos, y los periodistas de la metrópolis se burlaban de nosotros y apoyaban el amancebamiento.

El gobernador Escalante empezó una campaña de entrenamiento entre los miembros de su partido. Debíamos prepararnos para lo peor, en caso de que los independentistas siguieran empujando a la Isla hacia la independencia. Quintín interpretó

419

sus palabras al pie de la letra. Convirtió uno de los cuartos del sótano de la casa en arsenal y lo llenó de amas y de municiones. Por las noches, iba en su auto hasta Gourmet Imports y entraba al almacén a patrullar las góndolas de productos, para asegurarse de que no hubiese sabotaje. Cuando regresaba a la casa, le encantaba sentarse en la terraza a limpiar alguna de sus armas; su favorita era una Luger automática de 7,65 milímetros, que cargaba ocho balas en el cilindro. Otras veces se estaba hasta el amanecer atisbando el mangle desde el ventanal del estudio, con un rifle automático en la mano. Le encantaría que Manuel le hiciera otra visita, me dijo un día. Esta vez, lo estaría esperando y le daría su merecido.

Poco a poco me fui transformando en una persona distinta. Quintín se pasaba todo el día recriminándome: por mi culpa, Gourmet Imports estaba perdiendo dinero, Willie se había quedado ciego y Manuel se había metido a terrorista. Yo había llevado a Willie y a Manuel a casa de Esmeralda Márquez cuando eran niños. Si Manuel no hubiese conocido a Coral, no se habría hecho independentista, la huelga no habría ocurrido y la policía no habría golpeado a Willie. Yo escuchaba todo aquello sentada en un rincón, como un animal achongado. Mi espíritu corso, siempre listo para la batalla, se había hecho humo.

Después de que Petra murió, Brambón, Eulodia, Virginia y Carmina regresaron a Las Minas, y tuve que llamar a una agencia de ayuda doméstica. Las empleadas nuevas no se quedaban a dormir en la casa y no eran de fiar. Además, eran sumamente ineficientes, y tenía que hacer la mitad de la limpieza yo misma. Quintín, por supuesto, no se daba cuenta de nada. Quería que todo estuviera tan perfecto como en los tiempos de Petra.

Pero lo que más me aterraba era la reacción de Quintín cuando alguien le estropeaba una de sus obras de arte. Un día, una de las empleadas nuevas estaba limpiando la sala y le rompió sin querer el dedito meñique a un Cupido de Sèvres que había costado miles de dólares. Anduve con aquel dedo diminuto en el bolsillo envuelto en algodones por no sé cuántos días, aterrada de que se me perdiera y esperando a que Mauricio Boleslaus viniera secretamente a la casa a pegárselo, antes de que Quintín se diera cuenta.

45

El remolino de sombras

La salud de Willie empeoró después de la muerte de Perla; los ataques de epilepsia le volvieron. Yo me pasaba con él la mayor parte del tiempo. Le estaban dando una dosis muy fuerte de barbitúricos, y se le hacía peligroso conducir el auto, de manera que tuvo que dejar de asistir a la universidad y abandonar el trabajo. Yo me ofrecí a conducirlo en auto hasta el campus, pero cuando las autoridades universitarias se enteraron (un día le dio una convulsión en medio de la clase) le prohibieron que regresara. No querían asumir la responsabilidad de lo que pudiera sucederle.

Nuestro médico nos señaló que el mal de Willie era en gran parte emocional; lo mejor sería que lo lleváramos a hacer un viaje, para que se olvidara de Perla. Si se quedaba en casa, difícilmente se recuperaría. Le rogué a Quintín que me dejara viajar con él a Europa. En Alemania había unos balnearios maravillosos. Me habían hablado de uno en Bad Homburg, cerca de Francfort, donde la gente se recuperaba de los nervios paseando por un precioso parque de álamos bajo los cuales fluían docenas de manantiales sulfúricos, pero Quintín se negó a complacerme. Aquello era un gasto innecesario, me dijo, y las cosas en Gourmet Imports no andaban como para tirar el dinero. Además, lo mejor era aceptar la realidad: Willie era un inválido y había que ingresarlo. Él conocía un asilo excelente en Boston, en donde se especializaban en casos de epilépticos.

Cuando lo oí decir eso, decidí abandonar a Quintín. Me mataría antes de meter a Willie en una clínica. Tardé veintisiete años en descubrir que Abby tenía razón: nuestro matrimonio había sido una equivocación terrible.

Me revestí de valor y llamé a Mauricio Boleslaus por teléfono. Le comuniqué que tenía que discutir algo urgente con él, y lo fui a visitar en su galería del Viejo San Juan. Me invitó a pasar a su oficina privada, que daba a un hermoso patio interior, con una fuente de piedra en el medio y una planta de yuca en un tiesto de barro. Me sentía mal; mi vida era un túnel de niebla que no tenía fin. Tenía unos aros violáceos profundos alrededor de los ojos, pero Mauricio no me preguntó nada. Se sentó frente a mí, dobló las manos sobre las rodillas y me sonrió.

Fue como abrir una represa.

—Sólo tú puedes ayudarnos —le dije sollozando—. Tengo que sacar a Willie de aquí. Los médicos dicen que es la única manera de que se mejore, pero Quintín no quiere darnos dinero para el viaje. Tú nos vendiste nuestra colección de arte, así que puedes darme una idea de lo que vale hoy día.

No tuve que añadir una palabra más. Mauricio entendió, enseguida, el propósito de mi visita. Me preguntó si por casualidad Quintín tenía planeado algún viaje próximamente. Le dije que sí; casualmente, tenía que asistir a una convención de vinos en Nueva York la semana siguiente, y saldría el martes para allá. Tenía planes de adquirir una línea nueva de vinos californianos para Gourmet Imports y quería reunirse con los dueños de los viñedos antes de cerrar el negocio. No regresaría hasta el viernes.

Mauricio fijó la fecha para el próximo jueves. Lo único que yo tendría que hacer era dejar abierta la puerta del sótano esa noche, y alrededor de las tres de la mañana sus ayudantes (unos jóvenes que trabajaban para él, expertos en el arte del contrabando) vendrían a la casa y se llevarían las pinturas que yo les indicaría de antemano. Las transportarían a la Bertram de Quintín, que tenía doce metros de eslora y serviría de almacenaje. Necesitaba tomar prestada la embarcación sólo por una noche, me prometió Mauricio cuando vio que me puse pálida al oírlo mencionar la *Bertram*. Quintín se pondría histérico al descubrir que algunos de sus cuadros habían desaparecido, pero si le robaban el yate su furia no tendría límites. Pero Mauricio me aseguró que al día siguiente lo dejaría anclado en uno de los muelles públicos de San Juan, donde a Quintín se le haría fácil encontrarlo.

La Bertram atravesaría la laguna de Alamares en la oscuridad; nadie percibiría su presencia. Se internaría por los mangles, y, al llegar a la playa de Lucumí, el yate de Mauricio la estaría esperando, fondeada a una milla de la costa. Mauricio mismo estaría a bordo y supervisaría el traslado de las obras de arte a su embarcación. De allí zarparían en dirección al continente. Al llegar a Miami, Mauricio vendería las obras por un precio excelente.

—Pronto tendrás suficiente dinero para llevarte a Willie a darle la vuelta al mundo, querida —me dijo cariñosamente.

Regresé a la casa más aliviada y comencé a hacer mis preparativos. No le dije nada a Willie; su salud era demasiado precaria y no quería angustiarlo. Me sentía segura de que, cuando llegara el momento, entendería mis razones para dar aquel paso, y se marcharía conmigo.

Quintín se fue a Nueva York el martes por la mañana. El jueves por la tarde, bajé a los sótanos cargando nuestras maletas; quería asegurarme de que todo se encontraba listo para el viaje. No había estado allí desde la muerte de Petra y me sorprendió el desorden que reinaba en la sala comunal. La silla de mimbre de Petra yacía tirada patas arriba en un rincón y las raíces de los mangles habían empezado a agrietar la superficie del piso de tierra. De los cuartos de atrás emanaba un desagradable olor a fango y había cangrejos por todas partes, hasta trepados a las vigas de hierro que sostenían la terraza de Pavel. Me pregunté cómo se habrían multiplicado tan rápidamente, y al punto comprendí lo sucedido. Los sirvientes se habían marchado, y eran ellos los que los cazaban para comérselos. *Mefistófeles* estaba muerto; había sobrevivido a Fausto sólo por unos días, y ahora ya nadie diezmaba sus huestes. Golpeaban con sus palancas en el piso mientras avanzaban lentamente, como un remolino de sombras.

El Boston Whaler estaba anclado a un lado del muelle. Cargué las maletas hasta allí —una era mía y la otra de Willie—, y las escondí bajo una carpa de plástico azul, en la proa del bote. Verifiqué que el tanque de la gasolina estuviese lleno; le había ordenado al jardinero que lo llenara el día antes luego de darle una buena propina para que no se lo mencionara a Quintín.

La *Bertram* se encontraba un poco más allá. Verifiqué también el nivel del combustible y dejé las llaves en el estárter; hice lo mismo con las llaves del Boston Whaler.

Mauricio me había dicho que probablemente podría sacar medio millón de dólares de la venta de tres de los cuadros: la *Santa Lucía, vírgen y mártir*, *La Virgen de la granada* y *La caída de los ángeles rebeldes*. No me sentía culpable de llevármelos en lo absoluto; después de todo, yo también había pagado por ellos.

Eran las seis de la tarde cuando entré a la habitación de Willie. Le llevaba su cena en una bandeja; ese día, era importante que cenara temprano. Lo encontré sentado en la cama escuchando música. Le sonreí y le di un beso en la frente mientras le colocaba la bandeja en la falda.

—Tengo que hablar de algo muy serio contigo —le dije, sentándome a su lado. Willie bajó el volumen de su tocadiscos; estaba escuchando *Cool Blues*, de Charlie Parker—. Quiero irme a vivir fuera de la Isla por un tiempo. Es muy duro estar sin noticias de Manuel, y, mientras vivamos en esta casa, Manuel nunca va a intentar comunicarse con nosotros. Si Quintín se entera de su paradero, lo meterían preso. Me gustaría que vinieras conmigo, Willie.

Willie dijo que él también se quería ir. No podía pintar y en la universidad no lo querían. Lo menos que podía hacer era acompañarme, porque así podría cuidarme. Aquello me conmovió. Estaba muy enfermo, pero quería cuidarme a mí. Lo abracé estrechamente contra mi pecho.

—¿Cuándo nos iríamos, mamá? —me preguntó.

—Esta noche, cariño. Mauricio Boleslaus se ha ofrecido a ayudarnos; dice que puede vender algunos de nuestros cuadros por muy buen precio en Estados Unidos. —Y le expliqué que había contratado a la gente de Mauricio para que viniera a llevarse los cuadros un poco más tarde.

Willie me miró azorado.

—¿Vender los cuadros de papá? ¡Se pondrá furioso!

Le hablé mesuradamente:

—Esos cuadros son tan míos como suyos. Quintín los compró en parte con mis ingresos, hace muchos años. Tengo perfecto derecho a venderlos si quiero. Y necesitamos el dinero para el viaje.

Willie me tomó la mano entre las suyas.

—Se hará como tú digas, mamá. Algún día, le devolveremos el préstamo a papá.

Cerré la puerta del cuarto de Willie y salí a la terraza. Me senté en una de las sillas de hierro colado a esperar que pasara el tiempo. Me sentía triste pero en paz conmigo misma; estábamos haciendo lo correcto. No estaba resentida con Quintín, sólo profundamente desilusionada.

Lo único que me preocupaba de nuestro viaje era Willie. Temía que la excitación de aquella aventura empeorara su estado de salud, pero no me quedaba más remedio que correrme el riesgo. La tarde empezó a declinar sobre la laguna, y las ventanas Tiffany se iluminaron con los últimos rayos de sol, tornándose rojas y doradas. Me levanté de la silla y caminé hasta el borde de la terraza. Detrás de mí se elevaban los majestuosos muros de la casa, su pabellón de cristales, sus tragaluces de alabastro, su techo decorado con mosaicos de oro. El edificio entero resplandecía en la penumbra, pero lo sentí extrañamente ajeno a mí. A lo mejor Buenaventura tenía razón, y las casas de Pavel estaban malditas. Estaba contenta de marcharme.

Cerca de las diez de la noche, crucé el pabellón de cristal para irme a acostar. Acababa de apagar las luces del recibidor cuando escuché un sonido de llaves en la puerta de enfrente. Me detuve en el rellano de la escalera, aguantando la respiración. De pronto, se abrió la puerta y apareció Quintín.

—La convención de vinos se acabó antes de lo previsto —me dijo, sacando la llave de la cerradura—. Fui hasta el aeropuerto a ver si podía montarme en el último vuelo de American, y afortunadamente encontré asiento en el de las cinco de la tarde. —Y agarró su maleta y empezó a subir lentamente las escaleras.

Hice como si no pasara nada. Caminamos juntos hasta nuestra habitación al final del pasillo, y le pregunté si necesitaba algo de la cocina: un vaso de leche o un pedazo de bizcocho. Pero me dijo que había cenado en el avión y que no tenía hambre; se caía de sueño. Le desempaqueté la maleta y colgué sus trajes en el ropero; luego entré al baño. Tenía que hacer como si me fuera a acostar también, así que me puse el camisón. Cuando salí del baño, Quintín había apagado las luces y estaba profundamente dormido.

Me tendí sigilosamente a su lado y estuve inmóvil en la oscuridad no sé cuánto tiempo, casi sin atreverme a respirar. Los ronquidos de Quintín pronto empezaron a reverberar por sobre el zumbido parejo del aire acondicionado. Los ayudantes de Mauricio entrarían a la casa sin dificultad; sólo le rogaba a los santos que no hicieran ruido al remover los cuadros. Miré las manillas fosforescentes de mi Rolex y vi que sólo eran las doce. Me levantaría un poco después, para verificar si habían llegado.

Debí quedarme dormida, porque lo próximo que supe fue que Willie estaba junto a la cama, tratando de despertarme. Se puso el dedo índice sobre los labios en señal de precaución, y me hizo un gesto para que lo siguiera. Miré otra vez el Rolex, y vi que eran las tres y media. Me levanté muy despacio y lo seguí descalza hasta la puerta. Afortunadamente, la habitación estaba alfombrada y no hicimos ningún ruido. Una vez fuera del cuarto, me detuve para ponerme la bata y los zapatos.

—Hay un resplandor extraño frente a la casa, mamá —me susurró Willie. Cuando me asomé por la ventana del pasillo vi que había comenzado un fuego entre los arbustos que crecían cerca de la casa, por el lado de la avenida Ponce de León.

Corrimos hacia la parte de atrás, donde el comedor y la sala abrían hacia la laguna. Los cuadros de Quintín ya no estaban, pero no sólo los tres que yo le había señalado a Mauricio, se los habían llevado todos. También había desaparecido su colección de esculturas y los jarrones de cristal *art nouveau*. Había cajas de cartón abiertas por todas partes, rollos de papel de estraza, cápsulas de gomaespuma, paja de embalar regada por el piso: el lugar era un caos. Escuchamos ruidos en la cocina, y Willie ya iba hacia allá a investigar cuando empezó a sonar la alarma de seguridad. Quintín salió corriendo del cuarto, poniéndose los pantalones y blandiendo la Luger en la mano derecha. Estaba descalzo y más pálido que un muerto.

—¡Fuego, fuego! ¡Llamen a los bomberos por teléfono! —nos gritó casi histérico.

De pronto, vimos una larga hilera de hombres que subían sigilosos por las escaleras. Había por lo menos una docena de ellos, armados de ametralladoras y de rifles automáticos. Vestían pantalón y camiseta negra, con máscaras de lana tejida cubriéndoles el rostro. De pronto, en lugar de sentir miedo, me entraron unas ganas de reír absurdas. Las máscaras de los hombres se les adherían a la cara y tenían unas rendijas por las que se les veían parpadear los ojos. Éstos parecían almejas, atrapadas en una media.

Quintín empezó a gesticular con la Luger, pero uno de los hombres, el más alto y corpulento, se la tumbó al piso de un manotazo y nos empujó a los tres hacia el estudio. Una vez entramos, cerró la puerta con llave por fuera.

Intentamos forzar la puerta pero no lo logramos. Golpeamos la madera maciza con los puños, gritando que nos abrieran, pero nadie contestó. Quintín no nos daba tregua:

—¿Quiénes son esas gentes? ¿Quién les dio la llave de mi arsenal? ¡Ésos son mis rifles y mis ametralladoras! —como si Willie y yo supiéramos quiénes eran.

—¡No sabemos quién es esa gente! —le respondí desesperada.

Corrí al teléfono e intenté hablar con la operadora, pero la línea estaba muerta. Willie se acercó a la ventana y miró en dirección a la laguna. El fuego todavía no lamía los muros de la casa por ese lado, pero la ventana era demasiado alta y no podíamos saltar afuera. Olimos el humo que venía del frente de la casa y vimos cómo se empezaba a colar en mechas por debajo de la puerta.

Guardo unos recuerdos borrosos de lo que sucedió después. Pasaron cinco minutos que me parecieron un siglo. Estábamos seguros de que moriríamos allí encerrados, cuando la puerta del estudio se abrió de golpe. El hombre alto, armado con una ametralladora apoyada en la cadera, nos señaló a Willie y a mí.

—Síganme —nos ordenó secamente—. Saldrán por la escalera del sótano.

Dos hombres más entraron a sus espaldas y nos encañonaron con sus armas. Yo empecé a caminar hacia donde decía el hombre, pero en eso Willie salió corriendo hacia el pabellón de cristal, que llevaba a los dormitorios. Regresó unos segundos después, con una caja de cartón debajo del brazo.

—Son los juguetes sagrados de Elegguá —dijo, mientras se dirigía hacia la escalera del sótano. Pero Quintín se le paró enfrente y lo detuvo.

—¿Por qué te interesa tanto salvar los juguetes de Elegguá? Que se lleven los juguetes de ese demonio también. ¡Han de hacer buena lumbre! —Y agarró la caja con ambas manos para arrebatársela, pero Willie no la soltó.

De pronto, se enfureció con Quintín y le dio a su padre un puñetazo tremendo en el pecho. Quintín trastabilló, pero en cuanto recobró el equilibrio, le asestó a Willie una bofetada. Las gafas de Willie salieron volando y se hicieron añicos contra la pared. Padre e hijo se engramparon entonces a pelear y rodaron por el piso. En ese preciso momento, las páginas de mi novela se derramaron fuera de la caja.

Uno de los hombres disparó al aire y Quintín regresó a la cordura. Soltó a Willie y se levantó, pero Willie se quedó allí tendido. Me agaché para intentar revivirlo, y el hombre alto se arrodilló junto a mí.

—No es nada, ya volverá en sí —me dijo con una voz tranquila—. Déjeme que la ayude. —Y levantó a Willie fácilmente del piso, mientras sus hombres recogían las páginas de la novela, que estaban regadas por todos lados. Las guardaron dentro de la caja y me la entregaron. Entonces, nos escoltaron rápidamente hacia la puerta.

Bajamos corriendo las escaleras. El hombre alto iba cargando a Willie, que estaba inconsciente. Pero Quintín no venía con nosotros.

—¿Dónde está Quintín? —pregunté.

—Él no va con ustedes —me contestó el hombre—. Se queda aquí.

Sentí un hueco en la boca del estómago y me detuve. El hombre también se detuvo. Estábamos solos en la escalera, y los espirales de humo empezaban a enroscarse a nuestros tobillos.

—Entonces yo tampoco voy —dije. Y me senté desafiante en los escalones—. O nos ponen en libertad a todos, o nos matan a todos.

Los demás hombres estaban en la cocina llenando a toda marcha las bolsas plásticas de la basura con objetos de plata, a cinco pasos del fuego. Empecé a temblar como una hoja. Había visto el anillo de oro en la mano derecha del guerrillero. Era Manuel.

—Es tu padre —le dije—. Tendrás que cargar con el peso de la culpa por el resto de tu vida. —Se volvió hacia mí y me encaró en silencio, sosteniendo todavía a Willie entre los brazos. Pero un segundo después, cuando uno de sus hombres apareció en la escalera, le ordenó que soltaran a Quintín.

Los hombres empujaron a Quintín escaleras abajo sin miramientos. Cruzamos la sala comunal del sótano a toda velocidad; Quintín casi no se fijaba en Manuel, y pensé que no lo había reconocido. Cuando llegamos al muelle, nos encorvamos un poco hacia adelante, para evitar las vigas del techo, y nos subimos al bote. Yo entré primero y Quintín se montó después. Manuel ayudó a bajar a Willie al bote, y entre los dos lo acostamos en la proa. Puse junto a él la caja con el manuscrito de la novela, y tiré de la carpa de plástico azul. La doblé en cuatro y la coloqué debajo de la cabeza de Willie para que no se hiciese daño. Al hacer esto, nuestras maletas quedaron al descubierto.

Me paré en la popa, frente a la consola de controles, y empuñé el timón. Quintín se sentó en un banco al lado mío. Un segundo después le di vuelta a la llave y el motor arrancó. Poco a poco nos fuimos deslizando por debajo de la terraza.

No nos habíamos alejado del muelle ni quince metros, y estábamos a punto de salir a la laguna cuando Quintín se fijó en nuestras maletas, semiocultas debajo del asiento de madera.

—Así que no sabías dónde estaba tu manuscrito, ¿eh, Isabel? —me susurró con un desdén helado—. Y no sabías quién era esa gente. —Lo miré a los ojos sorprendida. La luz que provenía de la casa le iluminaban el rostro descompuesto—. ¿Y adónde ibas con esas maletas? ¿Será posible que tuvieras pensado escapar, una vez los AK 47 terminasen su trabajo?

—Es cierto. Te estoy abandonando, Quintín —le dije—. Pero te juro que no estoy confabulada con nadie. Ignoraba dónde estaba escondida la novela. Y no tengo la menor idea de quién es esa gente.

Quintín se puso de pie.

—Estás mintiendo —me dijo con odio—. Tú eres parte del complot. ¡No me digas que no reconociste a Manuel!

No tuve tiempo de reaccionar. Quintín empezó a abofetearme a diestra y siniestra, y a asestarme puñetazos por todo el

429

cuerpo. Me agaché al fondo de la embarcación, tratando de protegerme la cabeza con los brazos, cuando vi mi vida entera pasar frente a mí como una película: vi a Quintín azotar al infortunado bardo de dieciséis años con el cinturón de cordobán por cantarme una canción de amor; vi a Ignacio pegarse un tiro cuando Mendizábal se fue a la quiebra; vi a Margarita con la frente pálida y perfecta, tal y como la sacaron del quirófano después de extraerle el lunar cubierto de pelos; vi a Carmelina y a Quintín haciendo el amor entre los mangles; vi a Quintín soltar a los perros para que atacaran a su propio hijo, y lo vi obligándome a firmar el testamento que los desheredaba; vi a Perla en su ataúd, cubierta por su cabellera negra como por una mortaja, y me dije que nada en el mundo podía justificar tanta violencia.

Me levanté lentamente del piso del Boston Whaler. De alguna manera, logré agarrar el timón con una mano y la palanca del acelerador con la otra. Giré la embarcación en redondo y empujé el acelerador hasta el fondo. El bote salió disparado hacia delante y se introdujo a toda velocidad debajo de la terraza. Quintín se había vuelto hacia mí y estaba a punto de pegarme otra vez. No vio la viga de hierro que se acercaba vertiginosa y que lo golpeó por la parte de atrás de la cabeza. Se fue de boca y cayó entre las raíces enrevesadas de los mangles. Apagué el motor y el bote se detuvo; me quedé mirando lo sucedido como en una pesadilla. Quintín yacía inmóvil por el lado de estribor, flotando boca abajo en el agua. Entonces vi a los cangrejos, que empezaron a moverse lentamente hacia él.

Lo dejé donde estaba y enfilé de nuevo el bote hacia la laguna. Cuando me di vuelta a mirar, vi que las llamas salían por las ventanas modernistas de la casa. Y allí estaba Manuel con la ametralladora acunada entre los brazos, montando guardia en medio de la terraza dorada y asegurándose de que la casa ardiera.

Índice